伯爵夫人の縁結び Ⅳ

恋のリグレット

キャンディス・キャンプ
佐野　晶　訳

MIRA®

THE COURTSHIP DANCE
by Candace Camp

Published by Harlequin K.K., Tokyo, 2011

恋のリグレット

■主要登場人物

フランチェスカ・ホーストン……………伯爵未亡人。

アイリーン……………………………フランチェスカの友人。

ギデオン・バンクス……………………アイリーンの夫。ラドバーン伯爵。

アンドルー・ホーストン………………フランチェスカの亡夫。伯爵。

ガレン・パーキンス……………………アンドルーの元取り巻き。

シンクレア・リールズ…………………フランチェスカの元婚約者。ロックフォード公爵。

カランドラ（カリー）…………………フランチェスカの友人。シンクレアの妹。

リチャード・ブロムウェル（ブロム）……カリーの夫。伯爵。

アルシア・ロバート……………………シンクレアの花嫁候補。伯爵家の令嬢。

ダマリス・バーク………………………シンクレアの花嫁候補。外交官の娘。

カロライン・ワイアット………………シンクレアの花嫁候補。准男爵の娘。

メアリ・コールダーウッド……………シンクレアの花嫁候補。

エドウィナ・デ・ウインター…………シンクレアの花嫁候補。

ルシアン・タルボット…………………フランチェスカの友人。

アラン・シャーボーンとハリエット（ハリー）……フランチェスカの依頼人父娘。

メイジー…………………………………フランチェスカのメイド。

フェントン………………………………ホーストン家の執事。

1

ウィッティントン家の舞踏会で、人ごみを縫うようにして歩いていくレディ・フランチェスカ・ホーストンを見て、彼女がひそかな作戦に着手しようとしていることに気づく者は、おそらくひとりもいないだろう。フランチェスカはいつものように、ときどき足を止めてはドレスを褒めたり、彼女を賛美する紳士たちと軽い調子で戯れたりしていく。高く結いあげた金色の巻き毛を美しくたらし、アイスブルーのシルクに包まれた絶世の美女は、あでやかにほほえみ、楽しそうに語らい、手にした扇を巧みに使っている。だがそのあいだも、深く澄んだ青い瞳は〝獲物〟を探して広間を見渡していた。

なんとしてもロックフォード公爵にふさわしい配偶者を見つけなくては。そう自分に誓ってから、まもなく一カ月になる。今夜こそ、この誓いを実行に移さなくてはならない。

そのために必要な下調べは、すでに終わっていた。ロンドンの上流階級に属している未婚の若い女性をひとりひとりじっくり吟味し、あちこちの夜会や舞踏会でそれとなく観察した結果、フランチェスカはロックフォードにふさわしいと思える相手をようやく三人に絞りこんでいた。

今夜のパーティにその三人が出席しているのは間違いない。ウィッティントン家の舞踏会は、〝シーズン〟の呼び物のひとつ。よほど具合でも悪くないかぎり、適齢期の若い女性が顔を見せないことはまずありえない。今夜はロックフォードも来ている可能性が高いから、この計画に着手するには願ってもないチャンスだ。

ええ、そろそろ始めるべきよ。フランチェスカは自分にそう言い聞かせた。むしろ遅すぎるくらい。ロックフォードの花嫁となる相手を選びだすのに、ほんとうは三週間も必要なかった。なんといっても、公爵夫人としてふさわしい資質を持った女性は、それほど多いわけではない。

とはいえ、カリーの結婚式のあとは何もかもおっくうになり、人の家を訪ねるのも、パーティや芝居に出かけるのもいっこうに気が進まなかったのだ。フランチェスカのそんな様子に、親しい友人のルシアン卿《きょう》ですら、突然引きこもるのが好きになったようだね、とからかったほどだった。自分でも理由はよくわからないが、なぜかすべてが輝きを失い、出かける支度をするだけの価値などないように思えた。正直な話、少し落ちこんでいるとさえ言えるかもしれない。結婚相手を探すあいだ、短期間だがフランチェスカの家に滞在していたカリーが結婚し、いなくなってしまったからに違いない。彼女はそう理由をつけた。カリーの明るい声や愛らしい笑顔がなくなって、家のなかがまるで灯が消えたように寂しくなってしまったからよ。

とはいえ、十五年前にそのカリーの兄、シンクレア・ロックフォードにしたひどい仕打ちの罪滅ぼしをする必要がある。もちろん、昔の間違いを正す術《すべ》はない。でも、少なくとも彼にふさわしい花嫁を見つけ、幸せになってもらうことはできる。そして花嫁探しなら、彼女の最も得意とするところ。そこでフランチェスカはロックフォードに代わって求愛の長いダンスを始めるために、今夜このパーティに出かけてきたのだった。

床に蜂蜜《はちみつ》色のオーク材を使い白と金色で統一された大広間は、きらめくクリスタルのシャンデリア三つに明々と照らされていた。ところどころに置かれた金色の台と、白と金の壁に取りつけられている燭台《しよくだい》にも、蜜蝋《みつろう》を塗った太い白の蝋燭《ろうそく》が灯《とも》っている。このまばゆさを、壁際の大きな花瓶に活《い》けられた深紅の薔薇《ばら》やぼたん、二階へ上がる広い螺旋《らせん》階段の手すりに巻きついている花飾りが和らげていた。まるで宮殿のような優雅な部屋だった。

噂《うわさ》では、大きすぎるし古すぎるうえに、上流貴族の邸宅が立ち並ぶメイフェアからはずれているにもかかわらず、レディ・ウィッティントンがここに残っているのは、この広間をとても気に入っているからだという。

フランチェスカは人ごみのなかを縫うようにして階段へと向かった。二階の手すりから見下ろせば、捜している若い女性たちが広間のどこにいるかがわかるだろう。ウィッティントン家の舞踏会でこの計画の幕を開けるのは、とてもふさわしいことだ。フランチェスカカは優雅な弧を描く階段を上がりながらふとそう思った。ここは十五年前、ロックフォードへの思いを断ち切った場所、彼女の世界が音をたてて崩れた場所なのだから。

十五年前の夜、舞踏室を飾っていたのは白い花だった。白い薔薇やぼたん、つばき、甘い香りを放つくちなしの花。大きな花瓶からしなだれる艶《つや》やかな緑の葉が、それを引きたてていた。あのころのフランチェスカは得意の絶頂にいた。ほんの数週間前に社交界にデビューしたばかりで、誰もが口をそろえて、そのシーズンの誰よりも美しいと彼女を褒《ほ》め称《たた》えた。紳士たちがわれ先にと群がり、次々にダンスを申しこんで戯れの言葉をかけ、おおげさな言葉で永遠の愛を誓い、ありとあらゆる美辞麗句を耳元でささやいた。そしてそのあいだもずっと、フランチェスカはすばらしい秘密を胸に抱きしめ、目が眩《くら》むような愛と幸せに酔っていた。召使いが一枚のメモを彼女の手に滑りこませるまでは。

二階の手すりの前に立って階下で踊っている人々を見下ろすと、そこに繰り広げられている光景は、はるか昔のあの夜とほとんど変わらなかった。もちろんドレスのスタイルは違う。壁の色も装飾も変わっている。でも、広間に満ちている華やかなきらめき、この興奮、希望とさまざまな思惑は、昔と同じだった。こうしていると、いやでもあの夜のことが頭に浮かんでくる。

「このパーティは、そんなにつまらない?」よく知っている声が、すぐ横でからかうように言った。

フランチェスカは顔を上げ、ブロンドの女性にほほえみかけた。「アイリーン。久しぶりだこと」

ラドバーン伯爵――ギデオンの妻アイリーンは、豊かなブロンドの巻き毛と、金色に近い珍しい色の瞳の美しい女性だった。去年の秋までは二十五歳のオールドミスで、その状況をまったく変えるつもりはないと頑固に言い張っていた。ところが、レディ・オデリアにギデオンにふさわしい花嫁を探してくれと頼まれたフランチェスカは、伯爵自身の頼みでアイリーンとの仲を取りもち、ふたりがおたがいにぴったりの相手であることを見抜いたのだった。アイリーンとは何年も顔見知りではあったが、率直で、頑固で、自分の意見を通すアイリーンと親しい間柄だとは言えなかった。だが、ギデオンの領地で二週間ばかり一緒に過ごしてからは、思いがけなく親しくなり、いまでは心を許せる親しい友のひとりとなっている。

アイリーンはフランチェスカにつられたように、色鮮やかなドレスをまとって踊る階下の女性たちに目をやった。「どうしたの？　今年の結婚適齢期のレディたちは、それほど不作なのかしら？」

フランチェスカは肩をすくめた。フランチェスカの花嫁もしくは花婿探しは、暇つぶしというよりも生き延びるための手段だ。どちらも話題にしたことはないが、賢いアイリーンはそのことを察しているのではないかとフランチェスカは思っている。

「いえ、そういうわけじゃないの。カリーの結婚式以来、何をする気にもなれなくて」

アイリーンは鋭い目でちらりと横を見た。「そういえば、元気がないわね。わたしにできることがある？」

フランチェスカは首を振った。「なんでもないのよ。ただ……昔を思い出していただけ。ここで催された昔の舞踏会を」どうにかほほえみ、愛らしいえくぼを作ってみせる。「ラドバーン卿はどうしたの？」

アイリーンとギデオンは結婚して六カ月になるが、アイリーンのそばにギデオンがいないことはめったにない。ふたりはフランチェスカが見抜いた以上に相性がよいらしく、しかもその愛は日ごとに深まるばかりに見える。

アイリーンはくすくす笑った。「ちょうど入ってきたときに、待ち受けていた大伯母様に話しかけられたの」

「レディ・オデリアに？　彼女もここに来ているの？」フランチェスカはびくりとして、あわてて周囲を見まわした。彼女は小さいころからレディ・オデリアが苦手なのだ。

「大丈夫よ」アイリーンが請けあう。「オデリア伯母様が階段を上がってここまで来るとは思えないわ。だからクロークルームを出て、ギデオンが伯母様につかまったのがわかると、一目散にこのバルコニーをめざしてきたの」

「最愛のだんな様をレディ・オデリアのもとに残して？」フランチェスカも笑いながらか

らかった。「ひどい人。結婚の誓いを破るなんて」

「わたしの結婚の誓いには、オデリア伯母様のことはひと言も含まれていなかったわ」アイリーンはにこやかに言い返した。「ほんの少し後ろめたい気はするけど、ギデオンはたくさんの人たちに恐れられている強い男ですもの。ひとりでも伯母様に立ち向かえる、と自分に言い聞かせたわけ」

「誰より強い男でも、レディ・オデリアの前では震えるものよ。あのロックフォードでさえ、レディ・オデリアの馬車が表に停《と》まっているのに気づいて、こっそり裏口から逃げだしたのを見たことがあるわ。おかげでわたしと母が、彼のお祖母様《ばあ》と一緒に、レディ・オデリアの相手をするはめになったの」

アイリーンはおかしそうに笑いだした。「あの公爵がこそこそ逃げだしたの？　それは見たかったわ。この次会ったときにからかってやらなくちゃ」

「公爵は元気？」フランチェスカは下の広間に目をやったままさりげなく尋ねた。「最近、彼に会った？」

アイリーンはちらりとフランチェスカを見た。「ええ、一週間ほど前に一緒にお芝居を観《み》に行ったわ。彼とギデオンはもともと親戚《しんせき》同士だけど、すっかり意気投合して、仲良くしているの。でも、ロックフォードにはあなたもあちこちで会っているでしょうに」

フランチェスカは肩をすくめた。「カリーの結婚式のあとは、ほんの二、三度しか顔を合わせていないの。わたしの友人はカリーのほうで、ロックフォードではないんですもの」

実を言うと、フランチェスカはカリーの結婚式以来、ロックフォードと顔を合わせるのを避けているのだった。自分が彼に何をしたかを知ったあとは、そのことが心に重くのしかかり、彼に出くわすたびにひどい罪悪感に胸を突かれる。自分が知った事実を正直に告げ、十五年前の軽はずみな行動を潔く謝るべきなのはわかっていた。

だが、フランチェスカにはできなかった。卑怯《ひきょう》なことだとわかってはいるが、彼に告白し、許しを請うところを想像するだけで体のなかが冷たくなる。ようやくこの何年かはおたがいに多少とも穏やかな気持ちで接することができるようになった。厳密には友情と呼べないまでも、それに近い関係を保てるようになったのだ。そうなるまでにはずいぶん長いことかかったのに、よけいな告白をして彼の怒りがよみがえったらどうなるの？　激怒されたとしても仕方がないのだろうが、考えただけで胃がよじれそうになる。そこでできるかぎりロックフォードに会わずにすむように、彼が顔を見せそうなパーティを避けてきたのだった。一度か二度、ばったり会ってしまったことがあったが、そういうときにもそっけなく二、三言交わすだけで、できるだけ早くそばを離れた。

もちろん、ロックフォードのために花嫁を見つけるつもりなら、そういう態度は改めなければならない。彼を避けつづけていては、自分の選んだ女性と彼の仲を取りもつのは不可能だ。

「そういえばカリーから聞いたわ。ロックフォードはあなたにひどい態度をとったらしいわね」アイリーンは慎重に探りを入れてきた。

「ひどい態度？」フランチェスカは驚いてアイリーンを見た。「いいえ。いったいなんのこと？」

「よく知らないけど、たしか、ブロムウェル卿がカリーに求愛していたことと関係があったんじゃなかったかしら」

「ああ、あれ」フランチェスカは片手を振って、アイリーンの言葉を退けた。「公爵には心配する理由があったのよ。ブロムウェル卿のお姉様が、ロックフォードに関してでためを吹きこんでいたんですもの。でも……」思わせぶりに肩をすくめる。「カリーたちが恋に落ちたあとは、わたしの力では止められなかったの。いずれにせよ、ロックフォードもあとで自分の非に気づいて、ちゃんと謝ったわ。それに彼に怒鳴られたくらいで、しゅんとなるほどわたしはひ弱じゃないわ」

フランチェスカは再び階下の人ごみを見下ろした。

「誰を捜しているの？」アイリーンはその視線をたどりながら尋ねた。

「なんですって？　いえ、べつに誰かを捜しているわけでは……」

アイリーンは眉を上げた。「誰も捜していないにしては、さっきからいやに熱心に下を見ていること」

アイリーンをうまくごまかすのは難しかった。ずばりと言われると、こちらも率直に応じたくなってしまうのだ。フランチェスカは少しためらったものの、しぶしぶ認めた。

「レディ・アルシア・ロバートと話したいと思って」

「アルシア?」アイリーンが驚いて訊《き》き返す。「なんのために?」

フランチェスカはつい笑っていた。「彼女が嫌いなの?」

アイリーンは肩をすくめた。「〝嫌い〟という言葉は強すぎるわ。ただ、友達になりたいと思う相手とは言えないだけ。わたしには気位が高すぎて」

フランチェスカはうなずいた。たしかにアルシアは少しばかり高慢なところがあるようだ。でも、プライドが高いのは、未来の公爵夫人にとっては必ずしも欠点だとは言えないだろう。「彼女のことはよく知らないの」

「わたしもよ」

「ダマリス・バークはどうかしら?」

「外交官のバーク卿のお嬢様?」

「ええ」

アイリーンは少しのあいだ考え、それから肩をすくめた。「よくわからないわ。わたしは政府関係の人たちとはめったに一緒にならないから」

「とても気持ちのよさそうな人みたいだけど」

「たしかに人あたりはいいわね。外交官の娘として、外国のお客様をしょっちゅうもてなしているんですもの、当然でしょうね」アイリーンは顔に好奇心を浮かべた。「どうして？　まさかそのふたりが、あなたに夫選びを頼んできたわけじゃないんでしょう？」

「もちろん、違うわ」フランチェスカは急いで否定した。「ただ、そのふたりを……どうかと思って」

「すると、あなたの助けを求めてきたのはどこかの紳士？」

「いいえ、そうじゃないの。わたしが勝手に……考えているだけよ」

「どういうこと？　ますます知りたくなったわ。あなたは頼まれてもいないのに、誰かの花嫁を物色しているの？　ひょっとして、公爵とまた賭《かけ》でもしたのかしら？」

フランチェスカは顔を赤らめた。「いいえ、とんでもない。ただ……いいわ、昔ひどい仕打ちをした人に、罪滅ぼしをしたいの」

「その人の花嫁を見つけて？　せっかくの心遣いだけど、必ずしも相手に喜ばれるとは言えないんじゃないかしら。その人は誰なの？」

フランチェスカは横にいるアイリーンをじっと見つめた。友人のなかで、フランチェスカのことをいちばんよく知っているのはこのアイリーンだった。自分の結婚生活について話したことはないが、アイリーンの父親がフランチェスカの亡き夫の友人だったから、アイリーンは、フランチェスカの結婚生活が決して幸せなものではなかったことを察しているに違いない。それにフランチェスカのほうも、アイリーンの前ではこの五年、亡きアンドルーを恋しがっているふりをする必要を感じたことは一度もなかった。十五年前に自分とロックフォードのあいだに起こったことは、これまで自分だけの胸に秘めてきた。だが、なぜか急に、彼女はアイリーンにそれを打ち明けたくなった。

「その人がその憂鬱《ゆううつ》そうな顔の理由なの？」アイリーンがうながすように尋ねる。

「あら、気が滅入《めい》るのは、きっと誕生日がどんどん近づいてくるからよ」フランチェスカは冗談にまぎらしてそう言ったものの、ため息をついた。「それに、彼は何ひとつ悪いことなどしていなかったのに、傷つけてしまったせいもあるかもしれない。自分がしたことを、ほんとうにすまないと思っているの」

アイリーンは眉を寄せた。「あなたが誰かにそこまでひどいことができるなんて、とても想像できないわ」

「彼はその意見には賛成しないでしょうよ」フランチェスカは思いやりのあふれた温かい金色の目を見つめた。「誰にも言わないと約束してくれる？ ラドバーン卿にも。彼はその人を知っているから」

驚いたアイリーンの眉がぱっと上がり、それから澄んだ金色の目に理解が浮かんだ。

「公爵？ あなたが言っているのはロックフォード公爵のこと？」

フランチェスカはため息をついた。「まったく勘の鋭い人ね。そうよ、ロックフォード。でも、誰にも言わないと約束してちょうだい」

「もちろん誰にも言わないわ。ギデオンにもね。でも、フランチェスカ、ロックフォードは友人でしょう？　その彼にいったいどんなひどいことをしたと言うの？」

フランチェスカはためらった。胸のなかで心臓が鉛のように重くなる。ずっと昔に死んだはずの悲しみが、まだ重石《おもし》のようにそこにあるのだ。「わたしは彼と婚約していたの。それを破棄したのよ」

アイリーンは目をみはり、低い声で叫んだ。「やっぱりね！　あなたたちのあいだには、何かがあると思っていたわ！　それがなんなのか、はっきりとはわからなかったけど。でも、ふたりが婚約していたなんて聞いたことがないわ。きっとものすごいスキャンダルになったでしょうに」

「いいえ。スキャンダルにはならなかった。婚約はふたりの秘密だったんですもの」

「秘密？　ロックフォード公爵らしくないこと」

「べつに邪推するようなことは何もなかったのよ。ロックフォードはいつもとても礼儀正しかったわ。ただ、わたしが初めてのシーズンを経験するあいだ、婚約でわたしを縛るようなことはしたくなかったの。その年の夏、わたしは社交界にデビューすることになっていたから。ロンドンでたくさんのパーティに出かけ、いろいろな人と会えば、わたしの気が変わるかもしれない、と彼は言ったの。わたし自身は決してそんなことにはならないのはわかっていたけれど……ロックフォードのことは知っているでしょう？　いつもあらゆる場合を想定して、それに備えるたちだから。それに、わたしを気まぐれな娘だと思っていたのね、きっと」

「ただ若かっただけよ」

フランチェスカは肩をすくめた。「ええ。でも、それだけじゃない。昔からわたしは〝深刻な〟タイプじゃなかったの。これからもそれは変わらないでしょうね」フランチェスカはちらっと笑みを浮かべた。「〝蝶《ちょう》のようだ〟と彼に言われたことがあるわ」

「それで、公爵とは合わなかったの？」

「いいえ。そうじゃないの。ロックフォードはそんなわたしに満足していたわ。たぶん。少なくとも、それが不満だとは言わなかった。そしてわたしは……」フランチェスカは言葉を切り、昔を思い出して唇をほころばせた。「彼に夢中だった。十八歳の娘ができるかぎりの愛を捧《ささ》げていたわ」

アイリーンは眉を寄せた。「だったらどうして？」

「ダフネよ」フランチェスカは苦い声で言った。

「ダフネって……レディ・スウィンジントン？」アイリーンはフランチェスカを見つめた。

「ブロムウェル卿のお姉様の？」

フランチェスカはうなずいた。「ええ。ロックフォードとブロムウェル卿の問題の元凶はダフネだったの。彼女のことがあったから、ロックフォードはブロムウェル卿を警戒したのよ。ダフネの嘘《うそ》にだまされたのは、わたしひとりじゃなかった。ブロムウェル卿も同じように信じたの。ロックフォードはダフネと愛人関係にあった、とね」

「まあ、そんな！　フランチェスカ……」アイリーンは温かい思いやりを浮かべてフランチェスカの腕に手を置いた。「彼女がロックフォードの愛人だと思ったの？」

「最初は思わなかったわ。面と向かって彼女にそう言われたけど、信じなかった。ロックフォードのことはよく知っていたんですもの。ええ、知っていると、自分では思っていた。彼がわたしにそれほど夢中じゃないことはわかっていたけど、結婚を申しこんだ女性がいるのに、陰で愛人を持つような名誉心のない人間ではないと信じていたわ。でも、ある夜、このウィッティントン邸で、自分が間違っていたことを思い知らされたの。ダンスフロアから戻ると、わたしは召使いに手紙を渡されたの。そこには、温室に行けば興味深いことが見つかる、と書いてあった」

「まあ、なんてこと」

「ええ、ほんとに。わたしはその手紙をくれたのは公爵だと思ったの。きっとわたしを驚かせて、ロマンティックな贈り物でもくれるのかもしれない、とね。つい一週間前に、サファイアのイヤリングをもらったばかりだったから。きみの瞳のきらめきにはかなわないが、あちこち探したなかではこれがいちばん近い、と言って」フランチェスカは半分笑うような、ため息のような声をもらした。「もう遠い昔のことよ」

「そのイヤリングはまだ持っているの?」

「ええ。とても美しいんですもの。つけはしないけど、手放せなかった。もちろん、婚約を破棄したあとで彼に返そうとしたのよ。でも、彼は激怒して、受けとるのを拒否したわ」

「あなたは彼がレディ・スウィンジントンと密会しているのを見つけたのね」

フランチェスカはうなずいた。あの夜の気持ちが、昨日のことのようによみがえってくる。幸せと愛にあふれ、胸を弾ませて広い廊下とホールを横切って温室へ急いだときのことが。もしかすると、ロックフォードは少しのあいだふたりだけで過ごしたくなったのかもしれない。そう思ったのだった。ふたりだけになるのは、領地にいるときよりもロンドンにいるときのほうがはるかに難しかった。フランチェスカの付き添いはもちろん、社交界の人々の目が至るところに光っているからだ。もちろん、密会などロックフォードらしくない。彼はフランチェスカの評判を傷つけるような行動を取らないように、いつも細心の注意を払ってくれる。でも、今夜は情熱にかられたのかもしれない。そう思うと、甘い喜びが体を駆け抜けた。

フランチェスカには、情熱に燃えるロックフォードがどんなふうに見えるか想像もつかなかった。彼はいつも冷静で優雅で、人生最大の危機に直面しても、落ち着きを失うとは思えないくらいだ。ときにはいやになるほど自制心が強いが、一度か二度、彼女にキスしたときに、いつもより強く唇を押しつけ、彼の肌が燃えるように熱くなったことがあった。フランチェスカ自身の神経も体のなかで飛び跳ねはじめ、冷静な外見からはわからない熱く激しいものが、彼のなかでもたぎっているのだろうかと胸をときめかせたものだった。もちろん、ロックフォードはいつも急いで身を引いたが、そういうとき、彼の目に何かが浮かぶのが見えた。熱い、怖いような、それでいて心をとろけさす何かが。

「温室に入りながら、彼の名前を呼んだの。ロックフォードはいちばん奥にいたわ。オレンジの木が何本かあいだにあった。彼はわたしのほうに歩いてきた。アスコットタイが曲がり、髪が乱れていたけど、最初はなぜなのかわからなかった。でも、それから物音が聞こえて、彼がそれまでいた場所を見ると、ドレスの前をウエストまで開けたダフネが、木の陰から出てくるところだった」

そのときのことを思い出すと、自然と顔がこわばった。ダフネの髪は半分崩れてもつれ、からみあって顔のまわりに落ち、薄物のシュミーズは紐《ひも》がほどけて、豊かな白い胸がこぼれていた。ダフネがクリームを舐《な》めたばかりの猫のような笑みを浮かべているのを見た瞬間、フランチェスカの心は粉々に砕けたのだった。

「ふたりを見たとき、わたしは自分がどんなに愚かだったか気づいたの。さっきも言ったように、ロックフォードがわたしに夢中だと思うほど愚かではなかったのよ。彼はわたしと自分がなぜよい組みあわせなのか、とても実際的な理由をひとつ残らず説明してくれただけで、愛を告白したわけでもなく、わたしのほほえみを詩にするとか、そういう愚かなことをしたわけでもなかったから。でも、大切に思ってくれている、敬意を持って扱ってくれると信じていたの。まさかあんなふうに傷つけられるとは思わなかった。よい妻になって彼を幸せにすれば、いつか同じように愛してもらえる自信もあった」

「それなのに、公爵はあなたと婚約していながら、レディ・スウィンジントンとベッドをともにしていたのね」

「ええ。いいえ、違う。すべて嘘だったの。でも、そのときは知らなくて、わたしは自分が真実だと思いこんだ事実に耐えられなかった。ああいう出来事を無視する女性も、なかにはいるでしょうね。どんな仕打ちをされても、たとえ相手の心がほかの女性のものだとしても、公爵夫人になる道を選ぶ女性がね。でも、わたしにはそんなことはできなかった。だから婚約を破棄したの」

「でも、実はその〝密会〟はレディ・スウィンジントンのひとり芝居で、彼女はすべてをお膳立《ぜんだ》てして、あなたを温室に呼びだしたのね？」

「ええ。カリーの結婚式の日にそう言われたわ。ロックフォードと寝たことは一度もなかった、と。彼がわたしに誓ったとおりだったのよ。でも、わたしは彼の言葉を信じようとしなかった。彼の説明に耳を貸すことさえ拒み、そのあと彼が訪ねてきても会おうとしなかった」

「だからホーストン卿と結婚したの？」アイリーンがさりげなく尋ねた。

フランチェスカはうなずいた。「アンドルーはロックフォードとは正反対だった。ロマンティックな言葉を並べたて、おおげさに愛を誓ったわ。わたしは彼の星、彼の月だとそう言って」かすかに顔をしかめて続ける。「彼の言葉は傷ついた心を香油のように潤した。これこそ本物の愛だ、と自分に言い聞かせたものよ。そしてアンドルーと結婚した。でも、まだ新婚旅行も終わらないうちに、自分がおかした間違いに気づくことになったわ」

「お気の毒に」アイリーンはフランチェスカの手を取ってぎゅっと握った。

「過ぎたことよ」フランチェスカはどうにかかすかにほほえんだ。

「それにしても、レディ・スウィンジントンが自分の嘘を認めたなんて信じられないこと」

「善意から認めたのでないことは確かね。わたしがどんなに愚かだったか、思い知らせたかったのではないかしら。公爵夫人になるチャンスをふいにしたことを、せいぜい悔やむといい、と」

「でも、あなたはその代わりに、ロックフォード公爵を信じなかった自分を悔やんでいるのね。彼を傷つけたことを」

フランチェスカはうなずいた。「彼はわたしを愛していたわけではないとしても、一方的に婚約を破棄されて、ずいぶんプライドが傷ついたはずよ。名誉をけがされるのを何より嫌う人だもの。たとえ自分には何ひとつやましいことはないとわかっていても……」

「ああ、フランチェスカ……なんてひどいことが。傷ついたのは彼ひとりではなかったでしょうに」

「ええ。でも、わたしの不幸は言わば自業自得。ダフネの嘘を信じこみ、彼が言う真実を聞こうとしなかったのは、わたしですもの。ロックフォードは何ひとつ悪いことはしていなかった」

「だから公爵に花嫁を見つけて、その罪を償おうと考えたの？」

フランチェスカはアイリーンの声に疑いを読みとった。「償いなどできるはずもない。それはわかっているの。ただ……ロックフォードが一度も結婚しなかったのは、わたしのせいかもしれない」フランチェスカは少し赤くなり、急いでこう続けた。「彼の心に生涯癒《い》えない傷を負わせたとか、そういうことではないのよ。ほかの女性にわたしの代わりができなかったと思っているわけでもない。そんなにうぬぼれてはいないわ」

フランチェスカは苦い笑みを浮かべた。

「でも、わたしのせいで女性不信に陥り、結婚などしたくないと思ったのかもしれない。傷が癒えたころには、すでにひとりでいるのには慣れていて、そうやって生きるほうがたやすいと思ったのかもしれないわ。彼はずいぶん若いときに公爵になったから、人々が自分に好意を示すのは、爵位と富が目当てだということを学んでいたの。それもわたしとの結婚に引かれた理由のひとつだったのね。子供のころからの知りあいで、わたしは公爵という地位に目が眩んでいるわけではないことがわかっていたから。彼の爵位やほかのもろもろではなく、彼自身をよく知っていたから。でも、わたしが彼を信じようとせずに婚約を破棄したあとは、裏切られたような気がして、それまでよりもっと冷ややかになり、不信感を募らせたに違いないわ」

「そうかもしれない。でも、彼が結婚を望んでいないのなら……」

「でも、いずれはしなくてはならないのよ。それはわたしと同じように、彼もよくわかっているの。彼はロックフォードの公爵ですもの。跡継ぎが必要だわ。爵位と領地を継ぐ人間が。責任感の強い人だもの、それはちゃんと心得ているはずよ。彼自身も義務だとわかっていることをするのに手を貸すだけ」フランチェスカは自分の計画を思って、いたずらっぽい笑みを浮かべた。「結婚など絶対しないと誓った人でも、わたしの手にかかれば、ころりと気が変わる。それはあなたがいちばんよく知っているでしょう？」

アイリーンは皮肉な笑みを浮かべてうなずいた。「たしかにあなたには、人一倍警戒心の強い女性も、結婚に導く特技があるわ。それはよくわかっているけど、公爵はこの計画をどう思うかしら？」

「彼に知らせる気はないわ」フランチェスカは軽い調子で答えた。「だから、ギデオンにも絶対に言ってはだめよ。ロックフォードのことだもの、腹を立てて、よけいなお節介はいますぐやめろと言うに決まっている。そのチャンスを彼に与えたくないもの」

アイリーンはうなずいて愉快そうな顔になった。「公爵と結婚したがる女性を見つけるのはそれほど難しくないわね。なんといっても、彼はこの国の女性たちにいちばん望まれている男性ですもの」

「ええ。公爵夫人になりたい女性はたくさんいるでしょうね。でも、誰もがふさわしいとは言えない。正しい相手を見つける必要があるわ。それが思ったよりも難しかったのよ。でも、考えてみれば、ロックフォードの伴侶《はんりょ》にはずば抜けてすぐれた資質を持っている女性でなくては釣りあわないのだから、候補者がそれほどたくさんいなくても不思議はないわ」

「アルシアとダマリスがそのうちのふたりなのね。ほかには誰を選んだの？」

「とりあえず三人に絞ったの。もうひとりはレディ・カロライン・ワイアット。とにかく今夜はその三人と話して、ロックフォードがそれぞれの女性たちと一緒に過ごす機会をどうやって作るか、考えるつもり」

「公爵が三人とも気に入らなかったら？」

フランチェスカは肩をすくめた。「別の候補者を見つけるしかないわね。彼が気に入る相手を」

「こんなことを言うと、ばかみたいに聞こえるかもしれないけど」アイリーンは慎重な口調で言った。「いちばん望みがありそうな候補者は、あなたじゃないのかしら」

「わたし？」フランチェスカは驚いてアイリーンを見た。

「ええ、あなた。なんといっても、あなたはロックフォードが一度は結婚したいと思った女性ですもの。レディ・スウィンジントンが嘘をついていたことがわかった、公爵を信じなかったことを悔やんでいる、と率直に話せば……」

「だめだめ」フランチェスカは狼狽《ろうばい》して否定した。「そんなことは不可能よ。わたしはもうすぐ三十四ですもの。公爵にふさわしい花嫁には年をとりすぎているわ。もちろん、彼には謝るし、どれほど愚かで間違っていたか告白するつもりよ。ええ、そうしなくてはならない。でも、わたしたちの仲は……だめよ、あれはもうずっと昔のことですもの」

「ほんとに？」

「ええ、そうよ。そんなに疑《うたぐ》り深い顔で見ないでちょうだい。これは絶対に確か。もう結婚はこりごりなの。それはあなたも知っているでしょう？　たとえ、結婚する気があったとしても、あまりに長い時間がたちすぎた。ふたりのあいだにはいろいろとありすぎたわ。それにわたしが婚約を破棄したことを、ロックフォードが許してくれるとは思えない。そこまで寛大にはなれないはずよ。ロックフォードはとてもプライドが高いの。だいいち、彼が当時わたしにどんな気持ちを持っていたにせよ、もうとうに失われてしまったわ。十五年も前のことですもの。わたしでさえもう彼を愛してはいないのよ。彼のほうは自分をはねつけた女性が相手なんだからなおさらよ。実際、何年も口もきいてくれなかったの。どうにか友人のような関係に戻れたのさえ、ここ数年のことですもの」

「あなたがそんなに確信しているなら……」

「確信しているわ」

アイリーンは肩をすくめた。「だったら、どうするつもり？」

「だから……あら！　レディ・アルシアだわ」フランチェスカは踊っている人々の向こうで、別の女性と話している〝獲物〟を見つけた。「手始めに彼女にあたってみるわ。少し話をして、たぶん一緒に出かける計画を立て、それからロックフォードもそれに加わるように手配する……」

「どうやら幸運の女神がほほえんでくれたようよ」アイリーンはそう言って舞踏室の戸口を示した。「ちょうどロックフォードが入ってきたわ」

「ほんと？」フランチェスカは鼓動が少し跳ねあがるのを感じながら、友人が示したほうに顔を向けた。

たしかにロックフォードだ。フォーマルな黒と白に身を包んだ彼は、いつものように優雅で、この部屋の誰よりもハンサムだった。さりげないスタイルにカットされた豊かな黒い髪。彼の髪型を真似《まね》る男たちは多いが、同じように魅力的に見える者はほとんどいない。すらりとした長身に、いま流行《はやり》の細身の膝丈ズボン《ブリーチズ》と上着がよく似合う。唯一の装飾品は幅広のネクタイ《クラヴァット》を留めている黒瑪瑙《めのう》のピンだけだが、彼が貴族であることはひと目でわかる。

フランチェスカは扇を握りしめ、舞踏室を見まわす彼を見つめた。最近は、ロックフォードを見るたびに、胸のなかにさまざまな感情が渦巻く。こんなふうに感じるのはずいぶん久しぶりだった。神経がぴりぴりして不安でたまらない半面、奇妙に心が浮きたち、どきどきする。まるでダフネの告白が過去に戻るドアを開け、時と経験が押し流してしまったさまざまな感情をそっくりよみがえらせたかのように。

愚かなこと。ロックフォードが不実でなかったことがわかったからといって、わたしの人生にはなんの違いももたらさない。そのせいで何かが変わったわけではないし、変わることもない。そう思っても、ロックフォードを見るたびに小さな喜びがこみあげてくるのを否定できなかった。ロックフォードはダフネのものではなかった。彼のあの引きしまった、形のよい唇はダフネにキスしたことも、ダフネの耳に睦言《むつごと》をささやいたこともなかった。彼の手はダフネに触れたことはなく、彼女を宝石で飾りたてたこともなかった。この十五年間自分を苦しめてきた光景はひとつとして存在しなかったのだと思うと、喜ばずにはいられなかった。

フランチェスカは急に扇と手袋を忙しくもてあそびながら顔をそらし、スカートの前をなでつけてつぶやいた。「彼に謝らなくては」

自分が知った事実を告げて、彼を疑い、信じようとしなかったことを謝らないうちは、一緒にいてもくつろげない。そしてロックフォードが近づくたびにぴりぴりしていては、花嫁を見つけ、彼を祭壇に導くことなどできるわけがない。彼に話さなくては……。でも、どうやって?

「どうやらそのチャンスが来そうよ」アイリーンがあっさり告げた。

「なんですって?」フランチェスカは顔を上げた。

すると、階段を上がってくるロックフォードの姿が見えた。

2

フランチェスカは凍りついた。気弱にも急いで逃げだしたい衝動にかられたが、もちろん、そんなことはできない。ロックフォードはまっすぐ彼女を見ている。いま向きを変えれば礼儀を失することになる。アイリーンの言うとおり、これは彼にすべてを告白するチャンスだ。

そこでフランチェスカはその場に留《とど》まり、近づいてくる公爵に笑みを浮かべた。

「レディ・ホーストン。レディ・ラドバーン」ロックフォードは略式のお辞儀をした。

「ロックフォード、お会いできて嬉《うれ》しいわ」フランチェスカは答えた。

「久しぶりだね。このところ、パーティでもめったにきみの姿を見なかった」

彼が気づくことを考慮に入れておくべきだったわ。ロックフォードはめったに何も見逃さない。「カリーの結婚式のあと、少し休んでいたの」

「具合が悪かったのかい？」彼は顔をくもらせた。

「いいえ、違うわ。ただ……」フランチェスカは心のなかでため息をついた。まだ、ほんの

二、三言しか話していないのに、もう口ごもっている。

彼女はロックフォードにうまく嘘《うそ》をつけたためしがなかった。ほかの人々になら明るい声でつける罪のない社交的な嘘でも、彼の黒い瞳に見つめられると舌の先でかたまってしまう。ときには、彼の黒い目に心の底、魂の底までも見通されているような気がする。

フランチェスカは目をそらして言葉を続けた。「病気だったわけじゃないの。ただ……疲れただけ。シーズン中は、わたしでさえ疲れることがあるのよ」

この言い訳を信じた様子はなかったが、ロックフォードは少しのあいだじっと彼女を見たあと、礼儀正しく言った。「でも、そんなふうにはとても見えないよ。きみはいつものように輝いている」

フランチェスカはこのお世辞を上品にうなずいて受け流した。ロックフォードはアイリーンに顔を向けた。「もちろん、きみもとても美しい。結婚がよほど性に合っているらしいな」

「ええ、ほんと」アイリーンは自分でも少し驚いているような声で言った。

「ギデオンも来ているのかい？　彼がきみのそばにいないとは、珍しいこともあるものだ」

「アイリーンは彼を見捨てたの」フランチェスカがほほえみながら口をはさんだ。

「そうなの。レディ・オデリアにつかまった彼を見捨てて、臆病《おくびょう》にもここに逃げてきたのよ」

「なんだって、オデリア伯母がここに来ているのかい？」ロックフォードは警戒するように階下に目をやった。

「ええ。でも二階にいれば安全よ。階段を上がってくることはないでしょうから」

「いいや、絶対安全とは言えないな。八十歳の誕生日を祝った舞踏会以来、いちだんと元気になったようだから」

アイリーンはちらりとフランチェスカを見て、明るい声で言った。「さてと、そろそろよき妻ぶりを発揮して、ギデオンを救出してあげたほうがいいでしょうね。彼が短気を起こして、あとで悔やむようなことを言わないうちに」

アイリーンの言葉にパニックがこみあげたが、フランチェスカは急いでそれを押し戻した。ロックフォードとは何百回も言葉を交わしてきたのよ。こんなに気まずく感じるのはおかしいわ。

「公爵夫人のご機嫌はいかが？」アイリーンが行ってしまうと、ほかに何も思いつけずに、フランチェスカは彼の祖母のことを尋ねた。

「バースで元気にしているよ。シーズン中に二週間ほどロンドンに来るつもりだと、しょっちゅう脅してくるが、たぶん来ないだろうな。カリーの付き添いをする必要がなくなって、ほっとしているんだ」

フランチェスカはうなずいた。これでこの話題はおしまいになった。彼女は神経質に体重を移し替え、またしても手すり越しに舞踏室を見下ろした。ロックフォードに話さなくては。いつまでもこんな状態ではいられない。この数年は和やかな雰囲気で過ごすことに慣れ、フランチェスカはパーティで顔を合わせたときに彼と言葉を交わすのを楽しみにするようになっていた。どんな退屈な集まりでも、ロックフォードと機知に富んだやりとりをするだけで耐えられた。そしていつも一曲だけワルツを踊る。おかげでひと晩に少なくとも一曲だけは、ダンスフロアを滑るようにまわり、心ゆくまでダンスを楽しむことができた。

償いをしなくては。彼に話し、許しを請わなくては。それがどれほど怖くても。

思いきって顔を上げると、ロックフォードが考えこむような顔で見下ろしていた。彼は気づいているんだわ。フランチェスカはそう思った。わたしの様子がおかしいのを、ふたりのあいだがぎくしゃくしているのを。

「よかったら少し歩かないか?」ロックフォードは腕を差しだした。「ウィッティントン家のギャラリーはなかなか楽しいらしい」

「ええ。もちろん。喜んでお供するわ」

フランチェスカは彼の腕に手を置き、両開きの扉からウィッティントン邸の片側に延びる長い廊下に出た。そこの壁には祖先の肖像画のほかにもさまざまな美術品が飾られている。ウィッティントン家の誰かがお気に入りだった狩猟馬や犬の絵も多い。ふたりはとくに深い関心は示さず、ときどきそうした絵を眺めながら歩いていった。ほかに人影はなく、よく磨かれた艶《つや》やかな廊下にふたりの足音だけが響く。沈黙が長引き、重くなって、一秒ごとにますます気まずくなっていった。

とうとうロックフォードが口を開いた。「ぼくは何か許しがたいことをしてきみを怒らせたのかい？」

「なんですって？」フランチェスカは驚いてぱっと彼を見た。

ロックフォードは足を止めて彼女と向かいあい、黒い眉を寄せて真剣な表情で言った。

「この何週間か、たしかにきみはあまり外出しなかったようだが、いくつかのパーティには顔を出していた。だが、ぼくを見たとたん向きを変えるか、人ごみにまぎれてしまった。たまたま思いがけず顔を合わせ、避ける手段がないときは、最初のチャンスをつかんで言い訳を口にし、離れていった。ブロムウェルがカリーのもとを訪れているとわかったときにぼくが言ったことを、まだ許してくれないのだと思うしかないじゃないか」

「違うわ！」フランチェスカは彼の腕に手を置いて、きっぱり否定した。「そうじゃないの。あれはあなたが悪いわけじゃなかった。ええ、違う。たしかに……少しばかり無作法だったかもしれないけど、きちんと謝ったたし、あなたには明らかに心配する理由があったわけですもの。ただ、わたしはカリーの信頼を裏切れなかったし、彼女には自分の将来を選ぶ権利があったから……」

「ああ、わかっている。カリーは独立心が旺盛《おうせい》だからな」彼はため息をついた。「きみに選択の余地がなかったことはぼくにもわかる。きみが妹を抑えられると期待するのが間違っていたんだ。このぼくにもできなかったんだからね。怒りがおさまるとすぐに、それに気づいて謝った。きみは謝罪を受け入れてくれたと思っていたんだが、そのあとぼくから隠れはじめた」

「いいえ、違うの……」フランチェスカは口ごもった。「あなたの謝罪は受け入れたわ。あのときのことはもうなんとも思っていないわ。それにあなたが癇癪《かんしゃく》を起こすのを見たのだって、あれが初めてというわけではないもの」

「だったら、なぜぼくに腹を立てているんだい？　カリーの披露宴のときだって、きみの姿はほとんど見かけなかった」ロックフォードはふいに言葉を切り、それからこう尋ねた。

「原因は例の狩猟ロッジの、あのシーンか？　ぼくが……」彼はためらった。

「妹の未来の夫を殴り倒したから？」フランチェスカは唇の端に笑みを浮かべて残りを補った。「花瓶や椅子を引っ繰り返し、ふたりで取っ組みあって客間を転がっていたから？」

ロックフォードは抗議しようと口を開いたが、結局、同じように口の端をひくつかせた。

「まあ……そういう表現もできるな。ならず者のような真似《まね》をしたせいで、軽蔑《けいべつ》されたのかな？」

「親愛なる公爵」フランチェスカは笑いを含んだ目でロックフォードを見た。「なぜわたしが、あれを見てあなたを軽蔑するのかしら？」

彼は短い笑いをもらした。「まあ、少なくとも、あんなことはちっとも珍しくないと言われなかっただけましだな。だが、これだけは指摘しておきたいね。ぼくはごろつきのような真似をしたかもしれないが、誰かさんと違って大嘘つきではないぞ」ロックフォードはおどけたような顔でフランチェスカを見た。

「大嘘つきですって！」いつのまにかぎこちなさが消え、いつものようにやりあっていることにほとんど気づかずに、フランチェスカは手にした扇で軽く彼の腕を叩《たた》いた。「ずいぶんひどい言い方ね」

「だが、否定できないはずだぞ。あの朝きみが、きわめて……創意に富んだ発言をしたことはね」

「誰かがあの場に秩序をもたらす必要があったからよ」フランチェスカは言い返した。「さもなければ、わたしたちはみんな窮地に追いこまれていたわ」

「わかっている」ロックフォードは真剣な表情に戻り、驚いたことにふいにフランチェスカの手を取った。「きみの機転があの日、カリーを救ってくれたことはよくわかっているよ。きみの〝創意〟と思いやりには、感謝してもしきれない。きみがいなければ、カリーはひどいスキャンダルにまみれていたに違いないんだ」

じっと見つめられ、フランチェスカは頬を染めて目をそらした。「お礼を言う必要などないわ。カリーが大好きなんですもの。まるでほんとうの妹のような気がするくらい」

ふいにフランチェスカはいまの言葉が不適切だったことに気づき、いっそう赤くなった。厚かましいと思われたかしら？　ふたりがもう少しで結婚するところだったことを、わざと思い出させたと思われただろうか？

手のひらに食いこむほど強く扇の柄を握りしめ、彼女は向きを変えて再び歩きだした。ロックフォードがその横に並ぶ。黙って歩きながら、フランチェスカは彼の視線を感じた。何かがおかしいと思っているのは確かだ。わたしときたら、これではますます泥沼にはまるだけ、不安を長引かせるだけだわ。

「実は、謝らなくてはならないことがあるの」フランチェスカは出し抜けに言った。

「なんだって？」ロックフォードが驚いて訊《き》き返す。

フランチェスカは足を止め、彼と向きあって、思いきって彼を見上げた。「あなたにひどい仕打ちをしたわ。十五年前、わたしたちが――」

ロックフォードはかすかに体をこわばらせた。けげんそうな表情が、警戒するような表情に変わる。「ぼくたちが婚約していたとき？」

フランチェスカはうなずき、それ以上彼の視線を受けとめることができずに目をそらした。「実は、カリーの披露宴のときにレディ・スウィンジントンが言ったの。あれはみんな嘘だった、あなたとは何もなかった、と」

ロックフォードが何も言わないので、フランチェスカは肩に力をこめて、しぶしぶ彼を見上げた。彼の顔は無表情で、黒い瞳にも何も浮かんでいない。さきほど目をそらしたときと同じように、彼が何を考えているのか、何を感じているのか、フランチェスカにはさっぱりわからなかった。

彼女はごくりとつばを呑《の》んで続けた。「わたしが間違っていた。あなたを責めたのはとても不当なことだったわ。あなたを信じて、最後まできちんと話を聞くべきだった。あのとき……あなたに言ったことや、あなたにしたことを心から悔やんでいるの。それを話しておきたくて」

「そうか」ロックフォードは前を向きかけ、くるりと向き直った。「なるほど」いったん口をつぐみ、それから言った。「ぼくは……なんと言えばいいかわからない」

「何か言うことがあるかどうかもわからないわね」フランチェスカは認め、ふたりはきびすを返して廊下を戻りはじめた。「いまさらできることはない。何もかも終わってしまったことだもの。でも、自分がどれほど間違っていたか話して、謝らないうちは気持ちが落ち着かなくて。許してもらおうとは思っていないのよ。でも、真実を学んだことを知ってほしかったの。あなたの性格はよく知っていたはずなのに」

「きみはとても若かった」彼は穏やかに答えた。

「でも、それは言い訳にはならないわ」

「まあね」

フランチェスカはちらりと横を見た。正直に話したら、冷たい、辛辣《しんらつ》な言葉で切りつけられるのではないか？　さもなければ、怒りに燃える目で罵倒《ばとう》されるか、何も言わずに離れていってしまうのではないか？　フランチェスカはそう恐れていたが、まさか自分の告白に彼が言葉を失うとは思ってもみなかった。

ふたりは両開きの扉から二階のバルコニーへと戻り、そこで足を止めてぎこちなく向かいあった。胸のなかで心臓が早鐘のような音をたてている。ロックフォードの気持ちがまったくわからぬまま、別れるのはいやだった。内心では激怒しているのか、それとも女たらしだという誤解がようやく解けてほっとしているのか。この告白がふたりのあいだに戻りかけていた友情を壊してしまったとしたら、とても耐えられない。

気づくと、こう口にしていた。「踊らない？」

ロックフォードはかすかにほほえんだ。「いいとも」

彼が腕を差しだし、ふたりは螺旋《らせん》階段をおりていった。

ふたりが階下に着いたときにちょうどワルツが始まり、ロックフォードはさっとフランチェスカを腕に抱き、ほかの踊り手たちに加わった。するとフランチェスカの胸のなかで、何かが突然ざわめいた。そして、不安でぴりぴりしながらも、同時にめくるめくようなときめきを感じた。この数年、ロックフォードとは何度も踊ってきたが、今夜のワルツはそれとは違うような気がした。まるで新しい始まりのような……昔に戻ったような……。

腰にまわされた腕の強さ、温かさ、コロンの香りにかすかに混じるロックフォードだけのにおい。フランチェスカは彼がダンシーパークの邸宅で催したクリスマスの翌日《ボクシング・ディ》の舞踏会のことを思い出した。ちょうどいまのように、彼の腕に抱かれてワルツを踊ったときのことを。ロックフォードを見上げ、何年も抱いてきた少女の憧《あこが》れが、それよりもはるかに深い思いに変わったことに気づいた瞬間を。黒い瞳を見つめて、彼を深く、激しく愛していることに気づいた瞬間を。あのときも興奮のあまりくらくらしながら、全身で彼の存在を感じていた。そして彼が見下ろしてほほえむと、胸のなかで心臓が太陽のように燃えあがった。

いま彼を見上げ、フランチェスカは昔を思い出して頬を染めた。ロックフォードは昔とほとんど変わらない。十五年の歳月がもたらした目の隅のかすかなしわは、彫りの深い、ともすれば冷たく見える顔の鋭い線を和らげ、むしろ彼の魅力を増している。そういえば、昔の彼は黒い瞳と黒い髪、鋭い頬骨のせいで、まるで海賊のように見えたわ。フランチェスカは思い出した。一文字になるほどまっすぐの黒い眉をぐっと寄せると、あるいは氷のような目でじろりとにらむと、いまでもそう見える。そういうときのロックフォードは、少しばかり危険に思えた。

でも、微笑を浮かべるとそれが一変する。顔全体がぱっと明るくなって、黒い瞳が温かくなり、唇がまるでキスを誘うように弧を描く。すると、ついつられてほほえみ返さずにはいられなくなる。そして彼の笑顔をもう一度引きだしたくなる。

フランチェスカは自分の思いに困惑し、急いで目をそらした。赤くなったのを気づかれてしまったかしら？　それに、赤くなった原因を？　こんなに神経質になるのも、胸をときめかせるのも、まったくばかげているのよ。若い娘のように、ハンサムな顔や魅力的な笑顔のことを考えるなんて、どうかしているわ。ロックフォードに対しても、ほかの誰に対しても、そんなことを思う年はとうに過ぎたのに。わたしが彼に抱いていた若い愛は、何年も前に死んでしまった。悩み、苦しみつづけた長い夜のなかで燃えつき、涙の海に溺《おぼ》れてしまったの。

フランチェスカは沈黙を破ろうと、必死に適切な話題を探した。「カリーから何か言ってきた？」

「手紙をもらったよ。とても短い手紙を。〝パリは美しい。ブロムウェルはすばらしい。イタリアに行くのが楽しみ〟とね」

フランチェスカはくすくす笑った。「まさか、ほんとにそれだけじゃなかったでしょう？」

「ああ、違う。パリの描写はもう少し長かった。だが、全体としては、簡潔な手紙のお手本だったな。ふたりは来週ロンドンに戻ってくる予定だ。もちろん、新婚旅行を延長しなければ、だが」

「まあ、少なくともとても幸せそうね」

「ああ。幸せだと思う。ぼくがこれまで考えていたすべてに反して、ブロムウェルはカリーを心から愛しているようだ」

「ひとりになって寂しいでしょうね」

「たしかに家のなかは少し静かになった。でも、ぼくは忙しくしているよ」ロックフォードはかすかな笑みを浮かべ、問いかけるように眉を上げた。「きみはどうだい？」

「忙しくしていたか？　それとも、カリーがいなくて寂しいか？」

「どちらでも。両方だね。結婚前の二カ月、カリーはぼくより、きみのそばにいるほうが多かったからな」

「そうだったわね。たしかにカリーがいなくて寂しいわ」フランチェスカは認めた。「カリーが……彼女がいなくなって、胸のなかにぽっかり穴が空いたみたい。それも思っていたよりも大きな穴が」

「また、誰かの世話を引き受けるべきかもしれないな」ロックフォードが言った。「今夜も、きみのちょっとした助言がとても役に立ちそうな女性を何人か見たよ」

「でも、そのなかの誰にも助けを求められたわけじゃないもの。求められもしないのに助言を押しつけるのは、少しばかり無作法なのよ」

「それはそうだろうが……レディ・リヴァーモアには何か言ってあげたらと、つい思いたくなる」

フランチェスカはロックフォードの視線をたどり、お気に入りの暗褐色のドレスを着ていとこと踊っているレディ・リヴァーモアを見て、くすくす笑った。暗褐色が似合う女性はとても少ない。そしてレディ・リヴァーモアはそのひとりではなかった。その色を着こなすだけでも難しいのに、どうやらよいものはたくさん使うべきだという考えらしく、襟元ばかりか、スカートの裾《すそ》やオーバードレスの波型の縁、短いパフスリーブにさえ、二列にひだ飾りをつけている。真ん中に真珠をつけたシルクの薔薇《ばら》飾りが波型の縁を飾り、その薔薇飾りのあいだを真珠がつなぎ、結いあげた髪の上にも真珠で縁どったトーク帽をつけている。

「残念ながら、レディ・リヴァーモアはどんな助言を受けても変わりそうもないわね」フランチェスカはいったん口をつぐみ、いきなり尋ねた。「レディ・アルシアのことはご存じ?」

そう言ったとたん、彼女は舌を噛《か》みたくなった。こんなふうに口走るなんて、どういうつもりなの？

「ロバートのお嬢さん？」ロックフォードは驚いたように訊き返した。「夫を見つけるのに、彼女には助けが必要だと思うのかい？」

「いいえ！　とんでもない」フランチェスカは笑い声をもらした。「レディ・アルシアには、わたしの助けなど必要ないわ。ただ、コーネリアス卿《きょう》と踊っているのが目に入っただけ」フランチェスカは言葉を切り、付け加えた。「彼女に求愛する殿方はさぞ多いことでしょうね。とても魅力的な女性ですもの。そう思わない？」

「ああ、たぶんね」

「それに女性としての素養もあるわ。ピアノがとても上手だそうよ」

「そうだね。聴いたことがある」

「ほんと？　彼女を賞賛する人は多いわね」

「だろうね」

フランチェスカは彼の答えに苛立《いらだ》った。ロックフォードがアルシアの長所を認めたことになぜ腹が立つのか、自分でもよくわからなかった。彼がアルシアを魅力的だと思っているほうが、仕事はぐんとやりやすくなるのに。それにフランチェスカはほかの女性が褒められるのを我慢できないほど虚栄心の強い人間ではない。それでも、自分からアルシアのことを持ちだしておきながら、つい辛辣な調子で答えそうになる。

彼女は話題を変えた。だが、まもなく音楽が終わると、巧みにロックフォードを導き、アルシアとそのパートナーが向かったほうへと歩きだした。フランチェスカとロックフォードが近づいていくと、うまい具合にコーネリアス卿はアルシアのそばを離れていった。

「レディ・アルシア」フランチェスカはにこやかに声をかけた。「お会いできて嬉しいわ。この前お話ししてから、ずいぶん久しぶりですもの。ロックフォード公爵のことはご存じね？」

アルシアは適切な笑顔で応じた。「ええ、もちろん。お会いできて嬉しいですわ、公爵」

ロックフォードはアルシアの手を取ってかがみ、嬉しいのは自分のほうだと請けあった。フランチェスカはそのあいだに、測るような目でアルシアを見た。アルシアはすらりと背の高い女性で、フランチェスカに言わせれば少々おとなしすぎるが、白いシルクの舞踏服は趣味のよいものだった。それに唇が少しばかり薄く、本物の美人というには顔がほんの少し長すぎるとはいえ、豊かな暗褐色の髪も、長いまつげに縁どられた茶色い大きな瞳も魅力的だ。多くの男性がアルシアを美しいと言うに違いない。

ロックフォードもそのひとりだろうか？　フランチェスカはそう思いながらちらりと横を見た。

アルシアは礼儀正しくロックフォードの祖母とフランチェスカの両親のことを尋ね、それからカリーの結婚式がすばらしかったと感想を述べた。これはフランチェスカだけでなく、ロックフォードもアルシアもこれまで何千回となく行ってきた社交的なやりとりだったから、これといって何も話さずに、それから何分か会話を続けることができた。

レディ・ウィッティントンの舞踏会をひとしきり褒《ほ》め称《たた》え、アルシアによれば〝これまでいちばんすばらしい舞踏会〟に、気分がすぐれず顔を出せなかったアルシアの母親に同情したあと、話題はドルリー・レーン劇場でかかっている新しい芝居へと移った。すると三人とも観《み》ていないことがわかった。

「だったら、ぜひ観に行かなくては！」フランチェスカはアルシアに熱心に言った。

アルシアは少し驚いたように見えたが、礼儀正しくこう答えた。「ええ、もちろんですわ。とても楽しそうですもの」

フランチェスカは満面の笑みを浮かべ、期待をこめてロックフォードに顔を向けた。

「ちょうどいいわ。公爵にエスコートをお願いしましょうよ」

アルシア同様、驚いたようにかすかに目を見開いたものの、ロックフォードは落ち着いて応じた。「もちろんだとも。こんなに美しいご婦人たちふたりのお供をおおせつかるとは、光栄の至りだ」

「では、これで決まりね！」フランチェスカはちらりと目をやり、この観劇に公爵が同行することになったとたん、アルシアがずっと乗り気になったのを見てとった。「いつにしましょうか？　火曜日の夜ではいかが？」

ほかのふたりがこれに同意すると、フランチェスカはにっこり笑ってそれに報いた。自分のやり方がずいぶん強引だったことはわかっている。いつもはもっと巧みに誘導できるのに、なぜ今夜はこんなにぎこちないのか自分でもわからない。ほかのふたりが不満そうにも、懐疑的にも見えないのがせめてもの救いだった。

彼女はそれから二、三分世間話を続けたあと、ロックフォードをアルシアのもとに残してさりげなくその場を離れた。そして何人かに挨拶《あいさつ》を返し、ときには立ちどまって二、三言交わしながら、舞踏室を横切っていった。ようやく計画に着手できたことを喜ぶべきなのに、なぜか心は沈むばかり。

おまけに頭まで痛くなってきた。

彼女は足を止め、周囲を見まわした。アイリーンが少し離れたところにいる。ルシアンはダンスフロアにいた。アイリーンのところに行くか、ルシアンが戻ってくるのを待つか。それにこうして立っていれば、話しかけてくる相手はたくさんいるだろう。ダンスを申しこんでくる男性もいるのは間違いない。

でも、そのどれもしたくなかった。こめかみがずきずきしはじめ、奇妙に気が滅《め》入《い》り、このまま家に帰りたくなった。

この夜ばかりは、本物の頭痛を理由にフランチェスカはウィッティントン夫人に別れを告げて、外で待っている馬車に向かった。すでに十年も使っている馬車は、少しばかりみすぼらしくなりはじめている。だが、音楽とまばゆい光、大勢の人々の話し声から逃れて乗りこむと、心からほっとした。

執事のフェントンが、フランチェスカがこんなに早く戻ったのを見て驚き、心配してあれこれ訊いてきた。「お加減でも悪いのですか？　風邪でも引かれたのでしょうか？」ホーストン卿と結婚したすぐあとにフランチェスカが雇ったフェントンは、もう十四年以上もこの家の執事を務めているとても忠実な男だった。ほかの召使いもみなそうだ。この五年、給金を払えないことも何度もあったが、フェントンは一度もそれをこぼしたことはない。フェントンのことだ、ほかの召使いが不満をもらそうものなら厳しく叱責《しっせき》しているに違いない。

フランチェスカは笑みを浮かべてフェントンを安心させた。「心配しないで。わたしは大丈夫よ。ただ少し頭が痛いだけ」

二階に上がると、今度はメイドのメイジーがけげんそうな顔で迎えた。メイジーはすぐさまフランチェスカの髪をほどき、ブラシをかけ、手早くドレスを脱がせて、ナイトドレスに着替えるのを手伝ってくれた。それから頭痛を静めるためにラベンダー水を取りに急いで部屋を出ていった。まもなくフランチェスカはベッドに横になり、灯《あか》りを落とした灯油ランプのそばで、ふくらませた枕《まくら》に頭をのせ、ラベンダー水に浸したハンカチを額にあてていた。

彼女はため息をついて目を閉じた。とくに眠いわけではない。いつも休む時間よりもまだかなり早かった。それに正直なところ、頭痛は家に戻り、髪をおろしたとたんによくなっていた。だが、どうやら舞踏会から持ち帰った憂鬱《ゆううつ》な気分は胸のなかに居座ってしまったようだ。

フランチェスカは自分の不幸をくよくよ嘆くたちではなかった。五年前、限嗣不動産に設定されていないわずかな不動産のひとつである、ロンドンのこの家以外はほとんど何も残さずに夫が突然死んだときも、手をこまねいて自分の運命を嘆いたりはしなかった。手元にあるものをかき集めて夫が残した借金を払い、毎月の経費をぎりぎりまで切りつめた。屋敷の一部を閉ざして召使いを減らし、それでもやり繰りがつかないと、銀食器や金のトレー、自分の宝石まで少しずつ手放しはじめた。それと同時に経済観念を改め、新しいドレスを買う代わりに古いドレスに手を入れ、パーティ用の靴も底が抜けるまで大事に使うことにした。

それでも、節約やわずかな寡婦給付金だけでは、とてもやっていけないことはすぐに明らかになった。彼女のような立場の女性は、ほとんどが新しい夫を探すだろう。でも、最初の結婚に懲りたフランチェスカは、二度と夫は持つまいと固く決意していた。そうはいっても、生活費を出してくれる夫がいないとなれば、実家に戻るしかない。いまは弟が継いでいるレッドフィールズで、死ぬまで弟夫婦の世話になって余生を送るしかないのだ。

だが、そうする代わりに、なんとか少しでも収入をもたらす方法はないかと、彼女は知恵を絞った。言うまでもなく、貴族の女性が働く場所はひとつもない。せいぜい老人の話し相手になるか、家庭教師をするぐらい。フランチェスカはそのどちらもする気になれなかった。また、たとえその気になったとしても、雇ってくれる家があるとは思えない。取り柄といえば、趣味のよさとファッションのセンスぐらいなもの。着ている女性の魅力をそぐドレスではなく、引きたてる色やデザインを見抜くことはできる。それにロンドンの社交界のことなら裏の裏まで熟知し、誰とどの程度戯れればいいか、誰と知りあいになり、誰に気に入られる必要があるかも知っている。機知に富んだ会話で、恐ろしく退屈な集いや居心地の悪い状況に活気をもたらすこともできる。でも、そうした技術は、どれもお金を稼ぐ役には立たない。

ところがある日、またしてもどこかの母親が、あまり見栄えのよくない娘をシーズン中になんとか婚約させたいと助けを求めてくると、ふいに妙案が閃《ひらめ》いたのだった。自分の技術が、娘によい結婚相手を見つけたがっている社交界の母親たちにはとても役に立つ、と。ロンドンの社交シーズンという荒波のなか、世間知らずの若い娘を導くのに、フランチェスカほど適している女性はまずいない。彼女は頼まれた娘の長所を最大限に引きたて、短所を目立たなくするようなドレスやアクセサリーを選び、髪型を見つける術《すべ》に長《た》けている。不幸な結婚にどうにか耐え、浮き沈みの激しい社交界に十五年ものあいだ名花のひとりとして君臨してこられたのは、天性の美貌《びぼう》もさることながら、忍耐と如才のなさとユーモアのセンスがあればこそだった。適齢期の女性に良縁を見つけるには、そうした資質もきっと役に立つはずだ。運がよければ、本物の愛さえ見つけてあげられるかもしれない。

そういうわけで、フランチェスカは三年前から縁結びを仕事にしているのだった。もちろん、いつも友人のために骨を折っているという見せかけのもとに。そのおかげで、贅沢《ぜいたく》な暮らしはできないまでも、これまではどうにか自分の力で暮らしを立ててきた。テーブルに食べるものをのせ、こまごまとした支払いをして、大きな部屋を閉めておくかぎり冬になれば館《やかた》を暖めることもできた。それに、彼女がよく客を紹介する仕立て屋や帽子屋は、注文した顧客が取りに来なかったドレスやフロックや帽子をかなり安く売ってくれる。たしかに、若いころ思い描いていた暮らしとはまるで違うし、支払いができるかどうかもしょっちゅう心配しなくてはならない。でも、少なくとも自分の力で生計を立てている。フランチェスカはそれを誇りに思っていた。母がこの仕事のことを知ったら、おそらく死ぬほどショックを受けることだろう。フランチェスカがしていることは、レディにあるまじき行為かもしれない。でも、正直に言えば、まるでセンスのない若い娘を自分の手で首尾よく魅力的な娘に変身させたときには、それなりの満足を感じるし、その娘がよい伴侶《はんりょ》を見つけるのに手を貸すのも楽しかった。

全体的に見れば、彼女はいまの人生にかなり満足していた。少なくとも、これまではそうだった。ところがこの何週間か、なぜか満たされぬ思い、倦怠《けんたい》感のようなものを感じる。

ときには……寂しいと思うことさえある。

もちろんそんなことはばかげている。いまはシーズンの最中で、社交行事は目白押し。毎日のように招待状が届き、毎晩どこかでパーティが催されている。ひと晩にいくつも重なることがあるくらいだ。日中は、男女を問わず、ほとんどとぎれずに客が訪れる。それに、ダンスの相手やエスコート役にも事欠かなかった。この何週間かひとりでいることが多かったとすれば、それは彼女自身がひとりでいることを望んだから。あまり外出する気になれず、人に会いたくなかったからだった。

カリーがいないことが、とても寂しかった。ロックフォードにも言ったが、カリーと一緒にいることにすっかり慣れてしまい、彼女が去ったあとの家のなかは灯が消えたように思える。それにまた、これも認めなくてはならないが、はるか昔に自分がひどい過ちをおかしたことを知って、深い悔いと罪の意識にさいなまれているのだった。そしてついこう思ってしまう。ロックフォードとの婚約を破棄していなければ、自分の人生はどれほど変わっていたことか、と。

ロックフォードと結婚していれば、食べるものを買うお金のことや、古いドレスにもう一度手を入れて着られるかどうかで、頭を悩ませる必要などまったくなかったことは確かだ。でも、そうした金銭的な利益よりも、手に入れられなかった幸せを彼と結婚していれば得られただろうかと思わずにはいられなかった。

道楽者のろくでなしではなく、名誉心のある男性と結婚していたら、いまごろはどんな生活を送っていただろうか？　心から愛している相手と結婚していたら？　フランチェスカは、昔、ロックフォードといるときに感じためくるめくような興奮を、彼にほほえみかけられるたびに胸を満たした幸せを……キスされるたびに体中が熱くなったことを思い出さずにはいられなかった。

ロックフォードは常に礼儀正しかった。彼がしたほんの数回のキスも、ほとんどがまるで妹にするように慎《つつ》ましいものだった。それでも、すぐそばにいるだけで鼓動は狂ったように打ち、彼の姿、声、においが五感を満たした。ロックフォードが唇を強く押しつけて彼女の唇を開く。それから急いで離れ、礼儀を失したことを謝る。でも、その言葉もフランチェスカの耳にはほとんど入らなかった。そんなとき、体中の神経をざわめかせる新しい、不思議な感覚にぼうっとして、フランチェスカはかすかに唇を開け、ロックフォードを見上げた。お腹《なか》のなかが燃えるように熱くなるのを感じながら、自分でもよくわからない何かがもっと欲しくて体を震わせたものだった。

ロックフォードと結婚していたら、いまごろは子供たちに囲まれ、夫に大切にされて、ひょっとすると、愛されてさえいたかもしれない。とても幸せだったかもしれない。

目の隅から涙が滑り落ちて、頬を伝う。フランチェスカは目を開けて、その涙を払った。なんという愚かな想像かしら。わたしはもうロマンティックな想像にわれを忘れる十八の娘ではないのよ。

ロックフォードとの結婚もおそらく不幸せなものだったに違いない。それが真実だった。ロックフォードのキスで胸が高鳴ったとき、そのキスと抱擁のあとに何が待っているか彼女はまったく知らなかった。結婚した男女の行為の現実に直面したときに、あのめくるめくような快感が死んでしまうことも知らなかったのだ。ロックフォードと結婚していても、結果は同じだったわ。フランチェスカは自分にそう言い聞かせた。唯一の違いは、アンドルーではなく、ロックフォードの下で体が硬直し、冷たくなったことだ。そして毒づきながらベッドを離れ、彼女を〝レディ・アイス〟、いえ、〝アイス公爵夫人〟と呼んだのは、アンドルーではなく、ロックフォードだっただろう。

苦い笑みが唇の端に浮かんだ。昔ロックフォードは、わたしを好ましく思っていた。でも、結婚したあとに彼の愛を勝ちとれたかもしれないなどと夢を見るのはばかげているわ。もちろん彼はアンドルーのようにわたしを不感症だと罵《ののし》ることはなかったかもしれない。あからさまに非難したり、これみよがしに愛人を見せつけたりすることもなかっただろう。でも、アンドルーと同じように、ベッドのなかでわたしに失望したに違いない。そしてわたしが夜の営みに熱心に応じられないのを知ったあとは、ささやかな好意すら失ってしまったはずだ。それはわたしも同じこと。ロックフォードへの愛も死んでいったに違いない。自分の体を蹂躙《じゅうりん》されるのに耐えながら、今夜こそ痛みを感じずにすむようにと願い、ようやく彼が終えて自分の部屋に戻るとほっとしてため息をつく夜を繰り返すうちに。

何かが変わると信じる理由はまったくなかった。違う相手と結婚したからといって、まるで魔法のように情熱的な女性に変わるわけがない。妻が不感症だと気づいたときに、ロックフォードの顔に浮かぶ冷ややかな表情を見るほうが、そして愛する男の夜ごとの訪れを恐れるようになるほうが、ずっとつらかったはずだ。

それくらいなら、いまのほうがはるかにまし。かつて抱いた愛の幸せな思い出に浸っているほうがいい。わたしがどんな女か知っていたら、ロックフォードもわたしと結婚しなかったことを感謝するに違いないわ。いまからでもまだ結婚し、跡継ぎをもうけることができるのだもの。

実際、わたしが選んだあの三人は誰でも、立派な伴侶、公爵夫人になれる。あの三人なら、ロックフォードにも不服はないはず。きっとそのなかの誰かを愛するようになるわ。なんといっても、これまでわたしが結婚にこぎつけたカップルは、ひと組残らずとても幸せに暮らしているのよ。ロックフォードはこの先、わたしと結婚したよりも幸せな人生を送ることになる。彼が幸せになれば、わたしも嬉しいわ。とても嬉しい。

それなのに、どうしてこんなにむなしい気持ちになるの？

3

　フランチェスカはダンシーパークの庭を横切っていた。太陽が背中を温め、あたりには薔薇《ばら》の芳香が漂っている。金色の光のなかではさまざまな色彩の花が咲き乱れていた。紫の飛燕草《ひえん》、白と黄色の金魚草、ピンクと赤の大きなぼたん。それに格子にからまり、壁の上からこぼれ、どこを見てもあらゆる色あいの薔薇が咲いている。そよ風が花を揺らし、うなずかせて、花びらを散らしていく。

「フランチェスカ」

　振り向くと、そこにはロックフォードがいた。顔ははっきり見えないが、声と姿勢、歩き方ですぐにわかる。フランチェスカは胸に幸せがこみあげるのを感じながら、近づいてくる彼にほほえみかけた。

「きみが来るのが書斎から見えたんだ」ロックフォードはそう言いながら歩いてくる。

　彫りの深い顔に触れたくて、指先がむずむずした。太陽の下では黒い瞳が室内で見るよりも明るく見え、温かいチョコレートのような色の虹彩《こうさい》が漆黒の瞳孔《どうこう》を囲んでいる。フランチェスカは彼の口に目をやった。引きしまった、形のよい唇。彼の唇はおいしそうだわ。そう思ったとたん、体が熱くなり、お腹《なか》のなかで何かがぎゅっとよじれた。

「シンクレア」フランチェスカはささやくようにこの名前を口にした。彼がそばにいるとよくそうなるように、胸が締めつけられ、息が喉に閉じこめられる。彼のことは幼いころからよく知っているのに、このごろはロックフォードがそばにいると、まるで初対面のように気恥ずかしく、胸がどきどきして気持ちが落ち着かなかった。

彼は片手を上げ、手のひらでフランチェスカの頰を包んだ。固い手は太陽の愛撫《あいぶ》よりも熱い。親指で頰をなで、彼女の口をかすめながら、まるで羽根のように唇をたどっていく。すると彼が触れたところが燃えるように熱くなった。

体のなかで熱の蔓《つる》がからみ、お腹の奥へと集まって、腿のあいだがうずく。フランチェスカは驚いて息を呑《の》んだ。

彼が頭をうつむけると、フランチェスカは期待に震えて目を閉じ、甘いキスを受けた。ふたりの唇が溶けあった瞬間、頰に置かれた手が突然、燃えるように熱くなり、ロックフォードは荒々しく彼女を抱き寄せて自分の体に押しつけた。

逃れようともがく野生の動物のように心臓が激しく打ちはじめる。ロックフォードは強く唇を押しつけ、彼女の口を開いた。思いがけない欲望に翻弄《ほんろう》され、フランチェスカはふいに花開いたうずきを抑えつけようと両脚をぎゅっと閉じた。もう少しで届きそうで届かない何かを欲して、体が震えていた。

フランチェスカはぱっと目を開けた。彼女は暗い部屋に横たわり、ベッドの天蓋《てんがい》を見上げていた。呼吸が荒く、肌が汗ばんでいる。胸のなかで鼓動が早鐘のように打ち、両脚のあいだに甘いうずきがある。つかのま、彼女は自分がどこにいるのか、何が起こったのかわからなかった。

それから、夢を見ていたことに気がついた。

少し震えながら起きあがり、自分がまだ自宅のベッドにいることを確かめるかのように、部屋を見まわす。いまの夢はあまりにも鮮やかすぎた。

彼女はぶるっと震え、上掛けを肩にかけた。汗に濡《ぬ》れた肌を、夜気が冷やす。初めてのシーズンをロンドンで過ごすためにレッドフィールズを発《た》つ前、ダンシーパークの庭でロックフォードといたときの夢を見たんだわ。でも、あれは若いロックフォードだったの？

夢のなかで彼の顔がどんなふうに見えたか思い出せなかった。

でも、その夢がもたらした快感ははっきり思い出せる。そのせいでまだ体のなかが震えていた。フランチェスカは目を閉じて、つかのま、これまで感じたことのないその快感のなかを漂った。なんて奇妙なことかしら。欲望と情熱に満ちた夢を見るなんて、まるでわたしらしくない。フランチェスカは再び体を震わせた。

自分でもよくわからないものに焦がれて、なんだか……満たされない気持ち。

これが欲望というものなの？　欲望は女をこんな気持ちにさせるの？　笑いたいのか泣きたいのかもわからない、心細い気持ちに？　十五年前のわたしは、漠然とした憧《あこが》れを抱いて夜ごと眠れず、彼とその口づけを思いながら彼のものになる日を夢見ていた。〝彼のものになる〟ことが何を意味するのか、あのときはまったく知らなかった。それがわかったのは、酔ったアンドルーがナイトドレスをめくって不器用な手つきで彼女をなでまわした結婚式の夜だった。フランチェスカは彼に一糸まとわぬ姿を見られたときの屈辱と、突然こみあげてきたパニックを思い出した。ひどい間違いをおかしたという不安を。

夫はブリーチズのボタンをはずして引きおろしながら、いやらしい目で彼女を見下ろした。怒張した高まりがぱっと飛びだすのを見て、フランチェスカは恐怖にかられ、目を閉じた。するとアンドルーは彼女の脚を押し開き、そのあいだによじのぼって、たけり狂うものをいきなり突き入れ、繊細な体を引き裂いた。フランチェスカは鋭い痛みに思わず悲鳴をあげたが、夫はおかまいなしに何度も彼女を無理やり貫き、やがて汗まみれの熱い体で彼女の上に崩れ落ちた。

まもなくフランチェスカはアンドルーがそのまま眠ってしまったことに気づき、身をよじってどうにか彼の下から出ると、ナイトドレスを引きおろして彼に背を向け、体を丸めて泣きながら眠ったのだった。

翌朝、アンドルーは彼女に痛みをもたらしたことを謝り、女性が痛みを感じるのは最初のときだけだと請けあった。朝の明るい光のなかで、フランチェスカは夜の営みがしだいによくなることを願った。そういえば母も、いつものように言葉少なではあるが、初夜が終わればそれほどひどくもなくなる、と仄《ほの》めかしていた。そのときはなんのことかわからなかったが、明らかに昨夜の営みのことだったに違いない。それにアンドルーは披露宴で飲みすぎ、ひどく酔っていた。きっと酔っていないときは、もっとやさしく愛情をこめて抱いてくれるわ。それに、夜の営みがどういうものかわかったからには、もうそれほど恐ろしくもないし、当惑することもないはずよ。

もちろん、フランチェスカは間違っていた。たしかに痛みは最初のときがいちばんひどかった。でも、結婚に夢見ていた甘やかな情熱や満ち足りた幸せは、まったく訪れなかった。アンドルーが両手で体をまさぐり、胸をつかみ、脚のあいだに乱暴に触れてくるたびに、不快と屈辱しか感じなかった。そして夫が彼のものを敏感な場所に荒々しく突き入れ、彼女を蹂躙《じゅうりん》するあいだ、ひたすら耐えた。ことが終わったあと、涙に暮れるのもいつも同じ。ただ初夜と違って、まだ起きているアンドルーが泣き声を聞いて毒づき、ベッドを離れていった。

たしかに痛みはさほどひどくなくなった。ほんの少ししか痛まないこともあれば、ときにはまったく何も感じないこともあった。だが、ほんとうの意味では何ひとつよくならず、時がたつにつれて不快感と屈辱感は募るばかりだった。それにアンドルーは相変わらず酔っていることが多かった。フランチェスカは彼がベッドに来て酒臭い息を吐き、両手で胸やヒップをつかむのを、彼の体が乱暴に自分の体を奪うのを恐れた。

組み敷かれているあいだは、目を閉じて顔をそむけ、ほかのことを考える。すると、まもなく終わる。アンドルーは彼女がまったく反応しないことに腹を立てて、氷のように冷たい女だと罵《ののし》り、はした金で抱ける娼婦《しょうふ》でも、これより楽しませてくれると苦い声で吐きすてた。そしてフランチェスカが彼の不実を非難しようものなら、妻が本物の女なら愛人で欲望を満たさなくてもすむのだ、と言い返された。

フランチェスカは彼の言葉を否定したかった。でも、アンドルーの言うとおりかもしれない。自分はほかの女性とは違うようだ。ほかの結婚した女性たちは、夜の営みと夫の激しさをくすくす笑いながら話す。扇の陰で、ある男性の大胆な行為についてささやいたり、そこここの男性の体つきを褒めたり、紳士たちのベッドでの巧みさを推測したりする女性たちもいる。どうやら、ほかの女性は夜の営みを恐れるどころか楽しんでいるようだ。

ロックフォードに裏切られたことを知ったとき、わたしのなかで何かが死んでしまったのだろうか？　だが、そう思うそばから、ロックフォードはまだ結婚しないうちに、わたしの冷たさを感じとったのかもしれない、とも思った。彼女に情熱が欠けているせいで、ダフネの腕のなかを求めたのかもしれない、と。キスや愛撫のためにフランチェスカをどこかの隅に押しこもうとしないのは、ロックフォードが紳士だからだと思っていたが、彼女がまったくの不感症だと気づいていたから、そうしなかっただけだとしたら？

たとえ女としての歓《よろこ》びを知ることができなくても、子供を持ち、家族を作ることはできるわ。フランチェスカは自分にそう言い聞かせたが、それからまもなく、この期待すら見事に裏切られた。結婚して半年後、彼女は妊娠した。だがその四カ月後、アンドルーが賭《かけ》で負けたお金のことでふたりが言い争ったときに、怒ってそばを離れようとした彼女をアンドルーが乱暴につかんだ。フランチェスカは彼の手を振り切ったものの、その弾みで後ろに倒れ、階段の手すりにぶつかって何段か落ちた。それから数時間後、彼女は流産し、難しい顔の主治医から、もう子供を持てなくなる可能性がある、と警告されたのだった。

医者が言ったとおり、フランチェスカは二度と妊娠しなかった。家族を持つことができない体になったとわかったあのころは、不幸な結婚生活のなかでも最悪の時期だった。夫を愛したことがあったのかどうか自分でもよくわからないが、彼女がアンドルーに対して感じていた気持ちは、結婚したとたんに間違いなく死んでしまった。そのうえに、子供を持つ喜びまで奪われてしまったのだ。

ありがたいことに、アンドルーが彼女のベッドを訪れる回数はしだいに少なくなっていった。正直な話、夫がほとんど家にいつかず、娼婦を買い、飲んだくれて外で過ごすようになっても、もうどうでもよかった。夫が何をしようと文句を言う気も失《う》せていたが、賭事だけは別だ。そうでなくても常に危うい収支をいっそう悪化させるからだった。

アンドルーが酔って落馬し、死んだときも、フランチェスカは一滴の涙さえ流すことができなかった。妻という鎖から自由になってむしろほっとしたくらいだ。それ以来、なんとかやり繰りすることにどんなに苦労しても、この五年は少なくとも自分の思いどおりに暮らしてきた。夫がぶらりと寝室に入ってきて、またしても無理やり抱くのではないかと恐れる必要がなくなっただけでも、ほんとうに嬉《うれ》しかった。

二度と昔のような立場に身を置くことはしない。フランチェスカはそう誓っていた。結婚にはまったく関心はなかった。もちろん、亡き夫よりもはるかにましな男性はたくさんいるが、彼らとて夜の営みを望まない妻を歓迎するとは思えない。たとえ相手がどんなに善良な男性でも、二度と妻の義務を強いられるのはごめんだった。アンドルーが言ったように、情熱を感じないのは女としておかしいのかもしれない。でも、それがいまさら変わるとは思えない。とにかく、彼女は熱い欲望とは無縁なのだ。

フランチェスカがさきほどの夢に驚いているのはそのせいだった。あの、わけのわからない熱い焦がれはいったいなんだったのだろう？　どういう意味なの？　どこからやってきたの？

今夜は昔のことを思い出したものだから、あんな夢を見たに違いないわ。十五年前、ロックフォードを愛していたときの気持ちを。若いころの無垢《むく》な願いと愛が、あんな夢を紡ぎだしたのだろう。でも、それは子供を産むことのできない、不感症のいまの彼女にはなんの意味も持っていない。まったくなんの意味もない。

二日後、フランチェスカが二階でメイドのメイジーとドレスのひとつに手を入れる相談をしていると、執事がドアをノックし、アラン・シャーボーン卿《きよう》がおいでです、と報告した。

「アラン卿？」フランチェスカはけげんそうに訊《き》き返した。「わたしの知っている方かしら、フェントン？」

「お会いになったことはないと存じます、奥様」フェントンはかしこまって答えた。

「それなのに、会うべきだと思うの？」

「いつもの紳士たちとはかなり違うお方のようです。おそらく、ほとんどの時間を領地で過ごしておられるとお見受けしました」

「そう言われると、どんな用件で見えたのか知りたくなるわね。客間にお通ししてちょうだい」

数分後、フランチェスカは客間に入っていった。アラン卿はフェントンが描写したとおりの人物だった。中肉中背、ハンサムとは言えないまでも好ましい顔立ちの男性だ。これといって目立つところはないが、何かが欠けているわけでもない。彼の立ち居振る舞い、話し方、物腰は、明らかに紳士階級の育ちであることを示してはいるものの、尊大なところはまったくなかった。着ているものも上等だが、最新流行のデザインとは言えない。これはフェントンが言ったように、ロンドンの人間ではないからだろう。率直で飾り気のない態度がこの印象をいっそう強めていた。

「アラン卿、でしたかしら？」フランチェスカは問いかけるように言いながら、近づいていった。

暖炉の上にかかっている肖像画を見ていたアラン卿は、振り向いて、驚いたように目を見開いた。「レディ・ホーストン。いや……まさか、あなたが……」言葉を切り、かすかに顔を赤らめた。「失礼。ふだんはこれほど口下手ではないんだが。レディ・ホーストンがあなたのように若く美しい女性だったことが、とても意外だったものですから」

フランチェスカはにっこり笑ってこれに応《こた》えた。どんな場合でも、褒められるのは気分のよいものだ。それがこんなふうに自然で、ほんとうに驚いたように見えるときはなおさらだった。

「あらまあ」彼女はからかうような調子で応じた。「誰かがわたしをやつれた老婆のように申しあげたのかしら？」

アラン卿はさらに赤くなって口ごもった。「いや、とんでもない。そんなことは誰も……ただ、社交界で大きな影響力を持っているうえに、社交術に長《た》けているというさまざまな人々の話を聞いて、わたしが勝手にもっと年配の女性を想像していただけなのです。その、一族を取り仕切る家母長のような……」彼は口をつぐんだ。「いや、これではもっと悪い」

フランチェスカはくすくす笑いだした。「ご心配なく。怒ってなどいませんわ。どうか、お座りくださいな」彼女はソファを示し、それとは直角に置かれた椅子に自分も腰をおろした。

「ありがとう」アラン卿はこの招きに従い、ソファに座って彼女のほうに体を向けた。

「突然お邪魔したことをお許しいただけるといいが。知りあいでもないのにこうしてお訪ねするのが厚かましいことは、重々承知しておるのですが、友人から、ひょっとするとあなたが力を貸してくれるかもしれない、と言われたものですから」

「そうですの？　ええ、もちろん、わたしにできることなら喜んでお力になりますわ」

「娘のハリエットのことなのです。娘は今年社交界にデビューしたのですが」

「なるほど」そうなると、この男の用件は明らかだ。フランチェスカはハリエット・シャーボーンという名前の娘を思い出そうとしたが、何も浮かんでこなかった。もちろん、それが問題なのかもしれない。ハリエットが初めて過ごすシーズンに、ほとんど誰の目にも留まっていないことが。

「わたしはやもめでして」不意の訪問者は話しつづけていた。「この六年、ハリエットとふたり暮らしをしております。気立てのよい、やさしい娘です。いまはわたしのいい話し相手になってくれています。誰と結婚しても、きっとよい妻になるでしょう。何しろ十四歳のころから、家のことはほとんどあの娘《こ》が切り盛りしているのですから。しかし、その、ハリエットが、どうやらロンドンの社交界では人気がないようなのです」彼は、なぜだかさっぱりわからない、という顔で言った。

「初めてロンドンの社交界を経験する若い女性には、いろいろと難しいことがあるものですわ」フランチェスカは穏やかに答えた。

「娘に一日も早く結婚相手を見つけたいと思っているわけではないのですよ」アラン卿は急いでつけ足した。「正直に申しあげると、あの娘が結婚したら、わたしはずいぶん寂しくなります」そう言ってかすかな笑みを浮かべる。「せっかくの初めてのシーズンを心ゆくまで楽しんでほしい。それだけです。しかし、いつも壁際に立っているだけで、ダンスの申しこみさえひとつもない。これではどうして楽しめます?」

「ええ、そうですわね」

「あなたはこれまで、その、言わば社交的な競争に遅れていた若い女性に手を貸し、奇跡を起こすことで知られている、と聞いたものですから。見ず知らずのわたしを助ける理由はまったくないことはわかっております。ですが、ちょっとした助言でもいただけたら、と厚かましいのを承知でお邪魔したしだいです。あなたはとても寛大な方だと、聞かされましてね」

「もちろん、喜んでお手伝いしますわ」フランチェスカは快く請けあった。

アラン卿はどうやら好ましい人物のようだ。また、たとえそうでなくても、幸運にも降って湧《わ》いたようなこのチャンスを、ふいにする余裕はない。本来なら、いまごろは結婚相手を見つけたがっている若い女性を綿密に調べあげ、自分の知識を役立てられそうな、そしてそのためなら財布の紐《ひも》を緩める気がありそうな相手を選びだしているべきなのだ。

「そうは言っても、具体的に何をお願いすればいいのか……」不意の客は少しばかり心もとなげに口をにごした。

「わたしもわかりませんわ」フランチェスカは率直に認めた。「お嬢様にお会いすれば、何か助言ができるかもしれませんが」

「ええ、もちろんです。ふたりで訪問させていただいてよろしければ、喜んで娘を連れてお邪魔します」

「ええ、それがよろしいわ。水曜の午後はいかが？　ミス・ハリエットにお会いすれば、具体的なことがお話できるはずですもの」

「ありがたい」アラン卿は満面の笑みでうなずいた。「ご親切、痛み入ります、ミス・ホーストン」

「それで、ミス・ハリエットは今年のシーズンに何を期待しておられますの？　それを少しうかがっておきましょうかしら」

アラン卿はけげんそうな顔になった。「どういう意味です？」

「ご両親とお嬢様の期待は、違っていることが多いんですのよ。なかにはお嬢様に急いで配偶者を見つけたいと願う親御さんや、上流の貴族との縁組を望んでおられる親御さんもいらして……」

「ああ」アラン卿の顔に理解が浮かんだ。「さきほども申しあげましたが、娘の結婚相手を見つけたいと思っているわけではないのです。もちろん、ハリエットがふさわしい若い紳士と出会い、結婚したいと望むようになれば、それはそれで結構だが、娘はまだ若いのだし、結婚にそれほど関心を持っている様子もない。だから、せっかくのシーズンを楽しんでほしい。そう願っているだけです。ハリエットはぐちひとつこぼさないが、この数年はあの年ごろの娘が引き受ける以上の責任を引き受けてきましたからね。少しは楽しんでも罰はあたらないと思って、ロンドンに連れてきたのです。ところが、どのパーティでも……すっかり退屈しているようだ。ダンスをしたり、おしゃべりをしたりしたいのだと思うが、その相手がいない。わたしの母が付き添いをしてくれるのだが、もう年で、ハリエットをあちこち連れてまわるのは重荷なのです。それに、母が出かけるパーティがハリエットにもはたして楽しいものかどうか、ときどき首を傾《かし》げてしまうこともあります」

しだいに様子がわかってきて、フランチェスカはうなずいた。「なるほど」

アラン卿は善良でやさしい父親らしく、娘のためだけを思っているようだ。これまでフランチェスカを訪ねてきた両親の多くとは違って、とても好感が持てる。幸せな結婚よりも、地位の高い相手、資産のある相手との結婚を望む親があまりにも多い。アラン卿のように、娘に初めてのシーズンを楽しんでほしい、それだけが望みだ、と言う親はほとんどいなかった。

もちろん、思いやりがあるからといって、目的を達成するためにお金を使う気もあるとはかぎらない。フランチェスカはドレスひとつ買わずに奇跡を起こしてほしいと願う親、さもなければしみったれた予算で美しいドレスを買ってほしいと願う親をたくさん知っていた。

アラン卿はその点をどう思っているのだろう？　フランチェスカはそれとなく探りを入れた。「お嬢様の魅力をじゅうぶん引きたてるためには、それなりの身支度が必要になるかもしれませんわ」

彼は即座にうなずいた。「もちろんです。あなたが思うとおりにしていただいてかまいません。それに関してはお任せします。パーティに着るドレスを選ぶのは、母は適任ではなかろうと思うので」

「それに、あなたご自身もパーティを催す必要がありますわね」アラン卿の途方に暮れた顔を見て、フランチェスカは急いで付け加えた。「それとも、ここでパーティをなさいます？　それでしたら準備はわたしがいたしますわ」

彼はほっとした顔になった。「そうしていただければ、どんなにありがたいか。もちろん、費用はすべて持たせてもらいます」

「ええ」フランチェスカは微笑した。金に糸目をつけない親のために働くのは、気持ちのよいものだ。それがすべての決断と手配を、喜んでゆだねてくれる親ならもっといい。

フランチェスカの申し出を心から喜んでいると見えて、アラン卿は嬉しそうな笑みを浮かべた。「なんとお礼を申しあげればいいか、レディ・ホーストン。ハリエットもきっと大喜びすることでしょう。では、今日のところはこれで失礼します。そうでなくても突然お邪魔したうえに、長居をしては申し訳ない」

アラン卿は礼儀正しく頭をさげて立ち去った。フランチェスカはおりてきたときよりも、はるかに上機嫌で二階に戻った。これでやることができた。ついでにお金が入るあてもできた。コックが用意したこの数日の食事の質からすると、カリーがこの屋敷に滞在していたときにロックフォードの管財人から届いていたお金は、とうとう底をついたようだ。執事のフェントンもコックもいつもの倹約精神を発揮して、できるだけもたせようとしたに違いないが、それにしてもかぎりがある。

ありがたいことに、ホーストン家の支払いは、いまのところまだ滞っているわけではない。カリーの祖母、公爵未亡人がお礼のしるしにと送ってきた贈り物のおかげで、おそらくシーズンが終わるまでは大丈夫。カリーがこの家を立ち去るときに、フランチェスカに母親の形見のカメオを残していったのだが、フランチェスカはカリーの気持ちが嬉しくて、手放すことができなかった。が、そのあとまもなく、公爵未亡人から美しい銀の化粧セットが送られてきた。フランチェスカが彼女に代わって結婚式や披露宴の手配を引き受けたお礼のしるしだった。美しい彫刻を施したトレーとかわいらしい小箱や器や香水の瓶のセットは、惚《ほ》れ惚《ぼ》れするほど見事な細工で、手放すのは残念だったが、フランチェスカはつい昨日、メイジーにそれを預け、いつもの宝石店に持っていかせた。

とはいえ、その化粧セットがもたらしたお金も、永遠に続くわけではない。シーズンが終わったあとには、長い秋と冬が待っている。そのあいだにさらなる収入がもたらされるチャンスはほとんどないのだ。アラン卿の娘の手助けをすることで〝贈り物〟がもらえるなら大歓迎だ。それに何かやることがあるほうが、人生はよりよく見えるもの。ロックフォードとハリエット・シャーボーン。このふたつの仕事が、先日の夜に襲われたような憂《ゆう》鬱《うつ》をすっかり払ってくれるに違いない。

自分が階下にいるあいだに、去年お払い箱にした舞踏服から回収した銀のレースのことをメイジーが思い出したことを知ると、フランチェスカの気持ちはいっそう明るくなった。そのレースを使えば、火曜日の夜に着ていくつもりの光沢のあるグレーのイヴニングドレスを、とてもおしゃれにイメージチェンジできる、とメイジーは請けあった。

ふたりは午後の残りを、上機嫌でそのドレスを作り直して過ごした。オーバースカートを別のドレスから取っておいた銀のボイルに取り替え、裾《すそ》と襟ぐりと短いパフスリーブを銀のレースで飾り、銀のリボンの帯をつけると、そのドレスは華やかにきらめき、まるで新品のようになった。一年前に着たグレーのイヴニングドレスと同じものにはとても見えない。これなら、観劇の夜にはちょうど手ごろだわ、フランチェスカは上機嫌で思った。それにこれを着たわたしは、もうすぐ三十四歳になるようには見えないはずよ。

フランチェスカがお芝居を観《み》に行こうと提案した、火曜日の夜が来た。公爵は約束の時間よりも少し早めに着いた。これはとくに意外ではないが、フランチェスカの支度がこんなに早めに整っているのは、かなり珍しいことだった。とはいえ、フェントンからロックフォードの来訪を告げられると、彼女は何分かぐずぐずしてから、ロックフォードを迎えるために階段をおりていった。客がたんなる友人で求愛者でない場合は、レディが待ちかねていたように迎えるのはあまり賢いこととは言えないのだ。

フェントンは表に面した応接間にロックフォードを通していた。彼は暖炉の前に立ち、その上にかかっているフランチェスカの肖像画を見ていた。その絵は結婚したときにアンドルーが描《か》かせたもので、もう長いことそこにかかっていたから、フランチェスカにとっては見慣れた家具のひとつとなり、とくに注意を向けたことはなかった。

だが、いまあらためて目をやると、ほんとうに自分の肌はあんなふうに輝いていたのか、ビロードのようだったのか、それともこの画家は誰のこともこんなふうに描いたのだろうかと思わずにはいられなかった。

ロックフォードは彼女の足音を聞きつけ、肩越しに振り返った。その瞬間、彼の目に浮かんだ何かが、フランチェスカの足を止めさせた。だが、それはすぐに消え、ロックフォードは微笑を浮かべた。たったいま、ほんの一瞬見えたものはなんだったのか、フランチェスカにはよくわからなかった。それが何にしろ、彼女の鼓動はいつもより速くなった。

「ロックフォード」彼女は近づきながら、片手を差しだした。

彼がすっかり振り向くと、白い薔薇の花束を手にしているのが見えた。フランチェスカはまたしても足を止め、この贈り物に気をよくして片手を胸にあてた。「まあ、きれい！ありがとう」

彼女は喜びに頰を染め、前に進みでて花束を受けとった。

「一日早いのはわかっているが、今夜別れを告げるころには、きみの誕生日になっていると思ってね」

「あら！」青い目を喜びにきらめかせ、フランチェスカは顔を輝かせた。「覚えてくれていたの」

「もちろん」

フランチェスカは薔薇に顔を近づけ、芳香を吸いこんだ。が、その仕草は香りを嗅《か》ぐためよりも、こみあげた喜びを隠すためだった。

「ありがとう」フランチェスカはもう一度礼を言いながら、彼に顔を戻した。ロックフォードが自分の誕生日を覚えていた、そして花束を持ってきてくれた。たったそれだけのことで、なぜこんなに幸せな気持ちになるのか自分でもよくわからない。でも、フランチェスカの気持ちは先週よりもはるかに明るく、軽くなっていた。

「どういたしまして」蝋燭《ろうそく》の弱い光では、翳《かげ》った黒い瞳に浮かんでいる表情は読みとれなかった。

彼は何を考えているのかしら？　フランチェスカは推測しようとした。十五年前のわたしがどんなふうに見えたか思い出したの？　ずいぶん変わったと思っているのだろうか？

自分の思いがさまよいだした方向に困惑して、フランチェスカはベルを鳴らし、執事を呼ぶために向きを変えた。有能なフェントンは、公爵が来たときに花束に気づいていたので、すぐに水をたっぷり入れた花瓶を手にせかせかした足どりで入ってきて、ソファの前にある低いテーブルに置いた。フランチェスカは少しのあいだ、黙って薔薇を活《い》けた。

ややあって、彼女はロックフォードの顔ではなく、薔薇を見ながら軽い調子で言った。

「わたしの誕生日を思い出してくれたのは嬉しいけれど、何年の月日が流れたかはあまり思い出してほしくないものだわ」

「きみの秘密は誰にもばらさない」ロックフォードは厳粛な声で約束して、彼女をからかった。「だが、ついうっかり口にしてしまっても、誰も信じないだろうな」

「まあ、すてきな嘘《うそ》ね」フランチェスカはにっこり笑い、えくぼを見せながら言った。「嘘じゃないさ」ロックフォードは抗議した。「いまもきみの絵を見て、いまとまったく同じだと驚いていたんだ」

調子を合わせて言い返そうとすると、ふいにこの前の夜の夢が思い出された。夢のなかで自分を見下ろしたときのロックフォードのまなざしと、彼の唇が重なったときのビロードのような感触が……。

フランチェスカは真っ赤になり、息を止めてロックフォードを見つめた。そしてロックフォードの表情が変わり、黒い瞳の色がかすかに濃くなるのを見て期待に体が震えた。

彼はキスするつもりだわ。

4

だが、もちろん、ロックフォードはキスなどしなかった。彼は一歩さがり、ふだんと同じ冷静な表情に戻った。ほんの一瞬見たと思った表情とはまるで違う。あれは光の加減か、影のいたずらだったんだわ。フランチェスカはそう思った。フェントンは少しでも経費を節約するために、蝋燭《ろうそく》の数を減らしているに違いない。

「誕生日を祝う会を催さないのかい?」ロックフォードは少しこわばった声で言った。

フランチェスカは目をそらして向きを変え、お腹《なか》のなかのざわつきを静めようとした。ばかげた夢のことを考えるのはもうやめなさい。あれにはなんの意味もないのよ。たとえ頭に浮かんだとしても、ロックフォードはあの夢のことはまったく知らないのだもの。気まずい思いをする必要はないわ。

「ばかなことを言わないで」フランチェスカはそっけなく言い返して腰をおろし、彼にも椅子を勧めた。「年をとったことは、もう誰にも知られたくないわ」

「だが、そうなると、ぼくたち凡人にはきみの存在を祝うチャンスがない」

フランチェスカはそっけなく彼を見た。「少しお世辞がすぎやしない？」

ロックフォードはにやっと笑った。「親愛なるフランチェスカ、きみが天使と呼ばれるのは、いつものことだろうに」

「いいえ。真実しか口にしないことで有名な相手からは、そうでもないわ」

ロックフォードはくすくす笑った。「降参するよ。どうやら、ぼくには太刀打ちできないようだ。きみと機知を競って、最後の言葉を口にするのは不可能だということはよくわかっている」

「潔く認めたことは褒めてあげるわ」フランチェスカはにこやかに応じた。「さてと……レディ・アルシアがわたしたちを待っているのではないかしら？」

「ああ、そうだった」アルシアに会えるという見通しに、ロックフォードはフランチェスカが願っているほど嬉《うれ》しそうには見えなかった。

でも、ロックフォードを祭壇に導くのが長く険しい闘いになることは、最初からわかっていたことよ。フランチェスカはそう自分に言い聞かせた。ロックフォードは簡単に気持ちを変えるタイプではない。彼が何年も取ってきた進路を変更するには、時間も努力も必要だろう。それに、アルシアがロックフォードの妻としてふさわしいかどうかは、フランチェスカ自身もまだよくわからないのだ。

この前の舞踏会でアイリーンが言った言葉が思い出された。アルシア・ロバートはたしかに、少しばかり気位が高すぎるかもしれない。公爵夫人となるにはたいして問題ではないが、そういう女性がはたしてロックフォードをほんとうの意味で幸せにできるものだろうか？　彼はたしかにときおり、妹のカリーが言う〝公爵の顔〟を張りつける。でも、ほとんどの場合は、公爵であることをさほど意識せず、ほぼどんな階級の人々とも気さくに話す。自分の権威がそこなわれるのを恐れて人の言葉を聞こうとしないとか、人々を助けるのを躊躇《ちゆうちよ》したことは、フランチェスカの知るかぎり一度もなかった。

フランチェスカはちらりとロックフォードを見ながら、街用の優雅な馬車へと向かった。たとえばこの馬車も、彼が尊大な男ではないよい例だ。立派な仕様の明らかに高価な馬車ではあるが、その横には公爵家の紋章は入っていない。ロックフォードは一般市民の賞賛を求めたことも、自分の名前や地位を高らかに宣言する必要を感じたことも一度もないのだ。

彼はフランチェスカが馬車に乗るのに手を貸し、彼女の向かいに腰をおろした。フランチェスカは贅沢《ぜいたく》な革の座席にゆったりともたれ、柔らかいクッションに頭をあずけた。暗くて狭い馬車のなかでこれほど近くに座るのは、自宅の客間で座るよりもずっと親密な気がする。

ロックフォードとふたりだけで馬車に乗ったことが一度でもあっただろうか？　フランチェスカは記憶を探ったが、思い出せなかった。彼にエスコートを頼んだことは一度もない。少なくとも、婚約していた短いあいだを除けば一度もない。そして当時の彼女は若い未婚の女性だったから、常に誰かが付き添っていた。フランチェスカの母かロックフォードの祖母が。フランチェスカは珍しく何を言えばいいかわからず、膝に置いた手を見つめた。

もちろん、こんなふうに感じるのはばかげている。いつもどんな場合にも、巧みに会話の種を見つけるのが得意なはずなのに。でも、相手は生まれたときから知っているというのに、今夜は何も思いつけなかった。どうしてもこの前の夜の夢が忘れられず、あのときのロックフォードのまなざしがちらついて、口を出かかったどんな言葉も涸《か》れ、鼓動が激しくなるばかりだった。それに、ロックフォードが自分を見ているような気がして仕方がない。もちろん、見てはいけない理由はない。こうして膝が触れあうほど近くに、向きあって座っているのだから。前に目をやれば自然とフランチェスカを見ることになる。それに彼の視線にこんなにぴりぴりする理由もまったくない。それでも、フランチェスカは神経質にならずにはいられなかった。

ありがたいことに、アルシアの住まいはわずか数分のところにあった。フランチェスカは馬車のなかで待ち、ロックフォードがアルシアを迎えに行った。ふたりはすぐに出てきた。つまり、ほとんど話らしい話をしなかったことになる。まあ、わたし自身がこの何分か黙りこんで過ごしたことを考えれば、アルシアを責めることはできないが、せっかくふたりで話すチャンスなのだから、もう少し粘ってほしかったわ。フランチェスカは内心そう思った。

ふたりが馬車の前で足を止めると、召使いが扉を開け、アルシアが足をのせるためにステップをおろした。するとアルシアががっかりした声でこう言うのが聞こえた。「あら、公爵家の馬車でいらっしゃらなかったのね？」

ロックフォードは馬車の窓からふたりを見ているフランチェスカにちらりと目をやり、皮肉たっぷりに片方の眉を上げた。フランチェスカは片手を口にあて、笑みを隠さなければならなかった。

「いや、レディ・アルシア、紋章入りの馬車を使うのは祖母だけなんだ。しかし、これはぼくのものだから、公爵の馬車だと言えると思うが」

アルシアは少し当惑したようにちらりと彼を見た。「ええ、もちろんですわ。でも、どうすればほかの人にそれがわかりますの？」

フランチェスカはため息を呑《の》みこんだ。アルシアは少しばかり生真面目《きまじめ》すぎるか、ユーモアのセンスに欠けているようだ。

「たしかに」公爵は片手を差しだし、アルシアが馬車に乗るのを助けながらつぶやいた。

アルシアはフランチェスカの隣に座り、にこりともせずにうなずいた。「こんばんは、レディ・ホーストン」

「こんばんは」フランチェスカはほほえんだ。「とても美しく見えるわ」

「ありがとう」

アルシアはこのお世辞を返そうとしない。フランチェスカはほんの少し苛立《いらだ》った。しかも短く答えたあとは、会話を続ける努力をまったくしない。

「ご両親はお元気かしら？」フランチェスカは仕方なく尋ねた。

「ええ、とても。ありがとう。父はめったに病気をしませんの。ロバート家の者は、昔からみな丈夫ですのよ」

「そう」フランチェスカは公爵の目が愉快そうにきらめくのに気づいた。アルシアときたら、ちっとも好印象を与える努力をしていないわ、フランチェスカはまたしても苛立ちを感じながら思った。「レディ・ロバートはシーズンを楽しんでいらっしゃる？　今年の春はごくたまにしかお見かけしなかった気がするけれど」

「わたしの名づけ親にあたる、レディ・アーネスタ・ダヴェンポートのそばにいることが多いんですの。ご存じでしょう、ロドニー・アシェナム卿《きょう》のお姉様ですわ」

「ええ」フランチェスカはアシェナムとその姉を知っていた。どちらかというと気位の高い姉弟だ。初めてのシーズンでたまたま何かがおかしくて吹きだしたとき、フランチェスカはレディ・ダヴェンポートに、真のレディは声をあげて笑うものではありませんよ、と言われたことがあった。

「母とレディ・ダヴェンポートはいとこ同士で、一緒に育ったようなものですの」アルシアが付け加えた。

「なるほど」

アルシアはこの控えめな相槌《あいづち》を興味の表れだと解釈したらしく、それからしばらくアシェナム家の系図について話しつづけた。その口ぶりからすると、アシェナムはイングランドの主要な一族のほとんどと姻戚《いんせき》関係にあるらしい。

フランチェスカは子供のころに躾《しつ》けられた礼儀正しい関心を示しながらも、頭のなかでは手持ちの靴を思い浮かべ、先週〈ミル・デュ・プレシス〉で見た、シルクの上にボイルを重ねた青緑色のイヴニングドレスに合う靴をあれこれ考えはじめた。マドモワゼル・デュ・プレシスの話では、それを注文した女性は、残金を持ってドレスを取りに来る約束の期日から、すでにかなり遅れているという。そしてその女性がやってくる可能性は少ないと思っているらしく、一週間以内に取りに来なければ、三分の一の値段でフランチェスカに譲ってくれると言ってくれたのだった。

ドレスの丈はフランチェスカには長すぎるが、裾《すそ》をつめるぐらいメイジーには簡単だ。フランチェスカには新しいドレスが必要だった。どんなに手を加えても、知恵を絞っても、古いドレスを新しく見せられる回数にはかぎりがある。かといって、あまり何度も同じドレスで出かけるのはいやだった。プライドが罪であることはわかっているが、自分が極貧に近いことを社交界の人々に知られるのは耐えがたい屈辱だ。

　でも、どの靴をはこう？　それが問題だった。どんなに大事にはいても、ダンスシューズの薄い底は、驚くほど早くすり減る。そして靴は交渉して安く買うことのできないもののひとつだった。したがって、新しい靴を買うときは、何種類かのドレスに合うように、地味な色を選ぶことが多い。あのドレスにいちばん合うのは、もちろん銀の靴だが、そのために銀色の靴を買うのは贅沢すぎる。でも、思いきって……ええ、銀色の靴に合うドレスは、ほかにも何着かあるわ。

　屋根裏に上がって、またトランクのなかを探せば、よい値で売れる小物が見つかるかもしれない。

「レディ・ホーストン？」

　いつのまにか、聞いているそぶりがおろそかになっていたことに気づいて、フランチェスカは急いで顔を上げた。「あら、ごめんなさい。ぼんやりしていたようだわ」

「劇場に着きましたわ」アルシアが少しばかり冷ややかな声で言った。

「ほんとに」窓の外に目をやると、見慣れた王立劇場がそびえている。

　自分が話している最中にあんなふうにぼんやりされて、アルシアは気を悪くしているに違いない。でも、この娘は、家族の系図を事細かに話すだけでは、相手の注意を引きつけておけないことを学ぶべきだわ。アルシアにロックフォードの好意を勝ちとってもらうためには、会話術を教える必要がありそうだ。もちろん、アルシアがロックフォードの好意を勝ちとってほしい女性だと判断すればだが、いまのところは、正直言って、フランチェスカは疑いを持ちはじめていた。

ロックフォードがすばやく馬車を降り、片手を差しだして、ふたりの女性が降りるのに手を貸した。フランチェスカは劇場まで歩くあいだ、アルシアがロックフォードと並んで歩けるように、さりげなく一、二歩さがった。ロックフォードにアルシアをもっとよく知ってもらう必要があるからだ。ひょっとすると、アルシアは公爵と観劇することに、少し神経質になっているだけかもしれない。ロックフォードは、ときどき人にそういう影響を与えることがある。そしてぴりぴりした人間は、つまらないことをぺらぺらしゃべるものだ。

フランチェスカはすぐ前を歩いていくふたりを、それとなく観察した。ロックフォードは黒い頭をわずかにアルシアのほうに傾け、彼女の話を聞いている。案外、さきほどの系図の話も興味深く聞いたのかもしれない。あきれるほど愚かな妻に満足している夫たちもいるのだから。

休憩のときに、ほかのボックス席を訪ねることにしようか。フランチェスカはふと思いついた。劇場中の人々が見ているのだから、アルシアとロックフォードがふたりきりになっても、不適切ではない。芝居が始まる前にひとわたり見まわして、知りあいがいるかどうか確認しておくとしよう。

今夜は誰が来ているのかしら？　そう思いながら劇場に入っていく人々を見ようとすると、誰かに肘をつかまれた。驚いて振り向くと、ロックフォードがけげんそうな顔で彼女を見ている。彼とアルシアはフランチェスカの横に立っていた。

「またぼんやりしていたのかな、レディ・ホーストン？」ロックフォードがかすかな笑みを浮かべて言った。

「ええ、あの……」フランチェスカは赤くなりながら口ごもった。「ごめんなさい。今夜は少し気が散っているようだわ」

彼らは劇場に入った。ロックフォードはフランチェスカのすぐ横に並び、アルシアがふたりの前を歩いていく。だが、公爵の贅沢なボックス席に着くと、フランチェスカはなんとかうまく壁際に座り、アルシアを自分とロックフォードのあいだに座らせることに成功した。これでふたりはフランチェスカを含めずに会話ができる。フランチェスカは身を乗りだしてオペラグラスを目にあて、知りあいを探しはじめた。

エヴァーソン夫人が、夫とふたりの娘を連れてきていた。彼らのボックスを訪ねることもできるが、あまり心の弾む見通しとは言えない。ほかに誰もいないときのために、フランチェスカはオペラグラスをおろして彼らのほうにうなずき、再び探しはじめた。誰かと芝居を観《み》に来るように、ルシアンに勧めておけばよかったわ。そうすれば彼のボックスを訪ね、機知に富んだ会話を楽しむことができたのに。

劇場のなかを見ていくうちに、誰かに見られているような、奇妙な感じがしはじめた。フランチェスカはオペラグラスをおろし、広い劇場のなかのボックス席をぐるりと見まわして、それから一階に目をやった。

通路に立ってこちらを見上げている男に気がつくと、彼女は思わず驚きの声をもらし、ぎゅっと扇を握りしめた。

「フランチェスカ？　どうした？」ロックフォードが問いかけ、身を乗りだして彼女の視線をたどった。

「あの男！」彼は低い声で叫んだ。「パーキンスか」

パーキンスはフランチェスカの注意を引きつけたのを見てとると、わざとらしくお辞儀をした。フランチェスカは会釈を返さずに目をそらし、体を起こした。

「彼はここで何をしているの？」彼女はうんざりしてつぶやいた。

「誰のこと？」アルシアが尋ね、下の観客に目をやる。

「ガレン・パーキンスだ」ロックフォードが代わりに答える。

「知らない名前だわ」

「ええ、あなたが知らないのも無理はないわ。何年もこの国を出ていたんですもの」

「骨の髄までろくでなしの男だ」ロックフォードがちらっとフランチェスカを見ながら付

け加えた。

パーキンスが亡きホーストン卿の取り巻きだったことを、ロックフォードは知っているのだ。パーキンスは良家から枝分かれした地主階級の出身だが、ありとあらゆる悪事を働いて、その名前をけがしてきた。ギャンブル好きで、酔っ払いで、アンドルー・ホーストンとよく一緒に遊びまわっていた。しかもアンドルーの友人でありながら、妻のフランチェスカに言い寄ったことさえある卑劣なろくでなしだ。そのことを思い出すと、いまでも怒りと不快にみぞおちが固くしこる。

「どうして彼がロンドンにいるの？」フランチェスカはつぶやき、それから横にいるアルシアに説明した。「あの男は決闘で相手を殺し、何年も前にヨーロッパに逃げだしたの」

アルシアは恐怖に目をみはった。「まあ、誰を殺したの？」

「アヴェリー・バグショーだ。ジェラルド卿の息子の」公爵が答えた。「ジェラルド卿が少し前に亡くなったから、戻っても安全だと思ったのだろうな。ジェラルド卿が亡くなり、警察に彼を逮捕しろとねじこむ者がいなくては、パーキンスが咎《とが》を受ける可能性は薄いだろう。そもそも警察は、決闘の結果に関しては目をつぶることが多いからね」

「でも、そんな男は誰からも相手にされないわ」アルシアがきっぱりと断言した。どうやら彼女にとっては、爪弾《つまはじ》きにされることがいちばん重い罰らしい。

「ええ、そうね」フランチェスカは同意した。人を殺したパーキンスがこの国に舞い戻り、何事もなかったような顔で生きられるのはひどいことだが、夫のアンドルー亡きいま、あの男がフランチェスカの家に来ることはない。それにアルシアの言うとおり、社交界は彼を受け入れないだろうから、パーティで出くわす心配もない。

彼女はガレン・パーキンスを頭から追いだし、同伴のふたりに思いを戻した。彼女が劇場のなかを見ているあいだも、会話は途絶えがちだったが、ガレン・パーキンスの話題が終わるとロックフォードとアルシアはまたしても黙りこんでしまった。

フランチェスカは再び話題を提供した。「ついこのあいだ出たばかりの本をお読みになった？」

「噂のレディ・ルーモア《レディ・ルーモア》の本かい？」アルシアではなく、唇の隅に笑みを浮かべてロックフォードが訊《き》き返した。

「誰ですって？」アルシアが戸惑っているような顔で尋ねた。「レディ……？」

「ルーモアよ。ペンネームなの」フランチェスカは説明した。「著者の実際の身元は誰も知らないの。上流階級の女性だと言われているのよ」

アルシアはぽかんとした顔になった。「でも、れっきとしたレディが、なぜ本など書きたがるの？」

「スキャンダルとゴシップに満ちた本らしいわ。もちろん、実名は伏せてあるでしょうけれど。みんなが自分のことを書かれているのではないかと、震えあがっているとか」フランチェスカは言葉を続けた。

「ああ。しかし、自分が書かれていなければいないで、軽んじられた気がするだろうな」

ロックフォードが付け加える。

フランチェスカはくすくす笑った。「ええ、ほんとね」

「でも、それはおかしいわ」アルシアは納得できないようだった。「スキャンダルを綴《つづ》った本に含まれたがる人など、いるはずがないわ。誰が名前をけがされたいと願うの？」

どうやらアルシア・ロバートは、まったく融通のきかない、ユーモアのかけらもない女性のようだ。フランチェスカはロックフォードの目が愉快そうにきらめくのを見ながらそう思った。

「もちろん、そのとおりですよ、レディ・アルシア。なぜそんな人間がいると思ったのか、自分でもわからないな」彼はなめらかに相槌を打ち、おどけた顔でフランチェスカをちらりと見た。フランチェスカは笑みを隠すために顔をそらさなくてはならなかった。

でも、これではまずい。どうやらアルシアは、軽いやりとりが得意ではなさそうだ。そうなると、彼女が好む話題を選ばなくてはならないが、残念ながらフランチェスカはそこまでよくアルシアを知らなかった。

「レディ・シミントンの舞踏会がもうすぐね」フランチェスカはややあって口を開いた。

「あなたもいらっしゃるの？」

「ええ、もちろん。彼女は父のまたいとこですもの」

フランチェスカはうめき声を押し殺した。どうやら、まぐれあたりで、アルシアのいちばん喜ぶ話題、家族の話にぶつかったようだ。自分の家族の。

「ごらん、場内が暗くなりはじめた。そろそろ芝居が始まるよ」ロックフォードが言った。

「あら、ほんと」フランチェスカはほっとして舞台に目をやった。

だが、自分の計画で頭がいっぱいで、そこで行われている芝居にはあまり関心を持てなかった。アルシアを楽しい会話に引きこむ努力は、いまのところすべて空振りだ。こうなったら、ふたりきりにするために、休憩のときに誰かのボックス席を訪ねるしかないだろう。もちろん、エヴァーソン一家よりも楽しい相手が見つかれば、それにこしたことはない。ミスター・エヴァーソンは、どんな話題でも自分ほど知っている者はないと思うタイプで、相手の気持ちにはおかまいなしに自分の意見をまくしたてる。それに夫人が話すのは自分の病気のことばかり。病気はどうやら数かぎりなくあるらしいが、舞踏会や観劇に出かけてくるにはなんの支障もないようだ。娘たちがおとなしいのがせめてもの救いだったが、どんな会話も父親と母親が占領してしまうのだから、不思議でもなんでもないだろう。

とはいえ、ほかに選択肢はなさそうだ。アルシア・ロバートはロックフォードの妻には不向きだという確信は強まるばかりだけれど、もう一度だけ彼女にチャンスを与えるとしよう。公爵とふたりきりになれば、案外、思いがけない魅力を発揮するかもしれない。

そこで、幕がおり、場内が明るくなると同時に、フランチェスカは立ちあがってふたりに向きあった。だが、ロックフォードのほうが早かった。彼もすでに立って、フランチェスカが口を開く前にこう言った。「何か飲み物でも持ってこようか？　ラタフィアでも？」

「ありがたいけど」フランチェスカは急いで答えた。「わたしのぶんは結構よ。ちょっとエヴァーソン夫人のところに顔を出してくるわ。でも、レディ・アルシアはいただくのではないかしら」

ロックフォードは眉を上げてフランチェスカを見つめた。「エヴァーソン夫人のところに？」

「ええ、向かいのボックス席に彼女の姿が見えたの」フランチェスカは曖昧《あいまい》に手を振った。

「ああ、ぼくにも見えた」ロックフォードは奇妙な顔でフランチェスカを見た。「では、きみのお供をさせてもらうよ」

「なんですって？」今度はフランチェスカが驚いて彼を見つめた。「あなたが？」

インドの投資に誘いこもうと、ミスター・エヴァーソンが彼をうまくだまそうとして以来、ロックフォードが疫病のようにエヴァーソンを避けていることを、フランチェスカはよく知っていた。実際、週末をキンバラ卿の邸宅で過ごすあいだ、ロックフォードがどんなに苦労してエヴァーソンを避けつづけていたか、つい何週間か前にカリーが面白おかしく話してくれたばかりだ。それなのに、なぜ自分からエヴァーソンのボックス席を訪れる気になったの？

「ああ、そうだよ」ロックフォードは穏やかな顔で言った。「ぼくが」

「でも、それでは、せっかく……」

「なんだい？」ロックフォードは苛立たしいほどとぼけた顔で片方の眉を上げた。

フランチェスカはごくりとつばを呑みこんだ。「もちろん、そうしていただけると嬉しいわ」笑顔でアルシアに尋ねる。「レディ・アルシア、あなたも一緒にいらっしゃる？」

アルシアは目をぱちくりさせ、向かいのボックス席を見た。エヴァーソン一家の何がそんなに興味深いのかと思っているに違いない。

「ええ、喜んで」アルシアはそう言って立ちあがった。

ロックフォードがふたりの女性を先に通すために横に寄る。だが、フランチェスカがドアに向かおうとすると、誰かがノックをして開けた。

戸口に立っているのはガレン・パーキンスだった。

フランチェスカはぎょっとして足を止めた。しばらくのあいだ、狭いボックス席のなかは静まり返った。それからパーキンスがお辞儀をして、なかに入ってきた。

「レディ・ホーストン。相変わらずお美しい。七年の歳月で少しは容色も衰えたかと思ったが、どうやら魔法のクリームでも見つけたようだ」

「ミスター・パーキンス」あなたには同じことは言えないわね、とフランチェスカは思いながら硬い表情で応じた。パーキンスのことは一度も好ましいと思ったことはないが、かつてはそれなりに魅力的な男だった。しかし、長年の放埓《ほうらつ》な生き方のせいで、昔はしなやかだった細身の体には肉がつき、顔の線もぼやけている。金色の巻き毛はまだ形よく乱れてはいるものの、昔の艶《つや》を失い、薄くなりかけていた。それに水色の目にはこすからい光が宿っている。

「ご主人のことはお気の毒だった」彼は言葉を続けた。「ホーストン卿は、親友だったからね。他界したときにこっちにいられなくてとても残念だった」

「ありがとう」

ロックフォードが女性たちの脇《わき》を抜け、前に出た。「パーキンス」

「ロックフォード」パーキンスは公爵がまるで守るようにフランチェスカの前に立ったことを、面白がっているように見えた。

「ここで会うとは驚いたな」ロックフォードはそっけなく言った。

「そうか?　レディ・ホーストンにひと言お悔やみを言いたかったんだ。古い友人を無視することはできないからな」

「あなたと友人だったことなど一度もないわ」フランチェスカは言い返した。

「ひどい言葉だ」パーキンスは口元にばかにしたような笑みを浮かべたまま答えた。「あんなに長いこと知りあいだったのに。あんたがそんな冷たい人間だとは思わなかったな」

「招待も受けずに訪れたのは少々厚かましいが、きみがこのボックスに来たことに驚いたわけではない」ロックフォードが鋭く言った。「ぼくが言ったのは、七年前に大急ぎで姿を消したあと、またロンドンできみに会うとは思わなかった、という意味だ」

「あれはもう過去のことだ」

「人ひとりの命をそんなに簡単に片づけられるものか」

「あんたはちっとも変わっていないようだな」パーキンスはもったりと言い返した。「昔から殊勝ぶるタイプだった」彼はフランチェスカに顔を戻し、こう付け加えた。「今度は、もっとでかい獲物を狙《ねら》っているのかい、マイ・ディア？　哀れなアンドルーがどう思うだろうな」

フランチェスカは体をこわばらせた。どれほどこの男が嫌いだったか、だんだん思い出してきた。

だが彼女が口を開く前に、公爵が言い渡した。「帰りたまえ、ミスター・パーキンス」

パーキンスが不快そうに唇をへの字に結ぶのを見て、つかのま、フランチェスカは彼が怒りに任せてわめき散らすのを恐れた。いや、もっとひどい事態になるかもしれない。だが、ややあってパーキンスは体の力を抜いた。「もちろんだとも、公爵様」彼は軽蔑《けいべつ》もあらわにこの敬称を口にすると、フランチェスカとアルシアに頭をさげた。「失礼、レディたち」

そしてボックス席を出ていった。少しのあいだ沈黙が続き、それからアルシアが言った。

「なんて不愉快な人かしら。あの男と実際にお友達だったわけではないんでしょうね、レディ・ホーストン？」

「ええ、もちろん違うわ」フランチェスカは苛々しながら答えた。「彼は死んだ夫の知りあいだった。それだけよ」

「ここに来るなんて、とても礼儀にはずれているわ」

「ミスター・パーキンスはあまり礼儀を気にしないたちなんだろうね」ロックフォードが皮肉混じりに応じた。

「エヴァーソン一家のところにお邪魔する時間はなさそうね」フランチェスカはそう言った。「席に戻りましょうか、レディ・アルシア」

彼女はアルシアの腕を取り、再びアルシアを真ん中の席に座らせた。

芝居が再開されると、フランチェスカは舞台をそっちのけで、ロックフォードがアルシアをちらりとでも見はしないかと、彼の様子をうかがった。残念ながら、ロックフォードの目は常に舞台に向けられていた。ばつの悪いことに、ちらりと盗み見たときにたまたまこちらを見ていた彼と目が合って、フランチェスカは髪のつけ根まで赤くなり、暗がりが隠してくれることを心から感謝した。わたしの意図はあまりにもあからさますぎたかしら？　ロックフォードは昔から苛立たしいほど勘が鋭い。もしもこの計画を気づかれたら、やめろと命じられるに違いないのだ。

　ほかのボックス席を訪れ、ロックフォードとアルシアをふたりにする作戦が完全な失敗に終わったことから学び、フランチェスカは次の幕間《まくあい》には席を立とうとはせず、代わりに最後にもう一度だけ、アルシアがロックフォードと話せるチャンスを作ろうとした。だが、会話が弾むのは彼女とロックフォードのあいだだけ。アルシアはちっとも加わる努力をしない。それでもあきらめず、フランチェスカはなんとかアルシアを引きこもうとした。ロックフォードが作曲家のことを話題にすると、フランチェスカはアルシアにその作曲家をどう思うかと尋ねた。彼がコーンウォールにある領地に行くと聞くと、フランチェスカはその地域の美しさについてアルシアの意見を求めた。レッドフィールズにいるフランチェスカの老いた鹿毛《かげ》の話で盛りあがったときには、乗馬はお好き、と尋ねてアルシアをこの会話に含めようとした。

　おかげで疲れはてたが、涙ぐましい努力のかいもなく、事態は少しもよくならなかった。アルシアは質問にはきちんと答えるものの、ただそれだけ。しかも彼女の答えはとくに機知に富んでいるとも、楽しいとも言えなかったから、少しも話が弾まず、どんな話題もそこでとぎれてしまう。

　ロックフォードがこの先アルシアと一緒に過ごしたがっているとはとても思えないが、

万一その気があるにせよ、もうつきあうのはごめんだわ。フランチェスカはそう思った。アルシアの魅力を引きだそうとして、ひと晩中苦労するのはまっぴらだ。

芝居が終わると、ロックフォードはふたりを家まで送った。彼はアルシアを礼儀正しくドアのところまでエスコートし、それから馬車に戻ってきてフランチェスカを送り届けた。執事のフェントンがドアを開け、お辞儀をして自分の部屋に戻っていくと、フランチェスカはロックフォードと向かいあった。

すると突然、家のなかが暗く、静かなことが鋭く意識された。何年ぶりかに初めてふたりきりになったのだ。もちろん、実際には召使いたちがいるが、かぎりなくふたりきりに近い状況だった。召使いたちはみな、階上の部屋で眠っている。暗いホールにはテーブルに置かれた枝つき燭台《しょくだい》が灯《とも》っているだけだ。

深い沈黙がふたりを包み、蝋燭の炎が投げる明かりの端で闇《やみ》がうごめいている。フランチェスカは彼と踊った夜のように体が奇妙にざわつくのを感じながら、ロックフォードを見上げた。

そして、みぞおちが足もとまで沈むのを感じた。彼は黒い目に怒りを燃やし、口を引き結んで、黒い眉頭がくっつきそうなほど険しい顔で彼女を見下ろしている。

「いったい何を企《たくら》んでいるんだ？」

5

不意をつかれ、フランチェスカは一瞬目をぱちくりさせたものの、すぐに顎をつんと上げて氷のような声で応じた。「なんですって？ なんのことかさっぱりわからないわ」

「とぼけるのはやめてくれないか。その表情はほかの者には効き目があるかもしれないが、きみのことは短いスカートをはいていたころから知っているんだ。ぼくが言っているのは、今夜のばかげた企《たくら》みのことだ」

「企みですって？　それは少しばかりおおげさすぎないこと？」

「ちっとも。ほかにどう呼ぶんだい？　まず、きみはアルシア・ロバートとくに親しいわけでもないのに、ぼくたち三人が今夜芝居を観《み》に行くよう仕向けた」

「あら、どうして彼女と親しくないとわかるの？」

ロックフォードはじろりとフランチェスカを見た。「フランチェスカ、やめてくれないか。ぼくはばかじゃないんだぞ。それから、一緒に劇場に行くと、今度は、〝これをどう思って、レディ・アルシア？〟〝その作曲家はお好き、レディ・アルシア？〟だ。そうそう、エヴァーソン一家を訪ねて、ぼくとアルシアをふたりきりにする作戦もあった。認めろよ。きみは今夜、文字どおり、アルシア・ロバートをぼくに投げつけてきた。それもきみらしくもない、あからさまなやり方で」

「だって、男性と会話をする術《すべ》をまったく知らない女性が相手では、あからさまにもなるわ」フランチェスカは口を尖《とが》らせた。

「なぜだい？　彼女がぼくに狙《ねら》いを定めたわけじゃないんだろう？　アルシア・ロバートがぼくを手に入れようとして、きみに助けを頼んだはずがない。相手が誰であれ、彼女はそんなことをするタイプには見えないからな。それに、彼女の母親がきみに頼んだとも思えない」

「もちろん、誰に頼まれたわけでもないわ。アルシアがあなたをつかまえたがっているわけでもない。それは明らかかね」

「だったらなぜだい？」

フランチェスカは彼を見つめながら、この状況をうまく切り抜けようとめまぐるしく頭を働かせた。ロックフォードが胸の前で腕を組んで、片方の眉を上げる。

「嘘《うそ》をついてもだめだぞ。ぼくはだまされない。それはきみもよく知っているはずだ」

フランチェスカは顔をしかめた。「わかったわ。あれはみんなあなたのためだったの。それを受け入れてくれない？」

「五世代前まで一族の家系を暗誦《あんしょう》できる、そんな女性をぼくに押しつけることが？」

「あんなに退屈な人だとは思わなかったんですもの」フランチェスカは自分の眼鏡違いだったことを認めた。「彼女のことはよく知らないから」

「それなのに、ぼくにはぴったりの相手だと思ったのか？」

「いいえ。レディ・アルシアは候補者のひとりにすぎないわ」

ロックフォードは言葉を失ったようにフランチェスカを見つめ、それから一語一語区切るように尋ねた。「なぜ、候補者がいるんだ？」

「ねえ、ロックフォード、あなたはそろそろ結婚してもいい年よ。三十八歳ですもの。ロックフォードの公爵としてあなたには義務が――」

「心配してくれるのはありがたいが、自分の年はきみに言われなくてもわかっている」彼は歯軋《はぎし》りしながら言い返した。「ロックフォード公爵としての、多くの義務もじゅうぶんに心得ているとも。わからないのは、なぜきみがぼくは妻を求めていると思ったかだ。あるいは、なぜきみが選んだ妻の候補者を、ぼくに押しつけるべきだと思ったかだ！」

「ロックフォード！」フランチェスカはちらりと階段を見上げた。「静かに、召使いに聞こえるわ」

フランチェスカは燭台《しょくだい》を手にして応接間に入ると、彼にもついてくるようにうながした。そして近くのテーブルに燭台を置き、ドアを閉めた。

「いいわ」肩に力を入れて、彼女はロックフォードに向きあった。「どうしても知りたいなら、話してあげる」

「ああ、知りたいね」ロックフォードは全身をこわばらせ、険しい顔で彼女を見た。

「あなたの役に立ちたかったからよ」フランチェスカは内心びくつきながら話しはじめた。「そしてまわりを見ると、何人か、その……公爵夫人にふさわしそうな女性が見つかった。とくに誰かを押しつけようとしたわけじゃないの。でも、彼女たちと話すチャンスを作れば、そのうち誰かと気が合うことに気づくかもしれないと思ったの」

「なぜそんなことをする気になったか、まだ説明していないぞ」

「わたしがあなたにひどい仕打ちをしたからよ！」フランチェスカは叫んだ。涙がこみあげてくるのを感じ、息を吸いこんでそれを抑えようとしながら、少し落ち着いた声で続けた。「あなたではなく、ダフネを信じたから。あなたを信頼しなかったから。婚約を破棄したからよ。十五年前におかした過ちの償いをしたかったの」

ロックフォードは長いことフランチェスカを見つめたあと、硬い表情のまま、低い声で言った。「きみはぼくたちの婚約を破棄した。そして自分が間違っていたことを知った。その答えがこれなのか？　ぼくが失った妻の代わりを見つけることが？」

「いいえ、もちろん違うわ」フランチェスカは抗議した。「そんなふうに言うと、とてもひどく聞こえるじゃないの」

「だったらどんなふうに聞こえるべきなんだ?」

「代わりを差しだしているわけじゃないの。そんなことはばかげているわ。ただ……あなたが結婚しないのは……わたしがしたことが原因かもしれないと思ったの。わたしのせいで女性不信に陥ったのかもしれない、と。だから責任を感じたのよ」

「結婚しないのはぼくの選択だよ、フランチェスカ」

「わたしのことがなければ、ずっと前に結婚していたんじゃないかと思わずにはいられないの」フランチェスカは主張した。「あなたのことが心配なのよ。それにどうやらわたしはよい相手を見つけるのが得意みたいだから。あなたを怒らせるつもりはなかった。ほんとうよ。手助けをしようとしただけなの。だって、いつかは結婚しなくてはならないんですもの」

ロックフォードは顔をしかめた。「よしてくれ、きみまで祖母と同じことを言うのか」

彼は背を向けて二、三歩離れ、それからくるりと向き直った。「助けがなければ、ぼくは女性を口説くこともできない男だと思っているのか? そんなに魅力に欠ける男だと? ぼくは女性を怖がらせるから、ひとりでは妻を見つけられない、と?」

フランチェスカは驚いて目を見開いた。「そんな、わたしはただ――」

彼は全身から怒りを放ち、大股で戻ってきた。「ぼくはそんなに不器用か? 教えてくれ、きみならわかっているはずだ。ぼくの求愛はそんなにひどかったかい?」

彼はのしかかるように立った。フランチェスカはショックを受け、彼を見上げた。ロックフォードはあまりにも大きく、近く、彼の目は怒りに燃えてぎらついている。

「ぼくのキスはそんなにひどかったか？」彼はほとんど聞きとれないほど低い声で言った。「ぼくに触れられるのはそんなにいやだったか？」

それからフランチェスカの腕をつかんで、乱暴に自分に引き寄せると、荒々しく唇を押しつけた。

フランチェスカはその場に凍りついた。あらゆる思いが飛び去り、頭が真っ白になって、力任せにつかんでいる彼の指と、激しく押しつけられた熱い唇が五感を満たした。熱い炎が体を貫いて体が震える。ロックフォードのキスだけでなく、それに対する自分の反応も思いがけないものだった。

彼は執拗《しつよう》に口を動かし、柔らかい唇を割って舌を差しこんできた。体がかっと熱くなり、皮膚がちりちりして奇妙に力が抜け、彼に腕をつかまれていなければ、その場に座りこんでしまいそうだった。

すると、キスしたときと同じように突然、ロックフォードが離れた。見開かれた目は欲望に燃えている。彼はフランチェスカをにらみながら低く毒づき、火傷《やけど》でもしたように手を引っこめると、あっというまに部屋を出ていった。

フランチェスカは呆然《ぼうぜん》と彼の後ろ姿を見つめ、長いこと立ちつくしていた。心臓が壊れそうなほど激しく打ち、息が乱れて喉にからむ。さまざまな感情が嵐《あらし》のように襲いかかってくる。

ロックフォードの言葉を思い出すと、胸がよじれ、涙がこみあげてきた。そんなつもりはなかったのに、また彼を傷つけてしまった。急いであとを追って、帰らないで、最後まで話を聞いて、と懇願したかった。あなたを傷つけるつもりはまったくなかった、と訴えたかった。どうしても、それだけは信じてもらわなくてはならない。悪意などこれっぽっちもなかったことだけは。

いったいどうして、こんなことになってしまったの？　たしかに、彼に気づかれたら、苛々《いらいら》されるかもしれないとは思ったが、まさかあんなに怒るとは。これでまた彼を失ってしまった。もう友人でもいられないかもしれない。そう思っただけで、体が冷たくなる。

でも、彼はどうしてキスしたのだろう？　あのキスは愛情の表現とはとても言えない。少なくとも、よい感情の表現ではなかった。ロックフォードは彼女を求めたのでも、誘惑しようとしたのでもなく、荒々しく彼女の唇を蹂躙《じゅうりん》した。いきなり腕をつかんで口を押しつけてきたとき、彼を動かしていたのは情熱ではなく怒りだった。まるでフランチェスカを罰しているようだった。

でも、彼女が感じたのは罰ではなかった。

手を上げて、うずいている敏感な唇に触れる。まだ彼の唇がそこにあるようだ。彼の口の味がする。お腹《なか》の奥が熱くほてり、体のなかのすべてがざわめき、目覚めている。こんなことは一度も……少なくとも、もう何年もなかった。

ベッドに身を投げだしてさめざめと泣きたかった。体を丸めてあのキスの思い出のなかに漂いたかった。ほんとうはどうしたいのか、自分でもわからない。

すっかり動揺し、混乱しながら、フランチェスカは燭台を手にすると、応接間を出て二階へと階段を上がりはじめた。


ロックフォード公爵は、まっすぐ前方に目をすえて、正面の扉から、〈ホワイト〉のなかに入った。誰かと話したい気分にはほど遠いのに、なぜクラブに足が向いたのか自分でもよくわからない。だが、からっぽの大きな屋敷に戻るのもいやだったのだ。

とにかくボトルを手にどこかに腰をすえ、正体をなくすまで飲みつづけたい、いまの望みはそれだけだ。彼はそうするつもりで給仕長のティモンズに合図し、誰もいない奥の一角に、体を投げだすようにして座りこんだ。

多少とも落ち着きを取り戻そうと、頭をのけぞらせて目を閉じる。フランチェスカときたら！　いったいどんな魔法を使うのか、こんなに長い時間がたったいまでも、彼の気持ちをかき乱してしまう。世間は彼を穏やかな気性の持ち主だとみなしている。どんな危機のときにもうろたえず、すぐに怒ることもない男だ、と。それなのに、フランチェスカにだけは、まるで爆発しそうなほど激しい怒りを感じるのはいったいどういうわけだ？

誰かの足音が椅子のすぐ横で止まった。ロックフォードは相手が通りすぎてくれることを願って、目を閉じたまま待った。だが、離れていく足音はいくら待っても聞こえてこない。しばらくすると、彼はため息をついて目を開けた。

「ギデオン！」自分の席にやってきた相手が誰だと思っていたのかわからない。ぜひとも公爵と言葉を交わしたいと勝手に思い決め、どんなににらんでも、仄《ほの》めかしてもまるで意に介さない男たちのひとりだと思ったのかもしれない。とにかく、いま横に立っている男だとは思いもしなかった。「ここで何をしているんだ？」

「ぼくもこのクラブの会員だからな」ギデオンは唇の隅にかすかな笑みを浮かべて答えた。

「忘れたのか？　きみが推薦してくれたんだぞ」

ロックフォードは顔をしかめた。「それはわかっているとも。だが、きみはめったにここには顔を見せないだろう？　夜のこの時間はとくに」彼は自分の斜め向かいにある椅子を漠然と示した。「座ってくれたまえ」

「きみにも同じことが言えると思うが」ギデオンことラドバーン卿《きょう》はロックフォードが示した椅子に腰をおろしながら言葉を返した。

ギデオンは公爵の遠縁の親戚《しんせき》にあたる。公爵と同じように、多くの人々に恐れられているレディ・オデリア・ペンキュリーの大甥《おおおい》なので、ふたりの顔立ちや体型はどことなく似ていた。どちらも長身で、豊かな黒い髪の持ち主だ。ギデオンのほうが少し上背が低いが、彼のほうが胸が厚く、肩幅も広い。それに髪の色もロックフォードよりもほんの少し明るい。とはいえ、ギデオンの物腰や用心深い顔つきはロックフォードとまるで違う。ギデオンは伯爵の跡継ぎとして生まれたものの、運命のいたずらにより、ロンドンの貧民窟《ひんみんくつ》イーストエンドで育ったのだった。彼は自分がラドバーン伯爵の息子であることをまったく知らなかった。死んだと思われていたラドバーン伯爵の跡継ぎとして彼の存在が明らかになったのはまだほんの一年前のことだが、ギデオンとロックフォードは深い友情をはぐくむようになっていた。これは親戚だからというより、もともとの性格が似ているためだろう。

公爵は肩をすくめた。「たしかにぼくもクラブにはあまり来ないな。どちらかというと、退屈な男だ。だが、たまには寝る前に一杯やりに立ち寄るよ。美しい妻が帰宅を待っているわけではないからね」

「ぼくもさ」ギデオンは言い返した。「アイリーンは出かけているんだ。母親と一緒に、弟の嫁のレディ・ウィンゲートを訪ねている。そろそろ出産が近いからな」

「そうか」ロックフォードはうなずいた。「すると、レディ・ウィンゲートは、出産のときにアイリーンにそばにいてもらいたがっているのかい？」

ギデオンは気難しそうな顔をほころばせた。「それはどうかな。モーラとアイリーンは、ふたりとも上機嫌のときでさえ水と油だ。いや、モーラが呼んだのはアイリーンの母親のほうなんだ。アイリーンはただ旅に付き添っていっただけだ。義母《はは》は間違いなく何週間か滞在するだろうが、アイリーンは、ぼくの予想じゃ、一週間もすれば戻るな。それだけもつかどうかもあやしいもんだ。だが、いまのところ、ぼくはひとりってわけだ」

「あまり楽しそうには見えないな」ロックフォードはからかった。ギデオンが新婚の花嫁にべた惚《ほ》れであることは、誰ひとり知らぬ者はない。実際、陰で彼のことを〝尻に敷かれている〟と言う者さえいるくらいだ。もちろん、本人の前ではおくびにも出さないが。

「ああ」ギデオンは不思議そうな顔になった。「どういうわけかな? アイリーンに会う前は、ひとりでいてもちっとも苦にならなかったのに。いまは彼女がいないと、家のなかが寂しくてかなわない」

ロックフォードは肩をすくめた。「それは、独身のぼくには手にあまる質問だな」

人一倍気のきくティモンズが、ロックフォードのボトルとグラスをふたつ持ってきた。ふたりは心地よい沈黙を分かちあいながら、ブランデーを注《つ》ぎ、グラスを口に運んだ。

ギデオンはちらっとロックフォードを見た。「相手が欲しかったのかどうかわからなかったんだが、きみはなんだか、その、介添え人が必要みたいな顔をしていたから」

公爵は笑いだした。「いや。決闘みたいな深刻な状況じゃない。ただの……レディ・ホーストンのことだ」ブランデーを飲みほし、もう一杯注ぐ。

ギデオンはこの説明にも、あまりわかったようには見えなかった。「彼女と……仲たがいしたのか?」

「彼女はぼくが知っている誰よりも、厄介で、腹立たしい女性だ」ロックフォードが口走った。

ギデオンは驚いて目をしばたたいた。「なるほど」

「いや、わかったとは思えないな」公爵は言い返した。「きみはこの十五年、彼女を相手にしてきたわけじゃないからな」

ギデオンは曖昧《あいまい》に口のなかでつぶやいた。

「今夜は、よりによって……彼女が何をしたかわかるか?」公爵は怒りもあらわにギデオンをにらんだ。「どんな愚かなことをぼくに押しつけたか?」

「いや、わからない」

「彼女はぼくに妻を見つけたがっているんだ」ロックフォードは苦虫を噛《か》みつぶしたように口をゆがめた。「そして彼女が公爵夫人に最もふさわしいと思う女性を選びだした」

「きみが頼んだわけじゃないんだろうな」ギデオンは用心深く尋ねた。

「あたりまえだ。ぼくに妻を見つければ、罪滅ぼしになると思っているんだ……ずっと昔に起こったことの」彼は言葉を切り、ギデオンを見た。「ああ、くそ！　フランチェスカはぼくたちの婚約を破棄したんだ」

ギデオンはあんぐり口を開けて彼を見つめた。「婚約?　きみとレディ・ホーストンは婚約していたのかい？」

公爵はため息をついた。「ああ。ずっと昔のことだ。そのときはまだレディ・ホーストンではなかった。十五年前だよ。セルブルック伯爵の娘の、ただのレディ・フランチェスカだった」

「だが、そんな話は聞いたことがないぞ。つまり、もちろん、その当時はぼくの耳には入ってこなかっただろうが、伯爵家に戻ったあと……オデリア伯母か祖母か、ほかの誰かが、そのことに一度も触れないとは考えられないな」

「彼らが触れなかったのは、知らなかったからだ」ロックフォードは答えた。「ぼくたちはひそかに婚約していたんだ」彼はため息をつくと急に疲れた顔になり、いくつも老けたように見えた。「レディ・フランチェスカは十八歳になったばかりだった。ぼくは文字どおり、彼女のことは生まれたときから知っていたんだよ。セルブルックの領地のレッドフィールズは、うちの領地のダンシーパークの隣だから。だが、彼女が十七歳の冬、ぼくは彼女を見て……」彼の口の端にかすかな笑みが浮かんだ。「まるで目から鱗《うろこ》が落ちたようだった。彼女はボクシング・デイに催した舞踏会にやってきた。晴れてドレスを着て、目の色と同じ青いリボンを髪にあしらって。その姿を見て、ぼくは雷に打たれたような衝撃を受けた」彼は憂いに満ちた目でギデオンを見た。

「ああ、その気持ちはわかる」ギデオンは皮肉たっぷりにうなずいた。

「だろうな。そして……恋に落ちた。自分を止めようとはしたんだ。彼女は若すぎる、と自分に言い聞かせようとした。彼女もぼくと同じ気持ちでいるようだったが、まだ社交界にデビューもしていなかったからね。領地の催しだけで、ロンドンのパーティも知らなければ、親戚と地元の男以外には会ったこともない。それなのにどうして自分のほんとうの気持ちがわかる？」

ロックフォードはブランデーをひと口飲んで、じっとグラスのなかを見つめた。再び顔を上げたときには、彼の顔はこわばり、どんな感情も注意深く隠されていた。

「だが、彼女がロンドンのシーズンを経験するまで待てなくなった。ぐずぐずしていたら、ほかの男が進みでて、彼女の足もとをすくってしまうのではないかと恐れたんだ」

「だから、ひそかに婚約するという妥協案を思いついたわけか」

「そのとおり。彼女はいつもうっとりとぼくを見た。ぼくを愛しているつもりでいることはわかっていた。だが、初恋に目が眩《くら》んでいるだけかもしれないと不安だった。ぼくの気持ちを知らせず、結婚したいと思っていることを知らせずに、まったく自由にするのは耐えがたい。だが、公式に婚約して縛りつけるのも避けたかった。秘密にしておけば、もしも気持ちが変わり、自分で思っているほどぼくを愛していないことがわかっても、スキャンダルにまみれずに婚約を破棄することができる」

「なるほど」ギデオンは貴族のあいだで育ったわけではないが、自分がいま身を置いている世界では、とくに女性の場合、婚約を破棄すれば一生ついてまわるスキャンダルになることはわかっていた。そのため、たとえどちらかが途中で結婚に疑問を持つようになっても、破棄することはめったにない。

「不幸にして、最後はぼくが正しかったことが証明された。彼女はぼくをそれほど愛していなかったんだ」

「何があったんだい？」

ロックフォードは肩をすくめた。「彼女は欺かれたんだ。ぼくが別の女性と関係を持っていると信じこまされた。実際に起こったことを説明しようとしたんだが、彼女は信じてくれなかった。ぼくに会うことさえ拒んだ。そして最初のシーズンが終わるころには、ホーストン卿と婚約した。それが事の顛末《てんまつ》だ」

「これまでは」

ロックフォードはうなずいた。「これまでは」彼はグラスの中身を飲みほし、ボトルに手を伸ばした。「ところが最近、彼女はその女性が嘘をついていたことを知った。その女性は、ぼくと密会していると見えるようにお膳立《ぜんだ》てして、フランチェスカを呼びだしたんだ。フランチェスカはその女性の口から真相を聞いて、ぼくが真実を語っていたこと、自分が間違っていたことを知った。ぼくに不当な仕打ちをしたことを」彼は乾杯するようにギデオンに向かってグラスを上げた。「そこで、ぼくに妻を見つけ、その償いをしようと決意したわけだ」

ギデオンはロックフォードがブランデーを飲みほすのを黙って見守った。公爵がこんなに速いペースで飲むのを、彼はこれまで見たことがなかった。それだけではない。こんなに……動揺している公爵を見るのも初めてだ。ロックフォードはこれまで出会ったなかで誰よりも自制心の強い男だ。ふだんは怒りはおろか苛立ちさえめったに表に出さない。だが、今夜は明らかにすっかり取り乱していた。胸のなかで燃えたぎり、いまにも外に飛びださんばかりの怒りを、公爵が必死に抑えているのが見てとれた。

「いったいどうして、そんなことを思いついたんだ？」ロックフォードがいきなり叫び、ふたりのあいだの小さなテーブルに音をたててグラスを置いた。「それなのに、少しのあいだ、ぼくは……」

彼が急に言葉を切ると、ギデオンは静かにうながした。「少しのあいだ、どうしたんだ？」

ロックフォードは首を振り、片手を振ってこの質問を追い払った。「なんでもない。どうでもいいことだ」言葉を切って続ける。「フランチェスカは真実を知ったことを打ち明け、ぼくに謝罪した。それから彼女とレディ・アルシア・ロバートを観劇にエスコートしてくれと頼んできた。だからぼくは……」

「彼女が昔に戻りたがっていると――」

「いや！」ロックフォードは急いで否定した。「冗談じゃない。違うとも。そんなことはありえない。ただ、ひょっとしたらこれまでより友情を深めたいと願っているのかもしれないと思った。するとレディ・アルシアをぼくに押しつけはじめた。レディ・アルシアだぞ。よりによって！」

「知らないな」

「知りたいとも思わないさ」公爵はぶっきらぼうに言った。「器量はいいが、気位が高すぎる。おまけに十分も話すと眠くなってくる」

「まだレディ・ホーストンを愛しているのか？」

ロックフォードはギデオンを見て急いで目をそらし、ぶっきらぼうに答えた。「ばかばかしい。もちろん、愛してなどいないさ。なんとも思っていないと言えば嘘になるが。ふたりとも年を重ね……厳密には友人とは言えないが、ある意味では……彼女はほとんど家族のようなものだ」

ギデオンは疑わしげに眉を上げたものの、自分の意見を口にするのは差し控えた。

「ぼくはこの十五年、彼女に対する報われない愛を抱きつづけてきたわけじゃない」公爵はきっぱりと否定した。「ふたりとも、昔と同じには戻れない。何しろ十五年もたつんだ。どちらも当時の気持ちはとっくに失っているよ。ぼくが腹を立てているのは、そのせいじゃない。違うんだ。フランチェスカがぼくの人生に口をはさもうと決めた、その厚かましさに腹が立つだけだ。たしかにみんなが彼女に物事を任せる。彼女は人を動かし、いろいろな手配をするのがとても得意だ」

ギデオンはにやっと笑った。「ああ、それはぼくにも経験がある」

「だが、ぼくを思いどおりに動かそうとするとは！」ロックフォードの黒い目が怒りを放った。「ぼくよりも自分のほうがよい妻を選べる、だと？　結婚相手を見つけるのに、ぼくが彼女の助けを必要としている、だと？　いったい何を考えているんだ！」ロックフォードが筋肉をひくつかせ、歯を食いしばった。

そして四杯目を注ぎ、あおるように飲んだ。

「しかも、義務について説教までしたんだぞ。このぼくに！　まるで家名も家族も大事にしない、何ひとつ真面目《まじめ》に取り組まない、軽薄な若者に説教するように。十八歳のときから爵位と領地に人生を捧《ささ》げてきたこのぼくに。それだけじゃない。彼女はぼくが適齢期を過ぎようとしていると仄めかした。急いで愚かな娘をつかまえ、子供を産ませなければ、間に合わなくなると言わんばかりに！」

ギデオンは笑みを押し殺した。「そんなことを仄めかす気はなかったと思うよ」

公爵は鼻を鳴らし、グラスを傾けた。

「こんなことを訊《き》いては礼儀にはずれるのかもしれないが、ぼくは貴族の礼儀にはうといからな」ギデオンは用心深く予防線を張ってから尋ねた。「きみは結婚する気はないのか？」

「もちろんあるとも。いつかは結婚する。しなくてはならないんだ。いつかは」

「あまりしたそうじゃないな」

ロックフォードは肩をすくめた。「ただ、結婚したいと思う相手に出会わなかっただけさ。誰も彼も跡継ぎを作るのがぼくの務めだ言う。たしかにそうなんだろう。ロックフォードの血筋を絶やさないためには。いとこのバートラムは、公爵の仕事と責任を受け継ぐ気はまったくないしね。だが、まだ時間はあるはずだ。ぼくはまだ当分〝死〟を迎えるつもりはない」彼はグラスの底のブランデーをまわし、琥珀《こはく》色の液体を陰鬱《いんうつ》な顔で見守った。

「いつか妻を見つけるさ。自分のやり方で。レディ・ホーストンの助けなどなしに」

「ぼくのときは、彼女の助けはずいぶん役に立ったぞ」ギデオンはロックフォードを見ながら、穏やかに指摘した。「アイリーンよりもすばらしい妻は想像できないな」彼は言葉を切り、それからこう付け加えた。「彼女にやらせてみたらどうだ？」

ロックフォードは鼻を鳴らした。「彼女にはいい薬になるだろうな」

この思いつきが気に入ったらしく、ロックフォードは話すのをやめて長いこと空中の一点を見つめていた。それから、ゆっくりと口元をほころばせ、考えこむようにもうひと口飲んでから、つぶやいた。

「ああ、ぼくに適切な妻を見つける仕事をどれだけ楽しめるか、やらせてみるとしよう」

6

水曜の午後、アラン卿《きょう》が娘をともなって訪れた。フランチェスカはふたりに会ってほっとした。ロックフォードとの友情を永遠に失ってしまうのではないかと、朝からずっと気持ちが沈んで仕方がなかったのだ。ひとつのことに集中できず、あれをやりかけてはやめ、こちらに手をつける。そんなことを繰り返しながら、ふと気がつくと、ロックフォードを怒らせたことを思い出していた。彼の力になろうとしただけなのに、頭ごなしに怒るなんてひどすぎる、と思わずにはいられなかった。たしかにアルシアの件では、いつもよりぎくしゃくしていたかもしれない。でも、彼を傷つけるつもりなどこれっぽっちもなかったことは、よく考えればわかるはずだ。

説明させてくれれば、きっとこの気持ちをわかってもらえる。少なくとも、怒りを静めてもらうことはできるのに。あんなに急に怒りだしたのも、人の話を聞こうとしないのも、まったくロックフォードらしくないことだ。でも、どうやらわたしには、彼を激怒させる何かがあるらしいわ。きっと軽薄なところが神経に障るのね。ロックフォードは昔からとても生真面目《きまじめ》だから。いえ、違う。ユーモアのセンスはあるし、よく笑うもの。それに、もちろん、彼の笑顔はまわりを明るくする。いつも気難しい顔をした、死ぬほど退屈な男とは違う。

ロックフォードはとても責任感が強くて、自分の務めは決しておろそかにしない男だ。何をするにも、きちんと周到な計画を立ててから取りかかる。それによく本を読み、学者も顔負けなほど知識が豊富で、さまざまなことに幅広く関心を持ち、科学者やさまざまな分野の学者と手紙をやりとりしているくらいだ。彼がわたしを軽薄で移り気な、ドレスや帽子やゴシップにしか興味のない女だと思っていることはわかっている。ふたりが婚約していたとき、いつかロックフォードが自分に飽きてしまうのではないか、ただ飽きるだけではなく、自分に苛立《いらだ》つようになるのではないかと心配したのは、そのためだった。

昨夜のあとは、ほんとうにそうなってしまった。彼が昔の好意をなくしてしまったのは当然のことだが、何もあんなに怒らなくても。あんなにあからさまにアルシアとの仲を取りもとうとしなければよかった。フランチェスカは朝からずっと昨夜のことを思い返しては、どこをどう変えればよかったのかとくよくよと考えていたのだった。

アラン卿が到着すると、憂鬱《ゆううつ》な物思いから逃れられるのが嬉《うれ》しくて、心から彼を歓迎した。そして笑顔で挨拶《あいさつ》を返すアラン卿の目のなかに、再び自分に対する賛美を読みとった。彼とは注意深く接する必要がありそうだわ。ロマンティックな期待をかきたてないようにしなくては。

フランチェスカは急いでアラン卿の娘に声をかけると、ベルを鳴らしてお茶を持ってくるように言いつけた。それからふたりに椅子を勧め、自分も腰をおろして話しながら、それとなくハリエットを観察した。

ハリエットは上向きの鼻に、すてきな茶色い瞳と豊かな褐色の髪のかわいい娘だった。どうやら領地ではあまり帽子をかぶらないと見えて、日に焼けすぎているが、少なくともそばかすもしみもない。親しみのこもった笑顔に、あけっぴろげな表情が好感を持てる。社交界に通じている人々が〝正しい〟とする冷たく取り澄ました態度ではないが、そういう態度が男性を惹《ひ》きつけるのをフランチェスカは見たことがなかった。髪型を少し変え、眉を整えれば、見違えるように魅力的な娘になるだろう。それに着ているものを変えれば。いま着ている服はやぼったくて、ちっとも似合っていなかった。服のせいでつんと澄ました堅い娘のように見える。きっとアラン卿の母親が選んだに違いない、とフランチェスカは内心思った。

「お父様の話では、このシーズンを思いきり楽しみたいそうね」フランチェスカはにこやかに話しかけた。

ハリエットはにっこり笑い返した。「そんなに高望みはしてませんわ。誰かに気づいてもらえたら、それでいいんです」

ハリエットの率直な答えが好ましく、フランチェスカはほほえんだ。もちろん、パーティで人気者になるためには、そうした率直さを少し抑える必要があるが。「あら、ふたりで力を合わせれば、かなりよい結果を得られると思うわ」

「なんでも言ってください。おっしゃるとおりにしますから」ハリエットは笑顔で父親を見ながら続けた。「いまのところ、父のお金を無駄にしただけみたいで気が引けているんです。こんなにお金を使ってなんの役にも立たないなんて最悪ですもの」

「ハリー、おまえはそういうことを心配しなくてもいいんだよ」父親がにこやかにたしなめた。

「お父様が気にしないのはわかっているけど、わたしはなんでも無駄にするのが嫌いなの」

「わたしがいろいろと助言してもかまわないのかしら？」フランチェスカは尋ねた。強情な生徒ほど厄介なものはない。

「ええ、すべてあなたにお任せしますわ」ハリエットはきっぱり答えた。「自分が洗練されていないことはわかっているんですもの。ときどき、わたしが口にした言葉で、みんなが奇妙な顔をするのもね。でも、呑《の》みこみはいいほうです。必要なことはなんでもするし、おっしゃるとおりに変わります。少なくとも、このシーズンのあいだだけは」

「では、最初に買い物に出かける必要があると思うわ」フランチェスカはすばやくハリエットの父親を見た。そしてアラン卿がうなずくのを確認してから、言葉を続けた。「それに、ちょっとしたパーティを催すのもいい考えだと思いますわ、アラン卿。お嬢様の役に立ってくれそうな人たちを招待するんですの。たしか先日、あなたはわたしにそのパーティを――」

「ええ、そのとおりです、レディ・ホーストン」アラン卿はこの言葉に飛びついた。「そうしていただければ、こんなありがたいことはない。母は万全の体調というわけではないので。それに社交界に顔が広いわけでもない。パーティを催すのは、少し荷が勝ちすぎるのです。もちろん頼めばやってくれるでしょうが」アラン卿の表情からすると、最後の言葉は嘘《うそ》のようだ。

「少人数の夜会か夕食会なら、問題なくここで催せますわ」フランチェスカは提案した。

アラン卿は安堵《あんど》のため息をついた。「ええ、そうしていただければ。ずいぶんとご厚意に甘えることになって心苦しいが、あなたのほうがはるかに上手に手配できるのは間違いありません。費用はみなわたしにまわしてください。もちろん、ドレスの費用もです」

「喜んでホステスを務めさせていただきますわ」フランチェスカは心からそう言った。彼女はパーティの準備や手配をするのが好きだった。自分の経済的な状況に制限されていない場合はとくに楽しい。

ハリエットと父親は、そのあとまもなく立ちあがった。フランチェスカがハリエットと翌日の買い物について打ちあわせていると、フェントンが戸口に現れ、別の訪問客が到着したことを告げた。

「ロックフォード公爵様です、奥様」フェントンは言った。

フランチェスカが驚いて振り向くと、執事の後ろに立っているロックフォードが見えた。とたんにみぞおちがぎゅっと縮み、喉から顔へと血がのぼった。昨夜の記憶がせめぎ寄せ、とっさに言葉が出てこない。わずか一瞬のあいだに、気持ちがめまぐるしく変わる。彼のキスの記憶に顔が赤くなり、彼に投げつけられた怒りに痛みを感じ……最後に彼女自身の怒りがこみあげてきた。

「ロックフォード、あなたが見えるとは……思わなかったわ。あら、失礼」遅まきながら、ほかにも客がいたのを思い出した。「アラン・シャーボーン卿とお嬢様のミス・ハリエット・シャーボーンをご紹介させてちょうだい。アラン卿、こちらはロックフォード――」

驚いたことに、アラン卿はにっこり笑って言った。「ありがとう、レディ・ホーストン。しかし、もう公爵とはお会いしているんですよ。公爵、またお会いできて嬉しいかぎりです」

「アラン卿」ロックフォードは彼にうなずき、フランチェスカに説明した。「先日タッターサルで会ったんだ」毎週月曜日に馬の競り市が行われるタッターサルは、あらゆる階級の男たちに人気のある集いの場になっている。

「ええ。公爵はご親切にも、わたしが目をつけた狩猟馬を買うのはやめたほうがいい、と助言してくれましてね」

「あの馬のことは知っていたからね。見かけは立派だが、まるで覇気がない」公爵はハリエットに顔を向けて言った。「だが、アラン卿、お嬢様とお会いするのはこれが初めてですよ」彼はハリエットに会釈した。「ミス・シャーボーン」

公爵をまじまじと見ていたハリエットは、赤くなりながらあわててお辞儀をした。「光栄です、公爵様」

アラン卿は再びフランチェスカに礼を述べ、娘とともに立ち去った。ふたりが行ってしまうと、ロックフォードはフランチェスカと向きあった。

「きみの計画のひとつかい？」彼は片方の眉を上げて尋ねた。

「ええ、ミス・シャーボーンに力を貸すことにしたの」フランチェスカはどんなふうに応じればよいのかわからず、少し硬い声で答えた。

ロックフォードがフランチェスカのお節介に、さらに怒りをぶつけに来たとは考えにくい。だが、昨夜の怒りをこれほど早く忘れたと考えるのも理屈に合わなかった。たとえ彼が忘れたとしても、つい昨夜、彼がわめきたてたことをわたしは忘れる気にはなれない。

「謝りに来たんだ」ロックフォードは前置きなしにそう言った。「昨夜《ゆうべ》あんな無礼な行動を取ったことは言い訳のしようがない。きみの寛大さに甘えて許してくれることを願うだけだ」

「わたしの寛大さに訴えるのは、まったくの徒労だと言う人もいるでしょうよ」フランチエスカは辛辣《しんらつ》に言い返したものの、ロックフォードの謝罪に怒りが溶けるのを感じた。

彼はほほえんだ。「そんなことを言う人間は、きみのことをよく知らないんだ」

「あなたを不愉快な気持ちにさせるつもりはなかったの」彼女は言った。「新しい過ちをおかすのではなく、昔の過ちを償いたかっただけなのよ」

「ぼくが怒ったのは、きみの責任じゃない」ロックフォードは肩をすくめた。「きっと結婚に関しては、少しばかり神経質になっているんだな。祖母から耳にたこができるほど言われているからね。オデリア伯母からも」

「いやだわ、あなたのお祖母《ばあ》様や大伯母様と同じように思われたなんて」フランチェスカはロックフォードに腹を立てつづける気はまったくなかった。もちろん、昨夜のキスのことを持ちだすつもりもない。この場は鷹揚《おうよう》に彼の謝罪を受け入れ、昨夜のことはすべて水に流すほうがよさそうだ。

「では、仲直りのしるしに、馬車でハイドパークをひとまわりしないか?」ロックフォードが言った。「外は五月の上天気だよ」

フランチェスカはまたしても不意をつかれた。最後にロックフォードとふたりきりで馬車に乗ったのはいつだったか思い出せないくらいだ。いいえ、もちろん、思い出せる。ずっと昔、ふたりが婚約していたときだった。だが、そのことは考えないほうがいい。

「いいわ。楽しそうね」彼女は機嫌よく承知した。

数分後、フランチェスカはロックフォードの手を借りて、車体の高い二頭立てのほろつき四輪馬車に乗りこんだ。いま流行のこのタイプの馬車は座席がとても高いので、ロックフォードのような名手が馬を扱うのでなければ、少し怖くなったかもしれない。

彼はフランチェスカの隣に座り、手綱を取った。走りだす馬車のなかで、フランチェスカは久しく味わったことのない興奮がこみあげてくるのを感じた。彼女は多くの紳士に賞賛されることに慣れているし、軽い戯れの会話も嫌いではないが、馬車でハイドパークをまわろうという招待を承知したことはめったになかった。求愛に向けたささやかな一歩さえ許さないためだ。

ロックフォードの隣で、こんなに地面から離れたところに座っているのは、なかなかすてきな気分だった。しかもちょっとしたスリルもある。もちろん、彼の手綱さばきは誰よりも確かだから、心配する必要は少しもないが。

行きかう馬車や馬が多い町なかの通りでは、手綱さばきに細心の注意が必要だったから、少しのあいだふたりはほとんど言葉を交わさなかった。正直なところ、こみあげてくる感情に慣れるために、そのほうがフランチェスカにとって好都合だった。

ロックフォードと婚約していたころは、よくハイドパークを馬車でまわったものだった。

領地にいるときはほとんど毎日会っていたせいか、初めてロンドンに来たあと、フランチェスカは彼が恋しくてたまらなかった。領地では一緒に馬を走らせたり、レッドフィールズやダンシーパークの庭を歩いたり、ふたりで足の向くまま長い散歩をしたりした。彼がレッドフィールズを訪れたときには、ふたりをじっと監視している者はいなかったから、おしゃべりしたり、目を見交わしたり、ときどき彼の手が彼女の手をかすることさえあった。

でも、ロンドンでは、そのすべてが変わってしまった。どこへ行っても、ふたりは人に囲まれていた。フランチェスカの客間にはいつも訪問者がいたし、大勢の人がいるパーティでは、ほかの男たちが彼女と踊るチャンスを奪いあい、オペラにエスコートしたがった。フランチェスカは寂しくて、ロックフォードに会いたくて、彼が馬車でハイドパークに連れだしてくれるのをいつも心待ちにしていたものだった。

もちろん、その回数も、ハイドパークにいる時間も、慎重に考慮しなくてはならなかった。ロックフォードがあまりフランチェスカに関心を示しすぎれば、あっというまに噂《うわさ》の種になる。だがフランチェスカはロンドンにいるあいだ、ロックフォードと馬車に乗っているときがほかのどんなときよりも幸せだった。

そんな昔の思い出が頭のなかで駆けめぐり、息をするのも忘れそうになる。ちょうど季節もいまごろで、暖かく爽《さわ》やかな空気も同じなら、背中にあたる日差しのやさしさも同じ。

フランチェスカは馬車に揺られながら、昔、自分がどれほど胸をときめかせていたか、ただロックフォードの隣に座っているだけで、どれほど幸せに満たされたかを思い出さずにはいられなかった。

ロックフォードは昔と同じように近くにいる。手を伸ばせば触れることができる。十五年前はどんなにそうしたかったことか。でも、そんな大胆な仕草にロックフォードが顔をしかめるのではないか、ほかの誰かに見咎《みとが》められるのではないかと、怖くてできなかった。

柔らかい風が頬をなで、帽子の下の髪をそよがせる。周囲のすべてが明るく輝いていた。木の葉はより艶《つや》やかに、木陰はより濃く、より涼しげに見える。ロックフォードが使っているコロンのかすかな香りが漂ってきて、フランチェスカはすぐ横にいる彼の存在を全身で感じた。昨夜のキスのことが自然と頭に浮かぶ。きつく抱きしめられ、固い体に押しつけられて、彼の唇が、熱い欲望に燃えたビロードのような唇が……。

フランチェスカはごくりとつばを呑んで顔をそむけ、ふいに赤くなった頬を、彼に見咎められる前に風が冷やしてくれることを願った。あのキスのことを考えると、どうしてこうなるのか、自分でもわからなかった。体がうずき、筋肉がこわばり、みぞおちに熱が渦巻いている。

彼のキスが自分に与えた影響を否定したかったが、できないことはわかっていた。この前の夜は夢のなかでさえも彼のキスに胸がときめき、体の隅々まで彼の体に溶けて、探るような舌を口のなかに迎え入れたことが思い出される。

「昨夜きみが言ったことを、よく考えてみたんだ」ハイドパークに入り、もうそれほど手綱さばきに注意を向ける必要がなくなると、ロックフォードが言った。

物思いに沈んでいたフランチェスカは、はっとわれに返った。「そう?」彼女はどうにか答え、まるであえぐような声にロックフォードが気づかないでくれることを祈った。

「ああ。冷静になってみると、ぼくは恐ろしいほど無礼だったばかりでなく、きみが言ったことがとても正しいことに気づいた。それに祖母の言うことも」

「ほんと?」フランチェスカは驚いて彼を見た。「つまり――」

彼はうなずいた。「ああ。そろそろ結婚すべきかもしれない。いや、もうとっくに結婚しているべきだったのだろうな」

「ええ……」なぜかフランチェスカは、とても高いところから下を見たときのような、かすかな吐き気を感じた。

「きみが正しい。花嫁を探しはじめる潮時だ。突然、結婚に興味を持てるかどうかは疑問だが、とにかく努力だけはしてみるよ」

「そういう疑問は結婚のよい基礎とは言えないわ」奇妙なことに、公爵の言葉になぜかがっかりして、フランチェスカはついそう口走っていた。

ロックフォードは彼女に向かって眉を上げた。「それがきみの望みだと思ったが」

「いいえ！　無理やりあなたを祭壇に引きずっていくつもりはないわ。わたしはただ、あなたを幸せにしたかっただけ」

この言葉が口から出たとたん、フランチェスカは唇を噛《か》んだ。これではまるで彼女自身がロックフォードと結婚したがっているようだ。彼女は目をそらし、自分が感じるほど顔が赤くなっていないことを願った。

「つまり、すばらしい女性と結婚して、幸せになってもらいたい、と言いたかったの。あなたの人生をよりよく変えてくれる結婚をしてほしい、と」

ロックフォードは静かに尋ねた。「きみは結婚して、もっと幸せになったのかい？」

フランチェスカはぱっと彼を見て、目をそらした。そのことは彼と話したくない。話すことはできない。突然、喉を塞《ふさ》いだ熱いかたまりをごくりと呑みくだすと、肩をすくめ、明るい笑みを浮かべた。

「わたしたちはあなたのことを話しているのよ。わたしの幸せではなく、あなたの幸せを」そして急いでこう付け加えた。「わかったわ。結婚すると決めたのね。それで？　具体的にはどうするつもり？」

「もう最初の一歩は踏みだした」彼はフランチェスカをじっと見つめた。「きみのところに来ただろう？」

フランチェスカはつかのま、呆然《ぼうぜん》と彼を見つめた。「な、なんですって？」

「たくさんの人々を幸せな結婚に導いた女性ほど、ぼくを結婚に導いてくれるのにふさわしい人がいるかい？」ロックフォードは尋ねた。「きみはぼくが花嫁を見つける手伝いをしたがっているんだと思ったが」

「でも……」フランチェスカは頭が真っ白になり、奇妙に体の力が抜けるのを感じた。ロックフォードが今日訪れて何を言うつもりだと思っていたにせよ、こんなことを言いだすとは思いもしなかったのだ。「わたしの成功はずいぶんおおげさに噂されているわ」

「みんながきみについて語る半分でもほんとうなら、きみは花嫁探しにかなりの勘が働くに違いない」ロックフォードはそう言った。「ぼくの親戚《しんせき》には、すばらしい妻を見つけたじゃないか。ギデオンほど自分の結婚に満足している男はほとんどいないよ。それに、きみの弟と奥さんもとても幸せだ。つい最近ふたりに会ったが、明らかに結婚した日と同じように熱々だったよ。いや、いまのほうがもっと愛が深まっているかもしれない」

「どちらも例外なのよ。彼らの愛は本人同士が見つけたものですもの。わたしの働きの結果だとはとても言えないわ」

「だが、きみがいなければ、どちらのカップルも存在していなかった」ロックフォードは指摘した。「ぼくの妹とブロムウェルも」

「でも、あの結婚はあなたの意に染まないものだったわ」

「カリーが幸せなら、ぼくは満足だよ」ロックフォードは言葉を切り、それから続けた。

「いずれにせよ、きみは立派な仕事をした。昨夜きみが言ったことをぼくが正確に理解しているとすれば、何人かの候補者を選んでくれたんだね？」

「わたしをからかっているんじゃないの？」フランチェスカはロックフォードの顔をじっと見た。「ほんとうに手助けしてほしいの？」

「だから来たんだ」

フランチェスカは少しのあいだささらに彼をじっと見て、小さくうなずいた。「いいでしょう、お手伝いするわ」

「ありがたい」

四人乗りの馬車が反対側から近づいてきた。すぐそばまで来ると、ほろを上げた馬車には、レディ・ウィッティントンとその親友のミセス・ウィッチフィールドが乗っていた。ウィッティントンの馬車がすぐ横で停《と》まったため、ロックフォードは会釈だけで通りすぎることができず、馬車を停めて挨拶をしなくてはならなかった。当然ながら、たんなる挨拶だけではなく、彼らは先日のウィッティントン家の舞踏会がどんなにすばらしかったか、誰もがどれほど楽しんだかという話に数分費やし、ついでおたがいの家族について尋ねあった。

フランチェスカはふたりの女性の詮索《せんさく》するような視線を感じた。彼女が公爵の馬車でハイドパークをまわっていたことは、すぐに噂になるに違いない。ふたりが幼いころからの知りあいであることは上流階級のみんなが知っているとはいえ、ゴシップ好きの舌を忙しく働かせるには、こういうほんのちょっとした変化だけでじゅうぶんなのだ。

ようやく別れを告げると、公爵は馬を歩かせながらさきほどの続きを話しはじめた。

「それで、きみはぼくのために何人候補者を見つけてくれたんだい？」

「なんですって？　ああ、それ。実は三人に絞ったの」

「それだけしか見つからなかったのかい？」彼は笑みを含んだ目でフランチェスカを見た。

「ぼくはそんなに人気がないのかな？」

フランチェスカはくるっと目をまわした。「その反対だってことは、よく知っているくせに。あなたの婚約者に選ばれたがっている女性は何十人もいるわ。でも、注意深く選ばないとね」

「よかったら、選択の基準を教えてくれないか？」

「言うまでもなく、見目麗しくなくてはいけないわ」

「それを考慮してくれたとはありがたい」フランチェスカはじろりと彼をにらんでから続けた。「それから家柄もよくなくては。でも、あなたの場合、持参金はそれほどなくても大丈夫だと思ったの」

彼はうなずいた。「きみの言うとおりだ、いつものように」

「あなたやあなたのお友達と話ができるだけの知性も必要ね。もちろん、学者のお友達のように、学識豊かな女性を期待してはいないと思うけど。それに公爵夫人として晩餐会やパーティを催すための社交術もなくては。大事なお客様を退屈させないだけの会話術、大勢の召使いを取り仕切る知識と能力も必要ね。いくつもの屋敷の召使いたちを取り仕切らなくてはならないんですもの。そのほかにも、たとえば領地の小作人の家族や、さまざまな領地の地元の地主たちともうまくやっていける人でなくては。それにもちろん、あなたを幸せにする人でないとね」

「それが条件に入るのかと心配になりはじめたところだった」彼はつぶやいた。

「ロックフォード、ばかなことを言うのはやめてちょうだい。いちばん重要なことじゃないの。公爵夫人となる女性は、虚栄心が強くても自分勝手でもだめ。思いやりに欠ける人、何事にもすぐに動揺する人、体の弱い人も失格よ」

ロックフォードはくすくす笑いだした。「なぜ三人しか候補者がいないのかわかったよ」

フランチェスカも笑った。「あなたの基準が高いことは、最初からわかっているんですもの」

「ああ、昔からそうだった」

彼はいま……わたしがその高い基準を満たしていた、と仄《ほの》めかしたの？　フランチェスカはすばやく隣を見て、彼が自分を見ているのに気づき、赤くなりながらも愚かなほど嬉しくなった。

彼女は急になんと言えばいいのかわからなくなり、咳払《せきばら》いして顔をそらした。

「それで、きみはまずアルシア・ロバートに白羽の矢を立てた」彼がそう言ってぎこちない沈黙を破った。「なぜなのか理解に苦しむな」

「彼女はとても美しいわ」フランチェスカは自分の選択を擁護した。「それに、お父様はブリッドコム伯爵で、お姉様はハワード卿と結婚された。家柄も申しぶんないわ。もちろん、公爵夫人に求められる義務もよく理解しているはずよ」

「だが、気位が高い」ロックフォードはそう言って、おどけた顔をした。

「それは公爵夫人として、必ずしも不適切ではないと思ったの」フランチェスカは言い返した。

「しかし、公爵自身にはふさわしくないかもしれないな」

フランチェスカはつい口元をほころばせていた。「たしかに、レディ・アルシアはあまりよくない選択だったわね」

「ああ。彼女はリストからはずしてもらいたい。それとも予備に取っておくかな。ほかに誰も見つからない場合に備えて」彼は考えるように口をつぐみ、こう付け加えた。「いや、それでもごめんだ。いくら後継者を作る必要があっても、一生レディ・アルシアと過ごすことに耐えられるとは思えない」

「レディ・アルシアはリストからはずしましょう。ダマリス・バークはどうかしら？　知性的で有能な人よ。お母様が亡くなられたあと、この二年はパーティの女主人役も務めているわ。バーク卿は政府の高官だから、彼女は重要な人々をもてなしたり、パーティを催したりするのにも慣れている」

「ああ、レディ・ダマリスには会ったことがある」

「どう思った？」

「さあ。妻にするつもりで見たわけではないからね。だが、好ましい印象を持った気がする」

「わかったわ。では、彼女はリストに残しましょう。いい？」

ロックフォードはうなずいた。

「最後はレディ・カロライン・ワイアットよ」

ロックフォードは眉を寄せた。「彼女とは会ったことがないと思う」

「ええ、今年デビューしたばかりですもの」

ロックフォードは顔に驚きと疑いを浮かべてフランチェスカを見た。「学校を卒業したての若い女性かい？」

「たしかに少し若いわね」フランチェスカは認めた。「でも、家柄は三人のなかでいちばんいいの。お父様は准男爵だけれど、お母様はベリンガム公爵の末娘で、父方のお祖母様はモアランドですもの」

「ふむ」

「何度か会ったことがあるけれど、子供っぽい、愚かなお嬢様ではなさそうだわ。くすくす笑うのも突拍子のない声をあげるのも、見たことがないもの」

「わかった。彼女のことも候補者として考えよう」ロックフォードはつかのま口をつぐんだ。「だが、レディ・ワイアットはぼくには少し若すぎるような気がするな。忘れたのかもしれないが、ぼくはもう三十八歳だよ」

フランチェスカは顔をしかめてみせた。「ええ、そうね。あなたはもうすぐよぼよぼになるわ」

「そのふたりのなかに、二十一歳以上の女性はいるのかい？」

「レディ・ダマリスは二十三歳よ。アルシアは二十一歳」

ロックフォードは片方の眉を上げた。

「でも、それより年上の女性のなかに候補者を見つけるのは難しいの」フランチェスカは自分を弁護した。「美しくて有能で、男性が望むすべてを備えている女性は、すでに結婚しているんですもの」

「ぼくの年齢に近い未亡人もいるよ」ロックフォードは指摘した。

「ええ、でも……未亡人は候補者には入れなかったの」

「なぜだい？　なかには社交界の誰よりも美しい未亡人もいる」

フランチェスカは赤くなった。ロックフォードはわたしのことを言っているの？　これがほかの男性なら、間違いなく自分の気を引くつもりだと思ったに違いない。でも、ロックフォードは女性の気を引くようなことは言わない。とくにフランチェスカには。とはいえ……彼がそういう言葉を口にしたころのことが思い出された。もちろん、ロックフォードらしくとても控えめに、ではあったが。それでも、彼はフランチェスカをからかいながら、ちょうどいま彼女が感じているように、体がほてるようなまなざしで見つめてきたものだった。

自分が内心ほど狼狽《ろうばい》しているように見えないことを願いながら、フランチェスカは答えた。「妻にする女性が未婚だということは、男性にとって重要なことではなくて？　その女性が……」フランチェスカはもっと赤くなった。よりによって、ロックフォードとこういう話をしなくてはならないのは、なんと気づまりなことか。ようやく、低い声で付け加えた。「無垢《むく》なことが」

ロックフォードは黙っている。フランチェスカは急いで言葉を続けた。

「それに、子供のこともあるわ。若い女性のほうが、もっと、その、時間が……」彼女は力なく言葉を切った。

「ああ、何より重要な跡継ぎだな」彼は皮肉たっぷりに言った。「忘れていたよ。ぼくたちはぼくの伴侶《はんりよ》ではなく、〝血統書つきの雌馬〟を選んでいるんだった」

「違うわ！　シンクレア！」気まずさよりも心配が勝って、フランチェスカは彼と向きあった。「そうじゃないわ」

「違う？」彼は皮肉な笑みで答えた。「少なくとも、きみの唇から〝シンクレア〟を引きだすことができた」

フランチェスカは彼の視線に耐えられず、またしても顔をそむけた。どうして今日は、こんなにまごついてばかりいるの？　まるで女学生のように。「だって、それがあなたの名前ですもの」フランチェスカは少しばかり呼吸を乱して答えた。

「ああ。だが、もうずっと、きみの口からその名前を聞いたことがなかった」

彼の口調に、愚かな胸がときめく。目を上げると、彼はフランチェスカを見下ろしていた。フランチェスカはその瞳のなかに溺《おぼ》れそうになり、昔、彼を見上げて同じように感じたときのことを思い出した。そのときも、〝シンクレア〟と呼んだのだった。まるで祈りのように。すると彼はいきなりフランチェスカを抱き寄せ、飢えた男のようにキスした。そのキスを思い出し、フランチェスカは脈が速くなるのを感じた。

もぎとるように目をそらし、落ち着いた声を出そうと努める。「実は、ほかにもふたりばかり考慮した女性がいるの。ふたりとももう少し年上よ」

「そうかい？」彼の声には、もうさきほどの奇妙な調子は残っていなかった。そっけない、かすかに愉快そうないつもの声だ。「それは誰かな？」

「ひとりはコールダーウッド卿の長女、レディ・メアリ。彼女はたぶん二十代半ばだと思うわ。それに亡きデ・ウインター卿の奥様だったレディ・エドウィナ・デ・ウインター。こちらはもっと年上。レディ・メアリはとても知的な女性だけれど、少し内気だから、除外したの」

「そのふたりにも喜んで会うとも」ロックフォードは言った。「それで、彼女たちとどんなふうに〝面接〟をすればいいのかな？　全員集めて、ハウスパーティでもするかい？　ギデオンのときのように？　あれは便利な方法だな。一度に全員を集められる。もっとも、彼と違って、二週間後にそのうちの誰かを選択する気になるかどうかはわからないが」

「いいえ、その必要はないわ。ラドバーン卿のときは特殊な状況だったんですもの。この場合とは違う。いずれにしろ、わざわざハウスパーティを催す必要はないわ。シーズンのさなかで、全員がこのロンドンにいるんですもの。パーティや舞踏会で候補者と話すチャンスを作るのは、難しくないはずよ。そうだわ」彼女はふと思いついて言葉を切った。「わたしが来週アラン卿のお嬢様のために催すパーティに来てはどうかしら？　あなたが顔を見せてくれれば、ハリエットの株はぐんと上がるわ。それにレディ・ダマリスやほかの候補者を呼べば、彼女たちとも話せる」

「とてもいい考えだ」

ロックフォードのそっけない声が何を意味しているのかわからず、フランチェスカはちらっと用心深い目で彼を見た。だが、彼はにっこり笑って、こう付け加えただけだった。

「この件はきみに任せるよ。おそらくぼくに最もふさわしい女性を見つけてくれるだろうから」

「できるだけのことはするわ」

「よかった。では、もう少し楽しい話題に移ろうか。ヒューゴ・ウォールデン卿がベリー卿の末息子に挑戦したことを知っているかい？」

「二頭立ての二輪馬車で、どちらが速いか競うために？」フランチェスカはくすくす笑った。「ええ、聞いたわ。ヒューゴ卿が鶏小屋《とりごや》にぶつかって終わったんですって？」

ロックフォードは愉快そうに笑った。「いやいや、そうじゃないんだ。気の毒に、鶏小屋に突っこんだのは、通りの真ん中でその二台にはさまれたどこかの哀れな牧師だよ。ヒューゴ卿はあひるのいる池に突っこむはめになった」

そのあとは最新の噂話や政治の問題が続き、やがてレッドフィールズを切り盛りしているフランチェスカの弟の話になった。それ以前のぎこちなさはすっかり消えて、フランチェスカはいつしかくったくなく笑い、おしゃべりを楽しんでいた。

ロックフォードとこんなふうに話すのは、思えばずいぶん久しぶりのことだが、若いころは、彼は愛する男性だったばかりか、とても親しい友人でもあったのだ。彼を失った最初の何年かは、失恋の痛手だけでなく、親友も同時に失ったことがどれほど寂しかったことか。昔ロックフォードに感じていたような親近感と愛情を、ほかの誰かに感じたことが一度でもあっただろうか？

もしかすると、ふたりはもう一度ほんとうの友人になれるかもしれないわ。ロックフォードに送られて家に戻ったあと、表通りに面した応接間の窓から、馬車の高い座席に乗りこむ彼の長い、たくましい脚や、再び手綱を握った力強い手に見とれながら、フランチェスカはそう思った。

過去という障害が取り除かれたいま、こういう午後が、笑いに満ちた楽しい会話がこれからも待っているのかもしれない。彼女の心にはもうロックフォードに裏切られた痛みはなく、彼のほうも、昨日のことをさっそく謝りに来たことからすると、怒りはもうほとんど消えているようだ。

彼の妻を見つけるために、ふたりで力を合わせることはできるわ。フランチェスカは自分にそう言い聞かせた。それが首尾よく終わったら、もう罪悪感をおぼえずにすむ。彼は幸せを見つけ、妻と子供たちに囲まれる。そして彼女はロックフォードの友情を取り戻せる。

だが、どれほどそう思っても、遠ざかる彼の後ろ姿を見送りながら、胸のなかにむなしさが広がっていくのを止められなかった。

7

この一週間は、目がまわるほど忙しくなりそうだった。まずハリエットと買い物に行ってドレスを選び、そのあとはパーティの計画を立てて準備を始めなくてはならない。フランチェスカは少人数の夜会を催すことにした。誰もが人ごみにまぎれてしまうような大人数の集いでも、上品すぎてみんながかしこまるようなものでもない。いちばん頭を悩まさなければならないのは、招待客のリスト作りだ。ハリエットの助けになるような社交界の〝重鎮〟を招く必要があるが、その〝重鎮〟が、率直であけっぴろげなハリエットの物言いに顔をしかめるような頭の固い女性では困る。それに、これは言うまでもないが、パーティ自体も思い出に残る楽しいものにしなくてはならない。ハリエットのためもあるが、ホステスとしてのフランチェスカの評判のためにも、これは重要なことだった。一方で、フランチェスカばかりが目立ってハリエットがかすんでしまっては困る。

少なくとも、シンクレアに関してはほとんど準備は必要なかった。四人の候補者は、招かれればよほどのことがないかぎり顔を見せるだろう。結婚適齢期の女性が、独身の公爵と話す機会を逃すとは思えない。

シンクレアとハイドパークをひとまわりした翌日、フランチェスカは前夜の奇妙な悲しみを振り払った。パーティの計画を立てるのは得意中の得意だ。しかも費用のことを考えずにすむのだから、存分に楽しめることは間違いない。彼女は机に向かい、リストやメニューを作りはじめた。

午後はそれをいったん中止して、ハリエットと買い物に出かけた。買い物もフランチェスカの大好きな〝趣味〟のひとつ。アラン卿《きょう》がすべてを任せてくれたおかげで、なんの心配もなくハリエットを引きたてる服を選ぶことができる。

ふたりは午後のほとんどを、フランチェスカの行きつけの店で過ごした。そして、その店をあとにしたときには、ハリエットは新しいイヴニングドレスを三着、昼間の外出に着る服を四着、散歩用の服を一着と、とてもすてきな毛皮つきの外套《がいとう》を一着、手持ちの衣装に加えていた。大口の注文にすっかり気をよくした〈ミル・デュ・プレシス〉の店主が、フランチェスカが気に入っている青緑色のドレスをこの前よりも安くしてくれると申し出たため、フランチェスカは思いきって自分のためにそれを買うことに決めた。

しかし、続いて訪れた帽子屋では、紺碧《こんぺき》の瞳を引きたててくれる青い裏つきの、とてもすてきな麦わら帽子を見つけたものの、買うのは思い留《とど》まった。メイドのメイジーが去年の帽子を違うサテンのリボンで飾り、鮮やかな色のさくらんぼの房をつけてくれたから、今年の夏はそれでじゅうぶんだ。それでも店を出るときに、最後にもう一度もの欲しそうな視線を投げずにはいられなかった。

ハリエットのためにいろいろと選ぶのも、自分の買い物と同じくらい楽しかったから、そのあとは、ハリエット・シャーボーンを変身させるための必需品を選ぶことに専念した。帽子屋の次は靴屋。ハリエットの新しいドレスには、二足の靴とハーフブーツが一足必要だ。続いて〈グラフトン〉に立ち寄り、ハリエットが祖母からもらったというショールに代わる、カシミアのショールを買い求めた。ハンカチや、手袋、髪飾りといった小物も決しておろそかにはできない。嬉《うれ》しいことに、〈グラフトン〉では買ったばかりのドレスと同色のサテンのリボンが見つかった。それで髪を飾れば、ドレスがいちだんと引きたつ。いくつか真珠をあしらったら、もっとすてきになるかもしれないわ。フランチェスカは上機嫌でそう思った。

買い物をすませたあとはガンターの店に立ち寄ってレモンジュースで喉を潤し、ふたりは疲れたとはいえ、大満足で、フランチェスカの家へと戻った。馬車の座席には〈グラフトン〉や帽子屋の箱が高々と積まれていた。靴とドレスができあがるには、もちろん何日もかかる。〈ミル・デュ・プレシス〉は、来週フランチェスカが催すパーティに間に合うように、ハリエットのイヴニングドレスを真っ先に仕立てると請けあってくれた。

「請求書が届いたときに、お父様が機嫌を悪くしないといいけど」フランチェスカは少し使いすぎたのではないかと心配になって言った。アラン卿は費用についてはまるで心配していないようだったが、領地の暮らしに慣れている紳士には、こういう買い物の費用がどれほどかさむかわかっていないかもしれない。

「とんでもない」ハリエットは請けあった。「父は倹約家じゃないもの。わたしのシーズンにかかる費用はとくに気前がいいの。お祖母《ばあ》様が使ったお金にも、眉ひとつ動かさなかったわ。でも、見栄えのわりには、ずいぶん値段が高すぎると思った。なんだか流行遅れで、やぼったく見えたの。パーティでほかの人たちを見たら、思ったとおりだったわ」

「お祖母様は古いデザインに慣れていらっしゃるのね」

ハリエットはうなずいた。「祖母のことを悪く言う気はないの。とてもやさしい、いい人ですもの。ただ、疲れやすくて。とくに買い物やパーティは疲れるんですって。それにお祖母様が贔屓《ひいき》にしている仕立て屋は、マドモワゼル・デュ・プレシスほど才能がないのに、値段はもっと高いの。それを着たわたしを見て、父でさえ少しがっかりしたようだったわ。もちろん何も言わなかったけど」

「今日買ったドレスは、きっと気に入ってくださるわ」

ハリエットは嬉しそうにほほえんだ。「よかった。壁の花でいるのは、ちっとも楽しくないんですもの。この次の舞踏会では、ダンスを申しこんでもらえるかしら？　わたしたちは舞踏会に行くんでしょう？」

「もちろんよ。いくつもね。シーズンが終わるまでにはまだ何週間もあるわ。それにわたしの友人のルシアン卿とロックフォード公爵と踊ったあとは、壁の花になる心配はないはずよ」

「公爵様と！」ハリエットは目を見開き、青ざめた。「公爵様がわたしにダンスを申しこんでくださると思う？」

「ええ、そうしてもらいましょうね」

「いいえ、やめて。公爵様と踊るなんて、とんでもない。きっと足を踏んで、恥ずかしくて気を失ってしまうわ」

「ばかをおっしゃい。公爵はとてもダンスが上手なのよ。あなたが足を踏まないようにリードしてくれるわ」

「心配なのは公爵様のことじゃないの」ハリエットは真剣に言い募った。「もしもばかなことを言って、物笑いの種になったら？　公爵様となんて、どんなふうに話せばいいかさっぱりわからないわ。きっとへどもどして、ひどい恥をかくことになるわ」

「うちの夜会で公爵と話す機会があるはずよ。そのあとはそれほど怖くなくなるでしょうよ」

ハリエットは半信半疑だった。「あんなに育ちのいい方と話すなんて。あの半分でも優雅に見える人には、会ったことがないわ。きっとどんな服装でも、とても上品に見えるんでしょうね」

「ええ」フランチェスカはうなずいた。たとえ青いジャケットと黄褐色のブリーチズ姿でも、シンクレアは黒い上着にブリーチズというフォーマルな装いのどんな男性よりも洗練されて見えた。彼の物腰や立ち居振る舞いには、ほかの人々にはない何かがある。

「それに信じられないほどハンサム」ハリエットは言葉を続けた。「黒い髪にあの黒い瞳、まるでルシファーの化身みたい。そう思いません？」

「ええ、彼はとても魅力的ね」

「しかも公爵様だもの。わたしみたいな娘の言葉に耳を傾けてくれるなんて考えられないわ」

「でも、公爵はとても気さくな人柄なのよ」フランチェスカは請けあった。「誰とでも同じように接するの。小作人や召使いとも、とても礼儀正しく話しているのを見たことがあるわ。ロックフォードは傲慢《ごうまん》でも冷たくもないの。お父様に訊《き》いてごらんなさい」

「公爵様はすばらしい紳士だ、って父は思っているわ。タッターサルから戻った日に、そう言っていたもの。お宅にうかがうように勧めてくれたのも、公爵様なのよ」

「そう？」フランチェスカは驚いてハリエットを見た。「ロックフォードはわたしに何も言わなかったけど」

「でも、そうなの。父は信じられないほど寛大な人だと驚いていたわ。それも、まったくの初対面だったのに」

「ええ、公爵はとても寛大な人ね。それに相手の性格をとてもよく判断できる人だから、きっとあなたのお父様を見て、友情に値する人物だと思ったのね」

ハリエットにはそう言ったものの、シンクレアがアラン卿を自分のところに差し向けたという事実に、内心驚かずにはいられなかった。おそらくアラン卿は、娘が少しもシーズンを楽しんでいないことを嘆いたのだろう。でも、タッターサルで紳士同士がそんな会話を交わすものだろうか？　かりにアラン卿がその件を話題にしたとしても、シンクレアが彼にフランチェスカの助けを借りるよう勧める気になるとは。

もちろん、彼がそうしてくれたことはありがたい。でも、それではまるで、シンクレアが彼女に仕事ができるように、わざわざ骨を折ってくれたようではないか。

いいえ、そんなはずはないわ。シンクレアはわたしの経済状態を知らないのだから。わたしがお金に困っていることは誰も知らない。夫が死んでからの五年間、必死にそれを隠してきたのだもの。もしも、わたしが赤貧すれすれの暮らしをしていることをシンクレアが薄々感づき、苦肉の策として結婚の仲立ちをしていることに気づいたとしても、彼にはわたしを助ける理由はひとつもない。

そうですとも。アラン卿がなんらかの形でハリエットの話を出したに違いない。そしてシンクレアはわたしの名前を教えた。親戚《しんせき》のギデオンの結婚にわたしが役立ったからよ。

それだけ。

なんとなく釈然としないまま、フランチェスカは話題を変えた。「あなたはこのシーズンに、何か目標があるの？」

「どういう意味かしら？」ハリエットはけげんそうな顔になった。「わたしはシーズンを楽しみたいだけ。そして父を喜ばせたいの。わたしが楽しむのを、あんなに願っているんですもの」

「結婚相手を見つけたいとは思わないの？」結婚が目標ではないとアラン卿からは聞いているが、その件に関しては、父親が娘の望みを承知しているとはかぎらない。

ハリエットは頬を染めた。「いいえ、レディ・ホーストン。夫は欲しくないの。だって、わたしは伯爵や侯爵の妻になるようなタイプじゃないもの。ずっとロンドンに住みたいとも思わないし、上流階級の女性たちの仲間入りをしたいとも思わないわ。わたしは根っからの田舎娘だもの。村の集いで踊ったり、村の知りあいを訪れたりする暮らしが性に合っているの。病気をした小作人に食べるものを届けるとか、村人に子供や孫のことを尋ねるとか。父を領地にひとりで残すつもりもまったくないわ。それに……」彼女はためらい、いっそう赤くなった。「近くに地主の息子さんがいて……父も気に入っているのよ。わたしならもっと身分の高い相手を望める、とは言っているけど」

「なるほど」フランチェスカはうなずいた。「でも、あなたは望みたくないのね」

フランチェスカが理解してくれたことにほっとして、ハリエットはうなずいた。「そうなの。彼の名前はトムよ。子供のころからずっと知っているの。昔は……いつもわたしをからかったり、幽霊の話で脅したり、ほんとに意地悪な子だったの。でも、去年、村の集まりに初めて出たときに一緒に踊ったら、昔の印象とは全然違っていたわ。ずっとすてきになった。そのあと家を訪れてくれたときもすっかり話が弾んで、次に彼が来る日が待ちきれないの。ずっと知っていたのに、まるで初めて会った相手みたいな、奇妙な感じ。どういう意味かわかってもらえるかしら？」

「ええ」フランチェスカはほろ苦い笑みを浮かべながらうなずいた。「とてもよくわかるわ」

翌朝、フランチェスカが机に向かい、夜会の飾りつけをあれこれ考えていると、執事のフェントンが入ってきた。彼は白い名刺がのった小さな銀のトレーを手にしていた。

「奥様に……会いたいという方がいらしております」そう言ったときの注意深く表情を消した顔と選んだ言葉から、その客はフェントンが気に入らない人物であることに、フランチェスカは即座に気づいた。「ミスター・ガレン・パーキンスです」

「パーキンスですって！」いったいあの男が、なんだってここを訪ねてきたの？「今日はお客様をお受けしないと言ってちょうだい」

「なんだ？　古い友人をそんなに粗末に扱っていいのか？」パーキンスが執事の後ろから姿を現した。

フランチェスカは立ちあがり、背筋をぴんと伸ばした。「わたしたちは一度も友人だったことはないと思うわ、ミスター・パーキンス」

フェントンは顔に嫌悪を浮かべてパーキンスをじろりとにらみ、フランチェスカに顔を戻すと、氷のような声で尋ねた。「ミスター・パーキンスを玄関までお見送りいたしましょうか、奥様？」

パーキンスは意地の悪い笑みを輝かせた。「ああ、やってみるがいいさ」

「いいえ、その必要はないわ、フェントン」パーキンスが進んで帰る気がないのは明らかだ。無理強いすれば、老いた執事にけがをさせるかもしれない。「ミスター・パーキンスとお話しするわ」

「わかりました」フェントンは小さく頭をさげ、こう付け加えた。「わたしが必要でしたら、すぐ外におりますから」

執事はパーキンスをまわりこんで廊下に出ると、これみよがしにドアの前に立った。

パーキンスはぶらぶらと部屋に入ってきた。「なんとまあ、忠誠心の篤《あつ》い男だ。ちょっとした騎士気どりだな、親愛なるレディ。明らかに彼はあんたをあらゆる危険から守ってくれるんだろうな」

「なんの用でいらしたのかしら、ミスター・パーキンス？」フランチェスカはそっけない声で尋ねた。「強引に入ってきて、何をするつもりなの？」

「もちろん、古い友人の未亡人にお悔やみを言うのさ」パーキンスはにやにや笑いながら言った。

「それはこの前の夜、劇場で聞いたわ。わざわざ訪ねてくる必要はないはずよ」

パーキンスは机のすぐ横に来た。フランチェスカには不快なほど近すぎるが、彼女は退くのを拒んだ。ここで一歩でもさがれば、臆病《おくびょう》な女だと思われる。パーキンスは横柄なまなざしで、フランチェスカを舐《な》めるように見下ろした。

「あんたはこんなに美しいんだ。男のおれが旧交を温めたいと思っても不思議はないだろう？」

フランチェスカは脇《わき》にたらした手を爪が食いこむほど強く握りしめた。ふてぶてしい顔でいやらしいことを仄《ほの》めかすこの男の横っ面を、思いきり叩《たた》いてやりたかった。

「ずいぶんと寂しいことだろうな」パーキンスは言葉を続けた。「未亡人になって、ひとりでここに住んでいるのは」

「あなたと会いたいと思うほど寂しくなることは、絶対にないわ」

彼は肩をすくめた。「いいだろう。それじゃ、ビジネスの話をしようか」

「ビジネス？」フランチェスカは驚いて彼を見た。「どんなビジネス？　そんなもの、あるもんですか」

「それがあるんだな」パーキンスはまたしても嘲《あざけ》るような顔でにやりと笑った。放埒《ほうらつ》な生活のもたらした目のまわりのしわが深くなる。

彼はジャケットのポケットに手を入れると、一枚の紙を取りだして広げた。「ヨーロッパに発《た》つ少し前のことだが、アンドルーとカードをしてね」

「人を殺す前、という意味ね」

パーキンスは肩をすくめた。淡い色の目にはなんの悔いも浮かんでいない。「男は名誉を守らなきゃならないからな」

「そんなものがあるとすればね」

「あんたのご主人は大負けした」パーキンスはフランチェスカの言葉を無視した。「そして手持ちの金がなくなった。すでにカフスも、タイピンも投げこんだあとだ。アンドルーは証文を書くと言ったが、断ったよ。まともに払ったためしがなかったんでね。で、最後の勝負をするために、彼は家を抵当に入れた。悲しいかな、彼は負けた。いつものことだが」

フランチェスカは呆然《ぼうぜん》とパーキンスを見つめた。みぞおちが床まで落ちたような気持ちで、少しのあいだ動くことも、声を出すこともできなかった。それからようやく、しゃがれた声で尋ねた。「どういう意味？　どこの家？　ホーストン・ホール？　あれは限嗣不動産よ」

「ああ、それはわかっている」パーキンスはフランチェスカをじっと見た。「つきあっている連中はまともじゃないとしても、おれもばかじゃない。だから、抵当に入れるなら、この家にしてくれと言ったんだ」

体のなかが氷のように冷たくなったが、フランチェスカは恐怖が顔に浮かぶのを必死に抑えようとした。「嘘《うそ》よ」

「そう思うか?」パーキンスは手にした紙を差しだし、彼女が読めるようにそれを掲げた。「アンドルーはそんなことをする男じゃなかったと言うつもりか?」

フランチェスカはそこにある文字に目を走らせた。堅苦しい言葉を使った売買契約書だ。そしていちばん下には、薄れてはいるものの、恐ろしいほど見慣れた筆跡の署名がある。〝アンドルー・ホーストン〟と。

肺をわしづかみにされたように息ができず、一瞬、このまま気を失うのではないかと思った。そんなことはありえない。まさか、そんな。まさか、アンドルーが。いくらアンドルーでも、こんなことをわたしにするはずがない! でも、彼がそういうことのできる男だったのはわかっていた。アンドルーはめったに結果を考えない男だった。フランチェスカに何が起こるかはとくに。

煮えくり返るような怒りを抑え、彼女はごくりとつばを呑《の》んで目を上げた。「わたしの家から出ていってちょうだい」

パーキンスの口元には、またしてもあの嘲るような笑みが浮かんだ。「こう言っちゃ悪いが、ここはおれの家だ」

「わたしがおとなしくあなたにここを渡すと思っているの？　いいこと、そんなことは決して起こらないわ。わたしを見くびらないことね。こう見えても、軽く殴れば折れてしまう葦《あし》のような弱い女ではないのよ。友人もたくさんいる。影響力も権力もある人たちが。たぶん、あなたはその書類を偽造したんでしょう。そこには証人の署名もないじゃないの」

淡い色の目に冷たい光をぎらつかせ、パーキンスは一歩近づき、のしかかるように立った。「おれも葦のような男じゃない」彼は軽蔑《けいべつ》するように鼻を鳴らした。「証人はいるさ。ほかにもふたりの男が一緒にカードをしていたんだ。ああ、それに娼婦《しょうふ》や娼館の女主人もいた。この家をおとなしく引き渡さなければ、あんたを訴えるぞ。賭博《とばく》仲間や娼婦たちが、この書類は本物だと証言してくれるだろうよ」彼は眉を上げ、甘ったるい声で付け加えた。「それがあんたの望みなのかな？」

パーキンスの言葉は狙《ねら》いどおり、拳《こぶし》のようにフランチェスカを打った。この家の所有権をパーキンスと争えば、死んだ夫の放埓な生き方を世間に知られ、フランチェスカはゴシップの泥沼に引きずりこまれてしまう。誰もがアンドルーと彼の放蕩《ほうとう》ぶり、酒好き、ギャンブル好き、女好きをかしましくささやくことになる。

だが、フランチェスカは背筋を伸ばしたままパーキンスを見据え、厳しい声で繰り返した。「わたしは決してこの家を出ていかないわ」

パーキンスはつかのまフランチェスカをにらみ、それから一歩さがって気のよさそうな調子で言った。「もちろんだ。アンドルーに言ったのと同じことを、あんたに申しでてもいいぜ。この家を抵当に貸した金を作れれば、証文は破ってもいい」

フランチェスカはほんの少しだけ体の力を抜いた。降って湧《わ》いたこの惨事を切り抜ける方法はあるかもしれない。この男はただ金が欲しいだけなのだ。「いくらなの？」

「五千ポンドだ」

顔から血の気が引き、彼女は机の端をつかんで、ふらつきそうになる体を支えた。そんな大金を都合するのは不可能だ。

「アンドルーには二週間の猶予を与えた。だが、不幸にして、そのあとすぐにバグショーの……一件で、この国を出るはめになっちまった」

「〝一件〟ですって？　あなたは人殺しをそう呼ぶの？」

だが、パーキンスはフランチェスカが何も言わなかったかのように、なめらかな声で続けた。「奇妙なことに、アンドルーは自分の借金をおれに返済しなかった」彼はまるで友人の不実を嘆くかのように首を振った。「あんたにも同じ猶予期間を与えてやるとしよう。

二週間のあいだにいま言った金を払ってくれれば、この証文は破って捨てる。それでどうだ?」

たとえ一生の猶予をくれたとしても、五千ポンドなどという大金は作れない。それでもフランチェスカは、言い返さずにはいられなかった。「二週間! たったそれだけの時間で、そんな大金を集めろと言うの? アンドルーなら資金を調達する手段がいろいろあったでしょうが、わたしは……両親に、それにほかの人たちにも手紙を書かなくてはならない。管財人とも話さなくてはならないわ。二週間ではとても足りないことはあなたにもわかるはずよ。せめて二、三カ月は必要だわ」

「二、三カ月!」彼は嘲った。「この家を自分のものにするのに、七年近くも待ったんだ。なぜ、もっと長く待つ必要がある?」

「お金で受けとるほうが、あなたにとってもはるかに面倒がないはずよ」フランチェスカは必死に説得しようとした。「独身の男性がなんのために家が必要なの? それに五千ポンドものお金をたった二週間では作れないわ。お願い、二カ月でいいから……」

パーキンスはしばらくフランチェスカを見つめ、それから短く言った。「いいだろう。三週間にしてやる」

これではほとんど変わらないが、フランチェスカは少しでも延びたことにほっとしてうなずいた。「わかったわ」

パーキンスはぞっとするような笑みを浮かべ、軽く頭をさげた。「では、そのときに、親愛なるレディ・ホーストン」

彼は部屋を出ていった。廊下にいたフェントンが向きを変え、パーキンスにさっさと引きあげてもらうつもりでそのあとに従う。

フランチェスカは執事の姿が見えなくなったとたんに、崩れるように座りこんだ。いままで立っていられたのが不思議なくらいだ。机に肘をつき、両手で顔を覆った。恐怖で体が冷たくなる。

いったいどうすれば、五千ポンドもの大金を都合できるのだろう？　そうでなくても、ぎりぎりの生活を強いられているのに。もう、売るものもたいして残っていない。馬車は古くなり、馬も老いている。両方手放してもたいした金額にはならないだろう。宝石はほとんどがまがい物ばかり。本物はシンクレアがくれたサファイアのイヤリングとブレスレット、それにカリーがくれたカメオだけだ。すべて手放したとしても、パーキンスが言った金額の十分の一にもならない。実際、この家の家具と銀食器をすべて売り払ったとしても、まだじゅうぶんとは言えなかった

彼女が持っているもので、まとまったお金になるのはこの家だけだ。もちろん、ここを売れば、パーキンスの言う金額を払うことはできる。だが、それでは自分の住む家がなくなってしまう。パーキンスがアンドルーに貸したという金額よりも高く売れれば、どこか

ほかにもっと小さな家を買うことはできるかもしれない。でも、家を売るにはパーキンスの提示した三週間よりもはるかに多くの時間が必要だった。パーキンスの態度からすると、これ以上の時間をもらうことはできそうもない。実際、もしも彼女がこの家を売ろうとしていることがわかったら、それを阻止するために、彼は裁判でけりをつけようとするかもしれない。

かといって、父に泣きつくこともできなかった。父は領地を抵当に借りられるだけのお金を借り、万策尽きはてて、フランチェスカの弟のドミニクにすべてをゆだねざるをえなかったのだ。ドミニクはできることなら喜んで助けてくれるだろうが、なんとか領地からの収益を上げ、少しでも支払い能力を回復しようと必死に努力している最中だった。再び堅実な経済状態にするために、叔父から受け継いだ邸宅を手放して借財の一部を返済したばかり。その弟に新たに借金を作らせて、せっかくの努力を水の泡にするようなことはできない。お金を返すことができないのだからなおさらだ。

ほかに頼れるあてはひとつもなかった。友人にこんな大金を貸してくれと頼むことはできないし、ほかには身寄りはない。領地を相続したホーストン卿の親戚とは、とくに親しい間柄ではなかった。かりに借金を頼めるような間柄だったとしても、五千ポンドもの大金を右から左へと都合するのはまず無理だ。アンドルーはほかのすべてと同じように、領地の資産もすっかり食いつぶしてしまったのだから。

パーキンスと法廷で争うことはできる。この家を立ち去るのをがんとして拒否することもできる。さっき、パーキンスが法廷に持ちこんでもいいと言っていたのは、ひょっとするとただのこけおどしかもしれない。あの証文が偽造だという可能性もある。カードの勝負をするためにアンドルーが自分の家を抵当に入れるのは大いにありうることだが、ガレン・パーキンスが証文をでっちあげた可能性も同じくらいある。

ただ、がんとして動かないフランチェスカに業を煮やし、この家を手に入れるためにあの証文を法廷に持ちこまざるをえなくなれば、パーキンスのことだ、フランチェスカを辱めるという脅しを実行するだろう。夫が懇意にしていたならず者や娼婦たちを法廷に引っ張りだし、証言させるに違いない。証文が偽造されたもので、実際の証人はいないとしても、わずかな金貨で証言を引き受ける男たちや娼婦はいくらでもいるに違いないのだ。ホーストン卿はたしかに彼らの目の前で、自宅を抵当に入れる証文に署名した、彼らがそう言ったらどうなる？

スキャンダルにまみれて生きるのは、考えるだけで耐えられなかった。自分の名前が新聞にでかでかと載り、公爵から召使いまで、ありとあらゆる人々にささやかれるのは。そしていずれは、この家を失うことになる。あの証文の署名は、アンドルーの筆跡にそっくりだった。

この家を失ったら、どうすればいいの？　どこに行けばいいの？　レッドフィールズに戻り、これから死ぬまで弟の寛大さにすがって生きるのだろうか？　ドミニクもその妻のコンスタンスも、ぐちひとつこぼさずに心から迎えてくれることはわかっている。でも、彼らのお荷物になるのも、自分のものを何もかも失ってしまうのも、考えただけで恐ろしかった。それにロンドンから離れた場所で一生暮らすのは、まるで国外に追放されたようではないか。

もしかするとロンドンに留まり、どこかに部屋を借りて、わずかな寡婦年金で細々と暮らしていくことはできるかもしれない。でも、それでどんな人生が送れるというのだろうか？　家もなく、召使いもなく、服を買うお金もない。そんな赤貧の暮らしを社交界のみんなに知られてしまうのだ。もはや社交界の名花ではなくなり、シーズンを迎えた若い女性たちを導いて、収入の足しにすることもできなくなる。

フランチェスカはこみあげる涙をこらえながら、みじめな気持ちで思った。なんとかしてパーキンスの企《たくら》みを食いとめなければ、身の破滅だわ。わたしの世界は粉々に砕けてしまう。

8

翌朝フランチェスカは、恐怖に胸を塞《ふさ》がれて目を覚ました。前夜は自分の置かれた状況を考えて泣きながら眠り、詳しい内容は覚えていないが、とにかく怖い夢にうなされてばかりいた。

メイジーが運んできてくれた朝食をとるために腰をおろし、うわの空でトーストをかじりながら、またしてもあれこれ考えはじめた。誰かに相談し、助言を得ることができたら。でも、適切な相手はひとりも思いつかなかった。いちばん身近な弟のドミニクなら、彼女の問題に誰よりも理解を示してくれるだろうが、弟に話せば、自分の経済状態を顧みずに、パーキンスから証文を買いとろうとするだろう。だからドミニクには話せない。

ルシアン卿《きょう》はこれまでずっといい友人だった。そして彼女が話したわけではないが、フランチェスカがお金に困っていることに気づいているようだ。でも、彼自身も同じような苦境に置かれているとあっては、援助はあてにできない。それにどちらかというと経済観念に乏しいルシアンにいい知恵が浮かぶとも思えなかった。おそらくフランチェスカと同じように途方に暮れるだけだ。

アイリーンとはこの一年近くでかなり親しくなり、頭のよい彼女はフランチェスカの財政状態に薄々気づいているようだ。アイリーンなら役に立つ助言をしてくれそうだ。夫のギデオンがロンドンでも指折りの資産家であることを考えると、実質的な意味でも力になってもらえる可能性が最も高い。だが、アイリーンに金を貸してくれと頼むことを考えただけで、フランチェスカはたじろいだ。

ただの友人にそんな迷惑をかけるわけにはいかない。実際、そう考えると、お金を用立ててほしいと頼めるほど近しい相手は、家族しかいなかった。さもなければ……。

シンクレアか。

ふいにシンクレアの名前が頭に浮かんだが、フランチェスカはその思いを閉じこめ、押しこむかのように胸の前で腕を組んだ。

シンクレアに泣きつくなんて、とんでもない。昔、婚約していたことを厚かましく利用するなんて。彼の親切につけこむこともできない。いまのわたしは彼にとって、親しい友人ですらないのよ。その彼に、なんらかの義務を押しつけるなんて筋違いもいいところだ。シンクレアに相談して何もかも任せることができたら、どれほど安心できるかわからないが、こちらから婚約を破棄した当の相手に、亡き夫の借金を肩代わりしてくれと頼むのは、あまりにも恥ずかしいことだ。それに、彼にはわたしのために何ひとつする義務はない。

ええ、この問題は自分でなんとかするしかないわ。

朝食のトレーを脇《わき》に押しやると、フランチェスカはまだ少しふらつく足を踏みしめ、宝石箱に歩み寄った。箱を開け、なかにある装身具をまがい物と少しでも価値のあるものに分けた。売れそうなものは悲しいほど少ない。両親が十八歳の誕生日にくれた真珠のネックレス、カリーがくれたカメオ、シンクレアが婚約したときにくれたサファイアのイヤリングと、去年の夏の賭《かけ》でくれた同じサファイアのブレスレット。結婚指輪も、夫が買ってくれた宝石類も、とうに売り飛ばし、暮らしの足しにしてしまった。残っているのは、手放すにしのびなかったものだけだ。

いまでさえ、あきらめられるかどうかわからない。でも、ほかにどうすればいいの？

メイジーが朝食のトレーを取りに来ると、フランチェスカは声をかけた。「いつもの宝石店に持っていってほしいものがいくつかあるの」

「そうですか？　気がつきませんでした」メイジーは少し驚いた顔でフランチェスカを見ると、切迫した財政難を示すいつもの兆しを思い出そうとしているのか、眉間《みけん》にしわを寄せた。もちろん、いまのところその兆しはない。

「売れるものはすべて売る必要があるのよ。着替えをすませたら、フェントンが管理している食料品室《パントリー》を見に行くわ。何もかも売らなくてはならないの」

メイジーはあんぐり口を開けた。「全部ですか、奥様？」

フランチェスカはうなずいた。「いくらぐらいになるかしら？　クリスタルのグラスも売れると思う？　それに家具はどう？　いくらぐらいお金が作れると思う？」

メイジーは首を振った。「でも、奥様、みんな売ってしまったら、何を使うんです？　銀食器やお皿を全部売ることはできませんよ」

「ほとんど売るの」フランチェスカはきっぱり告げた。「これからは……少人数の夕食会しか催さないことにするわ、ええ。それに、銀の燭台《しょくだい》も売れるはずよ。パントリーをひととおり見たら、屋根裏にあるものももう一度目を通さなくては。御者に馬車と馬も売るように言うわ」

「馬車も売るんですか！　奥様、何があったんですか？」メイジーは叫んだ。「何もなくなってしまいますよ。いったいどうするんです？」

「そうしなくてはならないわけがあるの」この先のことを思うと、フランチェスカの決意は揺れた。これまでの生き方をすっかり変えなければならないとしたら、この家を維持したところで、なんの役に立つというのだろう？　フランチェスカは自分に鞭打《むちう》って続けた。

「急いで手紙を届けて、管財人にも来てもらいましょう」

「積み立て基金を売るつもりじゃありませんよね？」メイジーはいっそう不安そうに尋ねた。

フランチェスカは首を振った。「いいえ。すべてを手放してしまうわけにはいかないもの。でも、この家を売る件で相談する必要があるの」

ショックを受けたメイジーが抗議したが、フランチェスカの決心は固かった。彼女は家のなかを見まわり、売れそうなものをすべてメモした。わずかではあるが彼女の資産を管理している管財人は、その日の午後遅くにやってきた。ふたりは居間に一時間近くこもってあれこれ話しあった。

管財人が立ち去るころには、フランチェスカは疲れはてていた。

ぼんやりと薄れていく光を見ながら、彼女は長いことそのまま座っていた。今朝からしていたことは、すべて無駄だった。まったくなんの役にも立たなかった。

この家にあるものを洗いざらい売り払ったとしても、必要な金額にはとうていおよばない。積み立て基金を使いきれば必要額には近づくが、それでもまだ足りなかった。それに、基金がなくなれば、若い娘たちに手を貸すことで受けとる〝贈り物〟を売って暮らす以外、まったく収入がなくなってしまう。

五千ポンドという大金を作るにはこの家を売るしかないが、昨日パーキンスにせめて二カ月待ってくれと頼んだときにわかっていたように、買い手を探すにはかなりの時間がかかる。三週間ではとても足りなかった。管財人は努力すると言ったものの、家を売ることには反対だった。お金を作る必要があるなら、シーズン中にこの館《やかた》を貸しだすのがいちばんいい、と彼は言った。でも、それではだめなのだ。フランチェスカは内心そう思ったが、これほど短期間に大金を作らなければならない理由を、管財人に説明することがどうしてもできなかった。

とにかくメイジーに言って、売れるものは売ってもらわなくてはならない。もしも法廷でパーキンスと争うことになれば、弁護士に払うお金が必要だ。

彼女は宝石箱のところに戻り、再びイヤリングとブレスレットを取りだした。ほかのものは手放そう。カリーにもらったカメオも。でも、これはだめ。これだけはだめ。

その週のあいだは、ハリエットのパーティの準備をしているあいだも不安が頭から離れなかった。だが、どんなに考えても、ベッドのなかで涙を流しても、この問題を解決する方法はひとつとして思い浮かばなかった。

パーキンスとこの家のことはひとまず脇に置いて、フランチェスカは夜会を成功させることに専念しようと努めた。嬉《うれ》しいことに、招待の返事はすぐに返ってきた。ほんの数人を除いては、みな心から喜んで出席するという。いまではほとんど家具のない東の棟にある部屋は、経費を節約するために閉ざしているが、まずはそうした広間をひとつ開けて、隅々まできれいに掃除をする必要があった。フェントンはそのためにふたりのメイドと召使いをひとり臨時に雇った。掃除が終わると、その部屋と玄関ホールを飾りつける仕事が始まった。フランチェスカはワインを選び、料理のメニューを決め、飲み物を置くテーブルを選んだ。

さらに、ハリエットが気まずい思いをせずにシーズンを楽しめるように、彼女に会話のこつを教え、男性と軽いやりとりをするときの心得やらそのほかを教える必要もあった。ハリエットは踊り方を知っていたから、さいわいなことに、ダンスのステップまで教える必要はなかった。日焼けを薄めるために、毎日ローションをたっぷり使うことも勧めた。でも、ハリエットの率直な物言いを抑えるのはなかなかうまくいかなかった。ハリエットが反抗的なわけではない。ただ、なぜ自分の率直な話し方が無作法になるのか、あるいはなぜ自分が持ちだす話題が社交界の女性たちの顰蹙《ひんしゅく》を買うのか理解できないだけなのだ。

とはいえ、どれほど忙しくしていても、パーキンスの脅迫はフランチェスカの頭から離れなかった。昼間は忘れていられても、夜が来てベッドに横になると、恐ろしい不安にさいなまれた。いったい、どうすればいいの？　どうやって生きていけばいいの？

答えは見つからず、安らぎも得られなかった。いくら考えても堂々めぐりするだけで、結局は同じ場所に戻る。何度寝返りを打っても眠れずに、部屋着《ドレッシングガウン》を体に巻きつけ、弓形の張りだし窓のところに座って、人通りの絶えた暗い通りをぼんやりと見下ろすことも多かった。

そんな日の翌朝は頭が痛み、目の下には黒いくまができて、夜の不眠を深く嘆くことになった。もう少し眠らなくては、ぼろ布のようになってしまうわ。フランチェスカは自分にそう言い聞かせたが、心配や不安を和らげる方法はまったくなかった。

あと一週間か十日で決断しなくてはならない。この家に留《とど》まり、パーキンスと法廷で争い、もたらされるスキャンダルに直面するか？　それともこの家を明け渡して、レッドフィールズに引っこむか？　どちらの選択肢も、フランチェスカにはとうてい耐えがたく思えた。

ついにパーティを催す夜が来た。暖かい夏の宵で、雨が降る心配はまったくなさそうだ。出席の返事をくれた人たちはみなやってくるだろう。少なくとも今夜だけは心配ごとを忘れようと決めて、フランチェスカは新しい青緑色のドレスを着て、腕に薄い銀の布を巻き、明るい笑顔でゲストを迎えた。これは彼女が今シーズンで催した唯一のパーティだ。精いっぱい楽しむとしよう。

だが、蓋《ふた》を開けてみると、自分が楽しむ時間はほとんどなかった。フランチェスカは、白いドレスを着て、フランチェスカのメイドにチャーミングなヘアスタイルに結ってもらった、とてもかわいらしいハリエットを、夜会に招いた若い男性たちと次々に引きあわせた。ハリエットに好意を持ってもらうように招待した上流階級の女性たちにも、紹介してまわった。社交クラブ〈オールマックス〉への招待状はともかく、これでいくつかのパーティには招いてもらえるはずだ。

ハリエットの世話で忙しくないときには、自分が選んだ若い女性たちにシンクレアを紹介するという、もうひとつの目的に心を砕いた。さいわい、四人の候補者は全員パーティに顔を見せていたから、フランチェスカは持ち前の社交術で、そのひとりひとりが公爵と言葉を交わせるようにうまくお膳立《ぜんだ》てした。

パーティのあいだ、どこで何をしていようと、フランチェスカはシンクレアを目の隅に置いていた。そして彼が四人のひとりひとりと話す努力をしているのを見て満足した。一度ちらりと見たとき、ダマリスと話しているシンクレアがほほえみ、それから声をあげて笑った。彼の顔がぱっと明るくなるのを見た瞬間、フランチェスカの胸をナイフのように鋭い痛みが貫いた。そしてほんの一瞬、彼女はわっと泣きだしたくなった。

ばかね。彼女は自分に言い聞かせた。シンクレアがダマリスとの会話を楽しむのは当然のことよ。ダマリスは頭がよくて、機転のきく、洗練された会話術に長《た》けている人だもの。それに、容姿も決して悪いわけではない。小柄だがふくよかな体つきで、柔らかい褐色の髪に生き生きとしたはしばみ色の瞳。四人のうちで、シンクレアがいちばん魅力的だと思いそうな女性だ。

四人のなかでいちばん美しいのは、黒い髪に鮮やかな緑色の瞳のエドウィナ・デ・ウインターだが、彼女の顔立ちは少しばかりきついかもしれない。

読書が好きで家に引きこもりがちなメアリは、ひょっとすると恥ずかしがってシンクレアと言葉を交わせないのではないか？　それが心配だったが、シンクレアが彼女を会話に引きこむ努力をしているのを見て、フランチェスカはほっとした。驚いたことに、それから数分後に再び目をやると、ふたりはまだ話しこんでいた。しかも、メアリはとても生き生きとして楽しそうだ。

フランチェスカはほほえんだ。さすがシンクレアね。彼はとりわけ忍耐力がある。それに思いやりもあるし、魅力的でもある。ひと言で表現するなら、生粋の紳士。さもなければ、少なくとも、紳士の鑑《かがみ》だわ。四人の候補者のなかに、そんな彼にふさわしい資質を持つ女性がいるかしら？

でも、そんなことを考えるのはばかげている。さきほど彼とダマリス・バークが楽しそうに話しているのを見て、喪失の痛みを感じたのと同じくらい愚かなことだ。もちろん、シンクレアはこの四人の誰と結婚しても幸せになれるわ。わたしは注意深く調べたのだもの。四人とも完璧《かんぺき》とは言えないが、そんな女性などいるはずがない。それにシンクレアだって、完璧な男性というわけではない。

実際、ときには信じられないほど頑固になる。それに、頭にくるほど自信たっぷりだし、皮肉たっぷりに片方の眉を上げるあの癖ときたら、ほんとに苛々《いらいら》する。ほとんどの場合はこちらが間違っているだけに、よけい腹立たしい。

パーティのあいだはずっと忙しかったものの、何分かはアラン卿とも話す時間を見つけた。好人物で気さくなアラン卿は魅力的だった。パーティにはもちろんルシアンも、ラドバーン伯爵夫妻も顔を見せていた。

弟とその嫁に会ってきたばかりのアイリーンは、そのときの話をしてフランチェスカを笑わせた。「もうすぐ母親になるというのに、モーラの性格はこれっぽっちもよくなっていなかったわ。あの家に残るのが母で、わたしじゃなくてほんとによかった。わたしが残っていたら、赤ん坊が生まれる前にモーラの首を絞めているに違いないもの。いま暑すぎると言ったかと思うと、次の瞬間には寒すぎるとこぼすの。背中のクッションを調節してくれと言ったり、取ってくれと言ったり。すっかり太ってしまったから、椅子から立ちあがるたびに手を貸さなくてはならないし」

アイリーンは口をつぐみ、考えこむような顔をした。

「笑うのは間違っているんでしょうけど、笑えるんだもの仕方がないわ。モーラは自分が太ったのは、ハンフリーの跡継ぎがとても大きな、強い男の子だからだと言うの。でも、わたしに言わせれば、夕食に大量のローストビーフとポテトをたいらげているせいね。それといつも箱ごとそばに置いているチョコレートのせい」

フランチェスカはくすくす笑った。「ひどい人」

「ええ、そうよ」アイリーンはまるで悔やんでいる様子もなく言った。「わたしももうすぐ、彼女と同じくらいお腹《なか》が大きくなるのに」

フランチェスカは目を見開いた。「アイリーン！　あなた……？　つまり……？」

アイリーンは少し恥ずかしそうにほほえんだ。「ええ、そうなの。でも、あなたと母のほかにはまだ誰も知らないのよ。まだ、三カ月にもならないの。母が言うにはいちばん危険な時期なんですって。ギデオンの家族には、安定期に入って間違いなく出産できそうになるまで話さないことにしたの。レディ・オデリアの耳にでも入ったら、それこそ、ロンドン中に広まってしまうもの」

「まあ、アイリーン」フランチェスカは顔を輝かせ、アイリーンの手を握りしめた。「おめでとう。ギデオンはきっと天にも昇る気持ちでしょうね」

「実はわたしもなの」アイリーンは少し恥ずかしそうに言った。「あなたも知っているでしょ。赤ん坊のことや母親になることをおおげさにしゃべりたてるのは嫌いだったのよ。でも、この何週間かは……ああ、フランチェスカ、こんなに希望と幸せに満たされたことは一度もなかったわ。しかも、午前中の半分は吐き気がしてひどい気分なのに。ちっともわたしらしくないの。ギデオンとはほとんど言い争わないし。彼はわたしの具合がとても悪いせいだと思っているらしくて、とても気を遣ってくれるの。あんまりやさしくて泣いてしまったくらい。もちろん、そのせいでよけい、彼はわたしの具合がよくないんだと確信しているけど。実際は、ただとても幸せで、誰ともけんかをする気になれないだけ。まあ、モーラだけは別だけど」

「ほんとうにおめでとう」フランチェスカは心から言った。「最初はコンスタンスで、次はあなた。もうすぐどこを見ても赤ん坊が這《は》いまわることになりそうね」

「この子の名づけ親になってくれるわね」アイリーンは言った。「コンスタンスがもう頼んでいるに違いないけど、わたしの赤ん坊のためにもお願いするわ」

ふいにフランチェスカの目に涙があふれた。アイリーンは喜びの涙だと思ってくれるといいが。コンスタンスから妊娠したことを手紙で知らされたときに、弟夫婦のためにとても喜んだように、アイリーンとギデオンのことも言葉に尽くせぬほど嬉しい。でも、その喜びには、自分が赤ん坊を失った痛みと悲しみもにじんでいた。この涙の一部は、決して母親になれない自分のためなのだ。

「もちろんよ。あなたが見たこともないほど赤ん坊を溺愛《できあい》する名づけ親になるわ」

「やっと見つかったわ！」よく知っている声が少し離れたところから聞こえ、アイリーンとフランチェスカはくるりと振り向いた。すると黒髪の美人が光沢のある青緑色のドレスを着て、長身のハンサムな男の腕を取り、ふたりのほうに近づいてくるのが見えた。

「カリー！」フランチェスカは叫んでぱっと立ちあがり、急いで迎えた。「まあ、驚いた！　もうロンドンに戻っているなんて知らなかったわ。ロックフォードは何も言ってくれなかったんですもの」

フランチェスカはシンクレアの妹を抱きしめた。カリーはぎゅっと抱き返しながら嬉しそうに笑った。「わたしが兄に頼んだの。ブロムとわたしがリールズ家に着くと、ちょうど兄がこの夜会のために家を出るところだったの。だから、たとえ招待されていなくても、ぜひともあなたに会わなくちゃ、と兄に言ったのよ。でも、その前にまず旅の汚れを落として、着替えをする必要があったから、兄にわたしが着くまでは言わないでと口止めしたのよ」

「あなたはいつでも大歓迎よ」フランチェスカはそう答え、一歩さがってしげしげとカリーを見た。「とてもきれい」

「このドレスのおかげね」シンクレアにそっくりの黒い目が、嬉しそうにきらめく。「パリで買ったの」

「いいえ、ドレスとは関係ないわ」フランチェスカはきっぱり断言した。

「だったら結婚生活のおかげかしら」カリーはかたわらに立っている夫を愛情をこめて見上げた。

肩幅が広く、引きしまった体つきのブロムウェルは、ロンドンの社交界では誰よりもハンサムな男のひとりだった。実際、彼よりもハンサムなのはシンクレアぐらいなものだ。黒い髪に灰色の瞳。顔立ちは美しい姉のダフネによく似ているが、さいわいなことに性格はまるで違う。

姉の嘘《うそ》にだまされ、ブロムウェルは何年もシンクレアを憎んでいたのだった。そもそも彼がカリーを頻繁に訪れたのは、最初のうちはシンクレアを動揺させるためだった。だが最後には、何よりも重要なのはカリーと彼女への愛だと気づいた。そして姉の嘘に関する真相を知ると、潔くシンクレアに謝罪し、信頼をかち得たのだった。もちろん、その前に取っ組みあいのけんかがあったのだが、男とは不思議なもので、このけんかがむしろふたりのたがいに対する尊敬を増したようだった。

ブロムウェル伯爵は、アイリーンとフランチェスカに頭をさげた。「レディ・ホーストン、レディ・ラドバーン、お元気で何よりです」

「あなたもね」フランチェスカは伯爵に温かく挨拶《あいさつ》を返した。この家に滞在していたカリーにブロムウェルが会いに来ていたころ、フランチェスカは彼がカリーを傷つけるつもりではないかとひそかに案じて、鷹《たか》のように鋭い目で見張っていた。だが、ふたりが心から愛しあっていることは明らかだ。カリーはとても幸せそうだった。

「おかえりなさい」アイリーンが言った。「旅行は楽しかった？」

「フランスにある大聖堂は、ひとつ残らず見たと思いますよ」ブロムウェルはふざけて口を尖《とが》らせた。「妻がこれほど教会が好きだとは思いませんでした」

「わたしが好きなのは教会じゃないの。もちろん、建物も美しかったけれど。そのなかの美術品なのよ」カリーが補足する。

四人はしばらくのあいだ、カリーたちが新婚旅行で訪れた場所の話に花を咲かせた。それからアイリーンがブロムウェルをともなってギデオンのところに行くと、フランチェスカはそれまでアイリーンと話していた椅子のほうにカリーを引き寄せた。

「幸せなのね？」フランチェスカは探るようにカリーの顔を見た。

「信じられないくらい。言葉では言えないほど幸せよ」カリーは答えた。「こんなに結婚生活が楽しいものだと知っていたら、何年も前にしていたのに」

「あら、楽しいのは結婚した相手が彼だったからじゃなくて？」

カリーは顔を輝かせた。「こんなに彼を愛しているなんて、自分でも気づかなかったくらい。それとも、愛というのは毎日深くなっていくものなのかしら。結婚した日以上に彼を愛するのはとても無理だと思ったけど、いまはもっと愛しているの」

「あなたが幸せでとても嬉しいわ」

カリーのことは、まだおむつをしているころから知っている。昔から好きだったが、この数カ月、ふたりはまるで姉妹のように親しくなったのだった。カリーはフランチェスカを姉のように慕っていると言ったことがあるが、それはフランチェスカ自身の気持ちでもあった。

「最新のニュースを教えてちょうだい」カリーはフランチェスカをうながした。「何年もロンドンを離れていたような気がするわ。それでいて、あっという間に時間が過ぎた気もするけど」

フランチェスカは話しはじめたものの、彼女が知っている噂話《うわさばなし》は奇妙なほど少なく、まもなくすまなそうにこう付け加えた。「あまりたくさんのパーティに顔を出さなかったものだから」

「具合が悪かったの？」カリーは心配そうな顔で尋ねた。

カリーの探るようなまなざしに、大きな心痛を抱えているのを見抜かれるのが怖くなり、フランチェスカは急いで目を伏せた。「いいえ。そうじゃないの。少し疲れているだけ。このパーティの準備で忙しかったから」

カリーは広間を見まわした。「とてもすてきね。誰よりも優雅なあなたのパーティですもの、言うまでもないけど。このパーティはハリエット・シャーボーンという女性のためだと兄から聞いたけど、わたしの知っている人？」

「いいえ。最近領地からロンドンに出てきたの。あそこでオスカー・コヴェントリーと話しているお嬢様よ」

「ああ。かわいい人ね。彼女もあなたが磨きあげたの？」

「ほんの少し」

広間を見渡していたカリーの目が留まった。「兄が話している女性は誰かしら？」

フランチェスカはカリーの視線をたどった。シンクレアは、うっとりと彼を見上げているかわいい若いブロンドのかたわらに立っていた。

「レディ・カロライン・ワイアット。今年社交界にデビューした、アヴェリル・ワイアット卿のお嬢様よ」

「アヴェリル卿……」カリーは眉を寄せて少し考え、それから〝ああ〟という顔になった。「レディ・ビアトリスのお嬢様？」

「そのとおり。ベリンガムのお孫さんよ」

「兄があんなに長く話しているなんて、信じられないわ。いつもは若い女性には死ぬほど退屈するのに。彼女に関心があるのかしら？」

「ひょっとしたらね。とてもかわいい人ですもの」フランチェスカは指摘した。たしかにシンクレアは、ずいぶん長いことあの娘と話しているようだ。娘のほうはほとんど何も言わず、ただうなずき、ときどきかわいらしくほほえむか、扇を使って上気した顔をあおぐだけだった。

　ふたりはシンクレアとカロラインを見守った。シンクレアが話しつづけ、カロラインはほほえみつづけている。

「どうやら」フランチェスカは少し辛辣《しんらつ》な口調で続けた。「レディ・カロラインはほとんど話していないようね。あまり楽しい話し相手には見えないわ」

　その言葉が口をついて出たとたん、自分の口調が辛辣すぎたことに気づき、ちらっとカリーを見た。へんに思われてしまっただろうか？

　口調を和らげ、フランチェスカは急いで付け加えた。「もちろん、そういう女性を好む男性は多いけれど」

気がつくとフランチェスカは、シンクレアがそのひとりでないことを願っていた。なぜカロラインを候補者に含めたか自分でもよくわからないが、シンクレアがあの瑞々《みずみず》しい若さを持つ女性と恋に落ちたりしたら、とても耐えられない気がした。

だが、そんなふうに思うのはばかげている。シンクレアがどの女性を選ぼうと、彼女には関係ない。そもそも彼女の願いは、彼が魅力的だと感じる女性を見つける手助けをすることなのだ。肝心なのは彼が恋に落ちることだ。たとえ娘ほども年が違う若いブロンドを選んだとしても、ほかの女性を選ぶよりもひどいと思うのはおかしい。なんといっても、フランチェスカ自身も昔は瑞々しいブロンドだったのだから。

「でも、兄は違うと思うわ」カリーのこの言葉は、フランチェスカの胸を温めてくれた。

突然、廊下で大きな声がした。男の声だ。はっとして戸口に目をやると、ガレン・パーキンスが広間に近づいてくるのが見えた。執事のフェントンがその横を歩きながら抗議している。

「まあ、たいへん」フランチェスカはみぞおちがよじれるのを感じた。パーキンスはこのパーティをぶち壊すつもりだろうか？　あの男が今夜集まっている客に、この家は自分のものだと宣言するところが目に浮かび、フランチェスカは青ざめた。「ちょっとごめんなさい」彼女はカリーにつぶやいて立ちあがり、開いているドアへと向かった。

「やあ、レディ・ホーストン」パーキンスはいつもの不快な、独りよがりの調子で言った。

「いいところに来てくれた。おれもあんたのささやかなパーティに歓迎されていると、この男に言ってくれないか」

「ここで何をしているの？」フランチェスカは彼の言葉を無視して、低い声で問いただした。「あなたを招待した覚えはないわ」

「うっかり忘れていたんだろう？　だんなの親友を招かない法はない」

「帰ってちょうだい」騒ぎたてられたら、いったいどうすればいいの？「約束の三週間はまだ――」

彼はいやらしい目でフランチェスカを見て、にやっと笑った。「どんな約束だっけ、奥方？」いつものようにパーキンスの口から出ると、この言葉は侮辱に聞こえる。

「ミスター・パーキンス、どうか……」

「レディ・ホーストン」シンクレアの落ち着き払った低い声が後ろから聞こえた。

フランチェスカはほっとして振り向いた。「ロックフォード……」

「ぼくにできることがあるかい？」彼はフランチェスカですらたじろぐような、冷ややかな顔でパーキンスをじろりとにらんだ。

「おれはレディ・ホーストンの客だ。亡きホーストン卿とは親友だったんだからな」パーキンスはフランチェスカに目を移した。「おれがここにいることに疑問のある人間がいれば、ご主人との友情を喜んでみんなに披露するぞ」

「この男を放《ほう》りだしてほしいかい?」公爵はパーキンスをにらんだまま、フランチェスカに尋ねた。

パーキンスが鼻を鳴らした。「できるもんならやってみろ」

シンクレアが何も言わずににらみつけると、やがてパーキンスは目をそらした。シンクレアが問いかけるようにフランチェスカを見る。

「いいえ」わめきたてるパーキンスを、彼が力ずくで広間から引きずりだす光景が頭をよぎり、フランチェスカは急いでシンクレアの腕に手を置いた。怒ったパーキンスが、この家はおれのものだとわめきたてたりしたら、たいへんなことになる。「どうか、やめて。ミス・ハリエットのパーティを台無しにしたくないの」

シンクレアは顔をしかめた。パーキンスを広間に入れることには同意できない様子だ。

フランチェスカは訴えるように彼を見た。「ロックフォード、お願い……」

「わかった」シンクレアはおとなしく答えた。「きみがそう言うなら。だが、パーキンス、騒ぎは起こすなよ。目を光らせているからな」

「ああ、恐怖のあまり、ばったり倒れて死んでしまわないのが不思議なくらいだ」パーキンスは言い返した。

「いらっしゃい。何か召しあがったら?」フランチェスカは飲み物や軽食を用意したテーブルを示した。

逆らわなければ、礼儀正しく振る舞ってくれると願うしかなかった。少なくとも、パーティはまもなく終わる。一時間ほど我慢すればすむことだが、不幸にして、その一時間は果てしなく長く思えるに違いない……。

カリーがそばに来て、フランチェスカの腕を取った。「ミス・シャーボーンを紹介してくださる？　彼女と話してみたいの」

「もちろんよ」フランチェスカはほっとして、パーキンスから離れた。

「あの男は誰なの？」カリーは少し離れるとすぐに尋ねてきた。「彼を見たとたん、兄が恐ろしい顔になったわ」

「ただの、死んだ夫の……知人よ。軽蔑《けいべつ》すべき男。でも、ロックフォードが無理やり彼を引きずりだせば、パーティが台無しになるわ。それだけはハリエットのために避けたかったの」

「ええ」カリーは同意した。「でも、心配はいらないわ。あの男が無礼な真似《まね》をすれば、兄が対処するでしょうから。それにブロムも。ふたりがまるで古い友達のように親しくなったことに気づいた？　男ってまったく不思議な人種ね」

フランチェスカはくすくす笑った。カリーのそばでは暗い気持ちではいられない。「ほんとに」

夜の残りは無事に過ぎていった。フランチェスカは客のあいだをまわりながら、油断なくパーキンスに目を光らせていた。彼は最初のうち、飲み物や料理を置いたテーブルのところにいたが、やがてあちこちに会釈しながら広間をぶらぶらと歩きはじめた。フランチェスカは彼の姿を見た男性の客がみな一様に少しばかり落ち着かない顔になるのに気づき、賭事のテーブルであの男と顔を合わせたことがあるのだろうかと思わずにはいられなかった。もしかすると、彼らもパーキンスにしゃべられては困ることがあるのかもしれない。

しばらくして、再びパーキンスの姿を捜すと、いつのまにか彼はいなくなっていた。もう一度念入りに広間を見まわしたが、やはりどこにも見あたらない。奇妙なこと。彼が静かに立ち去るとは思えず、フランチェスカは内心首を傾《かし》げた。人々のあいだを歩きながら、それとなくパーキンスを捜してみる。最初の場所に戻るころには、間違いなく広間にいないことがわかった。姿の見えない男はもうひとりいる。シンクレアだ。

それに気づくと、胃がよじれるような不安にかられた。シンクレアはあの男を静かにこの家から放りだしたのだろうか？　だとすればとてもありがたいが、外に連れだしたあとで、何が起こったかを考えると恐ろしかった。シンクレアは、もちろん、自分の身を守れる男だ。シンクレアは拳闘《けんとう》の愛好家で、有名なジャクソンの拳闘クラブで光栄にもジャクソン本人の練習相手に選ばれたことがある、という噂だった。三カ月前、ブロムウェルと取っ組みあったときの彼を見て、強いことはよくわかっている。

ふつうの相手ならなんの心配もいらないのだが、パーキンスは卑怯《ひきょう》な男だ。けんかとなれば、紳士のルールなどおかまいなしだろう。シンクレアに対しても、どんな卑劣な手を使うかわからない。フランチェスカは顔をしかめ、ちらっと広間を見まわした。ギデオンに様子を見に行ってもらったほうがいいだろうか？　それとも、ブロムウェルに助けを求めようか？

そのとき、このふたりの姿もさきほどから見あたらないことに気づいた。三人でパーキンスにおとなしく帰ってもらうことにしたのかしら？　フランチェスカはほっとしながらそう思った。あのふたりが一緒なら、シンクレアの身に危険はない。

だが、この安堵《あんど》はすぐに別の不安に取って代わった。パーキンスは追い払われたことに腹を立てるかもしれない。そして怒ったパーキンスが何をするかは、考えるだけでも恐ろしかった。頭にきて、アンドルーが書いた証文のことをわめきたてたらどうしよう？　その可能性を思うと顔に血がのぼった。アンドルーがどんな男だったか、シンクレアにすっかり知られてしまう。

ブロムウェルがどこに行ったのか、カリーなら知っているかもしれない。フランチェスカは広間を見まわし、カリーがワイアット母娘と話しているのを目にして少し驚いた。フランチェスカが近づいていくと、カリーは笑顔でふたりに断って、フランチェスカのそばに来た。

「助かったわ」カリーはつぶやいた。「孤島に置き去りにされたような気持ちだったの。この十五分、誰も近づいてこないんですもの。レディ・ワイアットときたら、末の妹さんのお産の話をえんえんと話しつづけるのよ。いくら結婚したからといって、出産のときの苦痛について事細かに聞きたいわけじゃないのに」

「ええ、ほんとに」フランチェスカは目に同情を浮かべた。「わかっていたら、もっと早く来たのに。実は、あなたのだんな様を捜しているの」

カリーは微笑した。「ごめんなさい。彼を〝だんな様〟と呼ばれると、まだ少しくらくらしちゃう。ええと、どこにいるのかしら」カリーはまわりを見た。「最後に見たときは、ラドバーン卿と連れだってシンクレアに話しに行くところだったから、もしかすると三人でこっそり抜けだして、庭で葉巻でもくゆらせているのかも」

「そう」思ったとおり、三人は一緒なのだ。カリーが言うように、一服しながら男同士で語らっているのかもしれないが……。

「ほら、戻ってきたわ」カリーが扉のほうを見て言った。

フランチェスカが振り向くと、ギデオンとブロムウェルが広間に入ってくるところだった。だが、シンクレアの姿はない。すると、わたしの推測は間違っていたの？　シンクレアはひとりでパーキンスを相手にしているの？　それとも、シンクレアはすでに帰ってしまい、たまたまパーキンスも帰っただけで、わたしの心配は杞憂《きゆう》にすぎなかったの？

「彼らのところに行きましょうか？」カリーがうながした。「ブロムに何か話したいことがあったの？」

「何？　ああ、いいえ。別にたいした話じゃないの」とっさにうまい口実が浮かばず、フランチェスカはくちごもった。カリーがへんに思ったに違いないが、ブロムウェルから知りたいことを訊《き》きだすにはどう言えばいいのかわからない。彼がパーキンスを追いだすのに手を貸したとしても、自分から話しはじめるとは思えない。そして何もしていなければ、ブロムウェルとカリーによけいな疑問を抱かせるだけだ。

さいわい、ひと組の客が近づいてきた。「あら、ハンプトン卿夫妻だわ。きっとお帰りになるのね。気がついた？　あのふたりはいつも最初に引きあげるの」

フランチェスカはハンプトン卿夫妻の挨拶を受けるために、カリーのそばを離れた。それを皮切りに、ほかの客も徐々に腰を上げはじめ、フランチェスカは彼らを送りだすために、廊下に出るドアのそばに立った。

ほどなく全員が帰り、入れ替わりに召使いたちが入ってきて片づけはじめた。メイジーもその片づけを手伝っていたから、フランチェスカは寝室へ引きとると、どうにかひとりでドレスを脱ぎ、髪をおろした。それからドレッシングガウンに袖《そで》を通して、窓辺で髪を梳《と》かしはじめた。窓のひとつが夜風を入れるために少し開いている。大勢の人々のなかにいたあとでは、涼しい風がほてる肌に心地よかった。

髪を梳かしおえたとき、ひとりの男がブロックのはずれに姿を現した。フランチェスカは身を乗りだし、目を細めた。暗すぎて顔ははっきり見えないが、体つきと歩く姿は、間違いなくシンクレアだ。

彼はホーストン家の前に立って目を上げた。蝋燭《ろうそく》はドアのすぐ内側、窓からいちばん遠いところに置いてあったから、彼女の部屋は外からは暗く見えるに違いない。シンクレアはちらっと玄関を見てためらった。

フランチェスカは急いで身を乗りだし、窓ガラスを叩《たた》いた。シンクレアがぱっと顔を上げて上階の部屋を探すように見渡す。彼女はかがみこんで窓を開け、低い声で呼んだ。

「ロックフォード」

フランチェスカを見つけると、シンクレアは帽子を取って優雅にお辞儀をした。フランチェスカは玄関のドアを示し、窓辺のベンチから滑るように離れて、蝋燭を手に急いで部屋を出た。

9

フランチェスカは急いで鍵《かぎ》をはずし、重いドアを開けた。シンクレアは玄関前の階段のところで待っていた。広間を片づけている召使いに悟られないように、フランチェスカは唇に人差し指をあて、静かにするように合図した。たとえそれがロックフォード公爵のように申しぶんのない評判の男でも、召使いにはこんなに夜遅く男性を家のなかに入れるところを見られないほうがいい。フランチェスカの召使いはみな口の固い者ばかりだが、フエントンが臨時に雇った三人のことはわからない。

彼女の仕草に眉を上げたものの、シンクレアは黙ってなかに入った。フランチェスカは明るい広間に警戒するような目を投げてから、彼についてくるように合図し、廊下を歩きだした。

彼女は奥にある朝の間にシンクレアを通した。そこはお気に入りの部屋で、召使いたちがいる広間からいちばん遠い部屋でもある。シンクレアが入るのを待ってドアを閉めると、フランチェスカはランプに明かりを灯《とも》した。

そして彼と向きあい、厳しい表情で腕を組んだ。「いいわ、告白してちょうだい」

「喜んで」軽い調子でシンクレアは応じた。「何を告白してほしい?」

「不思議なことに、あれからまもなくミスター・パーキンスが広間から姿を消したのよ」

「退屈したのかもしれないな。ほかの客があの男を快く受け入れ、会話が弾むとは思えないからね」

フランチェスカは片方の眉を上げた。「あなたとあなたの共犯者たちも同じころに消えたのは、いったいどういうわけかしら?」

彼はにやっと笑った。「ぼくの共犯者たち? それはいったい誰のことだい?」

「ラドバーン卿《きょう》とブロムウェル卿に決まっているでしょ。三人で何をしたの?」

「どこかほかに行ったほうが楽しいと提案しただけさ。そしてあの男が無事にそこに着けるように……エスコートした」

「シンクレア! 彼にけがをさせたの?」

「ひどいな、フランチェスカ。ぼくのことをそんな野蛮な男だと思っているのかい?」彼はしわひとつない黒い上着の腕から糸くずをつまみながら言った。

「あなたが暴力をふるう人だと思ったこともなかったわ。未来の義理の弟に馬乗りになって、頭を殴ろうとしているところを見るまではね」

「あのときはまだ、ブロムウェルは未来の義理の弟ではなかった」シンクレアは穏やかに訂正した。「それに、ぼくにはブロムウェルを殴る立派な理由があった。彼が妹の評判を台無しにする気だと思ったんだから。パーキンスはたんなる……厄介者だ」

「だったら、話をしただけ?」フランチェスカは尋ねた。

彼は肩をすくめた。「そうだよ。ギデオンはあいつをテムズ川に投げこみたがったが——」フランチェスカが息を呑《の》むのを見て、彼は口の端に笑みを浮かべ、内緒話でもするように言った。「ほら、ギデオンはああいう育ちだから。だが、ブロムウェルとぼくで彼を思い留《とど》まらせたんだ。もっとも、今度きみを悩ませたら、パーキンスの運命は目に見えて悪化すると仄《ほの》めかしたかもしれないな」

「パーキンスはなんと……彼は何かばかなことを言った?」

「ああ、レディの前では口にできないようなことを。取りたてて言うようなことじゃない」シンクレアはけげんそうにフランチェスカを見た。「どうした? なぜあんなろくでなしのことをそんなに気にするんだい? まさか、今夜のパーティにあいつを招いたわけじゃないんだろう?」

「あたりまえよ。パーキンスなんかどうなってもかまわないわ。別に彼の身を心配しているわけじゃないの。あの男は卑劣な悪党よ。あなたにけがをさせるんじゃないかと、それが心配だったの」彼女はシンクレアに背を向け、部屋を横切った。「でも、その必要はなかったようね」

シンクレアは表情を和らげ、彼女のあとを追おうとしたが、一歩進んで足を止めた。

「ああ、心配する必要はなかった。パーキンスなど相手にもならない」

「あの男のことですもの。仕返ししようとするかもしれないわ」フランチェスカはくるみ材のサイドボードを開けて、そのなかに手を伸ばした。

「何をしようが、対処できる」

「そう。ブランデーをいかが？」フランチェスカは返事を待たずにボトルを取りだし、ふたつのグラスに注いだ。ブランデーは女性の飲み物ではないとされている。彼女もふだんは飲まない。これを置いてあるのは友人のルシアン卿のためだが、今夜は飲みたい気分だった。

シンクレアは彼女が注ぐのを黙って見守った。フランチェスカは自分がドレッシングガウン姿で、美しい髪を滝のように背中に流したままドアを開けたことに気づいているのだろうか？　昔、こういう彼女の姿を夢に見たものだった。もちろん、そうした白昼夢では、彼はフランチェスカを腕に抱き、シルクのような髪に手を滑らせる権利を持っていた。

出し抜けに向きを変え、シンクレアは手近な椅子に腰をおろした。「あの男がパーティに留まるのを、なんだって許したんだ？」

フランチェスカはため息をついた。「そのほうが簡単だと思ったの。騒がれたくなかったのよ。パーキンスは静かに引きとるような男じゃないもの。それに彼はたしかにアンドルーの友人だったわ。だから……公然と礼儀を失するのはいやだったの」

ブランデーが入ったグラスを彼に渡して、フランチェスカは向かいのソファに腰をおろした。シンクレアはグラスを口に運んだ。

「ぼくなら、ホーストンの友人の大半には、礼儀正しくする手間などかけないな」

フランチェスカはつい口元をほころばせ、急いでブランデーをひと口飲んでそれを隠した。琥珀《こはく》色の液体がビロードの火のように食道を焼いてくだり、お腹《なか》に火をつける。すぐに体から余分な力が抜け、彼女はため息をついてもうひと口飲むと、子供のように脚を折ってソファにのせた。

向かいに座っているシンクレアは見るからに強く、頼もしそうに見える。もちろん、パーキンスの仕返しなど少しも怖くないだろう。あんな男は虫のように振り払うに違いない。

証文のことを打ち明けて、何もかも彼の有能な手に任せてしまおうか？　ちらりとそんな思いがよぎり、フランチェスカは急いでグラスに目を落として、琥珀色の液体をまわした。もちろん、そんなことはできない。シンクレアの恋人というわけでもなし、彼女にはそんなことをする権利などまったくないのだ。自分の問題を彼に告げるなど、厚かましいにもほどがある。シンクレアは紳士だから、彼女のために解決の方法を探ろうとするかもしれない。でも、そんなことをさせるのは間違っている。

自分が結婚した男が、あんな愚かな間違いをしでかしたと認めるのもひどい屈辱だった。

それもシンクレアを捨てて、選んだ男が。ともすれば食べるものや着るもの、ときには召使いに払う給金にさえ困ることを、彼に知られるのはつらすぎる。それに、証文の話などすれば、パーキンスに払うお金を無心していると思われるかもしれない。そんな恥ずかしいことがどうしてできるだろう? フランチェスカは急いでもうひと口、ブランデーを飲んだ。

シンクレアは、ドレッシングガウンの前を見つめた。襟が開き、胸の暗い谷間が見える。フランチェスカはあの下に何を着ているのだろう? ナイトドレスだとすれば、よほど襟ぐりが深いに違いない。それとも、あのガウンの下には、薄いシュミーズと下穿《したば》きしかつけていないのか?

何か言おうとすると、ひどくかすれた声になり、彼は咳払《せきばら》いをしてごまかした。「よかったら、ぼくたちが考慮しているレディたちのことを話そうか」

「ええ、もちろん」フランチェスカは話題が変わったことにほっとして、明るい声で尋ねた。「レディ・ダマリスのことはどう思って?」

「なかなか頭のいい女性だな。話していると面白い」

「すると彼女が気に入ったの?」それにしては、シンクレアの褒め言葉は少し冷静すぎるような気がするが、彼はとても思慮分別のある男なのだ。

「いや、とくに。気に入った女性がいたかどうかよくわからないな」

「でも、レディ・メアリとも話が弾んでいたようね。正直言って意外だったわ。とても内気なお嬢様に見えたから」

シンクレアはわずかに唇をひくつかせた。「きっと、ぼくが年寄りだから怖くなかったんじゃないかな。父親とその友人の仲間に入れられたようだ」

「年寄り！」フランチェスカは驚いて彼を見つめ、それから吹きだした。「あらまあ」

「好きなだけ笑うがいいさ」彼が言い返す。「だが、きみの年も、ぼくとそれほど変わらないんだぞ」

「ええ、もちろん。わたしも同じようにおばあさんよ」フランチェスカは愉快そうに目をきらめかせた。「ひょっとしたら、あなたは彼女の防御をくぐり抜けられるかもしれないわね。そのあとで、まだよぼよぼではないと説得できるチャンスはきっとあるわ」

「それにはかなりの努力が必要だろうな」シンクレアは考えこむようにつぶやいた。

「レディ・カロラインはどう？」フランチェスカは若い娘といるシンクレアを見たときの鋭い痛みを思い出した。あれはカロラインの若さが羨《うらや》ましかっただけ。そんなことで判断を鈍らせてはいけない。よけいな口だしをして彼の判断を左右してはだめよ。そう自分に言い聞かせる。

シンクレアは魅力的な口を不機嫌に引き結んだ。「まったく、フランチェスカ！　なんだってきみは、あんなばかな娘をぼくに押しつけたんだ。あれほど退屈な娘には会ったこともない」

フランチェスカはぎゅっと唇を結んで笑いを抑えた。シンクレアがカロラインを嫌っていると聞いてこんなに喜ぶべきではないが、まるでシャンパンの泡のようにふつふつと嬉《うれ》しさがこみあげてくる。

「彼女ときたら、何ひとつまともに話すことができないんだ」シンクレアは苦い声で言った。「たとえ自分の意見を持っている話題があるとしても、最後まで見つからなかったよ。とにかく、何か訊《き》くたびに、〝あなたはどう思っていらっしゃるのかしら？〟とくる。いったいどういう返事だい？　自分がどう思っているかぐらい、訊かれなくてもわかっている」

フランチェスカは喉の奥から湧《わ》いてくる笑いを呑みこんだ。「まあ、そう言わずに、もう一度チャンスをあげてはどう？　レディ・カロラインはまだ若いんですもの。きっとあなたのような人と話して、少し萎縮《いしゅく》してしまったのよ」

「ぼくのような男？」シンクレアは不機嫌な顔でフランチェスカをにらんだ。「それはどういう意味だい？　ぼくが威圧的だと言いたいのかい？　堅苦しくて、融通がきかないと？　それとも、年のことを言いたいのか？」

フランチェスカはとうとうこらえきれずに吹きだした。「あなたに、その、圧倒される人もいるのよ。なんといっても公爵ですもの。とくに、そういう顔をすると……わかるでしょ、まるでよそゆきのブーツに子犬が泥だらけの足をかけたときみたいな……」

「言葉を返すようだが、ぼくは子犬を邪険に扱ったことは一度もない」シンクレアはなんとか唇の端の震えを抑えこんで、不機嫌な声を保った。「それに、こう言ってはなんだが、まだ子供のころから、きみはこれっぽっちもぼくが公爵だという事実に畏敬《いけい》の念を示したことはないぞ」

「納屋の屋根から干し草の山に滑りおりるのを見たあとで、畏敬の念を感じるのは難しいわ」フランチェスカは言い返した。

シンクレアはこらえきれずに笑いだした。「それはいつのことだい？」

「ダンシーパークで、わたしが八歳、あなたは十三歳だった。ドミニクと三人で馬を走らせていたときのことよ。ジャミー・エヴァンスの農場を通りかかると、とても大きな干し草の山があったの。召使いが止めようとしたけど無駄だったわ。ドミニクが最初に塀の手すりからその上に飛びおりて、わたしにやれるものならやってみろ、と挑戦したの」

「するときみは、〝あたしも屋根から飛びおりる！〟と叫んだ。ああ、思い出したぞ。あれが忘れられるものか。きみは手に負えないおてんばだった」

「あら、屋根の上から滑りおりたのは、あなたがドミニクに、わたしは小さすぎてそんなことはできない、と言ったせいよ。そう言われたら、証明するしかないでしょう？ するとあなたは〝やめろ〟と命令した」

「ああ、そうだった。もちろんきみは、ぼくがそう言ったとたんに滑りおりた。十三歳のぼくは、いまよりも愚かだったからな」

「それからあなたも滑りおりたのよ」

「きみが屋根から滑りおりたのに、ぼくが黙って見ているわけにはいかないじゃないか」

「あなたらしいわ！」フランチェスカはふざけて顔をしかめた。「なんでもわたしのせいにするんだから」

「だが、ほとんどの場合はきみのせいだった。何しろ、とんでもなくやんちゃな少女だったからな」

「あなたはものすごいうぬぼれ屋だったわ」

シンクレアの笑みが大きくなった。「だったら、どうしていつもぼくのあとをついてきたんだい？」

「そんなことはしていないわ」フランチェスカは言い返し、つんと顎を上げた。「あなたとドミニクが行くところが、たまたまわたしが行きたい場所だっただけよ」

シンクレアは黒い瞳をきらめかせ、笑いながら立ちあがった。「ブランデーをもう一杯飲むかい？」

「やめておくわ。とてもいい気分ですもの。これ以上飲んだら酔ってしまいそう」彼女は最後のひと口を飲みほして立ちあがった。「あなたはいかが？」

「いや、ぼくももういいよ」

フランチェスカは彼のグラスを受けとり、ふたりのグラスをサイドボードのデカンタの横に置きながら、彼に背を向けたまさりげなく尋ねた。「それで？　気に入った人はいるの？」

「気に入った人？」

「誰かひとり」フランチェスカは振り向いた。「ほかの女性よりも気に入った人がいるのかしら？」

シンクレアは少しのあいだフランチェスカを見つめてから、曖昧《あいまい》に答えた。「ああ、ひとり」

「誰かしら？」フランチェスカは彼のところに戻りながら尋ねた。突然この質問の答えがとても重要に思えた。その女性に求愛するつもりだろうか？

「レディ・カロラインでないことは確かだな」シンクレアは皮肉たっぷりに答え、フランチェスカに一歩近づくと、低い声で言った。「きみは求愛の過程もしっかり監督するつもりなのかい？」

こんなにすぐそばで彼を見上げていると、昔の気持ちがよみがえってくる。フランチェスカは納屋の屋根を滑りおりたときのことを思い出した。下の干し草の山を見下ろしたとき、胸のなかで心臓が壊れそうなほどどきどきしたことを。それでもなぜか飛びおりずにはいられなかった。シンクレアの黒い目を見つめているいまも、ちょうどそんな気持ちだった。

フランチェスカは目をそらし、横を向いて少し息を乱しながら答えた。「そこまでする必要はないと思うわ。あとはあなたが自分の力でやれるでしょうから」

「ぼくがきみなら、それほど確信は持てないだろうな」シンクレアは言い返した。「過去の求愛の結果を見れば、明らかにあまり成功したとは言えないからね」言葉を切って付け加える。「求愛の仕方も、手ほどきしてもらったほうがいいかもしれないな」

「いいえ」フランチェスカは挑むように彼を見上げた。「その必要はないと思うわ。女性をどう褒めればいいかは、よくわかっているはずだもの」

愚かにもなぜか呼吸がとても速くなるのが自分でもわかった。体の力が抜けて熱くなり、ほとんど抑えきれない期待に全身がざわめく。

「たとえば、きみの髪は蝋燭《ろうそく》の炎で金色に輝いている、と褒めればいいのかな？」シンクレアはそう言って、フランチェスカの髪に目をやった。「きみの瞳はサファイアのようだ、と？」

「あまりあからさまではだめよ」フランチェスカはシンクレアの軽い調子に体を震わせながら言い返した。

シンクレアは片手を伸ばし、彼女の髪に手の甲でそっと触れた。「でも、ほんとうのことだ」

彼のかすれた声が体のなかをこだましていく。

「女性を描写するのに、真実を告げるのがよいとはかぎらないわ」

「きみの肌はビロードのように柔らかい、と言うのは？」シンクレアは指の関節で頬をかすり、人差し指でフランチェスカの上唇をなぞった。「きみの唇は完璧《かんぺき》な形だ。まるでキスされるのを待っているようだ、と？」

「どれもみな、申しぶんなく効果的だと思うわ」フランチェスカはため息のように言って目を閉じた。熱の蔓《つる》が体のなかを伸びていき、神経のあらゆる末端を目覚めさせていく。

「それからどうすればいいかな？」シンクレアがうつむいて顔を近づけ、温かい息を頬に吹きかける。

「どんな場合でも、手にキスするのは適切なことよ」

シンクレアは彼女の手を取り、手の甲にそっと唇を押しつけた。それから手のひらを返し、そこにもキスした。温かい唇がやさしく手のひらを押した瞬間、体のなかで熱の蔓がもつれ、からまり、下腹部の奥深くに渦巻きはじめた。

シンクレアは彼女の手を放そうとはせず、ひとつひとつの指に順番にキスをしながら、けむるような黒い瞳でフランチェスカを見上げた。「これはどうだい？　喜ばれそうかな？」

驚くほど強い快感が突きあげてきて、フランチェスカはやさしく輝く目をみはり、うっとりと彼を見つめ返すことしかできなかった。

「それとも、このほうがいいかな？」シンクレアがさらに近づき、片手の関節でまたしてもフランチェスカの頬をなでながら、唇で頬に触れる。

彼が唇で顎の線をたどり、柔らかい喉にキスしながら腕をなでると、フランチェスカは、ドレッシングガウンがなければよかったのに、とぼんやり思った。

うなじにすり寄せた顔をガウンの襟に押しつけられ、彼女はぶるっと体を震わせて、喉をせりあがってくる低いうめきを必死にこらえた。膝の力が抜け、いまにもその場に座りこみそうになる。彼の口が喉の浅いくぼみを見つけ、熱い舌がくぼみのまわりの鎖骨をたどりはじめたとたん、フランチェスカはとうとうこらえきれずに小さな声をあげた。

シンクレアはうなじから顔を離し、耳のほうへと唇を這《は》わせていく。「なかには、こうされるのを好む女性もいるらしい」彼は耳にキスし、耳たぶを歯のあいだにはさんで、やさしく噛《か》んだ。

フランチェスカは息を呑み、両手で彼の上着の襟をつかんだ。足もとの床が揺れているようだ。「シンクレア……」

耳の縁をたどる舌が、強烈な快感をもたらす。胸の頂が痛いほど尖《とが》り、脚のあいだがうずきはじめる。こんなふうになったのは初めて。この切望、下腹部に広がっていく激しい飢えは、まったくなじみのないものだった。

シンクレアはドレッシングガウンの紐《ひも》をほどき、片手を滑りこませて、手のひらでお腹を覆った。そして肌とその手を隔てている薄いシュミーズの上に手を滑らせ、胸を包んだ。

「もっとねだる女性もいるかもしれないな。たとえば……これを」かすれた低い声が、まるで愛撫《あいぶ》のようにフランチェスカの耳をくすぐる。

胸を横切る指が頂をなで、さらに硬く尖らせる。フランチェスカは喉の奥で低いうめきをもらした。

「大胆な女性はこうされるのを好むかもしれない」彼の指がシュミーズの端から滑りこみ、じかに肌をかすめる。

上着の襟にしがみついていなければ、膝が折れ、フランチェスカはとっくに床に座りこんでいたに違いない。

「それとも、こんなふうにされるのを」シンクレアは彼女の体をやさしくまわして後ろを向かせると、豊かな髪を片手で持ちあげ、うなじをあらわにした。熱い唇が背骨の頂点へと滑り、敏感な肌を羽根のようにくすぐる。

フランチェスカは痙攣《けいれん》するように体を震わせ、固い胸にもたれた。彼は片手をまわして再びお腹に押しあて、後ろ向きのままフランチェスカを抱き寄せた。首筋にキスを続けながら、片手をゆっくり動かし、胸を包み、ずきずきうずく中心へと近づけていく。

だが、触れられるのを期待して、彼の指が脚のあいだに滑りこむのを待って小さく息を吸いこんだとき、フランチェスカはくるりと体をまわされた。彼女はぼろ人形のように彼の思うままだった。

「だが、なんといってもこれがいちばんだ」シンクレアは頬に片方ずつキスしながらつぶやいた。

彼の唇が、一度、二度かすり、ようやく重なる。フランチェスカは首に腕を巻きつけ、強く押しつけられた唇の下で口を開いた。燃えるように熱い口がまるで張りつくようにぴたりと重なり、柔らかい唇に沈みこんでさらに熱くなる。そしてビロードのような舌が大胆に侵入してきた。

この前の夜と同じように、そのキスはフランチェスカの体に火をつけた。肌がぴんと張りつめ、生まれて初めての快感にぞくぞくする。ふたりを隔てているのは、おたがいが着ているものだけ。それすらも邪魔物に思える。フランチェスカは彼の肌をじかに感じ、自分の体で彼を愛撫したかった。

まるでひとつに溶けあおうとするように、シンクレアは彼女を両腕できつく抱きしめ、貪《むさぼ》るようなキスを続けた。フランチェスカは彼にしがみつき、そのキスに、その抱擁に溺《おぼ》れた。五感のすべてを強烈な快感が攻めたて、ひとつひとつを名指しすることもできない。彼女は自分でもわからない飢えを感じて、満たされることを痛切に求めた。

突然シンクレアがうめき声をもらしながら離れ、彼女のうなじに顔を埋《うず》めた。「フランチェスカ、ぼくの……」彼は残りの言葉を呑みこんだ。少しのあいだはふたりの荒い息遣いしか聞こえなかった。

彼は少し震える声で言った。

「このレッスンは、終わりにしたほうがよさそうだ」

フランチェスカはぼうっとしてうなずいた。

シンクレアは彼女の顔を両手ではさみ、額に口づけて、そのまま大股に部屋を出ていった。

フランチェスカはドアに駆け寄った。シンクレアは玄関のドアを開けて外の闇《やみ》に消えた。家のなかは暗く、静かだった。召使いたちは広間の片づけをすませ、すでに休んだようだ。のろのろと向きを変え、彼女はソファに戻って崩れるように座りこんだ。

たったいま、何が起こったの？

体に力が入らず、手足がとても重く感じられる。それでいて、全身が目覚め、生き生きと脈打っていた。シンクレアを追いかけて呼び戻したかった。彼の腕のなかに飛びこみ、もう一度あんなふうにキスしてとねだりたかった。そして……。なんてこと、わたしは自分が何を欲しがっているかもわからない。でもこれだけは言える。これまでは一度も、あんなふうに感じたことはなかった。

ずっと昔、彼と婚約していたときには、熱い火花が散るのを感じたことがあった。体の奥深くに眠っている欲望を仄めかすしるしを。でも、これほど激しく燃えあがり、脈打つ炎は、一度も感じたことがない。まるで雷に打たれように全身がざわめいたこともない。いまにも飛びだすのではないかと思うほど、激しく心臓が打ったこともなかった。もっと感じたいと、これほど切実に願ったこともない。

ほかの女性が感じるのはこれなの？　だから結婚した女性は、夫のことを話すときにくすくす笑いながら意味ありげなまなざしを交わすの？　夜の訪れを、夫とベッドに入るときを楽しみに待つの？　煮えたぎるような情熱と快楽が待っていることを知っているから？

フランチェスカは目を閉じ、ビロードのクッションに頭をもたせかけた。シンクレアが帰らずにあのまま続けていたら、彼とベッドをともにしていたのだろうか？　欲望に燃え、彼とひとつになるのを楽しんでいたのだろうか？

フランチェスカは自分の思いに赤くなり、奇妙な感覚を拭《ぬぐ》い落とそうとするように両手で腕をなでながら、部屋のなかを歩きはじめた。

ばかね。キスを楽しむのと、男性とベッドをともにするのはまるで違うのよ。シンクレアに触れられて、この体が思いがけない反応を示したからといって、そのあとに来る男女の営みを楽しめるとはかぎらない。その証拠に、アンドルーと知りあったばかりのころは、あんなに彼に魅せられていた。彼のそばでは鼓動が速くなったじゃないの。そして蜜《みつ》のような言葉や愛の告白に陶然となった。

でも、やがて結婚し、初めての夜をともにしたあとは、そのすべてが苦い失望に変わった。やさしいまなざしや甘いキスは、汗にまみれてさかりのついた獣に変わってしまった。

相手がシンクレアでも、それは同じこと。違うという希望を持つのは愚かだ。男はただキスをして、抱きしめるだけでは物足りない。わたしをベッドに押し倒し、服をはぎとって、自分のものを埋めたがる。そしてわたしは悔やむことになる。アンドルーのときと同じように、嫌悪感にかられ、氷のようになって、シンクレアの愛撫にもなんの反応も示さなくなるに違いない。

シンクレアは目に失望を浮かべ、そんなわたしを見下ろすだろう。アンドルーと同じように、うんざりして軽蔑《けいべつ》するかもしれない。

フランチェスカは首を振った。シンクレアと分かちあった若い愛の甘い思い出が、むごい現実に壊されてしまったら、アンドルーと結婚していたときよりももっとつらい思いをする。シンクレアの顔にアンドルーと同じ表情が浮かぶのを見るくらいなら、死んだほうがましだわ。

フランチェスカはため息をついて部屋をあとにすると、からっぽのベッドへと階段を上がっていった。

10

それからしばらく、シンクレアは姿を見せなかった。驚くにはあたらない。フランチェスカは自分にそう言い聞かせた。わたしが花嫁探しに果たす役割は、ほとんど終わったのだもの。このあと、どうやって気に入った相手の心を勝ちとるかは彼しだいだ。

もちろん、シンクレアがどの女性を選んだか知りたいとは思うが、もう彼女の出番はなくなったのだ。

フランチェスカは少し手持ち無沙汰《ぶさた》になったが、これも予想していたことだ。シンクレアのために正しい女性を選び、ふたりを引きあわせる計画を立てることと、ハリエットのためにパーティを催すことが彼女の時間の大部分を占めていたのだから、それがなくなったいま、ほんの少しむなしい気持ちになるのは仕方がない。

ハリエット・シャーボーンに力を貸す仕事は、まだすっかり終わったとは言えないが、そちらのほうも、これまでのように時間を割く必要はなくなっていた。数日後にはアラン卿《きょう》とハリエットの三人でオペラに行くことになっている。明日の夜の音楽会にも、彼女はハリエットを連れていくつもりだった。言うまでもなく、そのあともあちこちのパーティに付き添うことになるだろう。

だが、いちばんたいへんな部分はもう終わっていた。フランチェスカが夜会で紹介したレディたちから、ハリエットのもとに招待状が届くのはまず間違いない。それに、ドレスや髪型がぐんと垢抜《あかぬ》けたいま、ハリエットの望みどおり、ダンスの申しこみもそこそこにはあるはずだし、若い男性たちと戯れの会話を楽しむこともできるはずだ。いつもわたしにダンスを申しこんでくる若い男性たちにも、忘れずにそれとなく仄《ほの》めかすことにしよう。ハリエットもその父親も、このシーズンのあいだに結婚相手を探すつもりはまったくなさそうだから、彼女にできることはもうそれくらいしか残っていなかった。

だから少し時間を持てあまして寂しい気持ちになるのもちっとも不思議ではない。シンクレアとのあいだに起こったなんとも奇妙な出来事についてつい考えてしまうのも無理からぬことだ。

シンクレアがしたことを考えるたびに、もたらされた快感がよみがえり、体が震える。いまもフランチェスカは目を閉じて思い出のなかに漂い、その震えに身をゆだねた。

彼はどうしてあんなことをしたの？　いったいどういうつもりなの？　意中の人を口説くために助言が欲しいだなんて、あんな見え透いた口実をわたしが額面どおりに受け入れるとは、これっぽっちも思っていなかったはずだ。ほかの男性があんなことをすれば、誘惑するつもりだと確信したに違いないが……。シンクレアにかぎって、そんなことはありえない。

そうでしょう?

もちろん、彼は口説き方を手ほどきされる必要などない。彼独特の控えめな方法ではあったが、プロポーズする前は、フランチェスカの心をくすぐるような言葉を口にしたものだった。それに、この数年ふたりが交わしてきたさりげない会話にも、たんなる知人や友人というより、まるで彼女の心を惹《ひ》きたがっているような仄めかしが含まれていた。もちろん、辛辣《しんらつ》な皮肉も多かったが。

でも、あんなにあからさまに誘惑しようとしたことは一度もなかった。フランチェスカにかぎらず、彼女の知るかぎり、シンクレアはどの女性にも積極的な態度をとったことはない。もちろん、シンクレアがまったく女性を知らないと思うほど彼女はうぶではない。ダフネ・スウィンジントンは彼の愛人ではなかったが、シンクレアがこれまで女性と関係を持ったことがないと考えるのは信じられないほど愚かなことだ。彼のような年齢と地位の男性は、たいていはオペラ・ダンサーとか、女優とか、高級娼婦《しょうふ》のような、美しく、奔放な女性たちをいっときどこかに囲ったことがあるものだ。そうした女性には、彼は昨夜のようなことをしたのかもしれない。

だが貴族の女性が相手の場合は、社交界のルールは異なっている。紳士はレディに求愛し、結婚するもの。そのレディの自宅で昨夜のような振る舞いにおよぶことはありえない。少なくとも、シンクレアのような紳士には、考えられないことだった。

でも……フランチェスカは顔を赤らめた。レディはこっそり二階からおりてきて、あんなに夜遅く紳士を家のなかに入れたりはしないわ。まして召使いの目を盗み、ふたりだけで部屋に閉じこもるようなことは決してしない。

それだけではない。彼女はシンクレアとブランデーを飲んだ。しかも、飲もうと誘ったのは彼女のほうだった。おまけに、あろうことか下着の上にドレッシングガウンをはおっただけで階段を駆けおり、ドアを開けたのだ。誘惑されたがっていると誤解されても不思議はない。

シンクレアの側から昨夜の自分の行動を振り返ると、フランチェスカは恥ずかしくて身が縮むような気がした。未亡人は未婚の女性よりも道徳観念が緩いとみなされることが多い。少なくとも、結婚前の女性よりも、はるかに欲望や男女の営みについてよく知っている。未亡人の場合は、男性と過ごすときでも、一般的にそれほど厳密な付き添いを必要としない。ましてやフランチェスカのように夫とのあいだに子供ができなかった未亡人は、結婚もしていないのに子供ができるというスキャンダルの心配もないのだ。そして洗練された社交界では、おおっぴらに振る舞わないかぎり、結婚した女性が夫以外の相手を恋人に持ったとしても、そのせいで社交界を追放されることはない。だが、フランチェスカは夫を亡くしたあと、細心の注意を払って道徳的にだらしないという印象を与えるような行動を避けてきた。

それなのに、昨夜はあんな振る舞いをするなんて、いったいどうしてしまったの？　シンクレアはわたしのあられもない姿を見て、誘惑すれば落ちると思ったのかしら？　ひょっとすると、誘われていると誤解したのだろうか？

もしもそうだとしたら、もう二度と彼の顔をまともに見られない。

でも、もしもわたしが誘惑されたがっていると思ったのなら、どうして途中でやめたの？　いやがっていると彼が思うようなそぶりは何ひとつしなかったのに。

ふいにあまりにもつらい可能性が頭に浮かんだ。シンクレアはキスしたあとで、その気をなくしたのかもしれない。

わたしと同じ興奮を感じなかったのかもしれない。ひょっとして、キスしているうちに、アンドルーをあれほど苛立《いらだ》たせ、怒らせた、わたしの冷たさを感じとったのだろうか？

そう思うと涙がこみあげた。自分に対する夫の失望を悲しんで泣いたのは、もう遠い昔のこと。正直に言えば、少なくとも、そのおかげでアンドルーがベッドを訪れる回数が日を追うごとに少なくなっていくことを喜んだくらいだった。自分がほかの女性よりも劣っていることを思い知らされるのはつらかったが、夫が自分に失望したことを嘆くのは、彼が死ぬずっと前にやめていた。

でもいま、シンクレアが自分の冷たさに気づいたのかもしれないと思うと、フランチェスカは泣きだしたかった。そして彼の訪れない一日が過ぎ、翌日もまた過ぎていくにつれ、シンクレアが現れないのは、キスをやめて帰ってしまったのと同じ理由のせいだという確信は高まるばかりだった。

そのことでこれほど気落ちするのはおかしいわ。たとえ彼があのまま留《とど》まったにせよ、ベッドをともにすることはなかった。ええ、そんなことは決して起こらなかった。シンクレアとも、ほかの誰とも、男女の関係になるつもりはないのだから。さいわいなことに、男に快楽をもたらすためにこの体を自由にされる人生は、もう終わったのだ。かつて愛していた男が、彼女を抱きしめて情熱的に唇を重ねておきながら、途中でやめて帰ってしまったからといって、落ちこむ理由などまったくない。

もうこの件をこれ以上考えるのはやめなさい。

フランチェスカはしばらく書く暇がなかった手紙でも書こうと机に向かった。

だが、五分もすると、またしても同じことを考えていた。

シンクレアのキスのことをどうにか頭から追いやると、パーキンスに関する心配がそれに取って代わった。夜会のあとは、シンクレアの仕打ちに腹を立てたパーキンスが、いつ怒鳴りこんでくるかと気が気ではなかったが、彼は姿を見せなかった。だからほっとしてもいいのだろうが、少しも安心できない。パーキンスのことも、彼がいつ現れるかわからないという不安も頭を離れるどころか、期日が近づくにつれて募るばかりだった。

どうすればいいのだろう？　妙案どころか、どんな解決策も浮かばない。あの男がやってきて、五千ポンド、耳をそろえて払えと要求してきたら、なんと説得すればいいのだろう？　この家を取りあげられず、法廷に証文を持ちこまれずにすます妙案はないのかしら？　パーキンスの主張を覆す方法は？　なんとかアンドルーがパーキンスに借りたお金を払えるような、返済計画を立てられないだろうか？　だが、恐怖にかられた頭はまともに働かず、思いは取りとめもなく乱れるばかり。頭に浮かぶどんな考えも、パーキンスを納得させられるとは思えなかった。要求された大金は、フランチェスカには一生かかっても払えない。パーキンスも彼女同様、それを知っているに違いないのだ。それにあの男が気長に待ってくれるとも思えない。パーキンスは親切心や思いやりなど、これっぽっちも持ちあわせていない男だ。

夜会の日から三日後、例によって居間であれこれ算段し、わずかな資産をひとつひとつ加えていると、廊下でカリーの声がした。

シンクレアも一緒に違いないわ。そう思ってフランチェスカはぱっと立ちあがった。

だが、カリーはひとりだった。かすかな失望を感じた自分を叱《しか》りつけながら、フランチェスカは温かい笑みを浮かべてカリーの両手を取り、愛情をこめて握った。

「カリー、ちょうどあなたのことを考えていたところよ。午後にもお邪魔しようと思っていたの」

「だったら、行き違いにならずにすんでよかったわ」カリーは笑みを返しながら答えた。

お茶を持ってくるようにベルを鳴らすと、フランチェスカは夜会のときにゆっくり話せなかったぶんを取り戻そうと、カリーを手近な椅子に招いた。すると残念なことに、カリーは翌日、新婚の夫とともに彼の領地に戻ることがわかった。

「まあ、だめよ！　ロンドンに戻ったばかりじゃないの」フランチェスカは抗議した。

「ええ。でも、ブロムはもうずいぶん長いこと領地から離れているでしょう？　気が気じゃないらしいの。結婚式の前にほんの何日か戻ったきりだから」

フランチェスカはにっこり笑った。「ええ、よく覚えているわ。婚約したあと、少なくとも二カ月ロンドンに戻れないと言って帰ったのに、二週間もあなたから離れていることができなかったわね」

カリーは喉の奥で満足そうに笑った。「ええ。もちろん、ブロムは思ったよりずっと早く用事が終わったと言っていたけど」

「あなたが行ってしまったら、どんなに寂しいかしら」

「ぜひとも遊びに来て」カリーは言った。「誰ひとり知人のいないところに行くんですもの。きっと寂しくてたまらなくなるわ。シーズンが終わったらすぐに来てね」

「あら、最愛のだんな様がいるじゃないの」フランチェスカはにっこり笑って言った。

「きっと彼だけでじゅうぶんよ。新婚ほやほやのカップルのところにお邪魔して、いやがられるのはごめんだわ」

「そんなことするもんですか。だいいち、そのころには結婚して何カ月もたっているもの。きっとおたがい退屈しはじめているわ。それに収穫の時期だから、ブロムはとても忙しいでしょうし」

「だったら、ほんの少しだけお邪魔しようかしら」

「少なくとも一カ月は滞在してくれなきゃだめよ」きっぱりしたカリーの言葉に、フランチェスカは笑いながら承知した。

カリーがパリで買った衣装のことになると、話がぐんと盛りあがった。カリーの今日の服はそのひとつで、ライラック色のシルクのデイドレスには、短い花びらのような袖《そで》の上に、ライラック色の網レースでふんわりしたパフスリーブが重ねてある。ふたりにとって何よりも関心のあるこの話題は尽きることなく、フェントンがレディ・マナリングの来訪を告げに来たときにもまだ続いていた。

せっかくカリーと水入らずで過ごしているのに、ほかの訪問客を迎えなければならないのは残念だが、フランチェスカは通すようにと合図した。レディ・マナリングは今後ハリエットにいくつか招待状を送ってもらいたいと願っている女性なのだ。

「レディ・ホーストン、それにレディ・ブロムウェル」新しいゲストは思いがけず公爵の妹と顔を合わせた喜びに相好を崩した。「ここであなたにもお会いできるなんて、なんて幸運なんでしょう」

フランチェスカが催した夜会と、カリーの美しいウエディングドレスに関する礼儀正しいやりとりのあと、レディ・マナリングは心得たような笑みを浮かべてカリーのほうに身を乗りだした。「レディ・ブロムウェル、リールズ家には、どうやらおめでたいことが続きそうですわね」

「なんのことかしら？」カリーはぽかんとした顔で相手を見返した。

「お兄様のことですわ。ロックフォード公爵は、コールダーウッドのご長女にずいぶん関心をお持ちのようですもの」

フランチェスカはふいに氷のような手にみぞおちをつかまれたような気がした。「レディ・メアリに？」

「ええ、彼女に」レディ・マナリングは注意深く結いあげた頭でこくりとうなずいた。「先日の夜会でも、楽しそうに話しているのをお見かけしましたわ、レディ・ホーストン。マナリング卿とそのことを話したくらいですの。公爵が若い女性とあんなに話しこむなんて珍しいことですもの。それにしても、その相手がレディ・メアリだとは思いがけないことね、と。でも、とてもきれいなお嬢様ですものね。ふだんはとても内気でいらっしゃるけれど、相手に慣れて緊張が取れたときの笑顔といったら、それは魅力的ですもの」

「ええ」フランチェスカは同意した。「それに、気持ちのやさしい方ね。でも、あの夜会で話しただけでは、恋の始まりだとは言えないでしょうに」

レディ・マナリングは目を輝かせた。「ええ、それですのよ。昨日また、おふたりが一緒のところをお見かけしましたの。レディ・メアリは公爵と四輪馬車に乗って、とても楽しそうに話していらしたんですよ。まるで昔からのお友達同士のように。レディ・メアリにはとても珍しいことですわね。それに公爵にも。だからよけいに、公爵はレディ・メアリに求愛されているのかしら、と思ったわけですの」

フランチェスカは礼儀正しい笑みを浮かべた。「なるほど」

「取りたてて騒ぐほどのことではないと思いますわ」カリーはレディ・マナリングに言った。「誰かに特別の関心を持てば、兄はまずわたしに話してくれるはずですもの」

カリーが〝公爵の妹の顔〟でそう言うと、レディ・マナリングは急いで話題を変え、その週に自宅で催す夕食会のことを話しはじめた。アラン卿とお嬢様をお呼びしたいと考えていますのよ、レディ・ホーストンはどうお思いになって？

フランチェスカはほかのすべての思いを頭から追いだし、ハリエット・シャーボーンの手助けをすることに集中した。どうやらレディ・マナリングが関心を持っているのは、娘のほうではなく父親のアラン卿と彼が独身だという事実らしい。フランチェスカは彼女と話すうちにそういう印象を受けたが、この関心をハリエットのために利用するのはやぶさかではなかった。レディ・マナリングは頻繁にパーティを催すことでよく知られているし、どれもみな常にたくさんの人々が集まる。

それだけではない。ハリエットのシーズンを楽しい、実りあるものにするかたわら、好人物の父親の恋まで見つけてあげられれば、こんなすばらしいことはない。そこでフランチェスカは、シャーボーン一家に関する質問に喜んで答え、ついでに余分の情報も二、三付け加えた。

客がいるあいだは、どうにか彼女らとの会話に注意を保ったものの、カリーもレディ・マナリングも立ち去ると、フランチェスカはフェントンにこのあとは誰が来ても留守だと断るように命じて自分の部屋に引きとった。

そして窓辺に立ち、下の通りを見下ろした。

シンクレアが気に入ったのはメアリ・コールダーウッドだった。

シンクレアならこちらの予想どおりに振る舞わないことを予期しておくべきだったが、まさかメアリに惹かれるとは。もちろん、メアリに欠点があるわけではない。彼女の評判には一点のくもりもないし、家柄もまったく非の打ちどころがない。

ただ、シンクレアがあんなにおとなしい、内気な娘に惹かれるとは思いもしなかった。メアリ・コールダーウッドは……ひと言で言うなら、フランチェスカとは正反対のタイプだった。シンクレアが十五年前と同じような相手を選ぶと考える理由はとくにないが、それでも、彼はほかのどんな資質よりも、美しさと溌剌《はつらつ》とした若さに惹かれると思っていた。

でも、レディ・マナリングが指摘したように、緊張がほぐれ、話に夢中になっているときのメアリはきれいだわ。フランチェスカはそう思い直した。しかも、シンクレアはあの内気な娘の緊張をほぐすことができるようだ。いまの彼は昔よりも十五歳、年をとり、そのぶん賢くなっている。若いころは外見の美しさに惹かれたものの、妻となる女性にはもっと重要な資質が必要だと気づいたのだろう。

学術書を読んだり、学者たちと手紙のやりとりをしたりするのが好きなシンクレアにとって、深刻な問題や重要な案件について語りあえる女性は似合いの相手だ。十五年前でさえ、フランチェスカは自分の考えも行動も、シンクレアには軽すぎて釣りあわないことがわかっていた。シンクレアもこの年月のあいだに、そのことに気づいたに違いない。

もちろん、まだ何かを決めるのは早すぎる。ひとりの女性と一、二度一緒に過ごしたからといって、彼がその女性と結婚するとはかぎらない。とはいえ、レディ・マナリングが言ったように、シンクレアが特定の若い女性にそうした関心を示すことはめったになかった。彼は疫病を避けるように、ゴシップの種になることを慎重に避ける。それに、自分が結婚相手として多くの女性に望まれていることもちゃんと心得ていて、軽々しくそうした女性に希望を与えるような言動をできるだけしないようにしている。

その彼が適齢期の女性と一緒に過ごせば、とくに馬車でハイドパークをまわるような密度の濃い時間を過ごせば、その女性にかなりの関心を持っていると考えるのが自然だろう。それもほんの少し前にパーティでその女性と熱心に話しこんでいたあととあっては、人々の詮索《せんさく》を招き、噂《うわさ》の種になるのは避けられない。シンクレアは上流階級のほかの人々と同じように、そういうことをよく心得ている。それにもかかわらずメアリを誘ったのだ。

ほかの男性なら、これはある程度の関心を示しているにすぎない。だが、シンクレアの場合はそれよりもはるかに高い関心を表している。このあとシンクレアが二、三の舞踏会でメアリにダンスを申しこめば、ゴシップ好きの舌はさぞせわしなく働くことだろう。

言うまでもなく、シンクレアが実際に花嫁を探していることを知っているフランチェスカは、レディ・マナリングよりもはるかに的確にこの状況を判断できる立場にいる。彼女はシンクレアがさまざまな女性と話しても、一緒に馬車に乗っても、そうした女性たちを訪問しても、少しも奇妙だとは思わない。だが、誰も知らないが、彼女だけは、シンクレアがそのうちの誰かと結婚するつもりでいることをわかっていた。メアリを四輪馬車に乗せてハイドパークをまわったという事実は、彼がほかの三人よりもメアリに深い関心を抱いている証拠であることも。

シンクレアがメアリを誘ったのは、レディ・マナリングが言った理由だとしか考えられない。公爵はメアリとの結婚を真剣に考えているのだ。

自分の努力が実を結んだことを知って、喜ぶべきなのはわかっている。これはわたしが望んだことなのだから。過去の過ちを償い、シンクレアに心から愛せる女性を見つけ、幸せを手にしてほしかったのだから。

それなのに、どうして奇妙に心が重いのだろう？　どうして表の通りが涙でぼやけてしまうのだろう？

翌日の午後、フランチェスカが机に向かい、届いたばかりの招待状を開いていると、フェントンが戸口に現れた。

「ロックフォード公爵様がお見えです」

フランチェスカはびくっとして椅子から飛びあがり、机に膝をしたたかにぶつけた。夜会からはすでに四日目、そして昨日のカリーとレディ・マナリングの訪問のあとは、これまでのようにときどきどこかのパーティで顔を合わせる以外に、もう彼と会うこともないだろうと思っていたのだ。

その彼が訪れた。

フランチェスカは顔に赤みが差すのを感じ、フェントンに気づかれてしまったかもしれないと狼狽《ろうばい》した。

「お通ししてちょうだい」そう言って、礼儀正しい歓迎の表情を浮かべた。

一瞬後、シンクレアが入ってきた。その瞬間、部屋のなかが突然狭くなったような気がした。この前ふたりのあいだに起こったことや、彼に会ったらどういう態度をとるべきかをあれほど何度も考えていたのだから、準備はできているはずなのに。しかもシンクレアはメアリ・コールダーウッドに明らかな関心を示しているというのに。

でも、こうして彼と向かいあうと、落ち着いた表情を保つのは思ったよりも難しかった。彼のキスが頭を占領するのを止められず、フランチェスカは顔が赤くなって、急いで目を伏せた。シンクレアは何を考えているの？　わたしに会って何を感じているの？

フランチェスカは自分に鞭打《むちう》って顔を上げ、片手を差しだしてシンクレアを迎えた。

「ロックフォード、嬉《うれ》しい驚きだこと。もうここには来ないと思っていたわ」

「そうかい？」彼はフランチェスカの目をまっすぐに見て歩み寄った。その顔からは、何を考えているのかさっぱり読めない。「あまりにも頻繁に顔を出しすぎて、〝あら、またあなたなの？〟と言われるのではないかと、心配しながらやってきたんだが」

「あなたはいつでも大歓迎よ。そんなふうに思うことは決してないわ」

彼はフランチェスカの手を取り、頭をさげた。フランチェスカは彼の手の感触と温かさ、そしてほんの少しざらつく感触を鋭く意識せずにはいられなかった。ただ手を取られただけなのに、こんな気持ちになるのはいったいどういうわけなの？　愚かなことだが、フランチェスカは彼がただお辞儀するだけではなく、自分の手にキスしてくれればよかったのに、と思わずにはいられなかった。

どうにか唇を引き結び、向きを変えてこぢんまりと親密な感じに置かれた椅子のほうを示す。「どうか座ってちょうだい。何か召しあがる？」

彼は首を振った。ふたりはそれから何分か、いつもの礼儀正しいやりとりを交わした。天気のことを話し、おたがいの健康を尋ね、再びカリーに会えてどんなに楽しかったか、彼女が新しい我が家にこんなに早く旅立ってしまってどんなに残念かと口にしあった。

ようやくフランチェスカは、知りたくてたまらないことを切りだしてもかまわないだけの時間が過ぎたと感じた。「レディ・メアリに求愛しはじめたそうね」

シンクレアの眉がかすかに上がり、口元に笑みが浮かんだ。「ほう？　みんなはそう言っているのかい？」

「馬車で彼女とハイドパークをひとまわりしたと聞いたわ」

「ああ、したとも」彼は問いかけるような笑みを浮かべ、じっとフランチェスカを見ている。「取りたてて噂をするほどの出来事ではないと思うが」

「親愛なる公爵、あなたが誰かに好意を示せば、間違いなくみんなの注目を浴びることになるのよ」

彼は曖昧《あいまい》に相槌《あいづち》を打った。

「すると、あなたはレディ・メアリを選んだの？」フランチェスカはややあってそう尋ねた。ふだんの彼女は、自分から話そうとしない相手にしつこく尋ねたりしないのだが、なぜか自分を止められなかった。

シンクレアはまだ曖昧な表情のまま言った。「彼女は感じのいい女性だね」

まったく、シンクレアときたら、ときどきとても苛立たしくなる。ゴシップの種と見ると食らいついて放さない、スピットテリアのような女性と同じ真似《まね》はしたくないが、この話題から離れるのは思ったよりもはるかに難しかった。メアリ・コールダーウッドに思いを寄せていると、さっさと認めてしまえばいいのに。

「ええ、そうね。とても知性的な女性だわ」

「そのようだね」

「でも、わたしたちが話しあったほかの候補者も考慮するつもりだと思ったのに」

「そのつもりさ」またしても彼は口の端をひくつかせた。「今日ここに来たのは、実はそのためなんだ」

「あら？　彼女たちのことを話しあいたいの？　それとも、ほかの候補者を選んでほしいの？　あの四人はお気に召さなかったのかしら？」フランチェスカは急に元気が出てきてそう言った。「二、三人なら、すぐにも思いつけると思うわ」

「いや。あの四人はみな適切な候補者だと思う」シンクレアは言った。「実は、未来の妻を口説く機会をもう一度設けたいと思ってね。それで舞踏会を催すことにした」

「もちろんですとも。すばらしい思いつきだわ」

「で、きみにその手配を手伝ってもらいたいんだ」

フランチェスカは喜びに顔を輝かせた。「わたしに？　それは光栄だこと」それからしぶしぶこう付け加えた。「でも、わたしがしゃしゃりでる幕じゃないわ」

「きみほどの適任者がほかにいるかい？　きみは誰よりも有能なホステスだ」

「そう言ってくださるのはとてもありがたいわ。でも、そんなことをする理由が……つまり、ほかの人々が妙に思うに違いないわ。わたしとあなたはなんの関係もないんですもの」

「そうかい？」フランチェスカを見つめるシンクレアのまなざしが、ほんの一瞬明らかに温かくなった。彼が椅子の上で動くと、その表情はまたたくまに消えた。「これまでの集まりは、祖母が手配していたんだ。それに最近はカリーがホステスを務めてくれていた。だが、どちらもこのロンドンにはいないからね。高齢の祖母に急いでロンドンに来て、ぼくのために舞踏会の準備をしてくれとはとても頼めない」

「ええ、それはそうね。でも、お宅の執事なら、準備万端整えられると思うわ」

「クランストンはたしかにとても有能な男だ」シンクレアはにこやかに同意した。「しかし、彼は計画を立てるよりも、与えられた計画を実行するのに慣れている。それにきみが持っている技術は彼にはない。舞踏会の準備ともなれば、きみのようなレディの気配りが必要だからね」

「お世辞で説得できると思っているの？」フランチェスカは笑みを抑え、厳しい表情を保とうと努力した。

「そう願いたいな」

この言葉に、つい笑いがこぼれた。「厚かましい人」

「ああ、そう言われているよ」

「でも、わたしがお手伝いするのは筋が通らないもの。みんなにあれこれ噂されることになるわ」

「彼らがきみのことを知る必要はないさ」シンクレアは肩をすくめた。「ぼくの横に立って、ゲストを迎えてほしいと頼むつもりはないからね」心の底まで見通すような黒い目で、じっと見つめてくる。「世間に知られなければ……その気になってくれるのかい？」

ひょっとして、シンクレアが尋ねているのは舞踏会の準備の手伝いだけではないの？

一瞬、そんなばかげた想像が頭をよぎり、フランチェスカは鼓動が速まるのを感じた。

「そうね」彼女は静かに答えた。「だけど、ほかにもっとふさわしい人がいるでしょうに」

「いや」シンクレアは彼女を見つめたまま首を振った。「きみでなくてはだめなんだ」

11

フランチェスカはシンクレアを見つめた。彼の言葉が頭のなかでこだましている。つかのま、ふたりのあいだの空気までが揺らめくように見えた。呼吸が速くなったことを気づかれてしまうのが怖くて、彼女は急いで目をそらした。耳のなかでどくどく打つ脈の音が聞こえてしまうかもしれない。

「いいわ。あなたがそうしてほしいなら」彼女は低い声で答えた。

「ぜひともそうしてほしい」かすかに勝ち誇ったような調子でそう言うと、彼は立ちあがって手を差しのべた。つられてその手を取り、フランチェスカも立ちあがる。シンクレアは笑顔で言った。「どうすればいいかな？　まずはリールズ家を下見してもらったほうがいいだろうな。どうだい？」

「大規模な舞踏会にするつもりなの？」

「ああ、そのつもりだ。きみの技術を存分に生かせるような」

フランチェスカはいたずらっぽい目でちらりと彼を見た。「あとでその言葉を悔やむことになるかもしれなくてよ」

彼はにやっと笑った。「いいや。きみのことだから、きっとこの決断の限界を試すためにエネルギーを傾けるだろうな。しかし、この件に関しては、すべて思うとおりにしてかまわないよ。もちろん〝世間に認められるような範囲で〟だが」

男性が愛人を持つ関係を表現するのによく使われる言いまわしを、彼がことさら強調するように口にするのを聞いて、フランチェスカは頬を染めた。わたしとしたことが、いったいどうしたの？　社交界にデビューしてから十五年もたつというのに、これではまるでうぶな生娘みたいじゃないの。

「赤くなったね。これは失礼、不躾《ぶしつけ》なことを言ったかな？」シンクレアはすまないどころか、満足そうな声で言った。

フランチェスカは顔を上げ、いたずらっぽくきらめいている黒い目に出くわして口を尖《とが》らせた。

「いやな人、ちっともすまないなんて思っていないくせに。でも、顔が上気しているのはいまの言葉のせいではなく、この暑さのせいよ。きっとキッチンのメイドみたいに見えるでしょうね」彼女は恥ずかしそうに頬に手をやった。

「理由はさておき、きみはとても美しく見える」シンクレアは一瞬、真剣な表情になったが、それから再び微笑を浮かべ、軽い調子で続けながら一歩さがった。「だが、それは自分でもよくわかっているはずだな。さてと、ベルを鳴らして召使いにきみの帽子を持ってこさせるんだね。リールズ家に行くとしよう」

「これから？」

「そうだよ。かまわないだろう？　さっそく始めてはいけない理由があるかい？　ふたりだけで行くのが不適切だと思うなら、メイドを一緒に連れてくるといい。リールズ家の広間やほかの場所を実際に見てもらう必要がある。さもなければ、どうやって計画を立てるんだい？」

「ええ、たしかに」シンクレアの言うとおりだとはわかっていたが、女性の身内がひとりも同居していない独身紳士の家をひとりで訪ねるのは、なんだかとてもいけないことのような気がする。

結局フランチェスカはメイジーと連れだってシンクレアの馬車に乗った。未亡人の行動規範は未婚の女性よりもはるかに緩やかだとはいえ、独身男性の家に付き添いなしで入るところを見られて、よけいな噂《うわさ》を立てられるのはごめんだ。しかし、堂々たる白い石造りの邸宅に到着すると、メイジーはフランチェスカをシンクレアと玄関ホールに残し、さっさと召使いと一緒に仲間のいる奥へと行ってしまった。

「家のなかを見てまわるあいだはきみのそばを離れるな、とメイドに命じなくてもいいのかい？」シンクレアがからかった。「ぼくのことを恐れているようだから」

フランチェスカはあきれてくるりと目をまわしてみせた。「もう、やめてちょうだい。わたしがあなたとふたりだけでここに来ることができなかったわけは、あなたもちゃんとわかっているはずよ。だいたい、メイジーを連れてくるように言ったのはあなたじゃないの。付き添いもいない女性があなたと一緒にここに入ってくるときの、クランストンの顔が目に浮かぶようだわ」フランチェスカは言葉を切り、ちらりと彼を見た。「つまり、わたしとね。もちろん、ここに、その、その種の女性を連れてきたことはあるでしょうけれど」

シンクレアは考えこむような顔でじっとフランチェスカを見ている。

「ねえ、ロックフォード。わたしはもううぶな娘じゃないのよ」彼女は言葉を重ねた。「あなたは三十代の男性ですもの。そういう女性がいたに違いないことはわかっているわ」

「ここに連れてきたことはないよ」シンクレアは短く答えた。

フランチェスカはこの言葉に奇妙に胸が熱くなるのを感じた。シンクレアは自分の家に気軽に女性を連れこむ男ではない。どんな形であれ、家族や妻をおとしめるような真似《まね》をする男ではないのだ。自分の両親の家だった自宅で、そしていつか彼の妻と子供たちのものになる家で、浮気相手と睦《むつ》みあうようなことはしない。シンクレアと結婚していたら、妻として敬意を払ってもらえただろうに。そう思うと、苦い悔いがこみあげてきた。ええ、シンクレアと結婚していたら、わたしの人生はどれほど違うものになっていたことか。

フランチェスカはこの思いが顔に表れることを恐れて、目をそらした。彼には昔から気持ちを読まれやすいのだ。

でも、シンクレアがどれほどアンドルーと違う性格だとしても、結局のところ、彼は男だ。フランチェスカに敬意を表し、彼女の名誉をけがすようなことはしなかっただろうが、ベッドのなかでアンドルーよりも満足したと信じる理由はまったくない。アンドルーのようにあからさまなやり方ではなかったとしても、フランチェスカが情熱のない冷たい女だと知れば、ほかに愛人を設けただろう。シンクレアと結婚していたら性的な欲望を持てる女になっていたと思うのは、なんの根拠もない夢物語だ。

役立たずの愚かな繰り言を頭から押しやり、フランチェスカは周囲を見まわした。リールズ家の玄関ホールはどっしりとして美しかった。二階まで総吹き抜けで、ちょうど中央に、広い階段が美しい弧を描いている。その向こう側の廊下は、はるか先にある温室と庭に出るドアまで伸び、左手はキッチンと召使いたちのホールがある奥のほうに向かって長い廊下が伸びている。

右手は玄関ホールと同じイタリア産のカラーラ大理石を敷いた広いギャラリーで、これまでの公爵やその夫人たち、彼らの子供たちの大きな肖像画が壁を飾っていた。夜ともなれば、壁から突きだしている優雅な燭台《しょくだい》に明々と光が灯《とも》されるが、昼のあいだは大きなガラスをはめた高い窓から金色の日差しがそそがれている。両側を縁どるモスグリーンの色の長いビロードのカーテンは、美しい彫刻を施した金属の輪で留められている。

「ここは昔から大好きだったわ」フランチェスカは言った。

シンクレアはちらりと彼女に目をやった。かつてこの家が彼女のものになるはずだったときのことをシンクレアも考えているのだろうか？　フランチェスカはふいに浮かんだこの思いに狼狽《ろうばい》して苛立《いらだ》ちをおぼえ、頬に血がのぼるのを感じながら急いで顔をそむけた。宮殿のようなこの家を手にしそこねたことを、悔やんでいると思われたらどうするの？

「ぼくも好きだよ」シンクレアが答えた。ありがたいことに、彼の声には彼女の言葉を曲解したことを示すニュアンスはまったく感じられない。フランチェスカはほっとした。

「もっとも、少しばかり古くなってきたから、花嫁はいろいろと変えたがるだろうな。自分のしるしを残すために」

「あら、だめよ！」フランチェスカは思わずそう叫び、彼の妻がここを変えることに感じた激しい嫌悪に自分でも少し驚いた。「そんなことはしてほしくないわ。このままでとても美しいんですもの。わたしなら何ひとつ変えないわ」

だがもちろん、その件に関してフランチェスカには何を言う権利もない。彼女はまたしても誤解されるようなことを口走ってしまったことに気づいて赤くなり、それとなくシンクレアを見た。さいわいなことに、彼は違うほうを見ていた。どうやら彼女の誤りには気づかなかったようだ。

シンクレアは左手にある両開きのドアを開いた。その先には、廊下の先にあるもう一対のドアと同じように、館《やかた》のいちばん奥まで伸びる広い舞踏室があった。床はギャラリーと同じピンクの葉脈が走るカラーラ大理石、横の壁には一定の間隔で背の高い窓が並んでいるが、いまは濃い栗《くり》色のどっしりした紋織りのカーテンがかかっている。天井からは三つの大きなシャンデリアがさがり、いちばん奥の壁には、テラスに向かって開く両開きのフランスドアが三組並んでいた。

「ここを使うつもりなら、相当な規模の舞踏会になるわよ」フランチェスカは警告した。「小さなパーティでは広すぎるし、立派すぎるもの。それだけの規模ともなれば、準備にかなりの時間がかかるわ」

「ではシーズンの終わりに予定しようか。婚約を発表することになるかもしれないな」

するとと彼はもうすっかり決めているんだわ。フランチェスカはみぞおちにおなじみの痛みを感じた。相手はメアリに違いない。この前の夜、彼が言ったことからすると、カロライン・ワイアットはアルシア・ロバート同様、考慮の対象に入っていないようだから。フランチェスカはダマリスのほうが彼にはふさわしいような気がした。それにレディ・デ・ウインターはダマリスよりも美しい。でも、シンクレアがいちばん話しこんでいたのも、馬車でハイドパークに連れだしたのもメアリ・コールダーウッドだ。

もちろん先日は、フランチェスカのこともハイドパークに誘いだしたが、あれはまったく違う理由だった。

「それなら準備の時間はじゅうぶんだろう？」

フランチェスカは悲しい気持ちになった。シーズンの終わりどころか、あとどれくらいロンドンにいられるかどうかもわからない。パーキンスが脅しを実行に移せば、彼女はまもなくあの家を追いだされることになる。そんな状態で、シンクレアのパーティの準備がどうすればできるの？

でも、彼女は笑みを浮かべてうなずいた。「ええ、もちろん。ここにはそれほどたくさんの飾りは必要ないもの」

ふたりは広い舞踏室を奥のフランスドアまで歩いていった。フランチェスカはそこに立ってテラスとその先の庭を眺めた。町の真ん中にある館にもかかわらず、ここの敷地はとても広い。庭園の広さもかなりのものだ。

「パーティには庭も使うことにする？」フランチェスカはシンクレアを振り返って尋ねた。

「木のあいだに蝋燭《ろうそく》を灯して？」

「ヴォクスホール・ガーデンのように？」

「ええ……たぶん。でも、あれほどけばけばしくせずに。それに、あそこと違って、不品行な行いも起こらないことを願いたいわ。テラスにいくつかテーブルと椅子を置いてはどうかしら？」フランチェスカは指をさした。「あそこの、少し引っこんだ一角に。そして階段に蝋燭を置き、噴水のまわりにあるベンチを少し飾るの」

「とてもよさそうだ」シンクレアは手を伸ばしてドアのひとつを開けた。「庭をもっとよく見てみよう」

フランチェスカは彼が差しだした腕を取り、テラスを横切って庭におりると、周囲を見まわしながらゆっくり歩いていった。燭台を置けそうな場所を指さし、手すりに幅の広いリボンをからませれば、それだけでテーブルや椅子にとても華やいだ雰囲気が出るわ、と思いつくままにアイディアを口にした。ほかの女性のために催すのだという、胸のなかに鉛のかたまりのように居座っている事実さえなければ、このパーティの計画を練るのはとても楽しいに違いない。

「庭全体を使わずにすむかもしれない」彼女は噴水をまわり、さらに奥へと進みながら言った。「ゲストがさまよっていかないように、奥へ向かう小道は、このあたりで通行止めにしておくこともできるわ」

シンクレアは肩をすくめた。「庭師長は反対するだろうが、ぼくは庭をすっかり開放したほうが心地いいと思うな」

しばらく進むと、高い緑の生け垣が庭を区切っていた。アーチの出入り口が、そのなかに作られている。生け垣の先は、何百という薔薇《ばら》が咲き乱れ、酔うような芳香で空気を満たしていた。そこはいま見てきた庭園ほど堅苦しい感じがない。花壇も左右対称ではなく、色とりどりの鮮やかな花が咲き乱れるまま、気まぐれに広がっている。

「なんて美しいの」フランチェスカはささやくように言った。リールズ家のパーティには、これまで何度か来たことがあるし、公爵未亡人やカリーのもとを訪れたことも数えきれないほどあるが、生け垣のこちら側まで来るのは初めてだ。

「母は庭いじりが大好きだったんだ」シンクレアが静かに言った。「そのことで、よく祖母と争っていたよ。母が祖母に逆らうのは、そのときだけだった。庭師に奥の庭はできるだけ自然のままに保たせていたんだよ」

「あなたのお母様のことはよく知らなかったけど、この庭を愛していらしたとしたら、きっと大好きになったと思うわ」

「父が死んでからは、ダンシーパークにはほとんど行かなかったからね。それにぼくの父が死んだときぎみはまだ子供で、たしか十二か、十三歳ぐらいだったと思う。母はとてもやさしいロマンティックな女性で、父とは相思相愛だった。母の家もかなりの旧家だったけれど、リールズほど傲慢《ごうまん》ではなかったんだ。父方の祖父母は、父ならもっと立派な家柄の娘を妻に迎えられると思ったに違いない。母もそう思われているのを感じただろうね。父と結婚したときは、きっとおびえていたと思う。きみにも想像がつくだろう？　祖母やオデリア伯母がいるような一族に嫁ぐのがどんなものか」

「ええ、とてもよく！」フランチェスカは心から同意した。「どんな女性でも、そのふたりのどちらかだけで震えあがるわ。お気の毒なお母様」

シンクレアはにやっと笑った。「まあ、なかには萎縮《いしゅく》してしまう女性もいるだろうが、母はあまり気にしていなかったようだ。ときには祖母の助言に感謝したこともあったと思うな。母は公爵夫人という地位をいつも心地いいと感じていたわけではなかったが、父にとっては完璧《かんぺき》な妻だった。ふたりはとても愛しあっていたんだ。母は父だけでなく、子供たちにもやさしくて、子守りや家庭教師に任せっきりにはしなかった」

「ええ、妻も母親もとても重要な役目ですもの。公爵夫人としての務めよりも重要だわ」

シンクレアはフランチェスカを見た。「ああ、ぼくもそう思った。ぼくの父もね。しかし、祖母にとっては、公爵夫人としての義務、家族に対する義務、名前に対する義務が何よりも先に来る」

フランチェスカは肩をすくめた。「与えられた責任は、もちろん果たす必要があるわ。でも、幸せになることや愛することのほうがもっと重要よ」

「ほんとにそう思うかい？　ぼくに結婚すべきだと忠告したことからして、きみは義務を優先しているのかと思っていたが」

フランチェスカは足を止め、彼と向きあった。「またわたしをあなたのお祖母様《ばあ》と比べているの？　いい加減にしてちょうだい、ロックフォード。まったく頭にくる人ね。わたしは家族のために結婚しろと言ったわけじゃないわ。いちばん重要なのは、あなたが幸せになることよ」

彼は口の端に笑みを浮かべ、少しのあいだフランチェスカを見つめた。「きみがそう言ってくれるのを聞いて嬉《うれ》しいよ」

体のなかを奇妙な震えが走ったが、その原因を考えたくなかったので、彼女は再び歩きだした。「お母様はなぜダンシーパークが嫌いだったの？」

「別に嫌いだったわけじゃない。ただマーカッスルを離れる気になれなかったんだ。父が死んだあと、母は自分だけの世界に引きこもってしまった。シーズンのさなかのロンドンにさえ、めったに来なかった。きらびやかな舞踏会やパーティは、母にとってはなんの魅力もなくなってしまったんだ。父と一緒にいちばん長く過ごした場所を離れたがらず、マーカッスルからどこかに出かける機会はどんどん少なくなった。そこがいちばん父に近い場所だと感じたんだろうな」

「悲しいわね。とてもすてきなことだけど、そういう人生は悲しすぎる気がするわ」

「ああ。ぼくは母がかわいそうだったが……」

「だけど？」シンクレアがそのまま黙りこんでしまうと、フランチェスカは無意識に再び彼の腕を取ってうながした。

シンクレアはかすかに首を振った。「ひどい息子だと思うだろうが、母があんなふうに悲しみで自分を包んでしまわなければいいのに、と思わずにはいられなかった。ぼくたちは、まるで父だけでなく、母まで失ってしまったみたいだったんだ。カリーはまだ幼かった。すぐに父のことも忘れてしまったのに、母まで……まるで生ける屍《しかばね》のような、それまでの母の見劣りする模倣品のような存在になってしまった。かわいそうに、カリーは物静かで悲しみに満ちた母と育ったんだよ。誰といても、いつも心はどこかほかにあるような母親と」

「あなたもお母様が恋しかったでしょうね」

シンクレアは彼女を見た。「ああ。母に相談に乗ってほしいと思ったことがたびたびあったよ。まだ十八で、公爵という地位に圧倒されていたから。もちろん、祖母の助言はあったが……」

「お祖母様は義務と責任感のかたまりですものね」フランチェスカはつぶやいた。

シンクレアはかすかな笑みを浮かべた。「ああ。少なくとも祖母からは、常になんらかの意見を聞くことができた。祖母はどんな場合でも、正しい行動とは何か、確信を持って助言してくれたからね」

「でも、深い愛情で温かく包んでくれたとは言えないわね」

「そうだね。きみのことも反対だった」

フランチェスカは驚いてくるりと振り向いた。「公爵未亡人は知っていたの？　あなたとわたしが――」

「ぼくが話したわけじゃないが、あの年、ぼくがきみに払っていた注目に気づいたんだ。ぼくはマーカッスルではなく、ダンシーパークでほとんどの時間を過ごしていた。その理由を推測したんだろう。祖母は昔から勘が鋭い人だから」

「まあ」フランチェスカはたじろいだ。「だったら、かんかんになって怒ったでしょうね。わたしが――」

「いや。たしか祖母はこう言った。こうなることは予測がついたはずだ、とね。そしてきみが婚約を破棄したのは、ぼくにとっては願ってもない幸運だった、これでカーバラの次女に求愛することができる、と喜んだ」

「レディ・オールスポーのこと？」フランチェスカは驚いて尋ねた。

「当時はまだオールスポー卿《きょう》とは結婚していなかったが、そうだよ。レディ・キャサリンだ」

あんぐり口を開けているフランチェスカを見て、彼は吹きだした。

「いやな人！」フランチェスカは叫んで、彼の腕を叩《たた》いた。「わたしをからかったのね」

「いや、ほんとうのことだ。祖母は彼女がぼくにふさわしいと思ったんだ。主に彼女の家柄と持参金からね。レディ・キャサリンは亡き祖母からかなり広い土地を受け継ぐことになっていた。祖母の考慮にはそれも含まれていたんだよ。そこはちょうどうちのコーンウォールの領地に隣接しているから、この結婚でリールズのものになれば、かなり広い領地になる、と思ったんだろうな」

「でも、彼女は……あまりきれいじゃないわ。それにまったくユーモアのわからない人よ」フランチェスカは抗議した。「だいたい、あなたより何歳も年上だわ」

「四歳だよ。だが、ぼくには公爵としての義務がある」

フランチェスカは鼻を鳴らした。「どうしても果たさなければならない義務とは言えないわね」

「ああ。ぼくにも、その義務はごくかすかにしか感じられなかった。祖母はぼくの拒否にショックを受けたが、数カ月もすると、別の女性を選びだした。そのあとも次々に。だが、ここ何年かはようやくあきらめたと見えて、だいぶ静かになった。ときどきぼくを意味ありげに見てため息をつく程度だ。どこかで誰かの跡継ぎが生まれたという知らせが、耳に入ったときなどに」

「全部わたしのせいね」フランチェスカはつらそうにため息をついた。

「いや、そんなことはない。祖母に訊《き》いてごらん？　何もかもぼくのせいだと言うよ。実際、最近は、きみをあっさり手放してしまったのはまったく愚かなことだったと言うようになった」

「シンクレア、ごめんなさい……」

「いや、謝る必要はない」彼はフランチェスカの手に自分の手を重ねた。「ぼくも間違いをおかした。いまいましいプライドに邪魔されてしまったんだ。もっと――」彼は言葉を切り、肩をすくめた。「いまさら言っても仕方がない。とにかく、そのことで責任を感じるのはやめてもらいたいな。ふたりとも若かった。それにもう十五年も前のことだ。とっくに忘れているべきだよ」

彼の手は温かかった。フランチェスカは彼の腕に頭をあずけたい衝動にかられた。彼に肩を抱かれて引き寄せられ、広い胸に頭をあずけ、規則正しい鼓動に耳を傾けるところがふいに目に浮かんだ。すると何かが彼の目の奥で浮かびあがり、フランチェスカははっと物思いからさめた。いまの思いを見抜かれてしまったのだろうか？

急いで目をそらし、彼の腕を放して再び歩きだした。シンクレアが横に並び、しばらくして口を開いた。「母の庭が見たいかい？」

フランチェスカは彼を振り向いた。「ここがそうじゃないの？」

「そうだよ。でも、母だけの庭もあるんだ。秘密の庭が」

フランチェスカは好奇心にかられて周囲に目をやった。シンクレアがにっこり笑い、彼女の手を取る。

「おいで。見せてあげる」

庭の奥へと彼女は誘われた。古い煉瓦《れんが》の壁沿いにぶなの木が等間隔で植わっている。その端に壁が前に突きだし、東に向かって少しのあいだ伸びたあと、敷地の横の塀とぶつかっていた。ぶなの木の先の塀と短い煉瓦壁を覆っている鮮やかな緑の蔦《つた》が、微風にさらさらとやさしい音をたてている。

シンクレアは角をまわりこんだ。すると塀と最後のぶなの木のあいだの煉瓦壁のなかに、金属の輪がついた細いくぐり戸があった。その輪を引くと、ドアがしぶしぶといったように軋《きし》んで開いた。シンクレアは横に寄り、フランチェスカに入れと合図して彼女のあとに従い、ドアを閉めた。

「まあ！」フランチェスカは喜びの声をあげた。

小さな庭の真ん中には、睡蓮《すいれん》が浮かんだ静かな池がある。遠くの隅にある彫刻の口からその下の盤に水が流れこみ、美しく配置された岩の上に滴って、蔦の葉が風にそよぐ音に静かな水音が混じる。もうひとつの隅ではしだれ柳が優美な枝をたらし、池のそばには装飾的な錬鉄製のベンチがあった。

それ以外のあらゆるところに花が咲き乱れていた。注意深く作られた道を壁伝いに這《は》いあがっているかと思えば、宝石箱を引っ繰り返したように地面にこぼれている。高い茎の上で空を見上げ、重たげに頭を振っている花、絨毯《じゅうたん》のように地面を覆っている花。色鮮やかなこぶのように盛りあがっている花もあった。

雑草は一本もないから、この庭が注意深く手入れされているのは明らかだ。それでいてここに咲いている花は、完全に野生のように気ままに広がり、交じりあっている。

「美しいわ……」ゆっくりまわりながら、そのすべてを見ていく。「それに、とてもすばらしい」

「花の色や数が多すぎないかい？」

「ちっとも。わたしなら〝豪華〟だと表現するでしょうね。とてもすてき」

「母もこの庭が大好きだった」頻繁に足を止めては見事な咲き具合に感心しているフランチェスカのあとに従いながら、シンクレアが言った。「父がこの場所を囲って、母のために花で満たしたんだ。結婚二年目の贈り物だったんだよ。シーズンのあいだロンドンに来ると、母はいつもマーカッスルの庭を恋しがっていた。それで父は母の好きな花をここに植えさせたんだ。母は好きなときにここに来て、ドアに鍵《かぎ》をかけ、ひとりになることができた」

「あのドアには鍵がかかるの？　錠は見えなかったけど」

「内側からかかるんだ」彼はドアのほうを示した。外から開かないように、金属の棒が差し渡されている。「ここにいるときは、子供にも、召使いにも、義理の母にも邪魔をされずにくつろぐことができた。母がそう願えば、夫も閉めだすことができた。この庭にいるときは、絵を描《か》いたり、本を読んだり、ただ座ったりして……公爵夫人だということを忘れていられたんだ」

「ずっとここを当時のままに保ってきたのね」フランチェスカはシンクレアを振り向いた。

「ああ。母が実際にここにいたのはもうずいぶん前のことだ。父が死んでからは、一、二度しかロンドンに来なかったからね。でも、何ひとつ変えることができなかった」

「当然だわ。こんなに美しいんですもの」フランチェスカは再びぐるりと見まわした。

「よくここに来るの？」

「ときどき。だが……ここは公爵夫人の庭だ」

　顔を上げると、彼に見つめられていた。そよ風になぶられた金色の巻き毛が頬をかすめ、シンクレアが手を伸ばして指の背でそれをなでつけた。

　この庭はメアリ・コールダーウッドのものになるのだろうか？　そう思うと、胸のなかで心臓が締めつけられるようだった。わたしのものにしたい。この庭だけでなく、もっと多くを……目の前にいるこの人もわたしのものにしたい。ふいに止めようもなく思いがこみあげてきた。

　自分が失ったもの、みずからの手で捨ててしまったものが、たまらなく欲しかった。シンクレアが。もう決して自分のものにはならない人生が。子供たちと、希望と、笑いが。

　でも、叶《かな》わぬ望みにどんなに胸を焦がしても仕方がない。そのすべてを自分のものにできたとき、愛に満ちた結婚生活を送れたはずのときは、とうの昔に失われてしまった。どれほど望もうと、もう取り戻すことはできないのだ。

　わたしはそんなに自分勝手な女なの？　フランチェスカは自問した。シンクレアが幸せをつかむチャンスを、どうして羨《うらや》むことができるの？　メアリが彼の望む女性なら、彼がメアリの心を勝ちとれるようにできるかぎり力になるべきよ。

頬をなでる彼の手がどれほどやさしく感じられようと、かつてシンクレアと分かちあった恋をなつかしみ、もう一度取り戻そうとするのは愚かなことだ。彼は腕のなかに溶けてしまいたくなるような目で見つめてくる。唇は彼の唇を求め、この身はキスされたときの甘い炎に再び焼かれたくてうずいている。でも、その衝動に身を任せるのは間違っている。

シンクレアはわたしを欲しがるかもしれない。少なくとも、わたしの〝思い出〟を欲しがるかもしれない。そしてわたし自身も彼が欲しい。シンクレアにもたれれば、片手を広い胸にあてて彼を見上げれば、キスしてくれるのはわかっていた。そしてこの前の夜のように全身が期待にうずくことも。わたしはもう一度彼のキスを味わい、あの夜と同じ快感を味わうことができる。たとえほんの数分にしろ、生きている喜びを感じられる。

でも、それはほんの数分だけのこと。

シンクレアに必要なのは結婚できる女性だ。彼の子供を産み、人生を分かちあえる相手。情熱的に彼に応《こた》え、彼の人生を愛で満たせる女性だ。冷たい不毛な女など、彼には必要ない。流産のあと、二度と身ごもらなかったことを考えれば、シンクレアに情熱だけでなく、子供も与えられないことがわかっている。

フランチェスカは向きを変えて低い声で言った。「すっかり遅くなったわ。そろそろ家に帰らないと」

「フランチェスカ……」シンクレアが手を伸ばし、手首をつかんだ。「待ってくれ」

「いいえ」大きくみはった目に苦悩をたたえて、彼女は振り向いた。「だめ。もう行かなくては」

フランチェスカは彼の手を振りほどき、小走りに秘密の花園を出た。

12

フランチェスカはシンクレアの母親の花園での出来事を、必死に考えまいと努めた。ふたりのあいだに何かが起こることなどありえない。その昔シンクレアに感じた愛は、とうに死んでしまった。それに、シンクレアが当時の彼女をほんとうに愛していたかどうかもよくわからない。とにかく、いまふたりが感じているのは欲望だった。ふたりの恋が突然、ひどい死を迎えたという思いが、それをかきたてているのは間違いない。

シンクレアがようやく結婚する気になったいま、ふたりが男女の関係になるのは、絶対にしてはならないことだった。それよりも、パーキンスに家を取られないためにはどうすればいいか、そのことを考えなくては。たとえシンクレアと関係を持つことに決めたとしても、最悪の結末になるのはわかっている。彼女のなかでちらつく欲望は、ふたりがベッドに横たわった瞬間にしおれ、死んでしまうに違いないのだ。そしてシンクレアの前で屈辱に打ちのめされることになる。そんなことはとても耐えられなかった。

翌朝はメイジーとフェントンが売ることのできたものを帳簿につけ、合計の金額を計算して過ごした。フェントンはいくつか手放したものの、銀食器のセットと大皿を何枚か、それにクリスタルのゴブレットと陶器類も頑固に売るのを拒否した。フランチェスカはそれ以上強制しなかった。胸の痛みに耐えて両親からもらった真珠を手放し、応接間と食堂で使っているものを除いて銀の燭台《しょくだい》も売り払った。それでも、集まったお金の合計は嘆かわしいほど少なかった。

でも、それは最初からわかっていたことだ。法廷で争うことを思うとみぞおちが冷たくなるが、これだけあれば弁護士を雇えるかもしれない。

午後はシンクレアの舞踏会の計画を練って過ごし、おかげでずいぶん気持ちが明るくなった。美しい舞踏室を使い、好きなだけ費用をかけて準備ができるのはすばらしいことだ。フランチェスカは思いきり想像力の翼を広げた。

とはいえ、たぶん婚約を発表する場になるというシンクレアのさりげない言葉を思い出すと、どんな喜びもしぼんでしまう。

翌日の夜は、ハヴァースリー家の夜会がある。フランチェスカは行くつもりはなかったのだが、レディ・コールダーウッドとミセス・ハヴァースリーはいとこ同士で親しい友人だから、コールダーウッド一家は間違いなく顔を見せるはずだ。もしもメアリがそこにいれば、おそらくシンクレアもやってくるのではないか？　彼女の耳に入っている噂《うわさ》のとおりなら、間違いなく彼も来る。

フランチェスカはふたりが一緒にいるところを目にしたかった。なぜだか自分でもわからないが、どうしても見たいと思った。ふたりを見れば、シンクレアのメアリに対する関心がどの程度かわかるはずだ。考えれば考えるほど、自分の目で確かめたくなってくる。ハリエットと父親のアラン卿《きょう》を連れていけば、ハリエットの手助けをすることにもなるわ。フランチェスカはそう言って自分を納得させた。夕食のために着替えに上がるころには、明日の夜会に出かけようと心を決めて、一緒にどうかと急いでアラン卿に手紙をしたためた。

思ったとおり、コールダーウッド一家は夜会に顔を見せていた。だが、シンクレアの姿は見えない。フランチェスカは深い安堵《あんど》を感じたが、それもつかのま、彼は数分後に到着した。少なくとも、コールダーウッド一家と一緒に来なかっただけましよ。フランチェスカはそう思って自分を慰めた。

夜のあいだほとんどずっと、フランチェスカはシンクレアとメアリを目の隅に置いていた。ふたりは少しのあいだ真剣に話しあい、そのあとシンクレアがメアリにパンチのカップを持っていった。もちろん、シンクレアはレディ・デ・ウインターとも話したし、ダマリス・バークとその父親とも話していた。実際、彼がいちばん長く話した相手はダマリスだったが、彼女に対するシンクレアの関心の深さを測るのは、思いのほか難しかった。会話のほとんどが男同士でするような話題だったからだ。

あまりあからさまにならぬように注意していたつもりだが、まもなく隣にいるルシアンがちくりと皮肉った。「おや、ぼくらは公爵をスパイしているのかい？」

「なんですって？」フランチェスカはぎくりとしてルシアンを振り向いた。「まさか。とんでもないわ。ばかなことを言わないで」

だが、無実を主張するそばから赤くなっては、ルシアンを納得させることはできなかったかもしれない。案の定、ルシアンは心得顔で彼女を見た。

「ふむ。すると、あちこちのクラブで流れている噂には関心がないわけか」

「噂？　どんな噂？　ロックフォードに関すること？」

「ああ、そうとも」

「人は無責任な噂をするものよ」フランチェスカはそっけなく言って、なんの興味もなさそうに広間に目をやった。とはいえ、ルシアンがそのまま黙ってしまうと、我慢できずにうながした。「それで、なんて言っているの？」

ルシアンは口元にかすかな笑みを浮かべたものの、おとなしく答えた。「どうやら公爵が花嫁探しを始めたようだ、と」

「ほんと？」フランチェスカは無関心なふりを捨てて、ルシアンを振り向いた。「本人が何か言ったの？」

「それはどうかな？　彼は口の固い男だ。しかし、最近はこれまでよりもはるかに社交的だから、それが人々の目に留まったんだな。パーティにはまめに顔を出すし、観劇にも出かける。しかも足繁《あししげ》くレディの自宅を訪ねたり、美しいレディと馬車でハイドパークをひとまわりしたり。パーティでも、これまでと違ってめったにすぐには帰らないばかりか、友人や親戚《しんせき》だけでなく、若い女性たちともよく話す。なかにはこれまではまったく目に留めなかった女性たちも含まれているとか」

「なるほど」フランチェスカは相槌《あいづち》を打った。もちろん彼女はそのすべてを知っている。実際、シンクレアにそうしろと勧めたのはフランチェスカ自身だが、社交界の噂話としてルシアンの口から聞かされると、動かしがたい決定的な事実のように聞こえた。「それで、噂ではシンクレアを特定の女性と結びつけているの？」

「たびたび耳に入るのは、コールダーウッド卿の長女の名前だね」

「レディ・メアリね」

「そのとおり。内気な女性だが、公爵とは驚くほど楽しそうに話しているのを何度か目撃されている。それに、公爵は彼女の屋敷を訪れ、自分の馬車でハイドパークに誘いだした。どれもみな、彼にしてはまったく珍しいことだ」

フランチェスカは肩をすくめた。「そうね。でも、結婚に結びつけるにはじゅうぶんとは言えない気がするわ。ロックフォードはこれまで結婚にはまったく関心を示さずに、独身で通してきたんですもの」

「ああ、そのとおり。だからこそ、みんながこんなささいな兆候に目を留めて、公爵が花嫁を探している証拠だと騒ぎたてているのさ。これまで公爵は、慎重に自分の名前が特定の若い女性と結びつけられるのを避けてきた。そのせいで、取るに足らないことでもおおげさに取り沙汰《ざた》されるのだな。ほかの男なら、ひとりの女性をせっせと訪れ、花や、散歩や、自作の詩で求愛して、初めて噂にのぼるんだが、公爵の場合は、二、三度訪問すれば、それだけで詮索《せんさく》の種になる」

「でも、少し早急すぎないかしら。頻繁に外出するのは、カリーがいなくなって、ひとりでいるのが寂しいからかもしれないわ」

「その可能性はあるね。しかし、たんに話し相手が欲しいのなら、〈ホワイト〉で過ごす時間が増えるのがふつうだろうな。妙齢の女性と過ごすのではなく」

フランチェスカは少しうわの空でうなずき、広間を見まわした。シンクレアの姿はどこにも見えないが、代わりにメアリ・コールダーウッドが妹のひとりと一緒に壁際に座っているのが目に留まった。

すぐ横で、ルシアンがフランチェスカの視線をたどった。「もちろん、レディ・メアリと結婚するとなると、コールダーウッドが義理の父親になるのを我慢しなくてはならない。これは大きな障害になる」

フランチェスカは微笑した。「妻選びの条件とは、あまり関係がなさそうだけど」

「そうかな？　義理の父親ともなれば、まったく話をせずにすますわけにはいかないだろう？　コールダーウッドは死ぬほど退屈な男だよ」

「たしかに。ロックフォードにそう忠告してあげたらどう？」

ルシアンは鼻を鳴らした。「公爵の妻選びに口をはさむ？　とんでもない。そんなことは考えるだけでもごめんだね。わたしの命などたいした価値はないと言う人々もいるだろうが、本人にとってはこのうえなく大切なんだ」

フランチェスカは首を傾《かし》げ、メアリとその妹をしばらく見ていた。「ロックフォードには、彼女は少し……おとなしすぎないかしら？」

ルシアンはメアリ・コールダーウッドに目を戻した。「どうかな。とても内気な娘だが、よく知るようになれば、ウィットに富んだ会話が楽しめるのかもしれない」

「あんなに内気では、公爵夫人に要求される社交的な義務を果たせるとは思えないわ。誰かに紹介されると、真っ赤になって目を伏せてしまうんですもの」

「とても控えめで愛らしい、と言う人もいるかもしれない」

「それに、ロックフォードが惹《ひ》かれるだけの容姿でもないわ」

「おや、メアリに嫉妬《しっと》しているのかな？」ルシアンがやんわりと言った。

フランチェスカが振り向くと、ルシアンはにやにや笑っている。「ばかばかしい。どうしてわたしが嫉妬するの？」

ルシアンはこれには答えずにじっとフランチェスカを見つめ、それから告げた。「実はもうひとり、公爵の関心を引いた女性の名前が噂にのぼっている」

「あら、それは誰なの？」フランチェスカは驚いて尋ねた。

「レディ・ホーストン」

思いがけないルシアンの言葉に、フランチェスカは一瞬、ぽかんと彼を見つめ、かん高い声で口走った。「わたし？　なんてばかばかしい」あきれてくるりと目をまわす。「ロックフォードとわたしは、ずっと昔からの知りあいよ」

「長いこと知っていたからといって、結婚の妨げになるとはかぎらないさ」

「わたしたちはお友達なの、それだけよ」

「友人同士が結婚しない、とも言えない。もっとも、式を挙げたあとはもうただの友人ではなくなるが」ルシアンは言葉を切り、それからこう付け加えた。「最近、きみと公爵がこれまでよりずっと親しくしていることは否定できないはずだよ」

「どういう意味かしら？」舞踏室のなかが急に暑くなったような気がして、フランチェスカは扇を開き、静かにあおぎはじめた。

「ロックフォードはレディ・メアリを馬車でハイドパークに連れだしたが、きみのことも同じように連れだした」

「一度だけよ」フランチェスカはすばやく言った。

「レディ・メアリと同じように」ルシアンがすばやく切り返す。「きみは何度か彼と踊った」

「ロックフォードがわたしと踊るのは、珍しいことではないわ」

「二週間に三回も？」

「あきれた、数えていたの？」フランチェスカはうんざりした顔でルシアンを見た。「そんなに回数が多くなったのは、ロックフォードがこれまでよりずっと多くの舞踏会に顔を出しているからでしょうね」

「それに彼は何度かきみのところを訪れた」

「友人だからよ」

「この何年かのあいだに彼が訪れたのは何回だい？」

フランチェスカは急いで記憶を探り、しばらくして認めた。「思い出せないわ。でも、何度も訪れたことは確かよ。一月にもたしか一、二度来たはずだわ」

「妹を連れずに来たのは何回だい？」

「いやね、ルシアン。そんな細かいことまで覚えているわけがないでしょう？」フランチェスカはうんざりした目で彼を見た。「まさか、ばかげた噂に油をそそぐようなことを、ぺらぺらしゃべっているんじゃないでしょうね」

「もちろんそんなことはしていないとも。きみのことは一度だって噂の種にしたことはない」ルシアンは心外だという顔をした。「しかし、いつもと違うことに目が留まるのは人情だよ。それに友人なら、何かが起こっていれば真っ先に話してくれると——」

「いい加減な憶測はやめてほしいわね。わたしが何も言わないのは、話すことなど何もないからよ。ロックフォードはわたしに関心など持っていないし、わたしは嫉妬などしていないわ」

ルシアンはまたしてもじっとフランチェスカを見たあとで、ようやく譲歩した。「いいだろう。何か訊《き》かれても、これまでどおり曖昧《あいまい》な顔を続けることにしよう」

「ルシアン！　誤解を解いて、きっぱり否定してちょうだい！」

「とんでもない。興をそぐようなことばかり話していたのでは、夕食にありつけなくなる」

フランチェスカはつい笑ってしまった。ルシアンはオクスムーア伯爵夫人にまつわるゴシップのことを話しはじめた。伯爵夫人は、オクスムーア卿が妻の肖像画を描《か》かせるために雇った画家と熱々だというのが、もっぱらの噂なのだ。フランチェスカは半分うわの空で聞きながら、またしても広間を見渡した。

壁際に座っているメアリ・コールダーウッドはひとりになっていた。あの娘と話すには絶好の機会だ。

「失礼」ルシアンのおしゃべりが最初に止まった瞬間に、急いで言った。「ちょっと話さなくてはならない人がいるの」

そう言うなりルシアンのそばを離れ、彼が自分に投げた詮索するようなまなざしには気づかずに、メアリが座っている場所へと椅子のあいだを縫っていった。

まっすぐメアリ・コールダーウッドのところに行ったように見えるのは避けたかったから、あちこちで挨拶《あいさつ》の言葉をかけ、途中で一、二度立ちどまり、知人のドレスや髪型を褒めた。そしてじゅうぶん近づいたと判断すると、彼女がそこに座っていることにたったいま気づいたように、初めてメアリに目を向けた。

「レディ・メアリ」フランチェスカはにこやかにほほえみ、メアリに歩み寄った。「またお会いできて嬉《うれ》しいわ」

メアリはぱっと立ちあがり、すばやくフランチェスカに向かってお辞儀した。「レディ・ホーストン、こんばんは。あの、わたしもとても嬉しいですわ」

メアリはそう言ったきり、赤くなってうつむいた。

フランチェスカはそれに気づかないふりをしながらいぶかしんだ。この娘がシンクレアとあんなに楽しそうに話せるなんて、いったいどういうことなの？　メアリよりずっと勇気のある人々でも、シンクレアの前では萎縮《いしゅく》するのに。フランチェスカはメアリのすぐ横の椅子に座った。メアリも再び腰をおろしたものの、少し警戒しているように浅く座った。

「先週のささやかな夜会にいらしてくださって、とても嬉しかったわ」フランチェスカは言った。

メアリの顔はさらに赤くなった。「ええ、そうね。いえ、ごめんなさい。こう言うべきだったわ。あの、ご招待くださってとても嬉しかったわ、と。わたしたちを」

「楽しんでいただけたかしら?」フランチェスカは真っ赤な顔も、メアリが口ごもっているのも無視して続けた。

「ええ、とても美しかったわ」メアリはまるで痛みに耐えているような笑みを浮かべ、すぐに目をそらした。

「ご両親もお元気でしょうね」フランチェスカは社交界の定石どおり、礼儀正しく尋ねた。

メアリは〝ええ〟とか〝いいえ〟とか答えるだけ。少しも会話を維持し、フランチェスカが訊きたい話題に持ちこむ役に立とうとはしなかった。見るからに気づまりなメアリの様子に、話しつづけている自分がひどく残酷に思えて、フランチェスカは社交的な会話をあきらめ、突然話題が変わったことにメアリが気づかないことを願いながら思いきってずばりと言った。

「夜会では、ロックフォード公爵ととても話が弾んでいたようだったわね」

すると、まるで魔法の呪文《じゅもん》を唱えたかのように、メアリの態度が一変した。ぱっと顔を上げ、丸い眼鏡をきらめかせ、内側から輝いているような顔でフランチェスカを見つめた。

「ええ、公爵はとてもすばらしい方ですわ」

「とても賞賛すべき男性ね」フランチェスカはため息を呑《の》みこみながら同意した。どうやらこの娘は、シンクレアにすっかり夢中のようだ。もちろん、不思議でもなんでもないことだけれど。シンクレアは並はずれてハンサムなだけでなく、機知に富んでたくましく、女性の理想を絵に描いたような男性だ。どんな娘でも、彼に夢中にならずにはいられないだろう。たとえ、メアリ・コールダーウッドのような本の虫でも。

メアリは勢いよくうなずいた。「とても親切で、思いやりのある方。いつもは、あの、あなたも気づいていらっしゃるでしょうけど、わたしは人と話すのがとても苦手なんです。でも、あのときは、自分でも気づかないうちに夢中でしゃべっていたんですもの」

フランチェスカは〝ええ、そうね〟と言うように穏やかにうなずいたものの、内心はこの言葉に驚嘆せずにはいられなかった。カロライン・ワイアットも、メアリと同じように、公爵は話しやすい相手だと言うかしら？　ちらっと皮肉な思いが浮かぶ。でも、相手が自分の気に入った娘なら、シンクレアの態度もまるで違うのかもしれない。

「でも、あなたは、もちろん、よくご存じですわね。公爵とは古いお友達なんですもの。そのあなたにこんなことを言うなんて、わたしったら、ほんとにばかだわ」メアリは自分を卑下するように微笑した。

「たしかに昔からのお友達よ」フランチェスカは無理して笑みを浮かべ、胸のなかに突然できた固いしこりを無視した。「彼はすばらしい紳士だわ」

メアリは輝くような笑みを浮かべた。「ええ、ほんとに。わたしはとても幸運でしたわ」

フランチェスカは必死ににこやかな笑みを保とうとした。この娘は、そんなに確信があるの？　自分の魅力にそんなに自信があるの？　公爵の心をつかんだことに？　これがほかの女性なら、フランチェスカはいまの言葉を愚かで傲慢《ごうまん》だと思ったかもしれない。だが、メアリ・コールダーウッドは傲慢な娘ではなかった。ただ世間知らずで、公爵が実際に結婚を申しこむまでは、これほどはっきり宣言すべきではないことを知らないだけだ。

でも、わたしに言わないだけで、シンクレアはすでに結婚を申しこんだのかもしれないわ。この思いが頭に浮かんだ瞬間、フランチェスカは鋭いナイフで切られたような痛みを感じた。

これ以上ここに座って、幸せではち切れそうな声を聞き、目が嬉しそうに輝くのを見ているのに耐えられず、フランチェスカは微笑を浮かべ、社交辞令をいくつか口にして逃げるようにその場を離れた。自分が何を言ったかもよく思い出せなかった。

人ごみから離れて廊下を少し歩くと、ありがたいことに人のいないアルコーブが見つかった。彼女はそこに腰をおろし、深く息を吸いこんだ。

ルシアンが正しいのだろうか？　わたしは嫉妬しているの？　さきほどルシアンに言ったように、ばかばかしいと笑い飛ばしたかったが、笑えなかった。シンクレアのために舞踏会の計画を練りながらも、ずっと頭にこびりついていた〝婚約発表の場になるかもしれない〟という言葉がよみがえってくる。シンクレアにメアリを愛してほしくないと願うのは、ひどいわがままだ。メアリには何ひとつ悪いところはない。実際、とてもやさしい、気立てのよい娘に見える。しかも、明らかにシンクレアを愛している。シンクレアはあの娘の愛を受けとり、幸せになる権利があるわ。フランチェスカはそう自分に言い聞かせた。メアリ・コールダーウッドは彼のよき妻になるに違いない。わたしはこうなることを願っていたのよ。そうでしょう？

だが、ふたりが結婚することを思うと、きりきりと胸が痛むことも否定できなかった。シンクレアが恋をしていると思うだけで、胸のなかで激しい感情が渦巻く。

こんなふうに思うのは間違っている……不道徳だ。こんな醜い気持ちになってはいけない。フランチェスカは自分に言い聞かせた。この邪悪な思いと闘わなくては。自分の手に入らないから相手の不幸を願うような女性にはなりたくない。

それくらいはできるはずよ。わたしは深慮のある女ではないかもしれない。でも、意地の悪い女でも、邪悪な女でもないわ。この花嫁探しを始めたのは、シンクレアに幸せになってほしかったからだ。その気持ちはいまでも変わらない。彼がメアリ・コールダーウッドと結婚して幸せになれるなら、どうにかしてこのどす黒い嫉妬を克服し、彼のために喜ばなくては。

でも、どうすれば克服できるの？

パーキンスが突きつけた期限の最終日が、目前に迫っていた。が、フランチェスカはそのことを考えるのを拒んでいた。奇跡が起これば別だが、パーキンスが要求する金額はとても用意できない。となると、残る選択肢はふたつだけ。あくまでこの家を立ち退《たちの》かずに闘うか、おとなしく出ていくかだ。それを考えるだけで心が震えたが、追いつめられれば自分がどちらを選ぶかはわかっているつもりだった。ほかはともかく、フィッツアラン一族は昔から戦士だった。

恐ろしい選択肢のことを考える代わりに、フランチェスカはシンクレアの舞踏会の準備で気をまぎらせることにした。しばらくすると、シンクレアの有能な執事クランストンと自分が立てた計画を話しあう必要があることに気づいた。クランストンに手紙を届け、こちらに足を運んでもらうこともできる。彼女の立場ではそれがいちばん適切だが、フランチェスカはそれよりも、自分が出向くことにした。メイジーを一緒に連れていけば、社交的なルールを無視していることにはならない。それに、実際に舞踏室で彼女のアイディアを説明したほうが、言葉で説明するよりもはるかに簡単だ。

もしかすると公爵と顔を合わせるかもしれないが、ハヴァースリー家の夜会のあと、フランチェスカは自分の気持ちにしっかりとたがをかけていた。嫉妬という悪魔は、もう自分の胸には巣くっていないという確信がある。一時的に翻弄《ほんろう》されたものの、理性が感情に打ち勝ったのだ。それにシンクレアが留守だという可能性もある。

リールズ家に到着すると、公爵は不在だった。申しぶんないわ。フランチェスカはそう自分に言い聞かせた。クランストンは上手に隠しているものの、彼女が訪れたことに驚いているようだった。フランチェスカとメイドのメイジーがリールズ家の戸口に立っているのを見た瞬間、青い目に好奇心らしきものが浮かんだ。だが、公爵が予定している舞踏会のことで、クランストン自身に相談に来たのだと告げると、注意深く張りつけた礼儀正しい表情は、たちまち満面の笑みに変わった。クランストンのこんな顔は初めて見るわ、とフランチェスカが内心思ったくらいだ。

「ええ、喜んでお手伝いさせていただきます。わたしの手元には座席表もございますし、舞踏室の見取り図もございますから」

「まあ、すばらしいわ」フランチェスカは目を輝かせ、ちらっと思った。フェントンが聞いたら悔しがるほどの有能ぶりだ。「どこかに座って話せるかしら？」

「もちろんですとも。よろしければ、召使いたちが集まるホールにテーブルがございます。わたしはほとんどの計画をそこで立てるのですよ。それとも、あの、図書室のほうがよろしいでしょうか」

「いいえ、ホールのテーブルでかまわないわ」フランチェスカはにこやかに答えた。

メイジーはお茶を飲みながら噂話をするために、さっさと奥に入ってしまった。この前訪れたときに、カリーを褒《ほ》め称《たた》えて家政婦の友情をかち得たのだ。クランストンが描いた舞踏室の見取り図を前にして、フランチェスカは召使いたちが食事をする部屋のテーブルについた。

キッチンとは短い廊下で隔てられたこの食堂は、とても居心地のよい場所だった。鍋《なべ》やフライパンがぶつかる音や、キッチンで働く者たちの声が聞こえてくるものの、どの音もくぐもった背景音でしかない。クランストンはフランチェスカのためにお茶とポット、ビスケットをのせた小皿を運んでくると、彼女の斜め後ろに控えた。

「どうか座ってちょうだいな、クランストン」フランチェスカは自分のすぐ横の椅子を示した。

「ありがとうございます、しかし……」

クランストンが微に入り細に入り正しい手順に固執する男だということは承知しているが、この何年か、膝の関節がこわばり、つらい思いをしていることもわかっていた。年老いた召使いの扱いはお手のものだ。

「座ってちょうだいな。そのほうが話しやすいの。いちいち首を伸ばして、あなたを見上げなくてすむもの」

「もちろんです、奥様。そうおっしゃるのでしたら」

執事はフランチェスカのすぐ横に腰をおろした。が、いつでもぱっと立てるように浅く座り、椅子もわずかにフランチェスカより後ろに引いた。

「ざっとゲストの名前を書きだしてみたの」フランチェスカはテーブルにリストを置いた。「うっかり見落としている人がいないか、間違った人が載っていないか、目を通しておいてもらえるとありがたいわ」

「奥様の判断に間違いはないと存じますが」クランストンはそう言ったものの、フランチェスカが書いてきたリストをあとで見るために横に置いた。

フランチェスカは鉛筆を手にして、自分が考えた飾りつけを見取り図の上に描きはじめた。クランストンは同意するようにうなずきながら、ひとつひとつメモを取っていく。

それがひととおり終わると、次は用意する軽食の話になった。この打ちあわせはコックにも同席してもらったほうがいい。クランストンと同じように、長年リールズ家に仕えてきたコックは、何十年もパン種をこね、スープをかきまわしてきた太い腕の、白髪交じりの丸々とした女性だった。フランチェスカが知っているほとんどのコックと同じように、自分の領分を人におかされるのを嫌うと見えて、少しばかり用心深い顔で食堂に入ってきたが、フランチェスカの人懐っこさがいつもの魔法を発揮して、すぐにクランストン同様、彼女の提案にうなずいていた。

「おやおや」戸口で洗練された男性の声がした。「きみはうちの召使いを引き抜きに来たのかい、レディ・ホーストン？　ぼくは腹を立てるべきかな？」

食堂で熱心に話しこんでいた三人が、驚いてくるりと振り向くと、シンクレアが口元に笑みを浮かべ、ドア枠にもたれていた。

「そうしたいのは山々だけど、そんなことをしたら、うちの召使いにつるしあげられるわ」フランチェスカはにこやかに応じた。

またしても、この前ここに来たときと同じ思いが浮かんだ。シンクレアと結婚していたら、こういうことが日常茶飯事だったに違いない。ふと顔を上げたら、彼が戸口に立ってわたしを見ている。そんな喜びを何度経験することができたかしら？

「引き抜きに来たのではないとすると、例の舞踏会の打ちあわせかな？」シンクレアは言葉を続けた。

「そうよ。どこをどう飾るつもりか聞きたい？」

「舞踏室で説明してくれないか」彼は提案した。「よかったら、そのあと一緒にお茶を飲もう」

「ええ、すてき」フランチェスカは心からそう答えた。

「クランストン、朝の間でお茶を飲むよ。二十分後に」

クランストンはうなずき、コックとふたりですばやくキッチンに引きとった。シンクレアはフランチェスカに顔を戻して腕を差しだした。ふたりは長い廊下を玄関へと戻り、それからもっと長いギャラリーを舞踏室へと向かった。

「どこにどういう飾りつけをするか、実際に舞踏室でクランストンに見てもらったほうがいいと思ったの」シンクレアはクランストンを呼びつけるのではなく、フランチェスカがここに出向いたのを不思議に思っているかもしれない。フランチェスカは早口に説明した。「でも、彼の手元には、何もかも記してある舞踏室の見取り図があったものだから、そこに描いて説明することができたのよ」

「あの男は驚くほど有能な管理者だからな。すべての家具の正確な位置を記した、あらゆる部屋の見取り図を用意しているに違いない。クランストンが見逃すことはひとつもないんだ。飾りつけやメニューに自分と同じように関心のある相手を見つけて、さぞ喜んだことだろうな。ぼくはそういうことにまったく無関心だからね。カリーがいなくなって、ずいぶん寂しい思いをしているに違いない」

フランチェスカは微笑し、シンクレアの腕を軽く握った。「あなたもね」

シンクレアは彼女を見て、かすかな笑みを浮かべた。「いつものように、きみの言うとおりだ。カリーがきみのところに滞在していたときに、妹の不在には慣れたつもりだったが、結婚して遠くへ行ってしまうのは、一、二カ月もすれば戻ってくるのとはまったく違うんだね。ブロムウェルと一緒にいて幸せなんだから、喜ばなくてはいけないことはわかっているんだが、彼の領地がヨークシャーのように遠いところでなければよかったと思うよ」

「少なくとも、マーカッスルはここよりもずっとヨークシャーに近いわ」フランチェスカはそう言って慰めた。

「ああ。家に戻ったら、おたがいにもっと行き来できるはずだ」

フランチェスカの胸を寂しさが刺した。シーズンが終われば、彼女はロンドンにひとりで残されることになる。でも、そんなことを考えるなんてばかげているわ。シーズンが終わったあとのロンドンでも、めったにひとりになることなどないのに。それに、パーキンスと夫の残した借金のせいで、ロンドンにいられるかどうかさえわからない。悪くすれば、実家のレッドフィールズに引きこもることになるのだ。

みじめな思いを振り切って、話題を変えながら舞踏室に入った。「あなたのパーティは聖ヨハネの祝日前夜《ミッドサマーズ・イヴ》にしてはどうかしら？　そして、ここを妖精《ようせい》の国のように飾りつけるの。クランストンは間に合うようにできると言ったわ。緑の葉をたくさん使って、その真ん中にあらゆる種類の白い花を飾るのよ」

網やチュールレースに銀のスパンコールをちりばめ、天井全体を優美に覆って花綱のようにたらし、光を反射させれば、この広間がどんなふうに様変わりするか、フランチェスカは楽しそうに説明しつづけた。しばらくすると、彼女は言葉を切り、眉を上げてシンクレアを見た。

「退屈させてしまったようね」そう言ってため息をつく。

「とんでもない。まるで妖精の国に行ったような気持ちになった」シンクレアは口の片端を持ちあげて、にやっと笑った。

「嘘《うそ》つき」

彼は喉の奥で笑った。「きっと楽しい舞踏会になるだろうな。誰もが目を眩《くら》まされるに違いない。そして踊り明かし、家に戻って、レディ・ホーストンほど楽しい舞踏会を催せる女性は誰もいない、と断言する」

「でも、これはあなたのパーティよ。わたしのではなく」彼女は指摘した。

「いや、そんな舞踏会を思いつける才能がぼくにはないことは、みんなひと目で見抜いてしまうさ。それほど優雅で、奇抜なパーティを思いつくのはきみぐらいなものだ。それで、きみはティタニアのように白と銀のドレスを着るのかい？」

フランチェスカは目を輝かせた。「ええ、仮装舞踏会にしてもいいわね」

シンクレアはうめいた。「いや。それはやめよう。仮装舞踏会は年に一度あればじゅうぶんだ。今年の初めにオデリア伯母が催したばかりだよ」

「あなたはなんの仮装もしなかったじゃないの！」フランチェスカは抗議した。「何かに扮《ふん》するのは、そんなに難しいことじゃなかったでしょうに」

「まあね。だが、顔を見るたびに仮装しろと責めたてられて辟易《へきえき》したよ」

フランチェスカはあきれて笑いながら首を振った。話しながら舞踏室を歩いていると、シンクレアが急に足を止め、彼女と向かいあった。彼がどうして立ちどまったのかわからず、フランチェスカはけげんそうに目を上げた。

「最初のダンスはぼくと踊ってもらうよ」

彼に見下ろされ、フランチェスカはなぜか急に恥ずかしさをおぼえて首を横に振った。

「きっと忙しいわ。いろいろと準備を監督しなくてはならないし、すべてが順調に運ぶように目を配る必要もあるもの。踊っている時間はないと思うわ」

「ばかばかしい。そういうことは、みなクランストンがやってくれる。きみはぼくと先頭に立って、ダンスを始めるんだ」

フランチェスカは彼を見上げた。黒い目には彼女の息が止まるような何かがきらめいている。「でも、その名誉は……若い女性のひとり、たとえばレディ・メアリのものになるべきよ」

「いや」彼は答えた。「きみしかいない」

そして驚いたことに、シンクレアはフランチェスカの手を取って、ワルツを口ずさみながら広間をまわりだした。フランチェスカは笑いながらそのリズムに合わせ、ふたりは広間をくるくるまわった。シャンデリアではなく、明るい陽光が降りそそぎ、まだなんの飾りもなかったが、少しのあいだフランチェスカは、まるで妖精の魔法にかかったような気がした。自分の手を取る強い、男らしい手の感触と、腰に添えられた指の感触が痛いほど意識される。やがて彼が立ちどまり、つかのま、ふたりは見つめあった。シンクレアが手を握り、腰に手をかけたまま、フランチェスカを見下ろす。踊っていた時間はそれほど長くはなかったのに、彼の呼吸は乱れ、せわしなく胸を上下させていた。じっと見つめてくる瞳が黒くきらめき、急に彼の手が熱くなり、彼の口が柔らかくなった。シンクレアの顔が近づいてくる。

キスするつもりだわ。離れるべきなのはわかっていたが、その代わりにフランチェスカは目を閉じた。

13

踊っていたときと同じ場所に両手を留《とど》めたまま、シンクレアは探るようにそっと唇を重ねた。フランチェスカを引き寄せようとはせず、ほかのどこにも触れようとせずに、唇だけで思いのたけを告げてくる。やさしく、焦がれるようなキスが彼女にせがみ、彼女をじらし、誘っていた。

フランチェスカは体を震わせた。爪先立って彼の首に両手を巻きつけたかった。彼の体にしがみつき、何もかも忘れ、用心も理性も投げだしてキスを返し、この身を投げだしたかった。シンクレアが別の女性に結婚を申しこもうとしていることも、自分の過去も忘れてしまいたい。このキスが自分をどこへ導くかも考えたくなかった。

だが、シンクレアから離れることができないとしても、前に進むのを自分に許すこともできない。ただこの瞬間を味わうだけ。はかない、甘いうずきを。彼の唇がもたらす歓《よろこ》びを。

ようやくシンクレアが顔を上げ、ふたりは黙って見つめあった。

広間の外の長いギャラリーで足音がして、シンクレアは彼女から離れた。召使いが戸口に現れ、お茶の支度ができたことを知らせる。シンクレアは何事もなかったように冷静な顔で腕を差しだした。

自分の顔にも落ち着きが戻っていることを願いながら、フランチェスカはその腕を取り、ふたりで広間をあとにした。シンクレアは召使いに従う代わりにフランスドアから外のテラスに出て横切り、別のドアを開けた。

「ここが朝の間だ」なかに入りながら告げる。「気に入っている部屋なんだよ。ちょうどいまぐらいの時間がいちばん好きなんだ」

フランチェスカには彼の気持ちがわかるような気がした。広々として、家具や調度も心地よく配置されている。テラスとその先の庭に面した高い、広い窓がとくにすばらしい。西日から守られたこの部屋は、ありがたいことに涼しく翳《かげ》り、目の前には美しい景色が広がっている。

「すてきだわ」彼女はつぶやいて、椅子と低いテーブルが置かれているほうに向かった。執事がそこにお茶のトレーを用意していた。

カップにお茶を注《つ》ぎながら、フランチェスカはまたしても、これが自分の生活だったかもしれないという思いに打ちのめされた。ここにこうしていることがとても自然で、しっくりとくる。向かいに座ったシンクレアの顔も自分の顔のように見慣れている。そして何年も一緒に暮らしたあとでも、ここの魅力は決して失われず、彼の存在も決してありふれたものにはならなかっただろう。いまと同じように、彼を見るたびに脈が速くなったに違いない。

ふたりはお茶を飲み、四角いケーキと小さなサンドイッチを食べながら、くつろいで会話を楽しんだ。舞踏会のこと、フランチェスカがその日の朝受けとった実家からの手紙のこと。ドミニクは春の種まきの結果に大いに満足し、妊娠七カ月になるコンスタンスも大きくなっていくお腹《なか》に満足しているようだった。

「レッドフィールズに行って、彼女と過ごすのかい？」シンクレアは尋ねた。

フランチェスカはうなずいた。「あと一カ月か一カ月半ほどこちらにいて、それから行くつもりなの。コンスタンスはわたしたちのほかには身寄りがないでしょう？ 苛立《いらだ》たしい叔父様とその奥方はいるけど、出産のときにあの叔母様にそばにいてほしいとはとても思えないもの。わたしの母も同じ。もちろん、わたしも赤ん坊の世話をした経験はないけど、それは乳母がしてくれるはずよ。少なくともコンスタンスの話し相手にはなれるわ」

「彼女にはとても大きな慰めになるに違いない。ひょっとしたら、向こうでまた会おう。ぼくも秋になる前にダンシーパークに行くつもりだから」

フランチェスカは少し驚いてシンクレアを見た。「ここに留まるんじゃないの？ 舞踏会で――」ふいに言葉を切る。

シンクレアはけげんそうに眉を上げた。「舞踏会で、なんだい？」

「なんでもないわ。わたしには関係のないことですもの。ただ……結婚式の準備をするつもりだと思って」

彼は少しのあいだ、じっとフランチェスカを見ていた。「結婚式の？」

「ええ。あなたがとうとう重い腰を上げたようだから。舞踏会で婚約を発表するつもりだと言ったでしょう？　それにメアリにかなり関心を持っているようだわ。彼女はすばらしい奥様になるでしょうね。つい先日もハヴァースリー家の夜会で、あなたを賛美していたわ」

「そうかい？」シンクレアは黒い眉を上げた。「それは興味深い」

「ええ、ほんとに」フランチェスカはいまではおなじみの嫉妬《しっと》がみぞおちを這《は》いあがるのを感じた。だが、それに翻弄《ほんろう》されるのはごめんだ。舞踏室でついさっき起こったことは関係ない。自分がどう感じているかも関係ない。

フランチェスカがメアリのことを話そうとすると、廊下で大きな声がした。何やら争っているようだ。静かで上品なリールズ家のなかでは珍しいことだったから、フランチェスカもシンクレアも口をつぐみ、ちらりとドアのほうを見た。

「彼に会わせてもらいたい！」苛立って高くなった男性の声がした。「何をしている途中でもかまうものか！」

男の言葉に、シンクレアの執事のなだめるような太い声が続く。だが、理性に訴えようとするクランストンの試みは、ほとんど効果を発揮していなかった。

もみあうような音を聞いてシンクレアが立ちあがり、ドアへと向かった。「クランストン、どうした」

「あなたに会う必要があるんだ！」フランチェスカに姿は見えなかったが、興奮した若い男の声はよく聞こえた。「わたしはキット・ブラウニング。クリストファー・ブラウニングです。なんの用事で来たか、あなたはご存じのはずだ」

「きみは明日の朝、来ることになっていたと思うが」シンクレアは顔をしかめてため息をつき、それから訪問者に入ってくるように合図した。「よろしい。クランストン、入ってもらいなさい」

シンクレアはフランチェスカを振り向いた。「すまない。すぐにすむはずだから」

クリストファー・ブラウニングが部屋に駆けこんでくると、フランチェスカは彼が英国国教会のつめ襟がついた黒いスーツを着ているのを見て少し驚いた。まるでずっとかきむしっていたように、細いブロンドの髪はすっかり逆立っている。細面の禁欲的な顔は青ざめ、緊張で張りつめていた。若い牧師は怖がっているようでもあり、腹を立てているようでもある。ブラウニングは自分よりも大きな公爵と挑むように向かいあった。

「あなたがこんなことをするのを、許すわけにはいきません！」彼はシンクレアにそう宣言した。

「ほう?」シンクレアはかすかな好奇心を目に浮かべ、若者をじっと見た。「何を許すつもりがないのかな?」

「彼女をあなたのものにするのを、です! あなたは尊大な物腰と、大きな屋敷と、莫大《ばくだい》な資産で、彼女の目を眩《くら》ませたかもしれない。しかし、そんなもので彼女を幸せにすることはできません。彼女は学問の好きな、物静かな女性です。暖炉のそばで好きな本を読むか、静かに小道を散歩するのが何より好きなんだ。公爵夫人として幸せになれる女性ではありません」

「なるほど」シンクレアは静かに答えたものの、口の片端をひくつかせ、笑いをこらえている。「きみが言っているのは、レディ・メアリ・コールダーウッドのことかな?」

「決まっているじゃありませんか! ほかに誰がいるんです? あなたはほかの若い女性にも、気をもたせるようなことをしているんですか?」

メアリ・コールダーウッドという名前を聞いて、いっそう好奇心をかきたてられ、フランチェスカは若者をもっと注意深く観察した。

「メアリ・コールダーウッドにしろ、ほかの女性にしろ、ぼくが気をもたせているとは気づかなかった。何を話しているのか、わかるように説明してくれないか」

「わたしが話しているのは、あなたが彼女に求愛していることです! わたしの耳には入らないとでも思っていたんですか！　町の噂《うわさ》は教会の神聖な会堂にも入りこんでくるんですよ」

「ああ、そうだろうな。そして、きみが教会で聞いた噂話というのは……」

「とぼけるのはやめてください！」ブラウニングは真っ赤な顔で怒鳴った。「あなたは金持ちで権力者かもしれないが、だからといって、ほかの人よりましな人間だということにはならない。わたしをばかにして笑って押しやる権利などありません！」

「ああ、たしかにきみの言うとおりだ」シンクレアは落ち着き払って答えた。「しかし、ぼくはきみをばかにしてもいなければ、笑ってもいない。まあ、きみの……猛々《たけだけ》しい態度に少し驚いたことは認めるが」

「ふん、なんの邪魔も入らずに、彼女をものにできると思っていたんでしょう。しかし、公爵、ぼくが断固あなたを阻止します」

「なるほど」シンクレアは唇に手をやった。若者の勇ましい言葉に必死に笑いをこらえているらしい。

「レディ・メアリはわたしを愛しています！　わたしたちは結婚するつもりです。教会で誓いあったわけではないし、彼女のお父様が反対されているけれど、約束を交わしているんだ。彼女はふたりの誓いを、わたし同様に神聖なものだと思っている。あなたとのことは、彼女のお父様が勝手にしていることだ。彼はレディ・メアリにあなたと結婚するよう無理強いしているんです」

　するとシンクレアは、メアリに結婚を申しこんだんだわ！　フランチェスカは大きな手に心臓をわしづかみにされたような気がした。

「親愛なるミスター・ブラウニング」シンクレアは言った。「そこまではよくわかったから、その先に進んでもらいたい。きみはお茶の最中に怒鳴りこんできたんだからね」

「わかっています！　あなたの執事にそう言われましたよ！」若者は鋭く言い返し、怒りに燃える目をフランチェスカに向けた。「わたしの愛するメアリに結婚を申しこんでおきながら、尻軽な女を口説いて――」

　若者の暴言に、フランチェスカは驚いて抗議しようと口を開けた。だが、その前にシンクレアが一歩前に出て、口数の多い若者ですらぴたりと口をつぐむような恐ろしい顔でにらみつけた。

「明らかにきみはレディ・メアリへの愛情から正気を失っているようだから、無礼な言動は許してもいい。しかし、ぼくの前でもほかのどこでも、この女性に悪意のある言葉を吐くことは許さない。わかったか？」

「え、ええ」ブラウニングはごくりとつばを呑《の》み、一歩あとずさると、フランチェスカをちらっと見てもごもごと謝った。「失礼しました」

　フランチェスカは鷹揚《おうよう》にうなずいた。このさい自分が侮辱されたことを問題にするよりも、この会話の先が知りたかった。

「よろしい。きみの……ぼくに関する問題のことだが」シンクレアは言葉を続けた。「明日の朝会いに来るようにきみを招いたことは、知っているのかな？」

「どうせレディ・メアリと婚約したことを言い渡すつもりでしょう。わたしがどんな男だと思っているんです？　彼女を奪われるのを、おとなしく見ているとでも？」

「明らかに、実際よりもましな判断力を持った男だと思っていたようだな」シンクレアは鋭く言った。「きみはレディ・メアリと話したのか？　ぼくがなぜきみと会うことにしたか、彼女から聞かなかったのか？」

「いいえ」ブラウニングはいくらかぎこちなく答えた。「彼女にはまだ会っていません。今日の午後、ハイドパークで会おうという手紙が届いたが、行かなかったんです。その前にあなたと対決する必要がありましたからね。何もせずに、ただ彼女から、あなたと結婚する、と聞かされることはとてもできなかった」肩に力を入れて顎を上げ、ブラウニングはシンクレアを正面からにらみつけた。

「彼女に会いに行っていれば、ぼくのところに受禄聖職者の空きがあると告げられたはずだ。それをきみに与えようと思っている。ダンシーパークにあるぼくの屋敷に近い、オヴァービー村の聖スウィジン教会だ」

牧師は呆然《ぼうぜん》とシンクレアを見つめた。それからぱっと顔を輝かせ、ついで自分がここに何をしに来たか思い出したように、さきほどよりもっと硬い表情になった。「もちろん、誰でも喜んで飛びつきたいような地位です。しかし、その職に釣られて、あなたがわたしの愛する女性と結婚するのを黙認することはできません」

「いい加減にしないか！」シンクレアは若者を一喝した。「これ以上この茶番につきあわされるなら、きみにその職を与えるのは取りやめる。きみを買収するつもりなどあるものか。なんと愚かな若者だ！　ぼくはレディ・メアリと結婚するつもりなどこれっぽっちもない」

ブラウニングがあんぐり口を開けてシンクレアを見つめる。フランチェスカも同じくらい驚いてシンクレアを見つめていた。

「しかし、みんながあなたは……彼女にダンスを申しこんだ、と」若者はつばを飛ばして言い返した。

「たしかにぼくはレディ・メアリと長い時間を過ごした。彼女がきみを称《たた》えるのを聞いてね」シンクレアはそう答えた。「ぼくが聞いた話から判断すると、彼女のそばにいるときには、きみは多少ともましな面を見せているに違いないな」

この言葉にブラウニングは赤くなった。フランチェスカは笑みがこぼれないように唇をぎゅっと結ばなくてはならなかった。重かった心は突然さっきよりも軽くなった。いまにもふわふわと飛んでいきそうなほどに。

「レディ・メアリは、きみとの結婚の道が閉ざされたいきさつをすっかり打ち明けてくれた。それにまた、家族を養っていける収入がない男に娘を嫁がせるわけにはいかないという、父親の当然の要求についても話してくれた。受禄聖職者になれば、きみは妻と家族を養うことができる。そうなれば、おそらくレディ・メアリの父親もきみの求愛に同意するだろう。ぼくはレディ・メアリに力を貸してほしいと頼まれ、つい最近空いた聖スウィジン教会の受禄牧師の職に関して、きみと話すことに同意したのだ」

ブラウニングはただそこに立って、シンクレアを見つめていた。自分に与えられたチャンスに気づくにつれ、彼の顔がしだいに明るくなり……それから軽はずみな行動でそれを台無しにしてしまったことを知って、恐怖が浮かんだ。

「そうでしたか」彼は消え入りそうな声でようやくそう言うと、再び肩に力を入れ、静かな声で謝った。「お許しください、公爵様。わたしは……これで失礼します」彼はシンクレアに頭をさげ、ついでフランチェスカに声をかけた。「奥様」

シンクレアは部屋を出ていこうとする若者に言った。「明日の朝十時に、もう一度来たまえ」

ブラウニングはくるりと振り向いた。「では、まだ……まだ、面接していただけるのですか？」

「ああ。愛は人を愚か者にする。きみとは、もっとよい……状況のもとで、もう一度話したい」

「ありがとうございます、公爵様」若者の表情が稲妻のように変わり、細面の顔には明るい希望が広がった。「心から……感謝します」

ブラウニングは感極まってそれしか言えず、もう一度頭をさげて部屋を出ていった。

「どうやらあなたは、自分の花嫁候補に夫を見つけてあげたようね」フランチェスカが明るい声でからかった。

シンクレアは振り向き、皮肉な笑いを浮かべた。「ぼくが見つけたわけじゃない。レディ・メアリに差しだされたんだ」

「でも、彼女がミスター・ブラウニングと結婚できるようにしてあげるつもりなのね」

シンクレアは肩をすくめ、フランチェスカの向かいの椅子に戻った。「ほかの男に恋をしている女性を口説くのは、あまり気が進まないからね」

「彼女を口説く気だったの？」

「努力はした」

「すると、ハイドパークを一周したのも、彼女を訪問したのも、みんな……」

「ミスター・ブラウニングと結婚したいという彼女の願いと、どうすればそれを達成できるかという話をするためだ」

どうりでメアリが公爵を称えたわけだわ！　こうなってみると、あの夜のメアリとの会話は、まったく違うふうに思えてくる。メアリが自分は幸運だと言ったのは、公爵に求婚されたからではなく、恋する相手と結婚できるように公爵が助けてくれたからだったのだ。

フランチェスカはくすくす笑った。「あなたに腹を立てるべきね。彼女に関心があるような口ぶりだったんですもの！」

「そんなことを言った覚えはないよ」

そうだった？　彼がなんと言ったのか、はっきりとは思い出せなかったが、メアリに関して完全な真実を言わなかったことは確かだ。シンクレアはメアリに恋人がいることも、その恋人に職を与える計画であることも黙っていた。

おそらく、その点に腹を立てるべきだろうが、フランチェスカは細かいことに文句を言う気にはなれなかった。

「まだ彼に聖スウィジン教会の牧師の職を与えるつもりなの？」

「たぶん」シンクレアは肩をすくめた。「あれだけ情熱的になれる司祭を迎えるのは、村人にとっても歓迎できる変化だろう。これまでの司祭は、自分の説教のあいださえ目を開けているのがやっとだったからね」

「彼は少しばかり、衝動的だと思わない？」

シンクレアの唇に笑みが浮かんだ。「たしかにそのとおりだな。今日の一件で、少しは学んでくれるといいが。明日も同じように精神的に不安定なようなら、この話は取りやめる。だが、彼は若いし、恋をしている。さっきも言ったが、恋する者は愚かな真似《まね》をするものだよ」

「ええ、そうね」フランチェスカは静かに同意した。そのことだけは、知りすぎるほどよく知っている。

彼女はまたとない上機嫌でお茶を飲みおえた。正直に言えば、もう少しシンクレアとふたりで過ごしたかったが、今夜はアラン卿《きょう》とハリエットと一緒にオペラに行く約束がある。そろそろ帰らなければならない。

ホーストン邸まではわずか数ブロックの距離だが、シンクレアはフランチェスカとメイジーに自分の馬車を使うように勧め、フランチェスカはとくに驚かずにこの申し出を受け入れた。そして贅沢《ぜいたく》な革の座席にゆったりと座り、馬車に揺られながら、今日の発見が何を意味するかを考えた。シンクレアはすでにアルシア・ロバートとカロライン・ワイアットをリストから除外した。そして今日は、メアリ・コールダーウッドにもなんの関心もないことが明らかになった。

シンクレアは本気で花嫁を見つけようとしているわけではないのかしら？　だとすれば、舞踏会で婚約を発表するつもりだというあの言葉は、いったいどういう意味なの？

残ったふたりのうち、どちらかが彼の関心を引く可能性はまだある。あるいは、すでに引いているかもしれない。なんといっても、ダマリスは誰よりも公爵夫人にふさわしい資質を持っているようだし、エドウィナ・デ・ウインターは候補者のなかでいちばん美しい。とはいえ、ふたりについて話すときのシンクレアの口ぶりには、恋をしている男の兆候はまったくない。それに社交界の噂によれば、彼が求愛している相手はメアリだけなのだ。

でも、真剣に結婚を考えているわけではないとしたら、なぜわたしに舞踏会の準備を手伝ってほしいと頼んだの？

それに舞踏会を婚約発表の場にするつもりなら、なぜわたしにキスしたの？

フランチェスカは物思いに沈みながら家に戻ると、まっすぐ二階に向かった。シャーボーン父娘との夜の外出に備えて、支度に取りかからなければならない。彼女はまず風呂に入り、メイジーがトレーで運んできた夕食を急いですませた。ひとりで夕食をとるときや、外出の支度をしなくてはならないときはとくにこうすることが多い。召使いもそのほうがらくだし、大きなテーブルにひとりで座って食事をしていると、ひどくばかげているような気がしてくるからだった。

彼女は鼻歌を歌いながら、鏡の前に腰をおろした。メイジーがその後ろに立つ。髪を美しく結うことにかけては芸術家並みのメイジーは、急がせられるのが嫌いだ。フランチェスカは宝石箱を開け、そのなかをちらりと見て翡翠《ひすい》のイヤリングを取りあげたものの、すぐにもとに戻した。そして箱の底に隠された小さな引きだしから、シンクレアが十五年前にくれたサファイアのイヤリングを取りだし、手のひらにのせた。

周囲の小さなダイヤモンドがきらめき、深みのある青い石を輝かせている。これをつけたことはまだ一度もなかった。最初はふたりの婚約が秘密だったから。そのあとはつけるのがあまりにつらすぎたから。やがて長い歳月が苦痛のほとんどを癒《いや》してくれたが、それでもつける気にはなれなかったのだった。

でも、こんなに美しい宝石をしまっておくのはとても愚かだわ。フランチェスカはふいにそう思った。とくに今夜は深い青のイヴニングドレスを着るのだもの。彼女はイヤリングをつけ、軽く頭を左右に振って、ダイヤモンドが光を反射するのを見守った。

「まあ、奥様」メイジーがその美しさに息を呑んだ。「とてもよくお似合いですよ。それに、今夜のドレスにはぴったりですね」

「わたしもそう思ったの」フランチェスカは鏡のなかのメイドにほほえみかけた。

「ブレスレットもおつけになるんですか？」

「どうしようかしら」フランチェスカはダイヤモンドとサファイアのブレスレットを取りだした。

さほど重いわけではないが、とても精巧な作りで、極上の宝石が使われている。シンクレアが選んだだけあって、とても上品で優雅だ。フランチェスカはそれを手首に滑らせて惚《ほ》れ惚《ぼ》れと見つめた。

「ええ、つけようかしら」

メイジーは青いイヴニングドレスを着る手伝いをした。深い青の下にそれよりも明るい青のアンダースカートを重ねた、薄くて軽いボイルのドレスだ。袖《そで》も同じように重ねてある。フランチェスカが靴をはこうとしていると、誰かが雷のような音で玄関のドアを叩《たた》くのが聞こえた。

メイジーとフランチェスカは驚いて顔を見合わせた。アラン卿が到着する時間にはまだ早い。それに、あんなに乱暴なノックをするはずがない。フランチェスカは何事かと寝室のドアを開けた。メイジーはフランチェスカの薄物のイヴニング用外套《がいとう》と、扇、手袋を取りだし、ベッドの上に並べていく。

突然けんか腰の大きな声が階下に響き渡り、フランチェスカは体をこわばらせた。声でわかったわけではないが、あんな怒鳴り方をする男はパーキンスしかいない。いったいあの男はなんの用があってやってきたのか？　土曜日まで待つ約束なのに。

みぞおちが硬くなるのを感じながら、フランチェスカはドアの取っ手を握りしめた。パーキンスが約束を守る男ではないことを、頭に入れておくべきだった。階下に行き、あの男の相手をするのは気が重い。彼女はつかのま、ためらった。フェントンに任せて、このまま二階に留まろうか。

だが、フェントンがパーキンスを追い払えるはずがないことはわかっていた。あの男がやってきた目的を果たさずに、おとなしく帰るとも考えられない。それどころか、老執事を押しのけて、彼女を捜しに二階まで上がってくるかもしれない。階下に行き、アラン卿が着く前になんとかする必要があった。

フランチェスカはため息をついて階段をおりていった。階下の声は近づくにつれて大きく、荒々しくなっていく。そして階段のカーブを曲がると、パーキンスが手を伸ばし、執事の胸倉をつかんで乱暴に揺すぶっているのが見えた。

「いいか、彼女はおれに会う。さもなきゃ、どうなっても知らんぞ！」

激怒したフェントンの顔が危険なほど紫色に変わるのを見て、フランチェスカは最後の何段かを駆けおりた。

「わたしはここにいるわ、ミスター・パーキンス。大声を出すのはやめてちょうだい」

パーキンスはフェントンを放し、くるりと振り向いた。すぐ近くに立ったフランチェスカは、パーキンスの目が血走り、顔がこの前見たときよりもむくんでいるのに気づいた。彼はアルコールのにおいをぷんぷんさせていた。

「ああ、そこにいたか」

「ええ」

「奥様」フェントンは怒りに震えんばかりに言った。

「ええ、フェントン。わかっているわ。あなたは彼を止めるためにできるだけのことをした。でも、わたしが話したほうがいいと思うの。どうぞ、こちらに来てちょうだい」フランチェスカは客間を示し、廊下を歩きだした。パーキンスは黙って従ってくる。

客間に入ると、フランチェスカは振り向いてパーキンスと向かいあった。「それで、どんなご用かしら？　今夜は出かける予定があるの。あなたが来るのは土曜日だと思っていたわ」

「土曜日まで待ちたくなくなったのかもしれないぜ」パーキンスは言い返した。「このあいだ、あんたにパーティから追い払われたあと、約束を守る気をなくしたんだよ」

彼は傲慢《ごうまん》な笑みを浮かべ、フランチェスカが座れとも言わないのにつかつかと椅子に歩み寄り、勝手に腰をおろした。

フランチェスカはこみあげる嫌悪を隠して向かいのソファに浅く腰をおろし、落ち着いた声で言った。「わたしは何も知らなかったのよ。でも、招かれもせずに押しかけてくれば、多少は無礼な仕打ちをされても仕方がないわ」

「ああ、あの尊大な公爵のことだからな」パーキンスはせせら笑った。「あいつはいつも、ほかの人間を見下している。ロックフォードがあんたのまわりをうろついていると知ったら、アンドルーが墓のなかでさぞかし気をもむことだろうよ」パーキンスは悪意に満ちた目でフランチェスカを見た。「あいつはあんたを次の愛人にでもする気らしいな」

フランチェスカはパーキンスの暴言に驚いて、鋭く息を呑んだ。続いて怒りがこみあげ、ぱっと立ちあがった。「口からでまかせを言うのはやめてちょうだい！　ロックフォードは決してそんなことはしないわ」

パーキンスは短く笑った。「どんな男でもするさ」

「いいえ」フランチェスカは硬い声で言い返した。「ロックフォードは名誉を重んじる男よ」

「名誉なんてなんの関係もない。関係があるのは欲望だ」

「あなたには、ロックフォードのような男を理解するのは無理でしょうね」

パーキンスは片方だけ眉を上げた。「男は男だ。どんなに立派そうな顔をしていてもな」

いやらしい笑みを浮かべて続ける。「まさかあんたは、あの男に結婚を申しこませることができると思っているんじゃないだろうな？」

「ばかなことを言わないで！」フランチェスカはくるりときびすを返し、パーキンスから離れた。

「わかってりゃいいのさ」パーキンスはかまわず続けた。「あいつは義務のためにしか結婚しない男だ」

フランチェスカは足を止め、振り向いて、精いっぱい尊大な調子で言った。「それはよくわかっているわ。安心してちょうだい。彼に結婚を〝申しこませる〟つもりはまったくないわ。それに、そういう個人的なことをあなたと話すつもりもない」

「いいとも。それじゃ、ビジネスの話をしよう。金はできたのか？」彼は胸の前で腕を組み、フランチェスカを見た。

怒りが不安に取って代わるのを感じながら、フランチェスカは彼を見返した。この二週間半、たえずつきまとっていた不安だ。パーキンスからはできるだけ離れているほうが気持ちが休まるが、彼女はあえて一歩前に出た。動物を相手にするのと同じで、こちらが怖がっているのを悟られないことが重要だという気がしたのだ。

「実は……」

声が震えているのに気づいていったん口をつぐみ、自分の声に厳しさを加えた。ついにそのときが来たのだ。なんとかパーキンスを説得して、この家を守らなければならない。

フランチェスカは再び口を開いた。「あなたと取り引きしたいの」

14

「へえ?」パーキンスはフランチェスカをいやらしい目で眺めまわした。「どういう取り引きだ?」

「とりあえず、そうね、二百ポンド渡すわ」思いきって切りだしてしまうと、フランチェスカはさっきより気持ちが落ち着いた。これはよくよく考えた末の結論だった。この家を奪われないためにはこれしかない。「その二百ポンドは、夫が借りたとあなたが主張している金額とは関係なく、お払いするわ。その代わりに、あなたはわたしに全額を都合するのに適切な時間をくれる」

「そうか?　で、適切な時間というのはどれくらいだ?」

「六カ月よ」

「六カ月だと?　いますぐおれのものにする権利のある家を、六カ月も待てと言っているのか?　奥方、あんたは自分の説得力を過大評価していると思うね」パーキンスは立ちあがった。

「取り引きに応じても、あなたに損はないはずよ」フランチェスカは急いで続けた。「わたしがお金を作れなければ、二百ポンドはあなたのもの」パーキンスには言えないが、その二百ポンドさえ、まだ全額はそろっていない。この男が同意すれば、馬と馬車を売って作るつもりだった。

「そして六カ月で五千ポンドのお金ができれば、二百ポンド余分に手に入ることになる」フランチェスカは続けた。「少し考えれば、あなたにとってもいい条件だということがわかるはずよ」

「すると何か？　あと六カ月も、おれはあんたをただでこの家に住まわせるべきなのか？」パーキンスはフランチェスカに近づいてきた。

フランチェスカはその場に踏み留《とど》まり、彼と向きあった。「ただとは言えないわ。二百ポンド払うわけですもの。半年の家賃にはじゅうぶんでしょう。それにこの方法なら、法廷で争う厄介もなければ、費用もかからない。法廷で争ってわたしからこの家を取りあげるのは、口で言うほど簡単じゃない。それはあなたにもわかっているはずよ」

「いま都合できないものを、六カ月でどうやって作るつもりなんだ？」パーキンスは尋ねた。「どうする気だ？　この家を売るのか？　それはおれでもできる。この家を手に入れたあとですぐな。そうすりゃご亭主に貸した金だけじゃなく、売買代金がそっくり手に入るんだ。それなのに、どうしてあんたが売るのを黙って見ている必要がある？」

「あなたがしていることは、非道な行為だからよ！」フランチェスカは言い返した。「夫が何年も前にした愚かな賭《かけ》を理由に、わたしからこの家を取りあげるなんて！」

「非道な行為だと？」パーキンスはいつもの苛立《いらだ》たしいせせら笑いを浮かべた。「あんたは昔からおれのことをばかにしていたっけ。おれが玄関から入ってきた瞬間から、顔に軽蔑《けいべつ》を浮かべ、この家が〝けがれる〟って顔をして見た。立派なご亭主にはふさわしくない友達だ、とな」

パーキンスは酒臭い息がかかるほど顔を近づけた。だが、フランチェスカは一歩もさがらず、注意深く礼儀正しい顔を張りつけた。

「あなたは愚かな真似《まね》をするようにアンドルーをたきつけた。アンドルーがあなたよりましだと言った覚えはないわ」

「言う必要はなかったさ。そのきれいな顔にはっきりと書いてあった。アンドルーの顔にもな。アンドルーは征服王と呼ばれたウィリアム一世のころから続くホーストン家の人間だが、おれは名もない地主の末の息子だってな。でも、おれの育ちは誰と比べたって遜《そん》色《しょく》はない」

「わたしが嫌ったのはあなたの育ちではなく、あなたが選んだ生き方よ」

「とにかく、おれはあんたのご立派なだんなと比べて何ひとつ劣っちゃいなかった」

「少しも自慢にはならないわ！」

「だが、アンドルーはあんたが結婚する気になるほど立派な男だったが、おれは笑顔のひとつにも値しなかった」パーキンスはさらにつめ寄った。彼の目に浮かんだみだらな表情に、フランチェスカは思わず一歩さがった。「おれが近づけば、あんたは離れた。ちょうどいまみたいに。おれが褒めても嘲笑《ちょうしょう》するだけだった。そしておれが触れようものなら、その手を払いのけた」

「何を期待していたの？」フランチェスカは言い返した。「わたしは夫のいる女よ。あなたと戯れるなんてとんでもない。夫はあなたの友人だったのよ。その妻に言い寄るなんて、最も卑しい行為だわ」

「最も卑しいだと？」パーキンスにもう一歩近づかれ、フランチェスカはもう一歩さがった。すぐ後ろに壁がある。向きを変えずにこのままもう一歩さがれば、壁にぶつかることになる。

だが、パーキンスは片腕をさっと突きだして壁に手をつき、フランチェスカの行く手をさえぎった。「逃げることはないさ。おれからあんたに、ひとつ条件を出そうじゃないか」

フランチェスカはパーキンスを見た。心臓が早鐘のように打ち、突然みぞおちが冷たくなったが、必死に虚勢を張り、冷ややかな表情を保とうとした。怖がっていることをこの男に知らせるのはごめんだ。パーキンスはそれを見たがっているに違いないのだ。

「どういう条件かしら？」自分の声が氷のように冷たいのを聞いて、フランチェスカはほっとした。

「あんたはここに住みつづけてもかまわない。部屋代もいらない。二百ポンドもいらない。借金だってちゃらにしてもいい……しばらくしたらな」冷たい声が響く。パーキンスの目に浮かんだ表情に、フランチェスカは吐き気を感じた。彼は空いているほうの手を上げ、人差し指でフランチェスカの頬をなでた。「あんたはそのお返しに、この家で愛人になるだけでいい」

フランチェスカはこの申し出に仰天して、呆然《ぼうぜん》と彼を見つめた。

「そんなにショックを受けることはないだろ。あんたみたいな女が、贅沢《ぜいたく》な暮らしを続けるために毎日していることさ。しゃれた言葉と儀式で包んで体を売っているんだ。アンドルーとはそうしていた。ロックフォードともそうする気だろ。ここを出ていきたくなければ、おれともするんだな」

フランチェスカはようやく体の麻痺《まひ》が解け、ぱっと彼から離れた。「冗談はやめて！」

「いいや。おれは本気さ」パーキンスは愉快そうな声で嘲《あざけ》るように続けた。「少し考えれば、あんたにとってもいい条件だってことがわかるはずだ」パーキンスはフランチェスカの言葉をそのまま投げ返した。

「わたしは決してあなたの愛人になどならないわ」酩酊《めいてい》しているパーキンスにもはっきりわかるほどあからさまな嫌悪を顔に浮かべ、フランチェスカは鋭く言い返した。「そんなことをするくらいなら、飢え死にしたほうがましよ！」

「そうか？」突然ぞっとするほど冷たい表情になるなり、パーキンスはフランチェスカの腕をつかんだ。「試してみようじゃないか」

乱暴に引き寄せられ、フランチェスカは前に倒れかけて彼の胸にぶつかった。パーキンスは腕を放して片方の腕で荒々しく抱き寄せると、もうひとつの手で顔をつかみ、上向けた。

恐怖にかられたフランチェスカはパーキンスの足の甲を思いきり踏みつけた。踵《かかと》のある靴をはいていてよかった！　パーキンスが小さな声をあげる。腕の力が自然と緩み、フランチェスカは身をよじって彼から逃れた。

暖炉へと走り、火かき棒をつかんで、威嚇するように振りまわしながらくるりと彼に向きあう。「出ていって！　さもなければ、放《ほう》りだすわよ！」

「へえ？」パーキンスは鼻で笑いながら近づいてきた。「あのおいぼれ執事が、おれを放りだせると思うか？　できるもんならやってもらおうじゃないか」

「そこで止まりなさい！　わたしに触れたら監獄行きよ！　また大陸に逃げだすはめになりたいの？」

「おれの女にしてしまえば、そんな大口は叩《たた》かなくなるさ」パーキンスはそう言ってぞっとするほど冷たい笑みを浮かべ、もう一歩踏みだした。「その鼻っ柱を折るのはさぞ楽しいことだろうよ」

パーキンスが突進してきた。フランチェスカは悲鳴をあげながら、渾身《こんしん》の力をこめて火かき棒を振った。驚いたことに、小気味のよい音がするほど強くパーキンスの上腕にあたった。だが、再び振りあげようとすると、パーキンスに奪いとられ、後ろに放り投げられた。火かき棒が音をたてて小さなテーブルの上に落ちる。

フランチェスカは悲鳴をあげて逃げようとした。彼は後ろから飛びつこうとしたが、ここに来る前に飲んできた何杯ものアルコールのせいで目測を誤り、片足を椅子の脚に引っかけて、勢いよく膝をついた。どうにか立ちあがったとき、かちりと銃の撃鉄が上がる音がした。

「そこを動くな。さもないと風穴が空くぞ」フェントンはいつもより少しばかり興奮した声で言い渡した。

フランチェスカもパーキンスも、その声のほうにぱっと顔を向けた。これほど怖くなければ、老執事がいつものように髪ひと筋乱れぬ姿でアンドルーの決闘用ピストルを構えているのを見て、笑いだしていたかもしれない。フェントンの横には鉄のフライパンを構えたコックが控えていた。

彼らがまるで活人画のように言葉もなく立ちつくしていると、階段を駆けおりてくる足音がして、メイジーと客間係のメイドが部屋に駆けこんできた。メイジーははさみを、もうひとりのメイドは箒《ほうき》をつかんでいる。最後に鍋《なべ》磨きの少年まで、コックの大包丁を両手に握りしめて駆けてきた。

フランチェスカは忠実な召使いたちの姿を見て涙ぐんだ。「ありがとう、フェントン。みんな。ミスター・パーキンスはお帰りになるところよ」

パーキンスは憎しみもあらわにフランチェスカをにらみつけた。「これで勝ったつもりか？ おれが静かに消えるとでも思っているのか？ いいだろう、あんたは選んだ。その結果を抱いて生きるんだな。さっきの申し出は撤回させてもらう。あんたはおれの愛人にしてくれ、と懇願することになる」

「そんなことは決してするもんですか！」

「そうか？」パーキンスの顔が怒りにゆがんだ。「通りに放りだされたあとでも、強がりが言えるかな？ ご立派な友達の前で辱められても。金もなく、家もなく、債務者の牢獄《ろうごく》にぶちこまれるか、もっとひどい運命に直面しても」彼は苦笑した。「ああ、どこかの屋根裏部屋で、凍えそうになりながら、なんとか食べるものをかき集めようとしている姿が見えるようだな。どうやって生きていくつもりだ？ お針子にでもなるか？ 暖を取る石炭や薪《まき》も、灯《あか》りさえ満足にない部屋で、しもやけになった指でひと針ずつ目を細めて縫うのか？ それとも帽子屋の売り子にでもなって、昔の友達に帽子を買ってもらうか？ だが、彼らはあんたを雇っちゃくれないぜ。わかっているだろ？ そういう下賤《げせん》な仕事さえな。たとえあんたがプライドを呑《の》みこんで頼みに行っても、誰も雇ってなどくれるもんか。あんたは家庭教師になれるほど賢くない。どこの奥方があんたを雇ってくれる？　それにお針子にもなれない。そんなに仕立てがうまいわけじゃないからな。床をこするか？　料理をするか？　皿を洗うか？」彼はまたしてもせせら笑った。「あんたには雇ってもらえるような技術は何ひとつない。生計を立てるにはその体を開くしかないんだ」

「黙りなさい！」フランチェスカは怒りに震えて叫んだ。「黙って、わたしの家から出ていきなさい！　ここにはもう二度と来ないで！　わかった？」

「ああ、よくわかったとも」彼は答えた。「今度はおれの言うことを聞いてもらおうか。明日の夜までにここを出なければ、おれが奪いとる。そのときは、召使いにも」パーキンスは軽蔑するようにドアのすぐそばにかたまっている召使いたちを見た。「邪魔はさせないぞ」

彼は捨て台詞《ぜりふ》を残し、ドアに向かった。戸口の召使いたちが急いで脇《わき》に寄る。フェントンは注意深くパーキンスの手が届かない距離を保って、ピストルを構えたままそのあとに従っていった。

ふいに脚の力が抜け、フランチェスカは沈みこむように椅子に座った。召使いはみなパーキンスのあとをついていったが、メイジーだけは急いでフランチェスカに駆け寄り、心配そうな顔で椅子のそばに膝をついた。

「大丈夫ですか、奥様?」

フランチェスカはうなずいた。彼女はまだ震えていた。頭のなかが真っ白で、何も考えられない。わっと泣きだしたかったが、子供のころから植えつけられた礼儀作法のおかげで、どうにかメイジーに返事をした。

「もちろんよ」そして涙を呑みこんで付け加えた。「このまま部屋に引きとるわ」

両脚が二階の寝室にたどり着くまで自分を支えてくれることを願いながら、フランチェスカは立ちあがった。メイジーもぱっと立った。「お手伝いしましょうか？」

フランチェスカは首を振り、どうにか笑みらしきものを浮かべた。「大丈夫。ただ、少しひとりになって考える時間が必要なだけ」

彼女は客間を出た。メイジーが不安そうにすぐあとをついてくる。玄関にかたまり、何やら小声で話していたほかの召使いたちは、フランチェスカが客間から出ていくと、ぱっと離れた。フェントンが前に進みでた。ほかの四人はその後ろに留まり、顔に不安と同情を浮かべてフランチェスカを見ている。

「奥様、わたしに何かできることがございましたら……」フェントンが慎重に切りだした。

彼の顔は心配のあまりこわばっている。

「ありがとう、フェントン。アラン卿《きょう》がお見えになったら、わたしは行けなくなったとお断りしてくれる？」

「もちろんです、奥様」フェントンは重々しく頭をさげた。

フランチェスカはうなずいて、階段を上がりはじめた。震える脚を踏みしめ、手すりをつかんで体を引きあげていった。胸のなかではさまざまな思いがふつふつと煮えたち、鋭い叫び声か泣き声になってあふれでそうだった。そのどちらなのか、自分でもわからない。たぶん両方だろう。召使いたちの心配そうな目が、のろのろと階段を上がっていく自分の背中にそそがれているのを感じたが、涙をこらえるだけで精いっぱいだ。

どうにか部屋にたどり着き、ドアを閉めたとたんに涙があふれた。フランチェスカはそのまま床に座りこんで、椅子に腕をのせ、頭を抱えて泣きじゃくった。怒りと恐怖と屈辱が胸のなかで渦巻き、からみあい、闘い、混じりあって噴きだしてくる。

どうすればいいの？　どうやって生きていけばいいの？　パーキンスの言葉が彼女を打ちのめし、この数週間築いていた壁を突き崩したのだった。実家に戻れば、弟のドミニクが快く迎えてくれることはわかっている。パーキンスが意地悪く描いてみせたように、路頭に迷うことはない。でも、これから死ぬまで弟に頼って生きていかなければならないと思うと、屈辱で身を焼かれるようだった。

自分の家もなく、お金もなく、常に人の情けにすがり、ドミニクとコンスタンスの人生の片隅にひっそりとうろつくことになるのだ。ふたりの子供たちを、ふたりの結婚生活を、幸せを、ただ見ているしかない。アンドルーが死んだあと、必死に保ってきたこの生活をあきらめなくてはならない。なんとか自分と召使いの生活を立てようとして、あれほど知恵を絞り、機転をきかせてきたことも、いまとなってはまったくの徒労だった。

彼女ひとりがここを追いだされるだけではない。フェントンやほかの召使いたちも住む家と職を失うのだ。たとえ彼らが住みなれたロンドンを離れ、田舎で暮らす気になったとしても、彼らを雇ってくれとドミニクに頼むのははばかられた。何人もの召使いにかかる費用をやり繰りしてくれとは、とても頼めない。これまで辛抱して忠実に仕えてくれた召使いたちを、路頭に迷わすことになるのだ。召使いたちの心配には、とても現実的な自分たちの将来への不安も混じっていることがフランチェスカにはよくわかっていた。コックは問題なく次の仕事を見つけられるだろうが、フェントンは？　新しい地位につくには、少しばかり年をとりすぎている。

そして何よりも、社交界のみんなにこの苦境を知られて哀れまれ、さげすまれることを思うと、たまらなかった。彼女が落ちぶれたことが、社交界のみんなに知れ渡る。アンドルーがどんな夫だったかもすっかり知られてしまう。彼が妻のことなどまるで気にかけず、自分の人生ばかりか、フランチェスカの人生までも愚かに投げすててしまったことを。アンドルーにどれほどわずかな愛情しか感じていなかったとしても、自分の結婚生活がいかにひどいものだったかを、ほかの人々に知られるのは耐えがたいほどの屈辱だった。かりにパーキンスと法廷で争い、どうにかこの家を手渡さずにすむことができたとしても、彼女の人生は社交界のみんなの尽きることのないゴシップの種になりはててしまう。

パーキンスがこの家に住んで家のなかを我が物顔に歩きまわり、彼女が大好きな部屋を使い、この部屋のベッドで眠ることを考えると、背中を虫が這《は》いあがるような嫌悪を感じた。

必死に自分を救う手立てを考えようとしたが、頭は空回りするだけ。まったく集中できない。

階下から男の声が聞こえてきた。アラン卿が迎えに来たに違いない。彼は善良な、思いやりのある男性に見える。そしてフランチェスカに少し魅了され、眩惑《げんわく》されているようだ。フランチェスカがその気持ちを少しでも奨励するようなそぶりを見せれば、彼女に恋をするに違いない。アラン卿と結婚すれば、前途に待つわびしい生活から逃れることができる。彼女のような窮地に陥った女性のほとんどが、そうするに違いない。

でも、フランチェスカにはそれはできなかった。ただ安定した生活を送りたいがために、愛してもいない相手と結婚することは、どうしてもできない。

だが、ほかにどんな道が残されているというのか？　すでに二週間以上も、降って湧《わ》いたこの惨事からなんとか逃れる術《すべ》を見つけようとしてきたが、なんの手立ても思いつけなかったのに。

フランチェスカはぱっと立ちあがり、頬を伝う涙を拭《ぬぐ》いながら、部屋のなかを歩きはじめた。神経がいまにもぷつんと切れそうで、じっとしていられなかった。発作的に涙があふれ、ときどきこらえきれずにしゃくりあげた。

絶望にかられ、霧のかかったような頭に、ひとつの思いがふいに貫いた。ひとつの言葉、ひとつの名前が。

シンクレア。

彼女はメイジーがさきほどベッドの上に出してくれた夜用の軽い外套《がいとう》をつかみ、肩にかけると、部屋を出て、足音をたてぬように階段をおりた。曲がり角のところで注意深く階下を確かめ、召使いの姿が見えないとほっとした。おそらく一同はキッチンに集まり、さきほどの出来事を話しているのだろう。

フランチェスカは足音をしのばせて最後の二、三段をおりると、玄関の外に出て、そっとドアを閉めた。そしてフードをまぶかにかぶって顔を隠し、足早に通りを歩きだした。

優雅な青と白のお仕着せを着た召使いがリールズ家のドアを開け、戸口に女性がひとりで立っているのを見て顔をしかめた。

「そんなとこに立っていないで、あっちへ行け！　ここをどこだと思っているんだ？」召使いはぶっきらぼうにそう言うと、ドアを閉めようとした。

「待って！」フランチェスカは片手を差しのべ、彼を止めた。

この男は、フランチェスカを娼婦《しょうふ》か何かと間違えているに違いない。その理由も彼女にはわかっていた。良家の女性が付き添いも連れず、紳士を訪ねてくることなどありえないのだ。だが、ここで追い払われるわけにはいかない。

「クランストンを呼んでちょうだい」

フランチェスカが教養のある声で執事の名前を口にするのを聞いて、召使いはためらった。

「ここで待ってろ」彼はそう言ってドアを閉めた。数分後、再びドアが開き、シンクレアの有能な執事が姿を見せた。

そして軽蔑もあらわに、ドアの外にいるフランチェスカをじっと見た。だが、かろうじて顔が見えるだけ、彼女がフードを上げると、クランストンは驚いて目を見開いた。「奥様！」

「お願い、公爵に会う必要があるの」フランチェスカは低い声で言った。

「もちろんですとも、どうぞお入りください。失礼いたしました」

フランチェスカはほかの召使いに顔を見られるのを避け、再びフードをまぶかにかぶると、クランストンのあとについて廊下をシンクレアの書斎に向かった。そこには誰もいなかったが、執事は彼女をなかに入れ、外套を受けとった。

「だんな様に奥様がおいでになったことを、お伝えしてまいります」クランストンはそう言った。注意深く無表情を保った顔には、彼が感じているに違いない好奇心のかけらさえ見えない。

「ありがとう、クランストン」

執事は部屋を出て、ドアを閉めた。フランチェスカは向きを変えながら、両手を握りしめた。自分をシンクレアのもとに駆りたてた深い絶望が少しおさまると、代わりに疑いが頭をよぎった。こんなふうに彼のところに来るなんて、どう思われるだろう？

外の廊下に小走りの足音がして、公爵が厳しい顔で駆けこんできた。涙に濡《ぬ》れた顔で体をこわばらせて立っているフランチェスカを見ると、彼は叫んだ。「フランチェスカ！　いったいどうしたんだ？」シンクレアは急いでドアを閉め、両手を差しだしながら歩み寄った。「具合でも悪いのかい？　それともドミニクか？　セルブルック卿か？」

フランチェスカは首を振った。「いいえ、違うの。どちらでもないわ」

彼の手がフランチェスカの手を包みこんだ。その温かさ、力強さに涙がこみあげ、彼女は震えながらすすり泣いた。「ごめんなさい！　ここに来てはいけなかったわ。でも、どうしていいかわからなくて」

「もちろん、ここに来てよかったんだ」シンクレアはフランチェスカを小さなソファへと導き、手を引いて一緒に座らせた。「ほかのどこへ行くんだい？　とにかく、どうしたのか話してくれ」

「そうしたら、あなたが解決してくれるの？」フランチェスカはほほえもうとしたが、揺らめく笑みしか浮かばなかった。

「できるだけの努力はするとも」

これを聞いたとたん、フランチェスカはわっと泣きだした。なんとか抑えようとしたが、拭うそばから涙があふれてくる。もう一滴も残っていないはずなのに、彼のやさしいほほえみと心配そうな目に心の壁が崩れ、止まらなくなった。

「ああ、シンクレア。ごめんなさい。ここに来てはいけなかったのに。とても怖くて――」

「フランチェスカ……」シンクレアはフランチェスカを自分の膝に引き寄せ、抱きしめてあやすように揺すぶった。

愛情のこもった言葉と彼の抱擁がもたらした慰めに、なぜか胸を引き裂かれ、彼女は広い胸に顔を埋《うず》め、彼の襟をつかんで泣きじゃくった。自分がここに来たわけを説明することもできず、理性的に考えることもできずに、ただただ泣いた。

シンクレアは彼女の背中をさすり、頭をなでた。ピンがはずれ、メイジーが注意深く結った巻き毛の一部が崩れて落ちる。彼はなだめるように低い声でつぶやきながら、やさしくさすりつづけた。やがてフランチェスカの泣き声はしだいに静かになり、呼吸が落ち着いて、涙が止まった。彼女はシンクレアの胸にもたれ、自分にまわされた強い腕と、耳の下の力強い鼓動を聞いていた。

彼の両手の動きが魔法のような安らぎをもたらして、少なくともいまだけは守られている、ここにいるあいだは何ひとつ悪いことなど起こらないと信じさせてくれる。

とはいえ、彼の手はたんなる慰めだけではなく、もっと深い感情を呼びおこした。自分がそんなことを感じていることに驚きながらフランチェスカは目を閉じた。それもこんな場合だというのに。何かが髪をかすめた。きっと彼がキスしたんだわ。

腕をなでおろす彼の息が、うなじをかすめる。柔らかい唇がそっと押しつけられると、体のなかで炎が上がり、フランチェスカは鋭く息を呑んだ。胸の頂が尖《とが》り、硬くなってドレスを押しあげる。

彼女が白いうなじを差しだすようにうつむくと、シンクレアの体がこわばり、急に燃えるように熱くなった。ビロードのような唇がうなじに押しつけられ、荒い呼吸の音とともに温かい息が肌をくすぐり、腕をざわめかせる。フランチェスカは震えはじめた。

彼女はシンクレアに溶けたかった。彼に自分をさらけだしたかった。自分がひどくもろく思えると同時に、そのもろさが嬉《うれ》しい。こんなふうに感じるのは初めてのことだ。お腹《なか》の奥が熱く燃え、うずきはじめる。胸の奥深くに強烈な思いが生まれ、気がつくとシンクレアにこの身を捧《ささ》げたい、彼とひとつになりたいと願っていた。あまりに新しい、これまでとは異なるこの願いの深さに驚き、息を止めた。

シンクレアもそれを感じた。「ああ、フランチェスカ、すまない。きみは助けを求めてきたのに、ぼくは……」

シンクレアはやさしく彼女を膝からおろした。まるで何かを失ったような気がして、フランチェスカは強い腕のなかに戻りたかった。だが、ようやく戻ってきた理性がそれを押し留めた。

シンクレアが真っ白なハンカチを差しだす。フランチェスカは彼と目を合わせずに受けとり、立ちあがると、涙を拭《ふ》きながら彼から離れた。シンクレアはそんな彼女を目で追いながら、小さなため息をついて自分も立ちあがった。

振り向くと、彼がじっと見ているのに気づき、フランチェスカは喉に赤みが差すのを感じた。「ごめんなさい」

「謝るのはやめるんだ」シンクレアは厳しい声で言い、自分でもそれに気づいたように、目を閉じて体の力を抜いた。「フランチェスカ……何がきみを悩ませているのか話してくれ。さっきは怖かったと言ったね。誰がきみを怖がらせたんだ？　何があったんだ？」

自分の部屋で絶望にかられていたときに浮かんだ願いが、ひどくばかげたものに思えて、彼女は息を吸いこみ、勇気をかき集めた。「実は、お金を借りに来たの」

シンクレアは驚いて彼女を見つめた。

フランチェスカは早口に付け加えた。「とんでもなく不適切なことはわかっているわ。

あなたには決して頼むまいと誓っていたのよ。でも、ほかの方法を思いつくことができなくて。あの男が家に入るなんて耐えられない。なんとかしなくてはならないの！」

「男？　どの男だ？　誰かがきみの家に押しいったのか？」

「いいえ、違うわ。押しいってきたわけじゃないの。パーキンスよ」

「ガレン・パーキンス？」シンクレアの目が突然険しくなった。「パーキンスがきみの家にいるのか？」

彼がドアに向かおうとするのを見て、フランチェスカは急いでその手をつかんだ。「いいえ！　違うの、いまはいないわ。わたしの言い方がいけなかったの。最初からちゃんと話すから、どうか戻って、座ってちょうだい」

「わかった」シンクレアは逆らわずにさきほどのソファに引っ張られていくと、彼女と一緒に腰をおろした。そしてまだ自分の手をつかんでいるフランチェスカの手を握りしめた。

「話してくれ」

「ホーストン卿は――」

「そんなに古い話から始まるのかい？」

「ええ、そうよ。アンドルーは、無分別だった」

シンクレアが不快な笑い声をもらした。「ホーストン卿は愚か者だった」

フランチェスカは抗議しようと口を開きかけ、思い直して肩をすくめた。「ええ、そのとおり。あなたが正しかったわ」彼の目を見ることができずに顔をそむける。「彼と結婚したわたしがばかだった。彼がどんな男かあなたに警告されたのに、耳を貸そうともしなかった。ごめんなさい」

するとと驚いたことに、黒い目に苦痛がよぎった。

「いや、謝らなくてはならないのはぼくのほうだ。あの男はろくでなしだときみに言っても、埒《らち》があかないのはわかっていた。きみは新しい恋に夢中だったんだから。だが、言わずにはいられなかった。そしてかえって事態を悪くしてしまったんだ」

「あなたがあんなことを言ったのは、わたしが彼を嫌うように仕向けるためだと思ったの。わたしに……腹を立てていたから」

シンクレアはフランチェスカの婚約が発表されると、領地から戻ってきて、冷たい、硬い声で、アンドルー・ホーストンのような愚か者と結婚するのは大きな間違いだ、と彼女に警告したのだった。シンクレアをまのあたりにしたときに、胸をかきむしられるような痛みを感じたことをよく覚えている。そのとき部屋から走りでて、彼の言葉を聞こうとしなかったのは、アンドルーに対する愛よりも、その痛みのせいだった。

「たしかにぼくは腹を立てていた」シンクレアは顔をしかめて認めた。「だからといって、きみに嘘《うそ》を吹きこんでいたわけじゃない。しかし、やり方がよくなかった。きみに会いに行くのではなく、手紙を書くべきだった。ぼくの主張をもっとはっきりした形で示せばよかったんだ。昔からきみのそばでは、あまり頭が働かなくなるんだ。あのときもホーストンがどんな男か証明して、きみがぼくの話を聞いて、信じてくれるまで留まるべきだった。だが、いまいましいプライドに支配されてしまったんだ」

フランチェスカはほほえんで、彼の腕をぎゅっと握った。「どうか自分を責めないで。あの男と結婚したのはわたしの責任よ。ほかの誰のせいでもないわ。もっと注意深く振舞うべきだったの。あんなに結婚を急ぐべきではなかった。ただ……彼を愛したかったの。彼がわたしの理想の人だと信じたかった。わたしは傷ついて、とても寂しかった、あなたに腹を立てていたの」フランチェスカはシンクレアの目を見つめた。「たしかにアンドルーは愚か者だったわ。でも、わたしはその十倍も愚かだったのよ。あなたに傷つけられていないことを見せてやりたい。ただその一心で結婚を急いだんですもの」

シンクレアが体をこわばらせ、フランチェスカの手をぎゅっと握りしめた。自分がたったいまあまりにも多くを打ち明けてしまったことに気づいて、フランチェスカはぱっと立ちあがって彼から離れた。

「でも、それはこの話とは関係ないことだわ。関係があるのは、アンドルーが死んだとき、わたしにはほとんど何も残してくれなかったことよ。彼が残したのは借金だけ。彼が死んだあと、わたしはぎりぎりまで切りつめて、やっと生活しているの」

「知っているよ」シンクレアは静かな声で言った。

フランチェスカは彼を見つめた。「知っているの?」彼女は恥ずかしさに頬を染めた。「みんなが知っているの?　社交界の誰もが?」

「いや、そうじゃない」シンクレアは急いでそう言うと、立ちあがってフランチェスカのそばに来た。「ぼくだけだ。財産らしい財産もなくきみが残されたんじゃないかと、初めから疑っていたんだ。ホーストンがどんな男か知っていたからね。それで、ひそかに二、三問いあわせた」

フランチェスカの頬がさらに赤くなった。この五年、自分の財政状態をいちばん隠したかった相手が、ずっとそれを知っていたとは。「わたしのことを、なんてばかな女だと思ったでしょうね」

「いや、そんなことはない」

フランチェスカはため息をついた。「気にしても仕方がないわね。わたしがどんなに愚かか、あなたは昔から知っているんだもの」

シンクレアの口元にかすかな笑みが浮かんで消えた。「そうだね。それにきみもぼくの愚かさを見てきた」

フランチェスカもほほえんだ。「そうかしら?　だったら、あなたの愚かさはたいしたものじゃないんだわ」

「きみの愚かさだってそうさ」

胸のなかが温かくなるのを感じ、フランチェスカはこみあげてきたものを呑みこんで、顔をそむけ、咳払《せきばら》いしてから続けた。「とにかく、わたしは節約することを学んだの。わたしが買い物するところを見たら、きっと驚くわ」シンクレアから目をそらしていたフランチェスカには、彼の顔に浮かんだ苦痛と悔いは見えなかった。「やり繰りもとても上手になったのよ。でも、パーキンスが――」

「パーキンスがいったいそれとなんの関係があるんだ?」

「彼はカードゲームで、アンドルーからあの家を巻きあげたの!」新たな怒りがこみあげてきて、フランチェスカはくるりと振り向いた。「アンドルーは、あの……ろくでなしは、カードで遊ぶために、わたしの家を賭《か》けたの!」

黒い目に怒りを燃やし、シンクレアは毒づいた。フランチェスカは、それがパーキンスに向けたものか、亡きアンドルーに向けたものかよくわからなかったが、奇妙に気分がよくなった。

「パーキンスは、アンドルーの借りたお金をわたしが払えば、証文を破りすてると言ったわ。売れるものは全部手放したけれど、彼の言う金額はわたしにはとても作れないの。でも、もしも……」

彼女はシンクレアの顔が見られず、ごくりとつばを呑んだ。女性が男性に五千ポンドもの大金を借してくれと頼むからには、体を投げだす覚悟をしているのがふつうだ。シンクレアにそう思われることを恐れ、話を続ける勇気がくじけそうになった。

それから、一気に言葉を続けた。「あなたが貸してくれれば、パーキンスにお金を渡せる。もちろん、借りたお金はちゃんと返すわ。あの家を売れば――」

「いや、きみがあの家を売ることはない」

「でも、売るかシーンズ中だけ貸しだすか、お金を作る方法はないの。貸しただけでは、借金を返すのに何年もかかるわ。でも、売ればあなたに返すほかにも、小さな家を買うぐらいの――」

「きみはあの家を貸しだしもしないし、売りもしない。それにぼくが金を貸すこともない」

フランチェスカはぱっと振り向き、絶望にかられて彼を見つめた。

だが、石のように硬い表情と冷たい黒い目にぶつかり、出かかった言葉が舌の先で消えた。

「あのいまわしいギャンブラーに、きみの家を渡すものか。クランストンに馬車を用意させる。きみはそれで家に帰るんだ」彼はドアへ向かった。

「ロックフォード！　どこへ行くの？」フランチェスカは不安にかられて彼のあとを追った。

シンクレアは振り向いて、短く答えた。「パーキンスに会う」

15

「シンクレア！　やめて！」フランチェスカは走ってシンクレアを追いかけ、腕をつかんで止めようとした。「どうするつもりなの？　わたしのためにただお金を払わせるわけにはいかないわ」

「心配はいらないよ。金のやりとりが行われる可能性はほとんどない。おそらくパーキンスは、すぐさま大陸に戻る必要があると気づくはずだ」

「シンクレア！」フランチェスカは恐怖に目をみはった。「彼と争うつもりなの？　だめよ、そんなことをしないで。お願い。あの男にそんな価値はないわ。けがをしたらどうするの」

シンクレアは片方の眉を上げて、フランチェスカを見た。「ぼくがパーキンスのようなくずに負けると言いたいのかい？」

「彼は人殺しなのよ！」

「謙虚に言っても、ぼくも銃の腕はなかなかのものだと思うよ」

「それは知っているわ」フランチェスカは顔をしかめた。「でも、あなたは名誉を重んじる紳士ですもの。パーキンスはそういうルールにまったく縛られない。どんな卑劣な手を使うかわからないのよ」

「正直言って、パーキンスに関するかぎり、とくべつルールに従う必要は感じないね」

「だめよ。お願い。決闘などしないで。もしもあなたの身に何かあったら、決して自分を許せないわ」

「きみのぼくに対する信頼の欠如には、少しばかり失望するな、マイ・ディア」フランチェスカがなおも止めようとすると、シンクレアは首を振って彼女の唇に人差し指をあてた。

「決闘などする気はない。それは約束できる。パーキンスのような男には、そんな手段をとる必要などないからね」

心配に顔をくもらせたまま、フランチェスカはしぶしぶ彼の腕を放した。「パーキンスは正々堂々と戦う男じゃないわ。彼を信用しないで」

「信じてくれ。信用するつもりなどまったくない」

シンクレアはドアに向かう途中で振り返った。フランチェスカは見捨てられたように部屋の真ん中に立ちつくし、彼を見送っている。青ざめた顔のなかで鮮やかな青い目がとても大きく見えた。

シンクレアは低い声で毒づくと、彼女のそばに戻り、ひしと抱きしめてキスした。フランチェスカは驚いてつかのま体をこわばらせたものの、両腕を彼の首に巻きつけ、体を押しつけてくる。シンクレアはゆっくりと、貪《むさぼ》るようにキスを続けた。彼がようやく床におろしたときには、フランチェスカは息を弾ませていた。

それから彼はクランストンを呼びながら大股に廊下へと出ていった。

フランチェスカは呆然《ぼうぜん》として、沈みこむように椅子に戻った。廊下でシンクレアと執事が小声で話す声が聞こえるが、話の内容はわからない。まもなくクランストンが戸口に現れ、頭をさげた。

「奥様、お宅までお送りする馬車が玄関で待っております」

「ありがとう、クランストン」どうにか笑みを浮かべようとしながら執事に礼を言った。

フランチェスカはクランストンが着せかける外套《がいとう》に袖《そで》を通してベルトを結び、フードで顔を隠して、執事のあとに従って玄関へ向かった。クランストンの言葉どおり、外にはシンクレアの馬車が待っていた。彼女は執事の手を借りて馬車に乗りこんだ。今夜の奇妙な出来事に、クランストンはさぞ好奇心にかられているに違いないわ。フランチェスカはちらりとそう思ったが、もちろん、有能な執事の顔には内心の思いを表すものは何ひとつなかった。

公爵邸を出る前にもう一度シンクレアに会いたかったが、彼は執事に必要な指示を与え、そのまま出かけてしまったに違いない。フランチェスカは深く息を吸いこみ、みぞおちをかきまわす不安を静めようとした。

　心配はいらない。シンクレアは大丈夫よ。弟のドミニクが、シンクレアは〝華麗に戦う〟と評したことがある。殴りあいのときには決して敵にしたくない男だ、とも言ったことがあった。これはどちらもシンクレアの戦闘技術に対する賞賛だろう。

　とはいえ、心配せずにはいられなかった。パーキンスはなんのためらいもなしに丸腰の男を撃てる男だ。もしもシンクレアが殺されたりしたら、決して自分を許せない。リールズ家に行こうなどと思ったりしなければよかった。シンクレアが撃たれたり、殺されたりするより、家をなくすほうがはるかにましだもの。

　だが、この罪悪感と心配の奥には、もうひとつ別の気持ちもあった。めまいがするほど強烈な感情が。言うまでもなく、そこには感謝も、家を奪われずにすむかもしれないという喜びも含まれている。でもそれよりはるかに大きいのは、シンクレアがまだ自分のことを気にかけてくれていると知った深く甘い喜びだった。その思いがフランチェスカの胸を満たし、温めてくれた。

　ロックフォード公爵は、まっすぐポール・モール通りにある賭博場《とばく》のひとつに向かった。そこは何年も前にアンドルー・ホーストンが足繁《あししげ》く通っていたところだ。いまでも営業はしていたが、パーキンスの姿は見あたらなかった。店の経営者に二、三尋ねると、パーキンスがかなりの額のつけを残して国外に逃亡したときに、出入りを差しとめたのだという答えが返ってきた。さいわい、その男は、同じポール・モール通りにある数軒先のクラブか、ベネット通りのクラブにパーキンスはいるはずだ、と教えてくれた。

パーキンスは二番目の店にいた。さいころゲームにすっかり夢中で、シンクレアがその部屋に入っても、顔を上げようとすらしなかった。シンクレアは静かに部屋を出てドア係に金貨を一枚握らせ、パーキンスを呼びだすように頼んでから外で待った。

十分後、体格のいいドア係が表のドアを開け、パーキンスを連れて外に出てきた。パーキンスは暗い通りを見まわし、不機嫌な声で文句を言った。「どうなっているんだ？　誰もいないじゃないか」

ドア係は肩をすくめた。「おれにはわかりませんよ。とにかく、そいつはあんたに借りた金を返しに来たと言ったんです」

シンクレアは陰のなかから出た。「呼びだしたのはぼくだ」

ぎょっとしてなかに戻ろうとするパーキンスの上腕をつかみ、通りのほうへと強引に引っ張っていく。

「きみはぼくと話をするんだ」

パーキンスは手を振りほどこうとした。「冗談じゃない。おれはどこへ行く気もないぞ」

「そうかな？」

シンクレアは腕を放し、代わりにみぞおちに一発食らわせた。パーキンスが息を吐いて、体をふたつに折る。その顎にアッパーカットを決めると、パーキンスは後ろによろめき、仰向けに歩道に倒れた。

ドア係は好奇心を丸出しにしてその様子を見ている。シンクレアは彼に合図した。「この男を立たせて、馬車に乗せるのに手を貸してくれ。そろそろ家に帰る時間だ」

ドア係は口の片端をひくつかせてドアから離れ、パーキンスの片腕をつかんで乱暴に立たせた。シンクレアは辻馬車《つじばしゃ》を呼びとめ、切れた唇から血を流し、苦しそうな息遣いのパーキンスを、ふたりがかりで押しこんだ。

シンクレアはパーキンスの向かいに座った。「きみの部屋はどこだ?」

パーキンスは答える代わりに憎悪に燃える目でにらみつけてきた。

シンクレアはため息をついた。「もう一ラウンドやりたいのか? もちろん、ぼくはかまわないが、きみはすぐに音をあげるだろうよ」

パーキンスはしぶしぶ住所を口にした。シンクレアはそれを御者に伝え、座席に腰を戻して胸の前で腕を組み、パーキンスをじっと見つめた。パーキンスは青い顔で守るように両腕で腹を抱え、座席の隅に縮こまって目をそらしている。

やがて馬車は、茶色い煉瓦《れんが》造りの狭い建物の前で停《と》まった。シンクレアは身を乗りだし、パーキンスの腕をつかんで馬車から引き降ろした。御者に金を払うために腕を放すと、パーキンスはすかさずその隙《すき》に逃げようとした。

シンクレアは眉ひとつ動かさずに片足を伸ばしてくるぶしに引っかけ、御者に金を渡し、かがみこんで倒れたパーキンスを立たせた。パーキンスはさきほど切れた唇だけでなく、新たにできた頬の傷からも血を流しながら、それ以上抵抗せずにシンクレアに引っ張られて建物の階段を上がった。

なかに入ると、すぐ先に階段があった。パーキンスは鍵《かぎ》を捜してしばらくポケットを探っていたが、やがて部屋のドアを開けた。シンクレアはなかに入るなり、彼を突き飛ばした。パーキンスはベッドに仰向けに倒れた。

「くそ！」彼は起きあがろうとしながらわめいた。「こんなことをして、いったいどういうつもりだ？」

「きみを大陸に送り返す」

「なんだと？　おれはどこにも行くもんか」

「いや、行くんだ。まず、ホーストンが書いたという証文をぼくに渡す。それから、この国を出て二度と戻らない」

「冗談じゃない！」パーキンスは大声で叫んでぱっと立ちあがった。だが、そのあとでよろめき、倒れかけてベッドの柱につかまらなければならなかったせいで、この威勢のよさも少しも効果を発揮しなかった。「あんたの言うとおりになんか、誰がするもんか！」

シンクレアは意味ありげに片方の眉を上げた。パーキンスは少しのあいだシンクレアをにらみつけていたが、やがて目をそらした。

「わかった、わかったよ」衣装だんすに歩み寄り、その下から取っ手のついた布製の鞄《かばん》を取りだす。

鞄を開いてベッドの上に置くと、パーキンスはシンクレアに背を向け、かたわらの小さなテーブルの引きだしに手を入れた。そしてすばやく振り向き、ぎらつくナイフを手にしてシンクレアに襲いかかった。

シンクレアはさっと横に寄り、パーキンスの腎臓《じんぞう》があるあたりに鋭い一撃を見舞った。痛烈なパンチを食らったパーキンスが前によろめく。それを追いかけ、パーキンスの利き腕を背中にねじりあげると、手首をつかんだままナイフを取りあげた。

「さてと」シンクレアはそのナイフを自分のポケットのなかに落とし、何事もなかったように言葉を続けた。「言ったとおりにしてもらおうか。もう一度妙な真似《まね》をしてみろ、何ひとつ持たずにこの国を出ることになるぞ」

「くそ、もう少しで関節がはずれるところだったぞ！」パーキンスが泣くような声で言いながら肩をさすった。「頭がいかれたのか？」

「いいや、ぼくは正気そのものだ」

「あんたには何もしていないんだ。おれをこんなふうにこづきまわす権利はないぞ」

「きみはぼくの知っているレディを怒らせた。だからぼくにはあらゆる権利がある。さあ、証文を渡すんだ」

パーキンスは唇をゆがめた。「あのあばずれか！　すると、あの女があんたの慰み者になる代償はこれか？」

シンクレアの拳《こぶし》が目にも留まらぬ速さで突きだされ、鈍い音をたててパーキンスの頬にあたった。仰向けに床に倒れたパーキンスが動くまもなく、シンクレアは前に進みでて、ブーツをはいた足を喉にのせた。

「ぼくはきみに、なんでも好きなことができる」シンクレアはまるで会話でもするように、パーキンスを脅した。「それがわかるだけの知恵があるといいが。その気になれば、このまま喉を踏みつぶすこともできるぞ」パーキンスの気道を塞《ふさ》いでいる足に少し力をこめた。「いますぐ息の根を止め、召使いにテムズ川に放《ほう》りこませてもいいんだぞ。きみが姿を消したところで、誰ひとり、気づく者も、気にかける者もいないだろう」そこでいったん言葉を切り、こう付け加えた。「さあ、最後にもう一度だけ言《い》う。証文を渡せ」

パーキンスは血の気の失せた顔で内ポケットに手を突っこみ、一枚の紙切れを取りだすと、それを掲げて夢中で振った。

シンクレアは足の力をほんの少しだけ緩め、パーキンスの手からその紙切れをひったくった。その紙を広げ、顔に嫌悪を浮かべながらそこにある文字を目で追うと、再び折りたたんで自分のポケットに入れた。

「それで」相変わらずのんびり会話を楽しんでいるような口調で、シンクレアは尋ねた。「これは好奇心から訊《き》くんだが……ホーストンはこんなものを書くほど愚かな男だったのか？」

パーキンスは顎を食いしばり、答えようとしない。シンクレアはまたしても喉に置いた足に力を入れた。

「いや！」パーキンスはあえぎながら叫んだ。「おれが書いたんだ。やつの筆跡を真似するのは、昔から得意だったのさ。あのばか野郎ときたら！　数えきれないほど何度も偽証文を作って、あいつの署名を真似したもんだ。いつもべろんべろんで、何も覚えていなかったからな」

シンクレアは嫌悪の声をもらしながら、喉に置いた足をはずした。パーキンスがおそるおそる立ちあがる。

「明日、この国を出ろ」シンクレアは氷のような声で言い渡した。「もう一度舞い戻ったら、公爵の地位と全財産を使ってでも、アヴェリー・バグショー殺害の罪で逮捕させるぞ。わかったか？」

パーキンスは憎しみに燃える目でシンクレアを見たものの、何も言わずにうなずき、新たな口の傷からにじみでた血を拭《ぬぐ》った。

「よし」シンクレアはうなずいた。「二度ときみには会いたくない。ぼくを失望させないようにするんだな」

そしてきびすを返して部屋を出ていった。パーキンスはしばらくドアをにらみつけていたが、やがて向きを変え、ぎくしゃくした足どりでベッドの上に置いた鞄のところに戻り、鞄をつかんで壁に投げつけた。

「そいつはどうかな、公爵さんよ」パーキンスは低い声でつぶやいた。「まあ見ているがいいさ」

フランチェスカは着替えをする手間もかけずに客間に座っていた。パーキンスを見つけ、この家のことを解決したあと、シンクレアはきっとここにやってくるはずだ。もしも彼が姿を現さなければ、最悪の事態が起こったことになる。その恐れがあるというのに、二階ですやすや眠ることなどできない。

彼女は靴を脱ぎ、この部屋のいちばん座り心地のよい椅子を弓形の張りだし窓に向けると、背を丸めてそこに座り、暗い通りを見つめた。

そして自分にこう言い聞かせた。心配する必要はないわ。シンクレアはけがなどせずにパーキンスを説得してくれる。彼はこれまで無防備だったことも、うっかり油断したことも一度もない。頭がいいだけでなく、とても屈強な男だ。パーキンスがいくら卑怯《ひきょう》な手を使っても、あんな悪党にやられるはずがない。

だが、どれほどそう言って自分を安心させようとしても、不安を静めることはできなかった。もしも自分のせいでシンクレアの身に何かあったら、どうしていいかわからない。そんな可能性は、考えるだけでも恐ろしかった。

目を閉じて、膝に置いた手をぎゅっと握りしめる。シンクレアのところに行くべきではなかった。まったく愚かな、自分勝手な行動だった。

とはいえ、ほかに何ができたというのか？　たとえもう一度やり直すチャンスが与えられたとしても、同じことをするに違いない。昔から、フランチェスカが困ったときに頼るのは、家族でも友人でもなく、シンクレアだった。

フランチェスカはそれが自分の人生の根本にある真実だと気づいた。シンクレアは誰よりも彼女のことをよく知っている。シンクレアはどんなときにも揺るがぬ彼女の世界の中心だった。いつでも無条件に頼れるたったひとりの人間だった。

だが、彼女は何年もその事実を無視してきた。それを否定し、必死に彼などどうでもいいというふりをして、ほかの男の妻となった。だが、浮気こそしなかったものの、いちばん重要な意味で夫を裏切っていたのだ。彼女の心は昔からずっとシンクレアのものだった。

これからも、それは決して変わらない。

もちろん、彼とふたりで生きる未来があるわけではない。たしかにシンクレアは、彼女にある程度の情熱を感じているようだ。彼のキスや愛撫《あいぶ》がその証拠、そうした事実を否定するのは難しい。とはいえ、情熱は愛とは違う。結婚を意味するわけでもない。

十五年前、浅はかにもシンクレアとの婚約を破棄したとき、彼と結婚し、彼の愛をかち得る希望は失われてしまったのだ。プライドの高いシンクレアが、自分を捨てた女に再び結婚を申しこむはずがない。また、かりに彼が結婚を望んだとしても、子供を産めない未亡人を妻に選べば、公爵としての義務、一族への義務を怠ることになる。

いいえ、シンクレアは自分の責任を心得ているわ。彼は自分が結婚しなければならない類《たぐい》の女性を選ぶでしょう。そうでなければ、どうして花嫁を見つけようと決めたの？

どんなに彼を愛しても決して報われないことはわかっていたが、フランチェスカの心の奥深くには温かな気持ちが芽生えていた。あまりにも長いこと冷えきっていた心が甘い感情にふくらむのは、めまいのするような経験だった。

こちらに向かって歩いてくる男の姿を見つけ、フランチェスカは身を乗りだしてその男が近づいてくるのを待った。

「シンクレア！」背の高いその姿が、見慣れたシンクレアのものになると、涙があふれた。

フランチェスカはぱっと立ちあがり、蝋燭《ろうそく》をつかんでドアへ急いだ。入り口のテーブルに蝋燭を置くと、ドアの差し錠をはずし、静かにドアを開けた。シンクレアは通りからこの家の通路へと入ってくるところだった。

「シンクレア!」

彼は顔を上げ、微笑した。フランチェスカは階段を駆けおりて、彼の腕のなかに飛びこんだ。シンクレアは彼女を両腕でしっかりと抱きしめ、唇を重ねた。

ふたりはそのまま長いこと口づけを交わし、ほかのことをすべて忘れ去った。やがてフランチェスカは自分たちがどこにいるか、自分が何をしているかを思い出し、彼から一歩離れて、震える声で笑った。

「心配でたまらなかったの。さあ、入って、入って……」彼女は暗い通りにさっと目を走らせながら、シンクレアの手を取って家のなかに導いた。

先夜シンクレアが夜遅く戻ってきたときと同じように、ふたりは静かに廊下を進み、居心地のいい居間に入ってドアを閉めた。

「どうなったの?」彼女はそう尋ねながらシンクレアに向かいあった。「パーキンスを見つけたの?」

「ああ」シンクレアは上着の内ポケットから一枚の紙を取りだして開き、フランチェスカに渡した。「ほら、これがその証文だ。焼いてしまったほうがいいな」

フランチェスカは震える指でその紙を受けとった。「まさか、あの男にお金を払ったわけじゃないでしょうね?」

「ああ。そんなことはしていない」

「彼を殺してもいないわね？」

シンクレアは口の隅に笑みを浮かべた。「殺してもいない。この国を出るように説得しただけさ。パーキンスには二度と会わずにすむよ」

「ああ、シンクレア！」片手を目にあて、ぎゅっと押しつけてあふれそうになる涙をこらえる。「法律的にはこの家は彼のものだから、とても悪いことだと思うけど、あなたが彼をこの国から追いだしてくれてこんな嬉《うれ》しいことはないわ」

「この家はあいつのものなんかじゃないさ。ぼくのにらんだとおりだった。パーキンスはこれが偽造だと認めたよ。ホーストンはたしかにこういうものを書きかねないほど愚かな男だが、もしもパーキンスが七年前からこの証文を持っていたとすれば、たとえ国外にいても、もっと前に取りたてようとしたはずだ。百歩譲ってなんらかの事情でそれができなかったにせよ、この証文をたかが五千ポンドできみに返すはずがない。あいつのことだ、ロンドンに戻ったその日に、これを法廷に持ちこんでいただろう」

フランチェスカはシンクレアの言葉を考えた。「たしかにそのとおりね。法廷で争うこともできたのよ。あなたの手をわずらわせずに、そうすべきだったわ」

「いや、ぼくのところに来たのは正しい判断だったよ。きみが法廷で争うと言い返せば、パーキンスはひどい嘘《うそ》やゴシップできみをみじめにさせただろう。あいつは蛇のような男だ。これを取り戻すくらい、ぼくには造作もないことだった。ただ、きみがこの件をもっと早く打ち明けてくれなかったのだけが心残りだよ。そうすれば、何週間も心配して過ごさずにすんだろうに」

シンクレアの言葉と黒い目に浮かんだやさしい表情に、とうとうフランチェスカは涙を抑えきれなくなって、わっと泣きだした。

「フランチェスカ……愛《いと》しい人。泣かないでくれ……」シンクレアが近づき、そっと彼女を抱き寄せて頭のてっぺんにキスした。「泣く必要はもうない。ぼくはきみに喜んでほしかっただけなんだ」

「喜んでいるわ！」彼女は泣きながら小さく笑った。「こんなに幸せな気持ちになったのは……ずいぶん久しぶりよ」

シンクレアは笑いながら抱いている腕に力をこめた。「幸せだから泣くのかい？」

「そうよ」

フランチェスカは少し体を引き、頬の涙を拭いながら、甘い喜びに満ちた青い瞳をきらめかせて彼を見つめた。

シンクレアが鋭く息を呑《の》む。「フランチェスカ……」

「あなたはとても親切にしてくれた、とてもよくしてくれたわ。わたしがどれほど感謝しているか、想像もつかないでしょうよ」

「ぼくはきみの感謝が欲しいわけじゃない」彼はかすれた声でそう言った。

「でも、感謝するわ。感謝と、もっとたくさんのほかの気持ちも……」

フランチェスカは大胆にも爪先立って彼の頬に唇を押しつけ、両手で彼の顔をはさんだ。そうやって長いこと見つめあってから、再び爪先立って彼の唇にキスした。

熱い口が貪るように重なり、舌がじらすようにからみあいながら欲望のダンスを踊りはじめる。ふたりはたぎる情熱に身を任せた。

シンクレアはフランチェスカの腰の丸みをつかみ、せわしなく手を這《は》わせながら、彼女をさらに引き寄せた。フランチェスカは両腕を首に巻きつけて自分から彼に体を押しつけ、柔らかい体が固い筋肉になじむ感触に溺《おぼ》れた。形のない鋭い切望が体のなかで高まり、彼の指がかすめるたび、唇が動くたびに深まっていく。五感が目覚め、かすかな空気の動きにさえ敏感になった。視覚、聴覚、嗅覚《きゅうかく》……すべてがいつもの何倍にもなり、フランチェスカはそのすべてがもたらす妙《たえ》なる歓《よろこ》びに圧倒されそうになった。

彼女は片手をシンクレアのうなじに滑らせ、短い髪が指に触れるのを感じた。続いてシルクのようになめらかで柔らかい、もっと長い髪が触れる。そのなかに指を埋《うず》め、彼の頭をつかむと、髪が自分の肌をかすめて指のふくらみをなでるのを感じた。

指にからめて引っ張ると、シンクレアが喉の奥でうめく。その声がフランチェスカの欲望に火をつけた。心臓が早鐘のように打ち、脈が狂ったように走る。シンクレアの腕に力がこもり、ふたつの体をひとつに溶かそうとするように強く抱きしめてくる。

ああ、これがわたしの望みだわ。彼とひとつになること、彼を自分のなかに感じ、自分の一部にして、空気すらふたりを隔てないようにしっかりと体を重ねることが。フランチェスカは怖いほど激しい欲望に思わず体を震わせた。

「だめだ」シンクレアは体を離し、あえぐように息を吸いこんだ。「こんな形できみを抱きたくない。ぼくに借りがあると感じる必要はないよ」髪をかきあげ、落ち着きを取り戻そうとするように深く息を吸いこむ。燃えるようなまなざしでフランチェスカを見つめながら言葉を紡いだ。「こんな形で感謝する必要はないんだ。そのために……」

「しいっ」フランチェスカは手を伸ばし、人差し指を彼の唇にあてた。「わかっているわ」愛する顔に刻みつけられている欲望に体が震える。「これはわたし自身の選択よ。あなたが欲しいの」

そのとおりだった。この情熱と欲望がまたしても消え、冷たい灰になるのではないか？　そう思うと怖くてたまらないが、彼女はシンクレアが欲しかった。ふたりがしていることを続けてはいけないあらゆる理由にもかかわらず、これまでの何よりも、この世界の何よりも、彼が、彼だけが欲しい。

フランチェスカはほほえみを浮かべてシンクレアの腕のなかに戻り、きらめく青い目で彼を見上げた。

16

「フランチェスカ……」彼女の名前が彼の舌の上で飢えと希望にきらめく。シンクレアは彼女を抱きしめ、貪《むさぼ》るようにキスした。

フランチェスカは両手を上着に埋《うず》めて彼にしがみつき、同じように夢中でキスを返した。シンクレアはせめぎあう感情と五感のもたらす快感の嵐《あらし》のなかの、彼女の錨《いかり》だった。彼女の欲望のもとであり、同時にそれを静められる唯一の男だ。

どんなふうに愛すればいいのかわからぬまま、フランチェスカはせわしなく彼の肩をなで、髪をつかんだ。指を動かすたびに欲望が高まり、さらに駆りたてられていく。彼の肌を、筋肉をじかに感じたい。むきだしの肌に触れたくて指が震える。これまでの自分からは考えられない大胆さで、フランチェスカは上着の裾《すそ》から手を滑りこませた。燃えるように熱い指でひんやりとなめらかなベストをなでると、体のなかで欲望の蔓《つる》がよじれたが、それだけではとてもじゅうぶんとは言えなかった。

彼に触れたい。彼を感じたい。何よりも、彼の手を自分の肌に感じたい。

シンクレアが彼女をおろし、上着を脱ぎすてて無造作に床に投げる。フランチェスカはベストのボタンをはずしはじめた。欲望に駆りたてられ、急ぐせいで、もどかしいほど指がもつれる。彼は注意深く結んだクラヴァットをもぎとるようにはずし、上着と同じように無造作に放《ほう》り投げた。その直後にベストもそこに加わった。

そしてもう一秒も待てないかのように彼女を引き寄せ、唇を重ねた。もはや邪魔な上着がなくなり、フランチェスカは彼の背中と胸に両手を走らせた。薄いローン地のシャツを通しても、彼の肌は燃えるように熱かった。でも、彼女はまだ満足できずに両手でシャツをつかみ、ブリーチズから引きだしてその下に手を滑りこませた。

固い筋肉が痙攣《けいれん》するように動き、いっそう熱くなる。フランチェスカは両手で背中をなでるように爪の先でかすめ、指を食いこませ、円を描いた。

シンクレアが鋭く息を吸いこみ、体を震わせる。そして金色の髪が崩れるのもかまわずに両手を埋めながら、白い喉を味わうようにゆっくりと唇でたどりはじめた。ドレスの後ろに手をやり、真珠のような小さなボタンにはばまれて低い声で毒づく。

フランチェスカがつい喉の奥で笑うと、シンクレアは顔を上げ、笑みと苛立《いらだ》ちと飢えの入り混じった目で彼女を見た。

「おかしいのかい？」彼はわざと怒ったように言った。

「とてもなつかしいの」フランチェスカは言い返し、彼のシャツのタイをはずすために手を伸ばした。「これをほどくほうがずっと簡単ね」

シンクレアは口のなかで曖昧《あいまい》につぶやき、白い喉に唇を押しつけて、耳へと這《は》わせた。

すると、耳たぶのカーブに沿っていく唇が、イヤリングをかすめた。

シンクレアは顔を上げ、目を細めてイヤリングを見つめ、親指で宝石をそっとなでた。

「ぼくがあげたイヤリングだ」

フランチェスカはどぎまぎして赤くなった。「ええ」

シンクレアが探るように彼女を見つめる。何を考えているか、その表情からはまったく読めない。フランチェスカの背中を不安が這いあがった。どうしよう。彼はこれを見て、婚約を破棄されたときの怒りと反発を思い出すかもしれないわ。これをつけるなんて、あまりにも図に乗りすぎだと思うかもしれない。

だが、シンクレアはほほえんでこう言っただけだった。「とてもよく似合う」

そしてうつむき、ブレスレットをつけた手首の、美しい宝石のすぐ上に柔らかい唇を押しつけた。とたんに裏切り者の脈が彼の口の下で飛び跳ねる。

シンクレアは喉のくぼみを指でたどった。「ここにもおそろいの装身具が必要だな。そう思わないかい？」

フランチェスカが答える前に、彼はうつむいて敏感なそのくぼみにキスした。まぶたが重くなり、自然と落ちる。フランチェスカは膝の力が抜けないことを願った。こんなちょっとした仕草でも、体のなかが蝋《ろう》のように溶けはじめる。

「シンクレア……」彼の髪をつかんで思わずささやいた。「ああ、シンクレア……」

彼の口が首の横に熱い跡を残しながら這いあがり、耳をいたぶる。フランチェスカは快感に震えた。

昔の彼は、一度もこんなふうではなかったわ。こんなに大胆にむきだしの欲望をぶつけてきたことはなかった。シンクレアが欲望にかすれた声で彼女の名前をつぶやく。耳をくすぐるその声に熱い欲望が泉のように噴きだし、彼女は縮れ毛でざらつく固い筋肉やなめらかな肌に夢中で両手を這わせ、硬く尖《とが》った乳首を見つけ、そのまわりを指先でぐるりとたどった。

シンクレアが喉の奥でうめき、再び彼女の唇を覆いながら、はずしかけたドレスのボタンの残りをすばやく片づけた。いくつかがちぎれ、布地が裂けたような音が聞こえたが、フランチェスカはかまわなかった。いまはただ、彼の手を肌に直接感じたい。彼の手が背中を滑り、肌をあますところなく生き生きとよみがえらせてくれることだけを願った。

ドレスが腕から脱がされ、足もとに落ちる。彼がうつむいて白い肩にキスし、シュミーズのレースの紐《ひも》をじりじりずらしながら、唇で鎖骨をたどり、柔らかい胸を横切っていくと、フランチェスカの息は喉のなかに閉じこめられた。柔らかい布が敏感な肌をくすぐり、縁を飾るひだにこすられた胸の頂が尖る。

シンクレアは欲望に暗く翳《かげ》る目でフランチェスカの胸を見つめ、自分の指が薄い布地のあとをたどるのを目で追った。彼の指が胸の頂に触れると、フランチェスカは体を震わせた。薔薇《ばら》の蕾《つぼみ》のような頂が、いっそう硬くなる。彼は指先でまわりに円を描き、頂をかすめた。フランチェスカは下腹部がとろけるような快感に息を呑《の》んだが、薔薇色の蕾を口に含まれた瞬間、すべての思いが吹き飛んだ。

思わず声がもれて、下唇を噛《か》む。その声に興奮したように、シンクレアがぎゅっと抱きしめ、蕾をさらに口のなかに含み、やさしく吸いはじめる。舌が円を描き、こすり、フランチェスカの欲望をいっそう高めていく。彼の口の動きにつれて、下腹部の奥が溶け、熱い欲望がうずきはじめる。フランチェスカはたくましい体に脚をからめ、ほかのときなら顔を赤らめるほど大胆に彼に向かって動きたかった。

シンクレアが荒々しくシュミーズの反対側を引きおろし、そちらの胸に注意を向ける。フランチェスカはか細いうめきを押し殺し、彼の腕に指を食いこませた。

シンクレアはフランチェスカを床におろし、柔らかい腰に指を食いこませて、熱くとろける中心を自分の欲望の証《あかし》に押しつけた。ほんの数週間前なら、自分でも驚愕《きようがく》したに違いない奔放さで、フランチェスカは腰をそらせ、自分から彼に体をこすりつけて、彼が即座にはっきりと反応するのを見て満足の笑みを浮かべた。

シンクレアはシュミーズを留めているリボンをほどこうとしたが、引っ張られた結び目はこぶのように固くなっていた。しばらくすると、彼は業を煮やしてリボンを引き裂き、性急に肩からはずして、シュミーズを引きおろした。フランチェスカは靴を脱ぎ、これ以上彼の手で下着を破られる前にペチコートと下穿《したば》きのリボンをほどいた。

　下着が滑り落ちて、足もとにたまる。シンクレアの目がゆっくりとおりて、彼女の体をあますところなく味わっていく。フランチェスカは初めて夫に一糸まとわぬ自分を見られたときの恥ずかしさを思い出した。夫の目から自分を覆い隠したくなったことを。アンドルーがその手を苛立たしげにはねのけたことも。

　シンクレアのまなざしの下で、こんなふうに立っているのが恥ずかしくて、フランチェスカは頬を染めた。でも、顔に血がのぼったのは、恥ずかしいからだけではない。熱いまなざしを受けて、まるで彼の手に全身を愛撫《あいぶ》されているかのように、欲望で体が燃えているからだった。

　シンクレアがシャツを肩から振り落とすと、フランチェスカも彼と同じように熱心に広い胸を見つめた。そしてもっと見たいと思っている自分に気づいてかすかな驚きを感じた。何よりも、彼に触れ、キスし、愛撫したかった。体の奥深くの何かが、あらゆる可能な方法で彼を知り、自分のものにし、彼のものになりたがっている。

　フランチェスカはシンクレアがすばやくブーツを脱ぎ、服の残りを脱ぎすてるのを見守った。彼の肌をすべての服が滑り落ちると、彼女の脈はいっそう速く激しく打ちはじめた。

シンクレアが床に膝をつき、彼女の両手を取って引き寄せる。フランチェスカは金色の扇のように髪を広げ、ペチコートの上に仰向けになった。

さあ、あれが来るわ。フランチェスカは身構えて体をこわばらせた。冷たさ、無関心、嫌悪が。もうすぐ、自分のなかでは何ひとつ変わっていないこと、相手がシンクレアでも何も変わらないことがわかる。体が棒のようになって、下腹部で燃える快感が失《う》せ、ほかの形で終わると思うなんてどうかしていたに違いないと悔やむ瞬間が来る。

シンクレアは彼女の隣に横たわり、腕をついてフランチェスカを探るように見つめた。

「ぼくのベッドできみと愛しあうのをずっと夢見てきたんだ。きみの髪がぼくの枕《まくら》の上に広がるのを」

フランチェスカの髪に触れ、頬と喉をそっとなでた。

「だが、とてもそれまで待てそうもない」

そしてゆっくりと、やさしくキスした。いまの言葉とは裏腹に、彼の唇は少しもあせらずにフランチェスカから快感を引きだしていく。だが、そのキスの下にいまにも堰《せき》を切ってほとばしりそうな情熱がひそんでいる。激しく打つ脈、荒い息遣い、焼けるように熱い肌がその証拠だった。シンクレアは意志の力でどうにか自分を抑えている。洪水をせきとめるダムのように、この一瞬一瞬を味わうために自分の欲望を抑えているのだ。

そしてフランチェスカは棒のようになるどころか、ついさっきまでと同じ歓《よろこ》びに満たされていた。体がほてり、こわばりが解けて、不安も恐れもなくなった。ただひたすら快感の上を漂い、自分が感じられるとは思いもしなかった歓びを味わった。

彼の腕をなであげ、その感触を知った。肘の内側の柔らかい肌、上腕の下の固い筋肉、ほんの少しざらつく縮れ毛の感触を。彼に触れると指先が熱くなり、そこから欲望が生まれてくねくねと体を走り、下腹部に集まっていく。フランチェスカは肩や、背中を、届くかぎりのところを愛撫した。

これが冷たい灰に変わるなんて、どうしてそんな不安を感じたの？　そう思いながらも、頭の片隅ではまだ自分の体が突然冷たくなるのを恐れていた。もうすぐシンクレアは、甘いキスをやめ、愛撫もやめて自分の快楽を求め、脚のあいだに彼のものを押しこむに違いない。

するとシンクレアが顔を上げた。フランチェスカはその瞬間にすべてが変わると思ったが、彼は唇を喉や胸へ移しただけだった。そしてゆっくりと彼女の体に手を滑らせながら、再び貪るようにキスした。熱い唇と舌と指で肌をたんねんに探られ、くすぐられるたびに、鋭い欲望が突きあげる。

フランチェスカは両足を落ち着きなく動かした。脚のあいだのうずきがどんどん強く、激しくなっていく。シンクレアの口が胸に移り、じりじり頂へと近づいていくと、フランチェスカは期待に震えて、薔薇色の蕾がさきほどのように口に含まれるのを待った。シンクレアが舌や、唇、歯を使ってじらすたびに、焦がれが高まり、ふくらんで、やがてフランチェスカは弓のようにぴんと張りつめ、汗に濡《ぬ》れて息を乱しながら、たくましい肩に指を食いこませた。

それから、ついに彼の口が薔薇色の蕾をとらえた。ビロードのように柔らかい、濡れた口が胸の頂を含み、ぞんぶんに責めたて、舌で転がしはじめる。彼女はこらえきれずに歓びのうめきをもらし、鋭い痛みに似た激しい快感に体を震わせて、ペチコートのベッドの上でもだえた。

この催促に応《こた》えて、シンクレアは片手を太腿に置き、たいらな下腹部へとなであげると、円を描きながら脚のあいだの茂みへと近づけた。彼の指がなめらかな三角形の端へと入りこみ、縮れ毛をかきわけてその中心を見つけ、熱い中心を探りあてる。そこがあまりに濡れているのが恥ずかしくて、フランチェスカは急いで彼から離れようとした。

だが、彼の指は追ってきて、執拗《しつよう》にもてあそび、やがて濡れて敏感になった場所に入りこんで、最も親密な方法で彼女を探索しはじめた。驚くほど感じやすくなっている部分をやさしくなでつづけられ、フランチェスカは狂おしい欲望にもだえて床に踵《かかと》を押しつけ、腰をまわしながら彼の手に押しつけた。歓びのうめきが、続けざまに喉をせりあがってくる。彼女はその声を消すために彼の腕に口を押しつけた。

体のなかで、何かがしだいにふくれあがっていく。張りつめた欲望のうずきが。それからそれが粉々に砕け、フランチェスカは声をあげて彼の腕に歯を立てていた。歓びの大波が体を貫き、痙攣させる。彼女は気が遠くなるほどの快感に身をゆだねた。

するとシンクレアがうめくのが聞こえた。彼は自分を抑えようとするかのように、つかのまフランチェスカの胸に頭をあずけた。そして彼女が自分の下でようやくぐったりとなると、彼女に重なり、脚を割った。フランチェスカはいそいそと彼に自分を開いた。たったいま頭が麻痺《まひ》するような満足を体験したばかりだというのに、そこはまだうずいている。彼を迎え入れ、満たされるまでは、この飢えが静まることはない。

だが、シンクレアはまだ彼女とひとつになろうとはしなかった。代わりに、肘をついて体を起こし、もうひとつの胸にキスし、じらすように舌を使いながら、さきほどと同じようにゆっくり吸いはじめた。すると驚いたことに、またしても体の奥がぴんと張りつめ、ついいましがた味わった快感を求めて、再び激しくうずきはじめた。

シンクレアが顔を上げ、濡れた苺《いちご》色の蕾に息を吹きかける。そして自分に向かって尖った蕾を人差し指と親指でひねり、やさしくつまんだ。フランチェスカはほとんどすすり泣かんばかりに彼を求めていた。

フランチェスカはうめくように彼の名を呼び、両手を背中から引きしまったヒップへと滑らせてねだった。「ああ、シンクレア、お願い……」

シンクレアはようやく彼女のなかに入ってきた。彼女の腰を持ちあげ、ゆっくりと着実に自分を沈めていく。フランチェスカはようやくひとつになれた達成感と、心から感じる正しさにショックを受け、彼のものに満たされていく歓びに息を呑んだ。シンクレアは彼女のなかで動きはじめた。ほとんど引き抜きかけ、それから再び突き入れる。そのたびに激しい快感が生まれ、フランチェスカのうずきがさらに強くなる。そしてとうとう彼女はまたしても体を痙攣させ、彼の背中に爪を立て、ヒップに指を食いこませた。

シンクレアがかすれた声を放ち、彼女の上で激しく体を揺らす。彼らは情熱の波に翻弄《ほんろう》され、欲望を解き放った。快感の嵐に呑みこまれながら、フランチェスカは両手と両脚で彼にしがみついた。

彼は肩のつけ根に顔を埋め、ぐったりとフランチェスカに体重をあずけた。フランチェスカはその重みが嬉《うれ》しかった。喜びに胸がふくらみ、彼の重みがなければふわふわとどこかに飛んでいってしまいそうだ。彼女はシンクレアを抱きしめたまま、うなじをくすぐる彼の息と、汗ばんだ熱い体を感じながら深い幸せを感じた。

ふいに涙がこみあげ、するりと目の端からこぼれて頬を流れた。彼女は手を伸ばして涙を拭《ぬぐ》った。

「フランチェスカ?」シンクレアが寝返りを打って離れ、心配そうに彼女を見下ろした。

「どうした? 泣いているのか?」

彼女は恥ずかしそうにうなずき、残りの涙を呑みこんだ。「ごめんなさい」

「ぼくが傷つけたのかい？」

「いいえ！　そうじゃないの」彼女は急いで否定した。「どうして泣いているのかしら。とてもすばらしかったのに」フランチェスカはまたしても涙ぐみ、苛立たしげに拭った。

「もう、わたしったら……」

シンクレアは満足そうな声でくすくす笑い、フランチェスカを抱いて自分の胸に引き寄せた。ふたりはちょうど引きだしにしまわれたスプーンのように寄り添って横たわり、シンクレアは金色の髪に顔をすり寄せ、うなじにキスをした。「ああ、すばらしかった」

「あんなふうに感じたことは一度もなかったの。だから――」フランチェスカは自分が知らせたくないことまで口を滑らせてしまったことに気づいて言葉を切った。

「一度も？」シンクレアは驚いて尋ねた。「つまり……」彼は考え深い声で続けた。「きみは一度も……くそ、どうすればこれを上品に表現できるんだ。これまでは……満足したことがなかったのかい？」

フランチェスカはうなずき、消え入りそうな声で答えた。「ええ。おかしな女だと思うでしょう？　ほんとに、こんなことを話しても仕方がないわ」

いったい、なぜこんな話を持ちだしたりしたの？　フランチェスカは自分の愚かさを呪《のろ》った。シンクレアが彼女の冷たさを知る必要はまったくない。わざわざ彼にあれこれ疑いを持たせるだけじゃないの。

「きみはちっともおかしくなんかない」シンクレアはそう言って、また彼女の髪にキスした。「とても……」彼は片手でフランチェスカの脇《わき》をなで、腰の丸みへとおろしていった。「……おいしそうだ」彼は肩の先にもうひとつキスした。「ぼくがわからないのは、きみの亡きご主人のことだよ」

「彼とは、もっと違ったの……いやで仕方がなかった！」この言葉の激しさに、フランチェスカ自身も少し驚いた。「ごめんなさい。きっとひどい女だと思われたわね」シンクレアに嫌われるような愚かな繰り言がこれ以上飛びださないように、フランチェスカはぎゅっと口を閉じた。

「そんなことは思わないさ」シンクレアは彼女をさらに近くに引き寄せた。「ホーストン卿《きょう》はぼくが思っていたよりも愚か者だったに違いないな」

するとと長年胸に押しこめていた言葉が、ほとばしるようにフランチェスカの口をついて出た。「アンドルーはわたしが冷たい女だと言ったの。氷のようだ、と。努力したのよ。でも、どうしても……ちっとも今夜のようにならなかった。彼に触れられるのがいやだったの。ひどい妻だということはわかっていたわ。結婚したのが間違いだった。愛してもいなかったのに。愛していると思いこもうとしたけれど、結婚したとたんに、どんなにひどい間違いをおかしたか気づいたの。彼はわたしの気持ちにはおかまいなしで……とても苦痛だった。結婚式の夜は明け方まで涙が止まらなかったわ」フランチェスカは残りの言葉を呑みくだし、軽い調子でこう言った。「彼がわたしになんの魅力も感じなかったのは、無理もないわね。ほかの女性のところに行ってしまったのも。ひどい妻だったんですもの」

「やめないか」シンクレアはきっぱりと言って肘をつき、顔を見下ろせるように彼女を仰向けにした。「いいかい。きみは美しくて、とても情熱的な女性だ。冷たいところなんか、これっぽっちもない。すばらしく魅力的だよ。ホーストンがどんな愚かな言葉を投げつけたにしろ、その原因はきみのなかにあったわけじゃない」うつむいて激しくキスした。

「わかったかい？」

フランチェスカは頬を染め、うなずいた。

シンクレアは表情を和らげ、指の関節でその頬をなでた。「きみが不幸だったと聞いて気の毒だと思う。これまで歓びを知らなかったことも。だが、こんなことを考えるのは卑劣だが、ホーストンが一度も……これをきみに与えられなかったことを喜ばずにはいられない」彼はにっこり笑い、いたずらっぽく目を輝かせた。「そして……きみが彼とではなく、ぼくと満足を見つけてくれたのを知って、とてもうぬぼれている」シンクレアはまたしてもうつむいてフランチェスカにキスした。「これからは、たっぷり時間を使って、きみが不感症にはどれくらいほど遠い女性かを示すとしよう」自分の言葉を強調するように、シンクレアは彼女の顔やうなじにキスの雨を降らせた。

フランチェスカは小さな笑い声をもらした。「ほんとに？」

「そうとも。ぼくの重大な任務だ。何がきみを興奮させるかひとつひとつふたりで発見していくとしよう」彼はフランチェスカの体を指でなでおろし、胸をかすめて、薔薇色の蕾が硬く尖るのを見てほほえんだ。「それにはかなりの時間と労力が必要だろうが、そのすべてを見つけるのが、ぼくの義務だと思うな」

シンクレアは尖った蕾にひとつずつキスした。

「そしてあなたは義務にはとても忠実な人ね」

「そうとも」彼はさらに下へと片手を這わせながら言った。

フランチェスカはふいに体を貫いた快感に小さく息を呑み、体を弓なりにそらし、欲望にけむる青い目で彼を見上げた。「あら、もう始めるの？」

「もちろん」シンクレアはかすれた声で言った。「ぼくが義務を回避したとは、誰にも言われたくない」

「ええ……」シンクレアの指が情熱の中心を探りあてる。フランチェスカは新たな快感の波に襲われ、ため息をもらした。「そんなことは許せないわ」

それからシンクレアの唇が重なり、彼女の頭からほかのすべてが消え失せた。

17

翌朝、フランチェスカは寝坊した。彼女が目を開けたときには、カーテン越しに差しこむ光が部屋を満たしていた。一瞬混乱して、目をしばたたく。すると昨夜の記憶が一度によみがえってきた。彼女は頬を赤らめながらも、満足の笑みを浮かべ、上掛けのなかにもぐりこんだ。枕《まくら》の上の、昨夜シンクレアの頭があった場所に手をやる。

もちろん、シンクレアはすでにいなかった。階下でもう一度愛しあったあと、彼はフランチェスカを抱いてこのベッドまで運んでくれた。そしてしばらくのあいだ、ふたりともすっかり満ち足りて静かに抱きあっていた。やがてフランチェスカは眠りに落ちた。おそらくシンクレアは、そのあとすぐにこっそり出ていったに違いない。彼がそうすることは、フランチェスカにはわかっていた。シンクレアは召使いからさえ、彼女の評判を守るために細かく気を遣ってくれる男だ。

フランチェスカは突然はっとしてがばっと起きあがり、部屋を見まわした。そしてベッドのそばの椅子に、自分の脱いだ服が積んであるのを見て安堵《あんど》のため息をつき、再び枕に頭を戻した。シンクレアが持ってきてくれていて、ほんとうによかった。階下の居間に脱ぎ散らかしたドレスや下着が残っていれば、何が起こったか召使いたちに悟られてしまうもの。

フランチェスカは体を伸ばし、シーツが肌の上を滑る感触を楽しんだ。これからはナイトドレスを着るのはやめようかしら？ ふとそう思い、ひとりでくすくす笑った。いったいどんな魔法を使ったのか、シンクレアはたったひと晩で彼女を好色な女にしてしまったようだ。まだすっかり目を覚ましてもいないのに、もう今夜は何が起こるのか、シンクレアがまた来てくれるかしらと考えている。

でも、それは当然のことよ。なんといっても、わたしは何年もの空白を埋める必要があるのだもの。

起きあがってドレッシングガウンに袖《そで》を通すと、低い椅子にメイジーが置いていった朝食のトレーがのっていた。お茶もトーストも冷たくなっていたが、フランチェスカは急に旺盛《おうせい》な食欲を感じて、呑《の》みこむように口に入れた。

そしてベルを鳴らしてメイドを呼び、風呂の支度を命じた。メイジーが好奇心にかられているのが見てとれた。昨夜パーキンスがわめき散らして帰ったあと何が起こったのか、メイジーもほかの召使いたちも、知りたくてたまらないのだろう。問題は解決したこと、将来の心配をする必要はもうなくなったことを、みんなにも知らせてやらなくてはならないが、それはあとにしよう。いまは熱い湯にゆっくりつかり、シンクレアのことを考えていたい。

　ふたりの将来が短いことは、もちろんわかっている。幸せに満ちた一夜を過ごしたとはいえ、これはただの情事だ。たしかに彼女はシンクレアを愛している。そして、彼もフランチェスカと愛しあうのを楽しんだ。でも、彼女を愛していると仄《ほの》めかすようなことはいっさい言わなかった。男性にとって、情熱は女性と同じ意味を持つわけではないのだ。シンクレアの欲望は、彼女とは違って愛に裏づけされているわけではない。かりにシンクレアがフランチェスカを愛しているとしても、ふたりに未来がないことに変わりはない。

　たとえシンクレア・リールズがフランチェスカを望んでも、ロックフォード公爵には跡継ぎを産める妻が必要なのだ。そして人一倍責任感の強いシンクレアは、間違いなく欲望よりも義務を選ぶ。子供を産めない女と結婚することはできない。彼はやがてもっと若い花嫁を選び、子供をもうけるだろう。

　でも、いますぐそうする必要はないわ。どうやらシンクレアは、わたしが選んだ候補者の誰にも、とくに関心はないようだもの。実際、そのうちのふたりは嫌っている可能性すらある。そしてもうひとりは、別の男と婚約するのを助けてあげたくらいだ。シンクレアはどの候補者にも、いつものように用心深く振る舞い、彼女たちが望みを持つような態度はとらなかった。あと数カ月は……ひょっとしたら一年か、二年は待てる。男性は彼よりもはるかに年をとっていても、子供を作ることができるもの。

　シンクレアが結婚しなければならないときが来るまで、ふたりは一緒に過ごせる。少なくとも、彼がフランチェスカに飽きるまでは。ふたりが男女の仲になっても、おおっぴらに振る舞わないかぎり、社交界の誰も気に留めたりはしないはずだ。結局のところ、フランチェスカは未亡人だし、シンクレアは独身で、ふたりが夜ごと睦《むつ》みあっても誰ひとり傷つく人間はいないのだから。貴族のあいだでは、跡継ぎの問題が片づいたあとは、既婚者でさえ別の相手と関係を持つことが多いのだ。

　したがって、人々はふたりの仲をひそひそと噂《うわさ》するかもしれないが、注意深く行動しているかぎり、スキャンダルになる可能性はほとんどなかった。シンクレアが清廉潔白だという評判を持っていることを考えれば、なおさらだ。また、たとえその危険があるとしても、スキャンダルで傷つくのはフランチェスカの評判だけ。シンクレアにはなんの害もない。

　最後に彼をあきらめるのはつらいだろうが、フランチェスカはその危険も喜んでおかすつもりだった。先のことを考えずに、いまの幸せをつかむの。そして時期が来たら、潔く彼を手放そう。シンクレアの人生を台無しにするようなことは決してしない。でも、いまは思いがけず与えられた幸せをつかみ、女の歓《よろこ》びを心ゆくまで味わいたい。

　フランチェスカはまるで雲の上を漂っているような気持ちで着替えをすませ、階下におりて、キッチンに召使いたちを集めた。そしてまず最初に、みなが昨夜、彼女を守るために大奮闘してくれたことを感謝し、ついでパーキンスの問題は解決したことを知らせた。ミスター・パーキンスは、もう二度とここを訪れることはない。フランチェスカは笑顔で彼らに報告した。

召使いたちは見るからにほっとした顔になった。だが、ひとり残らず好奇心にかられているようだ。でも、フランチェスカは、自分がシンクレアのところに駆けこんだことも、彼がパーキンスの件を片づけてくれたことも話すつもりはなかった。メイジーだけには、あとでその一部を話すかもしれない。ほとんど一日中彼女のそばにいるメイジーに、秘密を保つのはとても難しいから。でもいまはまだ、シンクレアのことは自分だけの胸に秘めておきたかった。それに彼の名前を口にしただけでも、頬が緩み、目が輝いて、真実を見抜かれてしまうに違いない。

フランチェスカはいつもどおりに過ごそうと思ったが、何ひとつ集中することができなかった。そこで、最近ずっと引き延ばしていた手紙を書くために机に向かった。コンスタンスにはもう何日も前に返事を書くべきだったのだ。でも、紙を取りだし、書きはじめるとすぐに、またしてもシンクレアのことを考えていた。彼がどんなふうにほほえむか、目の隅にどんなふうにしわが寄るか、さもなければ昨夜ふたりでしたことを。するとたちまち脈が速くなり、体の奥が温かくうずきはじめた。

気まぐれな思いを引き戻し、手紙の続きを書きはじめたものの、しばらくするとあきらめた。あまり集中力を必要としない仕事なら、と次は繕い物を広げたが、靴下をかがったり、ひだを縫いつけたりする仕事も、手紙を書くのと同じくらい無理なことがまもなくわかった。

午後になって客が訪れれば、もっと早く時間がたつわ。フランチェスカはそう思ったが、それはとんでもない間違いで、訪問者の相手をするのがいちばんたいへんだった。繕い物なら、それを膝に落として壁の一点を見つめ、とろんとした目でシンクレアのキスを思い出していても、誰にも見られずにすむ。でも、客の場合は、相手が話していることに興味を持って、耳を傾けているふりをしなくてはならない。

フランチェスカがあまりに何度も会話の流れを忘れてしまうので、客に具合でも悪いのかと尋ねられたくらいだった。またほかの客は、氷のような目でにらんで帰っていった。

それからシンクレアが訪ねてきた。

フランチェスカがレディ・フェリンガムとその娘と一緒に応接間で話していると、フェントンが戸口に立ち、公爵の訪れを告げた。とたんに心臓が喉から飛びだしそうになり、彼女はぱっと立ちあがっていた。そしてどの客を迎えるときでもそうするふりをしながら、執事に向かってうなずいた。「ええ、お通ししてちょうだい」

フェリンガム母娘のほうを見ないようにして、フランチェスカはシンクレアとの再会に備えた。ふたりのあいだに起こったことを仄めかすような表情が浮かんではまずい。これからは、とにかく慎重に振る舞わなければならない。思慮深く、慎重に。これが彼女のモットーだ。

シンクレアは執事に従って部屋に入ってきたとたん、先客がいるのを見て一瞬がっかりした顔になった。戸口のすぐ内側でいったん立ちどまり、注意深く表情を抑えて歩み寄る。それからフランチェスカにお辞儀をした。

「レディ・ホーストン」

「ロックフォード。まあ、あなたがいらしてくださるなんて嬉《うれ》しいこと」彼女も感情のこもりすぎない声で彼を迎えた。頬が少し熱くなったが、赤くなったように見えないことを願った。少なくとも、ふたりの先客が気づくほど赤くはないことを。

彼女はシンクレアに手を差しのべた。彼に触れてもらいたくてたまらなかったが、そんなそぶりは見せられない。シンクレアは彼女の手を取り、ぎゅっと握ってから離した。フランチェスカは意志の力を総動員して、どうにか彼から目をそらした。

そしていつもの明るい笑みを浮かべ、椅子のひとつに曖昧《あいまい》に手を振った。「どうか座ってちょうだい。レディ・フェリンガムとお嬢様のレディ・コットウェルはご存じね」

「もちろん」

シンクレアがふたりの女性に頭をさげ、礼儀正しく挨拶《あいさつ》をしているあいだに、フランチェスカはどうにか落ち着きをかき集めようとしながら腰をおろした。

　こんなことはばかげているわ。フランチェスカは自分をたしなめた。自分におおいかぶさったときのシンクレアがどんなに大きく見えたか、汗に濡《ぬ》れた体で息を乱し、どんなふうに黒い目を欲望に翳《かげ》らせていたかしか考えられないなんて。

　ハンカチを取りだし、さりげなく顔にあてる。ほかにも暑そうな人がいる？　それとも、汗ばんでいるのはわたしだけ？　フェントンを呼んでもうひとつ窓を開けさせたら、奇妙に思われるかしら？

　部屋のなかが急に静かになった。ちらっと客を見まわすと、何かがおかしい。三人とも、何かを期待するように彼女を見ている。誰かが何か質問したの？

「あら、ごめんなさい。なんとおっしゃったの？　少し気が散ってしまって。部屋のなかが暑すぎるような気がしたの。もうひとつ窓を開けましょうか？」

「いいえ。このままでとても快適ですわ」娘のほうが答えた。「先週レディ・スミス＝フルトンのお宅で催された夜会はいかがでした、とお尋ねしましたのよ。わたしはすっかり圧倒されましたわ」

「そうね。でも、それが夜会の目標ですもの」フランチェスカは笑みを浮かべて言いながら、スミス＝フルトンの夜会のことを、何かひとつでも必死に思い出そうとした。シンクレアがメアリ・コールダーウッドと話しているのを見たのは、たしかあの夜会ではなかった。ええ、あれはハヴァースリー宅の夜会だった。彼女はハヴァースリー家の夜会のことも、シンクレアが誰と話したか、メアリがどんなふうにシンクレアを褒《ほ》め称《たた》えたか、それしか思い出せなかった。

こっそり目をやると、シンクレアにじっと見つめられていた。そうでなくてもほてる肌をいっそう熱くするようなまなざしを受けて、彼女はたしなめるように軽くにらんだ。だが、自分ではそのつもりでも、まるで違う表情になったに違いない。それにしても、このふたりはいつになったら帰るの？　午後の訪問に適切な時間はとっくに過ぎているんじゃないこと？

だが、レディ・フェリンガムはまだ話しつづけていた。彼女はチェスターフィールド卿《きょう》の新しい四輪馬車のことを話しはじめた。どうやら卿の末の息子が、ついこの日の朝、ミスター・ウィリアム・アーバスノットとばかげたレースをして、その四輪馬車を壊してしまったらしい。フランチェスカは適切な場所で息を呑み、ため息をつき、笑みを浮かべながらも、ともすればシンクレアへと視線がさまようのを止められなかった。

レディ・フェリンガムがようやくそろそろお暇《いとま》しなくてはと切りだしたときには、フランチェスカは心からほっとした。立ちあがって別れを告げるときについ顔をよぎった喜びに、このふたりが気づかなかったことを願うしかない。

ふたりが出ていくと、フランチェスカはくるりとシンクレアを振り向いた。彼は大股に二歩で歩み寄り、彼女の手をつかんで指の関節を唇に強く押しつけた。

「あのふたりがここに根をはやしてしまったんじゃないかと思いはじめたところだった」シンクレアはキスの合間にそう言った。

フランチェスカはくらくらしながら小さく笑った。「わたしもよ。ああ、シンクレア……」

ため息のように彼の名前を呼び、うっとり見上げる。彼女の顔はまるで灯《とも》したように内側から輝いていた。

シンクレアは低い声で毒づき、激しく抱きしめて貪《むさぼ》るようにキスした。しばらくしてふたりがようやく抱擁を解いたときには、フランチェスカの顔は薔薇《ばら》色に染まり、青い瞳はきらめいて、唇は柔らかく、ほとんどあざのように赤くなっていた。

「きみにそんなふうに見つめられると、何もかも頭から吹き飛んでしまう」シンクレアはかすれた声で言った。「ぼくたちは話さなくてはならないことがあるよ」

「そう?」フランチェスカは軽い調子で言い、わざとそそるような笑みを浮かべた。「わたしはほかにしたいことがいくつか思い浮かぶけど」

「この雌狐《めぎつね》」シンクレアは彼女の手を再び口元に持っていき、手のひらに唇を押しつけた。「ぼくだってそうさ。わかっているくせに。だが、その前に――」

廊下から控えめな咳払《せきばら》いが聞こえ、ふたりはぱっと離れた。シンクレアはすばやく向きを変え、とても興味深いものを見つけたように、熱心に暖炉の上の飾り棚を眺めはじめた。フランチェスカは顔をしかめ、それから落ち着いた表情を作って執事に顔を向けた。

「フェントン？」

「ミセス・フレデリック・ウィルバーフォースがお見えです、奥様」

留守だと伝えてちょうだい、とできれば言いたかったが、ウィルバーフォース夫人はフエリンガム母娘が帰るのを見かけているに違いない。それなのに門前払いを食わされれば、きっと傷つく。〝玉《たま》の輿《こし》〟に乗ったウィルバーフォース夫人は、どんな類《たぐい》の冷淡な扱いにも極度に神経質なのだ。

ため息を押し殺し、フェントンに通してくれと伝えると、シンクレアを振り向き、低い声で付け加えた。「ごめんなさい」

シンクレアは首を振って小さな笑みを見せた。「彼女が帰るのを待つよ」

フランチェスカは、部屋に入ってきたウィルバーフォース夫人を笑顔で迎えながらちらっと不安にかられた。シンクレアとキスしていたことが、顔に表れていないかしら？　脈はまだ速すぎるし、胸もどきどきしている。きっと顔も赤いに違いないわ。フランチェスカはできるだけシンクレアを見ないようにした。

さいわい、シンクレアはウィルバーフォース夫人の夫を知っていた。ウィルバーフォースはコーンウォールにある公爵領に近い町の出身だったから、彼は何分かその話をしてウィルバーフォース夫人の気をそらしてくれた。そのあと、時間は遅々として進まなくなった。このときばかりは、いつもの社交的な会話すら思いつくことができず、フランチェスカは夫人が一刻も早く帰り、再びシンクレアとふたりだけになる瞬間を、ただひたすら待ち焦がれた。

ウィルバーフォース夫人が帰ったら、フェントンには今日はもう客を受けないと言うことにしよう。でも、シンクレアが残っているのに、どういう口実をつければいいの？　社交的な礼儀からすると、もちろんシンクレアのほうが夫人よりも先に立ち去らなければならない。彼はすでに午後の訪問にしては長居をしすぎている。ウィルバーフォース夫人はそのことに気づくだろうか？　それとも公爵と話していることにすっかり威圧され、彼が社交的なルールを破っていることには気づかないだろうか？

驚いたことに、それからまもなくシンクレアが立ちあがり、ふたりに向かって別れの挨拶を始めた。フランチェスカは彼を引きとめそうになるのを、やっとのことでこらえ、どうにか笑みを浮かべて彼に片手を与えた。

「わざわざ来てくださって、とても嬉しかったわ」彼女は堅苦しい声でそう言った。

シンクレアは微笑した。「すぐに戻りたいと願っているよ」

その言葉にぱっと目を上げると、笑いを含んだ黒い目が見下ろしていた。「ええ、そうしてちょうだいな。ぜひ庭をお見せしたいわ」

彼はにやっと笑った。「きっと美しいに違いない。ごきげんよう、レディ・ホーストン」

「公爵」

彼女はウィルバーフォース夫人が腰を上げるのを、じりじりしながら待った。夫人は公爵の品のよさ、マナーのよさ、気さくな人柄、ハンサムな顔などを切れ目なく称えつづけている。いい加減にして、と叫びそうになったが、その代わりに機械的にほほえんでうなずく。でも、会話を少しでも必要以上に長引かせたくなかったから、自分の意見を口にするのは控えた。

夫人が部屋を出ていくとすぐに、フランチェスカは廊下を急ぎ、裏手にあるドアからホーストン邸の裏にある、塀に囲まれた小さな庭に出た。家の横には召使い用の入り口に至る細い路地があり、その突きあたりがこの庭に入る門になっているのだ。シンクレアが別れ際の謎《なぞ》かけを理解してくれたことを願いながら、彼女はその門へと向かった。

門には外から開ける取っ手はないが、内側からなら開けることができる。フランチェスカは差し錠を上げ、門を開けた。シンクレアは家の外壁にもたれ、そのすぐ外に立っていた。

シンクレアが入ってきて門を閉め、彼女を抱きあげると、フランチェスカは喜びの笑い声をあげた。彼がゆっくり踊るようにまわりながらキスするあいだ、フランチェスカは情熱の霞《かすみ》に包まれて彼にしがみついていた。

しばらくして、ようやくシンクレアはフランチェスカを地面におろした。恍惚《こうこつ》として話すことはおろか、何ひとつ考えられずにいるフランチェスカの手を取って庭の奥に導き、ベンチの前で足を止める。そこは壁に囲まれてどこからも見えない、美しい場所だった。すぐ横には満開の薔薇が芳《かぐわ》しい香りを放っている。フランチェスカは彼に肩を抱かれ、その脇《わき》に体をすり寄せるつもりでベンチに腰をおろした。

だが、シンクレアは隣に腰をおろそうとしない。フランチェスカはけげんそうに彼を見上げた。「早く、ここに座って」誘うようにほほえみ、片手を差しだす。

シンクレアは首を振り、真剣な表情で言った。「ここに来たのはきみと話すためだ。だが、きみのそばにいると何もかも忘れてしまう」

フランチェスカはにっこり笑い、えくぼを作った。「わたしはそれでもかまわないけど？」

つられてほほえみ返したものの、シンクレアは首を振った。「いや、いまはだめだ。また誰かに邪魔される前に、ここに来た目的を果たしてしまいたい」

フランチェスカはため息をついた。「わかったわ。どうぞ話して」

シンクレアはフランチェスカを見て口を開きかけた。だがいったんつぐみ、もう一度開いた。「うまく言えそうもないが」彼はつぶやいて息を吸いこんだ。「レディ・ホーストン……」

「いやだ、レディ・ホーストンだなんて！」フランチェスカは笑いだした。「どうしてまた、そんな改まった口調になったの？」だが、シンクレアの厳粛な顔を見ると、体のなかが冷たくなった。「シンクレア、どうしたの？　何が言いたいの？」

彼は昨夜起こったことを悔やんでいると告げに来たに違いない。公爵夫人を見つけるという義務から、気を散らされるのはごめんだ、と。フランチェスカは膝に置いた手を握りしめ、それを見つめて涙をこらえようとした。

「フランチェスカ」シンクレアは言い直した。「もうわかっていると思うが、ぼくの気持ちは……希望は……ああ、くそ！　きみに結婚してくれと言いに来たんだ！」

フランチェスカは呆然《ぼうぜん》と彼を見つめた。彼の深刻な声にあらゆる恐ろしい予想をかきたてられたが、まさか結婚を申しこまれるとは思ってもいなかったのだ。

シンクレアはフランチェスカを見て、低いうなりを発した。「くそ！　完全にぶち壊してしまった」さっとフランチェスカの前で片膝をつく。「すまない、フランチェスカ、お願いだ……」彼はポケットから小さな箱を取りだし、フランチェスカに向かって差しだした。「ぼくの妻になると言ってくれないか？」

フランチェスカはようやく声が出るようになった。「いいえ！」ぱっと立ちあがり、恐怖にかられて彼を見つめる。「シンクレア、だめよ！　あなたとは結婚できないわ！」

その瞬間、シンクレアの顔からすべての表情が消えた。彼は立ちあがった。「またかい？　きみはまたぼくを拒否するのか？」

「違うのよ、シンクレア。そうじゃないの。どうか怒らないで――」

「ぼくにどうしろと言うんだ？」鋭い言葉が返ってきた。「昨夜《ゆうべ》はなんだったんだ？　感謝のしるしか？　ありがたいが、ぼくはお返しなど必要なかった！」

フランチェスカはまるで平手打ちを食わされたように顔をのけぞらせ、頬を染めた。

「あれはお返しなんかじゃなかったわ！　あなたに抱かれたのは――」彼女は口をつぐんだ。こんな、石のような顔でにらみつけている彼に、愛しているとはとても言えない。

シンクレアは皮肉たっぷりに眉を上げた。「ああ、なんのためだい？」彼は顔をしかめ、さっときびすを返した。「くそ、ぼくはなんて愚かだったんだ」そして二、三歩フランチェスカから離れ、くるりと振り向いて黒い目で彼女を貫いた。「いったいどういうつもりだったんだ？　ひと晩だけ？　それともふた晩？」

「いいえ。ただ……結婚はだめ」

「愛人ならいいのか？」シンクレアは信じられないことに、さっきよりもっと激怒しているように見えた。「みんなに隠れ、こそこそと人目をしのんで会うつもりだったのか？　ぼくはどうするんだ？　ほかの女性と結婚したあとも、ずっと妻に隠れて愛人を持つのか？　きみはぼくをそんな男だと思っているのか？」

涙がフランチェスカの喉を塞《ふさ》いだ。「いいえ、違うの。お願いだから、シンクレア……」

「まったく！　今度こそきみはぼくのことを……十五年たったあとで、ようやく気づいたと……きみはぼくを……」シンクレアは毒づいて、苦々しい声で笑った。「いったい何度ぼくに愚かな真似《まね》をさせれば気がすむんだ？」彼は首を振った。「まあ、これが最後だ。さようなら。もう二度ときみをわずらわせないよ」

フランチェスカはつかのま、恐怖のあまり凍りつき、それから彼を追いかけようとした。

「シンクレア、待って！　行かないで！」

シンクレアはくるりと振り向き、手にしていた箱をフランチェスカの前に投げすてた。

「ほら、これをきみのコレクションに加えるんだな」

そして門へと向かい、荒々しく開けて立ち去った。門が大きな音をたてて閉まり、庭にその音が響き渡る。

頭が真っ白になり、フランチェスカは動くこともできなかった。体が震えはじめ、涙があふれて止まらない。こんなことが起こるはずがないわ！　彼がわたしの人生からこんなふうに出ていくなんて！

立っていることができず、彼女は地面に膝をついた。暖かい夏の午後だというのに、骨の芯《しん》まで冷たくなり、がたがた震える。手を伸ばし、シンクレアが投げていった小さな箱を拾って蓋《ふた》を開けた。なかには指輪が入っていた。リールズ家のダイヤモンド、ロックフォード公爵夫人の結婚指輪が。

フランチェスカは宝石箱を握りしめ、胸に抱きしめて地面に倒れこんだ。

「奥様？　奥様？」耳のすぐそばでメイジーの声がした。「どうしたんです？　具合が悪いんですか？」

フランチェスカは目を開けた。メイジーがひざまずいて彼女の上にかがみこみ、心配にくもる目で顔をのぞきこんでいる。フランチェスカは目をしばたたいた。泣きつかれ、絶望にかられて、どれくらいそこに横たわっていたのか、見当もつかなかった。

ぼうっとした頭で体を起こし、自分がまだ小さな宝石箱を握りしめ、胸に押しつけていることに気づいた。「大丈夫よ、メイジー。心配しないで」

「奥様、何があったんです？　奥様がここに倒れているのを、ベスが見つけたんですよ。発作を起こされたに違いないと思って、死人でも目を開けそうな悲鳴をあげたもんだから、飛んできたんです」

フランチェスカは涙を呑みこんだ。「いいえ、そうじゃないの。ただ、少しショックを受けただけ」立ちあがろうと膝をつくと、メイジーが手を貸して立たせてくれた。

「フェントンは、公爵様がここで奥様と一緒だったと思っていたようです。まさか、あの公爵が……ひどいことをしたんじゃ……？」

「いいえ！　そうじゃないの。彼はわたしに暴力をふるったりしないわ。違うの、自分で倒れたのよ」フランチェスカは笑みを浮かべようとしたが、あまりうまくいかなかった。「もう休むことにするわ。ほんとに、大丈夫だから心配しないで。ほかのみんなにもそう言ってちょうだい。ただ疲れているだけよ」

「あの悪党が戻ったわけじゃないでしょうね？」メイジーはしつこく尋ねながら、裏口へ向かうフランチェスカのあとに従ってきた。

「パーキンス？」フランチェスカは首を振った。「いいえ。あの男はもう行ってしまった。二度と戻ってくる心配はないわ。わたしはただ、とてもひどい失敗をしただけ。たぶん……」涙がこみあげてきた。「公爵ももう二度とここには見えないと思うわ」

「なんですって？」メイジーは驚いて目をみはった。「でも、奥様――」

「お願い。この話はできないの。部屋に行って横になるわ」

ふたりは家のなかに入り、奥の階段を上がった。メイジーはフランチェスカが服を脱ぐのを手伝い、ドレッシングガウンで包むと、暖かい夕方にもかかわらず体が震えているのを見て、暖炉に火をつけた。

そのあと、お茶と軽い夕食をトレーにのせて持ってきた。食欲はまったくなかったが、お茶はありがたかった。フランチェスカはむなしさを募らせながら、長いことぼんやりと暖炉の火を見つめていた。

シンクレアのもとに走り、彼の足もとに身を投げだして、どうか最後まで聞いてくれと懇願したかった。彼と結婚できない理由を訴えたかった。ええ、何もかも説明すれば、彼もなぜわたしが断ったか理解できるはずよ。フランチェスカはそう思った。そしてわたしが正しいことに気づく。少し考えれば、ふたりは結婚できないことがわかるはずだ。

そのあとで、自分の気持ちを打ち明けよう。彼との結婚を拒んだのは決して愛していないからではないと。ふたりのあいだにあんなにすばらしいことが起こったあとで、どうしてあんなことを考えられたの？

でも、もちろん、このどれも実現する可能性はない。シンクレアは会おうとはしないだろう。あんなに怒っていたのだもの。あんなに冷たい顔でわたしをにらみつけたのだもの。指輪を投げたとき彼の顔に浮かんでいた氷のような軽蔑《けいべつ》を思い出すと、新たな涙がこみあげてきた。

フランチェスカは彼に手紙を書こうと決めた。そして召使いと顔を合わせるのを避けて鼠《ねずみ》のようにこそこそと階下に行き、机の前に座った。彼女は自分の取った行動の説明を書きはじめては、その紙を引きちぎり、また新たに書きはじめた。でも、どんな言葉で説明しても、わかってもらえるとは思えなかった。シンクレアの顔にあの表情が浮かんだときの自分の恐怖と悔いを、深い絶望を表現する言葉など、ひとつも思いつけない。何を書こうと、もう彼の心を取り戻すことはできないだろう。

彼はわたしを憎んでいる。わたしのぶざまな拒否が、彼を深く傷つけてしまった。もう決して許してはくれないわ。

フランチェスカは自分の愚かさを呪《のろ》った。もっとよく準備をしておくべきだったのだ。昨夜の出来事のあと、名誉心の篤《あつ》いシンクレアが結婚を申しこむ義務があると思うのは予想できたはずだ。たとえそれが理性的でも、適切でもないとしても、フランチェスカに名誉を保つチャンスを与えるに違いない、と。

朝から幸せに酔い、ふわふわした気持ちで過ごす代わりに、その可能性に気づき、結婚を申しこまれた場合にはどう答えればいいかを考えておくべきだった。そうすれば、慎重に言葉を選んで、ひとつひとつ理由を挙げることができたはずだ。ほんの少し事前に考慮していれば、あんなにシンクレアを傷つけて激怒させずにすんだ。

でも、そう考えること自体が愚かなのかもしれない。彼女がどんなによく備えていたとしても、結局、破局は避けられなかったのかもしれない。わたしがわがままで衝動的だったのがいけなかったのだ。彼に抱かれたい、彼と女の歓びを味わいたいあまり、欲望に身を任せてしまった。愛しあったあとも万事うまくいくはずだと自信たっぷりで。そしてどうなったというの？　恋人を失っただけでなく、彼と友人でもいられなくなってしまった。

考えうるかぎり、最もわびしい運命だ。もう一度彼のほほえみで温めてもらえずに、どうして生きていけるの？　彼が振り向き、眉を上げて、顔にあの苛立《いらだ》たしい表情を浮かべるのも、馬と一体になったように柵《さく》を飛び越えるのも二度と見ることができずに、いったいどうやって生きていけるというの？

フランチェスカは震えながらため息をつき、目を閉じて椅子の背に頭をあずけた。何日かして……怒りが少しはおさまり、理性が戻ったころに、すべてを説明する手紙を届けることができるかもしれない。

いいえ、むしろこのままのほうがいいんだわ。自分の行動を正当化しようとせずに、彼を自由にするほうが。シンクレアはわたしとのことに終止符を打ち、自分の人生に戻れる。リールズ家の結婚指輪は、明日にでも小包にして、なんの説明もつけずに彼のもとに届けさせよう。

だが、この思いはナイフのようにフランチェスカの胸を刺した。そんなに高潔な行いをする強さが自分にあるだろうか？

ようやく疲れに負け、彼女はベッドに横になった。だが、いくらたっても眠りは訪れなかった。フランチェスカは何時間も暗がりを見つめ、自分の行動を悔やみつづけた。それでもいつのまにか眠ったらしく、夜中にふいに目が覚めた。

ぱっと目を開け、体をこわばらせて闇《やみ》のなかに横たわりながら、目覚めた原因を考えた。家のなかはしんと静まり返っているようだ。しばらく耳を澄ませたあと、突然眠りから引きだされたのはきっと高ぶっている神経のせいだ、と自分に言い聞かせ、再び目をつぶった。

するとﾠ床板がぎいっという音をたてた。そちらに寝返りを打つと、誰かがベッドの裾《すそ》に立っている。一瞬、鋭い希望が心臓を貫いた。シンクレア！

だが、黒い影が何かを腕に抱え、ベッドの横へとまわってくると、恐怖にかられた。それは彼女を腕に抱きに戻ってきたシンクレアではなく、パーキンスだった。

悲鳴をあげようと口を開いたとたん、何か重い、黒いものが彼女を包むように落ちてきて、その声を奪った。

18

フランチェスカはそれでも悲鳴をあげた。だが、おそらく外にはくぐもったうめきにしか聞こえないだろう。これでは召使いの耳には届かない。彼女は黒い布のなかに閉じこめられ、夢中で暴れたが、パーキンスに拳《こぶし》で殴られてぐったりとなった。彼はこの隙《すき》を逃さず、フランチェスカを抱えあげ、肩に担いでドアへと走った。彼の肩からさかさにぶらさがり、揺すぶられて、吐き気がこみあげてくる。彼が一歩動くたびに顔が背中にぶつかり、息が揺れ、くぐもった悲鳴しかあげられなかった。もがこうとしても、毛布にきつく巻かれ、両脚をパーキンスの腕でぎゅっとつかまれていては、階段を駆けおりていく彼の背中で身をよじることしかできない。

パーキンスが玄関のドアを大きく開けたとき、家の奥で叫び声があがったような気がした。だが、ドアが勢いよく閉まる音にかき消され、はっきりとはわからなかった。気がつくとフランチェスカは乱暴に固い床の上に落とされ、肺の空気を吐きだしていた。パーキンスがすぐあとから飛びこんできて、扉を閉める。その直後、いきなり床が動きだした。

パーキンスは家の前に馬車を待たせていたに違いない。馬車はかなりの速度でホーストン邸から離れていく。

苦しい呼吸を整え、毛布を払いのけようとすると、パーキンスが荒々しく引きはがした。彼はフランチェスカを乱暴に座席に引っ張りあげ、体の前で手首を縛った。フランチェスカは彼を蹴《け》って逃れようとしたが、パーキンスの力にかなうはずもない。彼は脚がぶつかったときには毒づいたものの、手を止めもせずに両手を縛りつづけている。

フランチェスカはようやく息をかき集め、悲鳴をあげた。だが、彼はそれも同じように無視した。彼女の悲鳴は、ほとんど役に立たないに違いない。走る馬車の車輪の音が、彼女があげる声や音をほとんどかき消してしまう。それにここはロンドンだ。馬車のなかからときどきくぐもった悲鳴が聞こえたぐらいで、誰が不審に思って追いかけてくる？

パーキンスは手首を縛りおえると、ポケットからハンカチを取りだし、フランチェスカの口に突っこんで恐ろしい声で言った。「黙れ、くそあま。黙れと言っているんだ！　まったく、なんてでかい声だ」

彼はクラヴァットをほどきはじめた。フランチェスカはその隙に、彼からできるだけ遠い隅に体を投げ、ハンカチを吐きだして、声をかぎりに叫んだ。パーキンスが毒づいて身を乗りだし、ハンカチを拾うためにかがみこむ。ちょうどそのとき、馬車が道の角を曲がり、パーキンスは床に倒れこんだ。

フランチェスカの足がすばやく彼を蹴った。頭を狙《ねら》ったが、相手が急いで体をひねったせいで肩にあたった。彼女は攻撃をやめて馬車の扉に飛びつき、取っ手をまわした。扉がぱっと開くと、そこは市場のある地域だった。夜明け前の暗がりのなかで、商人たちが通り沿いのずらりと連なる屋台に、さまざまな品物を並べている。そのせいで、馬車はこれまでのような速度で走れないのだった。

フランチェスカはまだ扉の取っ手をつかんでいた。外に飛びだすつもりだったが、最後の瞬間、ためらった。馬車の速度がまだ速すぎるのではないかと不安にかられたのだ。だが、床に倒れたパーキンスがさっと起きあがって飛びついてくるのを見て、フランチェスカは車輪の下に転がらずにすむことを必死に祈りながら、思いきって跳んだ。

フランチェスカは落ちた。恐れていたように地面にではなく、屋台のひとつに横向きに落ち、そこに並べてあった果物を押しつぶした。プラムと苺《いちご》をおろしていた商人が、怒りの声をあげ、手にしていた箱を落とした。

男はぱっと振り向いて、フランチェスカの腕をつかみ、つぶれた商品からぐいと引っ張りあげた。「くそ、なんて女だ! いったいこいつをどうしてくれる?」

フランチェスカは必死にその手から逃れようとした。御者に停《と》まれと叫ぶパーキンスの声が後ろから聞こえてくる。彼女は恐怖がもたらしたばか力で手首を縛られた腕を八百屋から振りほどくと、走りだした。

でこぼこの敷石が、裸足《はだし》の足の裏を傷つける。手を縛られたままで走るのは、信じられないほど難しかった。だが、フランチェスカは必死に走った。後ろから叫び声や野次が聞こえた。走りすぎる彼女に、口笛を吹き、まるでレースでも見ているようにがんばれと手を叩《たた》く男もいた。

だが、パーキンスを止めようとする者はひとりもいなかった。追ってくる彼の足音はどんどん大きくなってくる。後ろから飛びつかれ、地面に真正面からぶつかり、パーキンスの下敷きになって、またしても息を吐きだした。この衝撃に全身が揺すぶられ、体の横をしたたかに打った。頭ががんがんし、荒々しく噛《か》みあわさった歯が痛んだ。

パーキンスが彼女から転がりおりて立ちあがり、フランチェスカを乱暴に引きたたせると、彼女を担いで馬車に戻っていった。フランチェスカは息を呑《の》みこむだけで精いっぱいで、抗議することもできず、弱々しくもがくことしかできなかった。

「静かに、ディア」パーキンスは頭にくるほど落ち着いた声で言った。「きみが取り乱しているのはわかっている。だが、もう大丈夫だ」彼は通りで見ている男たちに顔を向けた。「すまない。妻はこのところどうかしているんだ。子供を亡くしたものだから。少しおかしくなっているらしい」

「いいえ！」フランチェスカはどうにか、声を出した。

「ほらほら、そう興奮するんじゃないよ、ディア。家に帰ろう。お医者様に診てもらえば、きっとよくなる」

「だんな！」がっしりした八百屋が走ってきて、自分の屋台を示した。「この代金は、誰が払ってくれるんだ！　せっかくの商品が全部台無しだ！」

パーキンスがポケットに手を突っこみ、硬貨をいくつか取りだして投げると、それで満足したらしく、八百屋はおとなしくなった。フランチェスカは再び馬車に押しこまれた。

「ほら、ダーリン、落ち着くんだ」まわりに聞かせるために大きな声でそう言いながら、パーキンスは自分も乗りこんで馬車の扉をばたんと閉めた。

フランチェスカは彼を引っかこうとしたが、パーキンスは彼女の手を逃れ、彼女に腕をまわして床に倒した。ふたりが争うあいだも、馬車は通りを走っていく。パーキンスのほうが力が強いうえに、フランチェスカは両手を縛られている。最初から彼女には勝ち目はなかった。まもなく顔半分にクラヴァットを巻きつけられ、効果的に悲鳴を抑えられると、くるぶしをつかまれ、両足をロープで縛られた。

「まったく！」パーキンスは座席の端に寄りかかってフランチェスカを見下ろした。「勇ましい女だ。あんたがこんなに元気がいいとは、思いもしなかったぜ」彼はいやらしい笑みを浮かべた。「今夜は思ったより興味深い夜になりそうだ。棒みたいに横たわっている女は、昔から嫌いなんだ。せいぜい楽しませてもらうぜ」

彼は無造作にフランチェスカの体に手を這《は》わせた。フランチェスカはこみあげてきた吐き気をこらえた。

「それに、思ったよりいい体をしている」フランチェスカがにらむと、彼は声をあげて笑った。「ああ、何も言えないほうがずっと魅力的だ」

パーキンスは立ちあがって座席に戻った。フランチェスカには手を貸そうともしない。彼女はどうにか体を起こし、それからしゃがみこんで、向かいの座席の、パーキンスからはできるだけ遠いところに腰をおろした。敷石の上を走った足が痛む。くるぶしを縛ったロープはきつすぎて、これではすぐに脚がしびれてきそうだ。両手もきつく縛られたまま、クラヴァットの猿轡《さるぐつわ》にからまった髪が苦痛を感じるほど引きつれている。体中が数えきれないほどの打ち身でずきずき痛んでいたが、その痛みを歓迎したいくらいだった。そのおかげで頭のしびれるような絶望に陥らずにすんだ。

この馬車はどこに行くの？　パーキンスはどうしてこんなことをしたの？　それがどこにせよ、目的の場所に着いたあと、パーキンスはわたしをどうするつもりなの？　恐ろしい想像が目の前にちらつく。自分を待ち受ける運命を考えるだけでも体が冷たくなり、彼女はごくりとつばを呑んだ。

そしてほかのことを考えようとした。パーキンスに家から運びだされるときに、召使いの誰かが見ただろうか？　彼女を担いで階段をおりたとき、パーキンスはとても静かだったとは言えない。あれだけ物音をたてれば、誰かが目を覚ましたに違いない。だが、大急ぎで様子を見に来て、パーキンスに気づいたとしても、召使いたちに何ができるだろう？パーキンスが彼女をどこへ連れていくか、なんの心あたりもないのだ。それに、誰に助けを求めるの？　フェントンはとっさにシンクレアを頼ろうと思うかもしれない。でも、フェントンがリールズ邸に行ったとしても、シンクレアはわたしに起こったことを気にかけてくれるだろうか？　まだ怒りのおさまらないシンクレアが懇願するフェントンに背を向けるところが目に浮かび、フランチェスカは胸をわしづかみにされたような痛みを感じた。

メイジーはアイリーンのところへ行くかもしれない。カリーがロンドンから遠く離れてしまったいま、アイリーンはフランチェスカの最も親しい友人だ。それにアイリーンなら、適切な助けの手を差しのべることができる。ドミニクは、もちろん、フランチェスカを救いだすためならなんでもするだろうが、早馬で飛ばしてもフェントンがレッドフィールズに知らせ、ドミニクが駆けつけるまでには丸一日かかる。老執事がドミニクに知らせようと判断すれば、弟がロンドンに着くころには、パーキンスとフランチェスカが残した痕跡《こんせき》はとうに冷たくなっている。そしてわたしは……。そのころには、パーキンスの仕返しがとっくに終わっていることは確かだ。

いちばん希望が持てるのは、フェントンたちがアイリーンに助けを求めることだ。アイリーンならきっと助けてくれる。それに彼女の夫のギデオンは、ロンドンの下町に詳しい。フランチェスカを見つけるにはどうすればいいかよくわかっているに違いない。アイリーンとギデオンに望みをつなぐしかないわ。そして物音を聞きつけた召使いが、間に合うように出てきて、パーキンスが彼女を担ぎだすのを目撃してくれたことを。すぐさまフェントンかメイジーがそれを告げにアイリーンのもとに走るだけの分別があることを。

もし召使いがパーキンスを見ていなければ……。いまはその可能性を考えてはだめ。それよりも、逃げだすためにできることを考えるべきだ。このいましめを少しでも緩めれば、パーキンスの不意をつけるかもしれない。

フランチェスカはできるかぎりパーキンスから離れて横を向き体を丸めた。おそらくパーキンスは彼女が自分を恐れていると思うだろう。この男に満足を与えるのは考えるだけでも腹が立つが、いまはそれよりも、両手を彼の視界から隠すほうが重要だ。彼女はパーキンスに気づかれぬように、手首を縛っている幅広の紐《ひも》をできるだけ引っ張りはじめた。布地が食いこみ、苦痛をもたらしたが、そんなことにかまってはいられない。手首の紐は、パーキンスがくるぶしを縛るのに使ったロープよりもずっと柔らかい素材だった。パーキンスがこの紐をロープよりもきつく、固く縛ることができたのと同じ理屈で、ロープよりもらくに伸びる。

残念ながら、このひそかな企てをパーキンスに悟られないために、あまり大きく腕を動かすことはできなかった。そのためどれほど引っ張り、ねじっても、紐はほんのわずかに緩んだだけで、手を引き抜くにはほど遠かった。それに引っ張れば引っ張るほど結び目はきつくなり、ほどけないほど固い玉になった。紐が切れるような鋭いものが必要だが、馬車のなかには何ひとつ見あたらない。

手首を縛っている紐を緩めようとしながら、フランチェスカは目立たぬように両足を動かした。だが、ロープは布の紐よりももっと固い。手を引き抜くのも、足を引き抜くのも、とても無理だ。

まもなく馬車の速度が落ちた。フランチェスカは絶望にかられた。彼女は窓のほうに体をずらしたが、馬車の窓は完全にカーテンで覆われ、外はまったく見えなかった。ちらっとパーキンスを見ると、彼の顔にはいつものぞっとするような嘲笑《ちょうしょう》が浮かんでいる。

「ああ、着いた。おれが欲しいものを手に入れるために、時間を無駄にするとは思っちゃいないだろう？　待つのは昔から嫌いなんだ」

フランチェスカは背筋をぴんと伸ばしてにらみつけたが、パーキンスは笑っただけだった。

「ああ、好きなだけにらむがいいさ。だが、しばらくすれば、そんな顔をしていられなくなるだろうよ。おれに懇願してくるはずだ」彼は身を乗りだした。「おれがやつより先にあんたをものにしたと知ったら、くそったれのロックフォードがさぞかし悔しがることだろうな。お偉い公爵様は、自分の大切なレディが、ほかの女と同じただのあばずれだとわかったら、どんな顔をするかな？　やつがそのチャンスをつかむ前に、おれがあんたをたっぷりかわいがってやったと知ったらな」

　フランチェスカは顔につばを吐いてやりたかったが、猿轡が邪魔になった。彼女は体を硬くして、待った。馬車から運びだされるときが、騒ぎたてて人目を引くチャンスだ。もっとも、猿轡を噛まされ、手足を縛られていては、何ができるかわからないが。でも、ここはどこかの宿に違いない。周囲には客がいるだろう。手足を縛られ、猿轡を噛まされた女を肩に担いでなかに入れば、パーキンスはとんでもなく奇妙に見えるはずだ。誰かが近づいて、質問してくるに違いない。

　とはいえ、まだ夜が明けてもいないか、せいぜい夜が明けたばかり。いくら宿屋でも、周囲には誰もいないかもしれない。悪くすると、ここはロンドンのはずれにある空き家のひとつだという可能性もある。

　パーキンスが身を乗りだした。フランチェスカは馬車の隅に体を押しつけ、必死に抵抗しようと身構えた。だが、驚いたことにパーキンスは腕をつかんで引きずりおろそうとはせず、手首を縛っている紐の端を扉の横にある桟に通して、そこに縛りつけた。

　それから人差し指と親指でフランチェスカの顎をつかみ、ウインクして馬車を降りた。フランチェスカは激怒して彼の後ろ姿をにらみつけた。手首の紐を桟から鋭く引っ張ったが、きつく結ばれてほどけない。わずかに動く指を使って結び目をほどこうとしたが、これも空振りだった。結び目はしっかりと固いうえに、血がかよわず、しびれた指が思うように動かないのだ。フランチェスカはほとんどそれを緩めることができなかった。

彼女は苛々《いらいら》して馬車の横を蹴った。そしてその音に励まされ、両足で蹴りつづけ、精いっぱい大きな音をたてた。だが、誰も馬車のなかを見に来ようとはしなかった。

停まった馬車のなかに放置され、長い時間がたったように思えた。彼女はそのあいだ、蹴っては結び目をほどこうとし、また蹴りつづけた。パーキンスは朝になるまで、このまわたしをひとりにしておくつもりなの？　彼女はしだいにそう思いはじめた。

だが、しばらくすると彼が扉を開けて乗りこんできた。「まったく騒々しい女だな。疲れるってことを知らないのか？」

どうやらどこかで飲んでいたらしく、アルコールのにおいが馬車のなかを満たした。

「かわいそうな病気の妻とおれのために部屋を取ったからな」彼は座席の下に手を伸ばし、引きだしを開け、そこから取りだした大きな布を広げた。それはフードつきの黒い外套《がいとう》だった。

パーキンスは横に座ってその外套をフランチェスカの肩にかけ、首のところで紐を結んだ。縛られた足で彼を蹴るほかには、できることはほとんどなかった。パーキンスはブーツをはいた足でフランチェスカの両脚を馬車の横に押さえつけ、蹴るのをやめさせた。そして彼女の頭にフードをかぶせ、前に引っ張って、顔のほとんどを隠してしまった。

　桟に縛りつけた紐をほどく手間をかけず、結んだ部分をそのまま残して、ナイフを取りだして桟の近くで紐を切った。フランチェスカは彼から離れようとしたが、なんの役にも立たなかった。パーキンスは外套を巻きつけてさらに自由を奪うと、彼女を馬車から引っ張りだした。

　そしてきつく巻いた外套でフランチェスカの動きを押さえ、子供を運ぶように両腕で抱えた。手首と足のいましめはすっぽりと外套に隠され、まぶかにかぶらせたフードで猿轡も効果的に隠されてしまった。これでは誰かが見ても、彼女は眠っているか、具合が悪いとしか思わないだろう。

　それでもフランチェスカは必死にもがいた。パーキンスがバランスを崩すか、少しでも人目を引くために。猿轡のなかで必死に悲鳴をあげたが、その声はほとんど消されてしまった。ちっとも目立たないもがきとくぐもって聞こえない悲鳴に、誰かが気づくとは思えない。それも誰かが見える範囲にいるとしての話だ。

　パーキンスの言葉からするとここは宿屋に違いないが、ほかの客が起きるには何せ時間が早すぎる。もう真っ暗とは言えないものの、夜はまだ明けていなかった。起きているのは召使いだけ。それも、階下で客が自分たちの部屋に上がるのを見守っているのではなく、キッチンで働いているに違いない。

気づいてもらえる可能性がないことはわかっていたが、フランチェスカはもがきつづけた。

多少とも、その効果はあったようだ。階段を上がるパーキンスの息が荒くなり、一度など、うなるような声をもらして、フランチェスカを落としそうになった。まもなくパーキンスは片方の腕を巻きつけたまま、開いているドアの前でフランチェスカをおろし、それから乱暴に彼女をなかに入れ、ドアを閉めて鍵《かぎ》をかけた。

彼は毒づきながら彼女を抱えあげ、ベッドの上に落とすと、背を向けてベッドとは離れた場所にある小さなチェストに歩み寄った。その上のトレーには、酒のデカンタとグラスが置いてある。彼は一杯注《つ》いでひと口であおり、もう一杯注いだ。

フランチェスカは体をくねらせ、どうにかベッドの端に達した。パーキンスが酩酊《めいてい》すれば、逃げるチャンスをつかめるかもしれない。たとえ相手が酔っ払っていても、くるぶしを縛られたままで逃げるのは無駄だろうが、何もしないで屈服し、あきらめてしまうことはできない。

パーキンスは二杯目を飲みながら、フランチェスカを眺めている。フランチェスカは彼を直接見ようとせずにじっと横たわり、目の隅から様子をうかがっていた。そして彼が三杯目を注ぐために向きを変えると、両手を上げ、猿轡の下に指をかけて下に引っ張った。ぎゅっと縛ってあるクラヴァットはなかなか動かなかったが、ほんの少しずれるのを感じ、さらに力をこめて引っ張った。

パーキンスが鋭く毒づき、音をたててグラスをトレーに置いた。彼はわずか数歩で部屋を横切ってくると、悲鳴をあげようと息を吸いこんだフランチェスカの口を片手で塞《ふさ》ぎ、猿轡をもとの場所に戻してしまった。フランチェスカは両脚を振ってベッドからおろしたが、パーキンスは彼女をつかんで、ベッドの上に戻し、後頭部が木のヘッドボードにぶつかるまで、マットレスの上のほうに押しやった。

頭を襲った衝撃と痛みに、フランチェスカは一瞬ぼうっとした。パーキンスは彼女の手首からたれている紐の端をつかみ、ベッドの柱のひとつにまわして縛りつけると、息を切らして一歩さがり、フランチェスカをじっくりと見た。

「これでどうだ！　もう逃げられないぞ。まるで殺される豚みたいに縛りあげられちゃな」この表現がもたらした想像が気に入ったらしく、パーキンスはにやっと笑った。「もうすぐかわいがってやるよ」くすくす笑ってデカンタに戻り、もう一杯注いだ。そして嘲《あざけ》るように彼女に向かってグラスを上げ、口に運んだ。「公爵がいまのあんたを見たら、どう思うかな？　おれの〝おさがり〟を抱かされることを知ったら？」いやらしい笑みが浮かぶ。「それでも、あんなに自信たっぷりでいられるかな？」

パーキンスはもう一杯注ぎ、椅子に腰をおろした。酒の量が増えるにつれ、だんだん動きがぎこちなくなってくる。そのせいで座るというよりも、どすんと腰を落とすことになり、手にしたウイスキーが飛び散った。彼はゆったりと両脚を伸ばし、椅子の背にもたれた。

「傲慢《ごうまん》な男だ。おれにこの国を出ろとぬかしやがった。まるでおれがほかのみんなと同じように、やつの命令に服従して当然だというように」パーキンスは鼻を鳴らした。「だが、ガレン・パーキンスはほかのみんなとは違う。いいか、おれは誰の命令にも従わない。公爵の命令にはとくに」

四杯目がなくなると、パーキンスはグラスをチェストの上に置き、立ちあがった。そして少しふらつきながらベッドに近づき、柱に寄りかかって、ぎらつく目で少しのあいだフランチェスカを見下ろしたあと、ナイトドレスの襟元に指をかけ、力任せに腰まで引き裂いた。

フランチェスカは猿轡のなかで叫び、両足で彼を蹴った。うまい具合にすねにあたり、パーキンスはバランスを崩して横によろめき、洗面台にぶつかった。

とたんに空色の目に浮かんでいる欲望が純粋な憎しみに変わった。パーキンスはどうにか立ちあがると、片手を振りあげ、殴りつけようと構えながら彼女に向かって突進してきた。

そのとき何かがドアにぶつかり、パーキンスは驚いて振り向いた。再びどさっという音がして、ドアが開く。次の瞬間にはシンクレアが部屋に飛びこんできた。

19

シンクレアは大股に二歩で部屋を横切り、パーキンスの顎を殴りつけた。パーキンスがくるっと体をまわして後ろに吹っ飛び、ベッドの横の壁にぶつかる。パーキンスがぼうっとしながらも体を起こそうとすると、シンクレアは相手の胸倉をつかんで荒々しく引き寄せた。そしてくるっと後ろを向け、上着の背中をつかんで前へと押しだし、パーキンスをドアのすぐ横の壁に叩《たた》きつけた。パーキンスは壁から跳ね返り、後ろによろめいて床に倒れた。

シンクレアはフランチェスカを見た。「フランチェスカ、大丈夫か?」

彼はやさしくナイトドレスの両脇《りょうわき》を引き寄せてむきだしの肌を覆ってから、猿轡《さるぐつわ》をほどいた。

「シンクレア! ああ、シンクレア!」フランチェスカはあふれそうになる安堵《あんど》の涙をこらえながら叫んだ。「あなたが来てくれてよかった! でも、どうしてここがわかったの?」

シンクレアはフランチェスカの額にキスし、彼女をベッドの柱に縛りつけてある紐《ひも》をほどきはじめた。その後ろでは、パーキンスがじたばたと足を泳がせ、四《よ》つん這《ば》いになって、立ちあがった。体をふらつかせながらも、後ろに手を伸ばしてジャケットのなかに滑りこませ、ナイフを取りだした。

「危ない！　シンクレア！」フランチェスカが叫んだ。

シンクレアはさっと振り向き、ナイフを手によろめきながら突進してくるパーキンスの腕を両手でつかむと、ベッドの柱に叩きつけた。ぼきっという音がして、パーキンスが悲鳴をあげ、ナイフを取り落とした。シンクレアはすばやく二発、パーキンスの顔に鉄拳《てっけん》を打ちこんだ。

シンクレアはぐったりしたパーキンスをつかんだまま、体をまわし、折れていないほうの腕をつかんで背中にねじりあげて、再びドアの横の壁に叩きつけた。

パーキンスが苦痛のうめきをもらした。「やめろ！　よせ！　もうじゅうぶんだろ！　おれの腕を折ったじゃないか！」

「それだけですめば幸運だと思え」シンクレアは冷たく言いすてた。「レディ・ホーストンに手をかけるような男は、体中の骨を折ってもあきたりないくらいだ」彼はこの言葉を強調するように、パーキンスを乱暴に引き戻し、再び壁に叩きつけた。「このくずが。昨夜《ゆうべ》、ひと思いに片づけておけばよかった」

「おれは何もしていないぞ！　彼女に訊《き》けよ！　訊いてくれ！　おれはこの女を抱いていない！　誓って何もしていない！」

「シンクレア！　彼を殺さないで」フランチェスカは急いで口をはさんだ。「ほんとうよ。まだそこまでは行かなかったの」

シンクレアは顎を食いしばっていたが、しばらくしてようやく口を開いた。「それを喜ぶんだな。もしも彼女を傷つけていたら、たっぷり苦しみながら長い時間かけて死ぬはめになっただろう。だが、貴様は監獄に行くんだ。そしてアヴェリー・バグショーを撃ち殺した罪で裁かれる」

パーキンスはぶつぶつ文句を言いはじめたが、シンクレアは彼を無視して廊下に放《ほう》りだした。そこにはすでに人が集まり、好奇心もあらわにこの光景を見守っていた。

「ほら、亭主。この男を縛っておけ」シンクレアはいちばん前に立っている大柄な男に向かってパーキンスを突き飛ばした。

宿屋の亭主が抗議しはじめると、シンクレアはよく知られている〝公爵の顔〟で彼をにらみつけた。「この犯罪者に協力し、教唆した罪で、一緒に監獄に放りこまれるのがいやなら、そいつを縛って判事を呼びに使いをやることだ」

この言葉に亭主は目をむいてぴたりと口を閉じた。シンクレアはなかに戻り、ドアを閉めた。鍵《かぎ》が壊れてしまったので、彼はその前に椅子を置いてドアを止め、野次馬の目を防ぐと、急いでベッドに戻ってきた。

そしてマットレスの上に落ちているパーキンスのナイフを使って、すばやく柱に縛ってある紐を切り、手首の結び目のすぐ下を切り、フランチェスカが手首から紐を取りはずしているあいだに、くるぶしのロープを切りはじめた。

紐とロープがなくなると、血がかよいはじめた。フランチェスカは出し抜けに襲ってきた痛みを、唇を嚙んでこらえた。シンクレアは血の流れを少しでもよくし、温めようと足をこすってくれた。しばらくすると彼は足を放し、手を伸ばして頬にかかる髪をやさしくなでつけた。

「ほんとうに大丈夫かい? どこかけがをしていないか?」

フランチェスカは答える代わりに彼に抱きついた。シンクレアも同じように強く彼女を抱きしめ、少しのあいだ、ふたりはそうやっておたがいにしがみついていた。まるでそうすれば、ひどい別れ方をしたことを忘れられるかのように。

「とても怖かった」フランチェスカはささやいた。「パーキンスはわたしに何もしなかったわ。こぶやあざがいくつかできただけ。ただ怖くてたまらなかったの。たとえ誰かが助けに来てくれたとしても、きっと間に合わないと思ったの」

「ありがたいことに、パーキンスがきみを運びだすのを見て、きみの執事とメイドがすぐさまぼくに知らせに来てくれたんだ。パーキンスがきみを連れこんでいることを願って、ぼくはまっすぐ彼の下宿に行った。すると彼の従者が荷造りをしていた。パーキンスがどこに向かったかは、すぐに突きとめることができた」

シンクレアはフランチェスカのこめかみに唇を押しつけ、つぶやいた。「今夜は何年も寿命が縮まったよ。もしも、間に合うようにきみを見つけられなかったら？　パーキンスの従者が思ったよりも愚かな男で、嘘《うそ》をついたとしたら？　パーキンスがきみを傷つけているところを想像すると……」

「もう大丈夫よ」フランチェスカはシンクレアを安心させ、彼に軽くキスした。

それから、もう一度キスした。今度は彼女の唇はなかなか離れたがらなかった。フランチェスカが顔を離すと、シンクレアは両手で彼女の顔をはさみ、かがみこんで長い、激しいキスをした。パーキンスとフランチェスカのあとを追うあいだ、彼の胸をかきむしっていた恐怖が、燃えるような欲望へと変わっていく。

フランチェスカが体を震わせ、彼の首に腕を巻きつける。ふたりは夢中でキスを続けた。まるでいまにも引き裂かれる運命の恋人のように、ベッドの上を転がりながら、情熱の嵐《あらし》に翻弄《ほんろう》され、たがいを味わい、探索しつづけた。

シンクレアはブーツを脱いで床に放りだすあいだしか離れずに、キスを続けながら、おたがいの服を引っ張り、脱がせようとした。すでに腰まで裂けているフランチェスカのナイトドレスはあっさりと取り除くことができた。だが、シンクレアの服を取り除くのはひと苦労だった。彼が乱暴にシャツとブリーチズを脱ぐときには、ボタンが弾《はじ》ける音ばかりか、何かが裂ける音さえした。

だが、ようやくふたりを隔てる邪魔物はひとつもなくなり、シンクレアは激しく速く、フランチェスカのなかに自分を埋《うず》めた。フランチェスカは突きあげる欲求にほとんど泣きそうになりながら、両腕と脚を彼にからめてしがみついた。周囲のすべてが消え失《う》せ、あらゆる思いも、あらゆる感情も消えて、体のなかで脈打つ欲望がふたりを駆りたてた。彼らはどこまでが自分でどこからが相手の体なのかもわからぬほどに溶けあい、情熱の嵐に身を任せた。やがてこらえきれない快感が突きあげ、炸裂《さくれつ》して、ふたりを悦楽の高みへと押しあげた。

しばらく歓《よろこ》びのなかを漂ったあと、シンクレアはようやく寝返りを打ち、フランチェスカを抱いて、上掛けを引きあげた。フランチェスカは話すこともできないほど疲れはて、温かい腕のなかで丸くなり、いつしか眠っていた。

宿のざわめきに目を覚ますまで、フランチェスカは夢も見ず、寝返りも打たずにぐっすり眠った。シンクレアはまだ彼女を抱いているが、上掛けはとっくにふたりの体から滑り落ちていた。誰かがこの部屋に入ってきたら、びっくりして目をむくに違いないわ。フランチェスカはそう思ってかすかな笑みを浮かべた。

彼女が動いたに違いない。シンクレアがぱっと目を開けて腕に突然力がこもった。シンクレアは急いで顔を上げ、それから力を抜いて頭を枕《まくら》に戻した。

「どんな気分だい？」肩の先にキスして尋ねる。

「すばらしい気分よ、それに少し体が痛い」

シンクレアは指先で背骨をたどり、背中の下のほうと脇のずきずきする箇所を見つけた。

「あの卑怯《ひきょう》者を殺すべきだったな」彼はうなるように言った。「手荒く扱われたのかい？」

「一度だけよ。わたしをつかまえるときに」フランチェスカは額の髪のはえ際に手を伸ばして、痛む箇所に触れた。

彼はフランチェスカが指をあてた箇所にキスした。「判事にやつを釈放するよう助言して、今度こそ二度と現れないようにしようか」

フランチェスカは微笑した。「そう言ってくれるのはありがたいけど、そんなことはしてほしくないの。結局は、罪悪感を抱くことになるに決まっているもの」

「罪悪感など抱くものか」

「とにかく、そんなことはやめて」フランチェスカは彼の指に自分の指をからめた。「残りのあざは、馬車のなかでもみあったときのものよ。ああ、それと、八百屋の屋台に落ちたときの」

「どこに落ちたって？」

フランチェスカはくすくす笑った。シンクレアの腕のなかで振り返ると、恐ろしい出来事も笑うゆとりができた。「八百屋の屋台よ。ちょうど馬車が市場のあたりを通っていたの。通りにはずらりと屋台が並んでいた。そのせいで速度が落ちたから、馬車から飛び降りたの。そのときには、足はまだ縛られていなかったのよ。運よく果物の上に落ちたおかげで衝撃は少なかったけれど、あざはできたでしょうね」

「パーキンスのやつ、さぞ必死で追いかけたんだろうな」シンクレアは声をあげて笑った。

「きみはめいっぱいあの男を手こずらせたようだね」

「でも、足を縛られてからはほとんど抵抗できなかった」フランチェスカはそう言ってシンクレアの手を持ちあげ、手のひらにキスした。「わたしのあとを追ってきてくれてありがとう」

「あたりまえさ」彼は首のつけ根と肩が交わるところにキスした。

「わたしを助けだすのに、うんざりしているのに違いないわね」彼女は低い声で言った。

「きみを助けるのに、うんざりすることなどあるものか」シンクレアはそう言って肘をつき、顔が見られるようにフランチェスカを仰向けにした。「きみが必要なときには、いつもそばにいたいと思う。だが、きみを救ったのはきみ自身だよ。きみが必死にパーキンスと戦わなければ、悲鳴をあげ、もがき、馬車を飛び降りて、八百屋の果物の上に落ちていなければ、おそらくぼくは間に合うようにたどり着けなかった。きみが彼を手間どらせたんだ。きみの勇気と……強さが」

喜びがこみあげ、フランチェスカはシンクレアを見つめてにっこり笑った。彼はうつむいてキスし、それからため息をつきながら顔を離した。「これ以上ぐずぐずしていたら、ここを離れられなくなる」

「離れる？」フランチェスカは彼が寝返りを打ってベッドから出るのを見守り、自分も体を起こして、シーツで胸を隠した。彼がベッドを出たとたん、なぜか急に恥ずかしくなったのだ。「どうして？　どこへ行くの？」

シンクレアはブリーチズをはき、シャツに袖《そで》を通しながら説明した。「パーキンスのことで判事に会ってくる。それによかったら、きみに食事を運ばせ、風呂の支度をさせるとしよう」

「ええ、ぜひ！」風呂に入れるのはとても嬉《うれ》しかった。それにお腹《なか》のほうも大きな音でシンクレアの言葉を歓迎した。

彼はにやっと笑い、ベッドにかがみこんでマットレスに拳《こぶし》をつくと、フランチェスカの鼻に軽くキスした。「着るものを見つけてこようか？　そのナイトドレスだけのきみを送り届けるのも、ぼくはちっともかまわないが、きみはちゃんとした服を着たいだろうからね」

「ええ、そうしたいわ」フランチェスカはうなずいた。だが、シンクレアがドアの前の椅子を引いて出ていくと、なんだか少し寂しくなった。

シンクレアは最後まであきらめずにパーキンスに抵抗した彼女の勇気と工夫を称《たた》えてくれたが、昨夜は心底怖かったのだ。パーキンスがつかまり、もう戻ってくる心配はないとわかっていても、昨夜受けたショックがまだ少し残っている。

ふたりのメイドが長い金属製の浴槽を運んできた。フランチェスカが自宅で使いなれている磁器製の浴槽とは比べものにならなかったが、ふたりが満たしてくれた温かい湯に体を沈めると、なんとも言えずすばらしい心地だった。浴槽が少しぐらい狭くて、優雅にはほど遠くても、少しも気にならない。

メイドたちのおしゃべりは、フランチェスカの神経を休め、しつこく残っている不安をなだめる役目を果たしてくれた。ふたりが好奇心を丸だしにしてちらちら自分を見ていることさえ、ありがたいほどふつうのことだ。フランチェスカはしだいにいつもの自分を取り戻していった。

メイドたちが立ち去ると、彼女はゆったりと体を伸ばした。まだ取れない疲れのせいで、まぶたが落ちてくる。だが、ドアが押し開けられる音に、眠気は吹っ飛んだ。戸口にいるのがシンクレアだとわかると、ようやくこわばった体の力が抜けた。彼は部屋に入ってきて、ドアを閉め、口の端に笑みを浮かべて、浴槽のなかの彼女に目を走らせた。

「とてもそそられるな」彼は手にしていたものをベッドに落としながら言った。

「一緒に入る？」フランチェスカは大胆に誘い、体を覆おうとはせずに浴槽に背中をもたせかけた。

シンクレアは顔をほころばせた。「いや、そこにはふたりぶんのスペースはなさそうだ」彼は椅子に腰をおろし、ブーツを脱ぎはじめた。「だが、喜んできみの体を拭《ふ》かせてもらうよ」

彼は上着を脱ぎ、シャツのボタンをはずしながら近づいて、浴槽の両側に手をつき、彼女にキスした。

彼の唇はゆっくり、味わいながら動いた。シンクレアが顔を離したときには、フランチェスカは自分を包む湯と同じくらい熱くなって、誘うようなまなざしで彼にほほえみかけた。シンクレアが腕をつかんで彼女を立たせ、両手で抱きしめる。

フランチェスカはくすくす笑った。「あなたが濡《ぬ》れるわ」

「かまうものか」彼はそう言って再び激しく唇を重ねた。

明け方のときとは違い、彼らは急がずに、たっぷり時間をかけて愛しあった。やさしい愛撫《あいぶ》とキスを繰り返しながら、高まる欲望にほとんど耐えがたくなるまでたがいをじらし、のぼりつめる寸前まで快感を高めた。そして何度も頂点から退いては、またおたがいを駆りたてた。やがてふたりの体は汗だくになり、呼吸は荒く、肌は燃えるように熱くなった。

それからついにひとつになり、めくるめくような情熱の波に乗って高みへと駆けのぼった。

しばらく身を寄せあって満ち足りたぬくもりのなかを漂ったあと、シンクレアはほっそりした腕を指先でなでおろしながら、彼女の髪に顔をすり寄せた。

「フランチェスカ……」

「なあに?」

「昨日ぼくが言ったことだが……すまなかった」

フランチェスカは体をこわばらせた。「シンクレア、やめて――」

「どうか、最後まで聞いてくれないか。ぼくはきみと結婚したい。きみが言うようにするよ。いつまでも待つ。だから、ぼくの妻になってもらいたいんだ」

「お願い、この瞬間を台無しにしないで」フランチェスカは寝返りを打って彼から離れたが、シンクレアは手を伸ばして腕をつかんだ。

「いや、だめだ。二度と逃がすつもりはないよ」

「逃げてなどいないわ」フランチェスカは振り向いた。ふいに彼の目に自分がむきだしになっている気がして、シーツを胸まで引っ張りあげ、起きあがって彼と向きあった。

「逃げていないなら、なんなんだ?」彼女の腕を放し、シンクレアも起きあがった。「昨日はあんな愚かな行動を取ったが、ぼくはばかじゃない。あの言葉は、ぼくのプライドが言わせたんだ。十五年前の出来事で傷ついた心が言わせたんだよ。だが、少し頭がはっきりして、昨日きみの庭で起こったことを、もっと明確に、あるがままに見られるようになると、ぼくにはわかった……」ぎゅっと手を握って、それで自分の胸を叩いた。「きみがぼくを愛していることが。否定するのはやめてくれ」

「もちろん、愛しているわ！」フランチェスカの目に涙があふれた。彼女はくるりと向きを変え、ベッドからおりて、さきほどシンクレアがベッドの上に落とした服をつかんだ。裸のままで彼の前に立って、言い争うのは耐えられない。彼女は急いで下着をつけ、それからシンプルな服に袖を通した。

シンクレアもブリーチズをはくと、それが滑り落ちないだけのボタンをはめながら歩み寄った。彼は黒い目を怒りと苛立《いらだ》ちで光らせ、端整な顔を怒りに染めてフランチェスカに問いただした。

「だったらなぜ、ぼくと結婚するのがいやなんだ？」彼は癇癪《かんしゃく》を起こした。「くそ、フランチェスカ、きみはぼくを相手に男女の駆け引きをしているのか！」

「違うわ！」フランチェスカはくるりと振り向き、両手を腰にあてて彼をにらみつけた。「どうしてそんなことが考えられるの？　あなたが傷ついた雄牛みたいにかっかして庭を飛びだしていかずに、ちゃんと聞いてくれれば、何もかも昨日説明していたわよ！」

シンクレアの眉が一文字になり、黒い目に怒りが浮かぶのを見て、フランチェスカは彼がまた癇癪を起こすに違いないと思った。だが、シンクレアは顎を食いしばって言った。

「だったら説明してくれ。雄牛のように振る舞わないように努力するよ」

フランチェスカは深く息を吸いこんだ。そのチャンスが差しだされると、急に話すのが難しくなった。涙が喉を塞《ふさ》ぎ、視界をくもらせそうになる。彼女はそれを押し戻した。

「わたしは理性的に振る舞ったの」

「理性的だって！」

「ええ、そうよ。先のことを考えたの。あなたの将来を」

「ぼくが長くわびしい一生を送るのを望んでいるならともかく、いったい結婚を拒否することが、どうしてぼくの将来のためになるんだ」

「あなたは公爵だわ。立派な女性と結婚しなくてはならない」

「そして、きみは公爵夫人にはふさわしくないと言うのかい？」シンクレアは眉を上げた。

「きみがそんなに控えめな女性だとは思わなかったな、マイ・ディア」

「わたしは公爵夫人になれるタイプじゃないわ。それはあなたもわかっているはずよ」フランチェスカは抗議した。「家柄のことを言っているわけじゃないのよ。わたし自身が失格なの」

「へえ、それはまたどうしてだい？」

「いろいろな意味でよ！　わたしは生真面目《きまじめ》ではないし、威厳もない。重要なことを考えたり、難しい学術書を読むわけでもない。学者のような議論もできない。わたしが知っているのは、社交界のゴシップとファッションとパーティのこと。それに気まぐれで、軽薄だわ。わたしたちはあまりにも違いすぎるの。あなたはきっとそのうち、わたしに飽きて、結婚したことを後悔しはじめるに決まっているわ」

「フランチェスカ、最愛の人。愛についてあれほど知っているにしては、ときどききみはとんでもなく愚かになるな。ぼくがぼくとまったく同じ相手を望んでいるとしたら、満足してひとりで暮らすさ。ぼくは学問好きの女性と結婚する気も、家柄を鼻にかけている女性と結婚する気もない。いいかい、ぼくたちに必要な難しい学術書はぼくが読む。深慮が必要な事柄もぼくが考える。きみは……」シンクレアは表情を和らげた。「パーティを催し、ぼくたちの友人を魅了し、小作人に慕われて、ぼくのような堅物がいったいどうやってきみのようにすばらしい女性をつかまえることができたのかと、みんなを不思議がらせてくれればいいんだ。そして毎日、ぼくの目をその美しさで満たしてくれればいい」

シンクレアは肩をつかんで、唇にやさしくキスした。

「信じてくれ。この十五年、ぼくはどんなに後悔したかわからない。きみと結婚したことを決して後悔するものか。きみの軽やかさ、楽しいことを愛する気持ち、笑い声、ほほえみ。どれもぼくの心を引きつけてやまないものばかりだ。ぼくは心から笑いたい。ときどききみがぼくのプライドをちくちく刺すのさえ、歓迎するよ。わからないのかい？　きみはぼくが妻に求めるすべてを持っているんだ」

彼の言葉はフランチェスカの胸を愛で満たした。あなたと結婚するわ、と言ってしまいたかった。彼と生涯をともにするほどの喜びはない、と。でも、それを自分に許すことはできない。心を強く持たなくては。

フランチェスカは彼から離れて言った。「わたしはもう若くない。それに一度結婚しているのよ」

「そんなことは、ちっともかまわない」シンクレアは胸の前で腕を組んで、フランチェスカに向きあった。

フランチェスカは彼を見つめた。いったいどうすればいいの? 喉がこわばり、激しい怒りと喪失感に塞がれて、いまにも爆発しそうな気がした。そしてついに、その喉から引きはがすようにして叫んだ。「わたしは子供を産めないの!」

シンクレアは彼女を見つめた。そして前に出ると、やさしく腕をまわして引き寄せた。

「ああ、なんてことだ、フランチェスカ……かわいそうに」

彼女の髪にキスし、頬を寄せる。フランチェスカはそのやさしさに耐えられず、彼の腕のなかに溶けた。そしてシンクレアに抱かれ、その強さにもたれて温められ、自分が失った子供の父親が一度も与えてくれなかった慰めを受けとった。

シンクレアは彼女を抱きしめたまま窓辺に行き、金色の頭に顔をあずけた。ふたりは悔いと悲しみに包まれて、しばらくのあいだ静かに座っていた。やがてフランチェスカはため息をついて涙を拭《ぬぐ》いながら体を起こした。

「確かなのかい？」シンクレアは尋ねた。

フランチェスカはうなずいた。「一度流産したの。そのとき医者は二度と妊娠しないかもしれないと言った。そのとおりだったわ。そのあとは一度も子供ができなかった」小さな笑みを投げ、立ちあがって彼から離れた。「これでわかった？」

「ああ。きみが何年も悲しい重荷を負ってきたことは」彼は立ちあがりながら注意深く言った。「だが、それがぼくとの結婚を拒む理由なのかい？」

「そうよ！」フランチェスカはくるりと振り向いて叫んだ。「わからないふりはしないで！　ロックフォード公爵は、子供を産めない女とは結婚できないのよ。あなたには跡継ぎが必要だわ。ロックフォードという名前と一族に果たさなくてはいけない義務がある。責任があるの」

「どうか、ぼくに義務を説教するのはやめてくれないか」シンクレアは顔をこわばらせて言い返した。「ぼくは十八のときから、その義務とともに生きてきた。これまでずっと、ロックフォードの名に恥じないように努力してきた。どんな形でも、それをけがすのを避け、裏切るのを避けてきた。実際、その名前をさらに高めようとさえしてきた。だが、ぼくの人生までロックフォードの祭壇に捧《ささ》げるのはごめんだ。ぼくはロックフォード公爵というだけじゃない。シンクレア・リールズでもある。そしてシンクレア・リールズとして、自分の望む女性と結婚する。一族のためでも、名前のためでも、領地のためでもなく。ぼくのために結婚する！　そしてぼくが妻にしたい女性はきみなんだよ。愛しているのはきみだけだ」

フランチェスカは目を見開いた。「わたしを愛しているの？」

シンクレアはけげんそうに彼女を見返した。「もちろんだ。ぼくたちはその話をしているんじゃないのかい？　ぼくはきみを愛している。きみと結婚したい」

急に膝の力が抜け、フランチェスカは椅子に歩み寄って腰をおろした。「でも、あなたは一度もそんなこと言わなかったわ」

シンクレアは信じられないという顔で彼女を見つめた。「一度も言わなかった？　きみに結婚を申しこんだじゃないか。実際、三回もプロポーズしたんだぞ！　愛していなければ、どうしてそんなことをするんだ？」

「わたしの家柄が立派で、有力な縁戚《えんせき》関係があるから、わたしなら公爵夫人としても通用するから。あなたは最初に結婚を申しこんだときに、いろいろと説明してくれたわ。わたしたちふたりが結婚するのが、どれほど正しくて好都合か。ふたりともおたがいをよく知っているし、家族同士も――」

「ぼくはきみを説得しようとしていたんだ」彼は言い返した。「ぼく自身ではなく。ぼくがきみと結婚したいことはわかっていた。それはきみの家族とも、家柄ともなんの関係もない」

「あなたはわたしが欲しかった。それはわかるわ。男性がわたしの容姿を好ましく思うことはわかっているもの」

「ぼくにとってただ好ましいだけじゃないよ。昔からずっとそうだった。あのボクシング・デイに初めて髪を結いあげ、ドレスを着て踊っていたきみを見たときから。きみはまばゆいほど輝いていた……ぼくはきみに恋い焦がれた。まるで学生に戻ったように、きみが部屋に入ってくると膝の力が抜けたものだ」

「まあ」フランチェスカは嬉しそうにほほえんだ。「でも、婚約したあとも、あなたは決して……。キスもめったにしてくれなかったわ」

シンクレアは低い声でうめいた。「何を言っているんだ、フランチェスカ！　きみはまだ十八歳だったんだぞ！　学校を出たばかりだった。そんなきみに、欲望をぶつけられると思ったのかい？」

「いいえ。でも、あなたがわたしを愛しているとは思わなかったの」

「まったく、きみときたら。ぼくは必死で紳士らしく振る舞おうとしていたんだ。きみのそばでは少しも自分を紳士だと思えなかったが」シンクレアはフランチェスカの手を取って唇に持っていった。「きみが欲しくて夜も眠れなかった。いまでもそうだ」

「でも、それは愛とは違うわ」

「欲望だけで十五年も続くと思うのかい？　ぼくは十五年間きみを愛してきた。どんなにやめようとしても、だめだった。ほかの女性には関心を持てなかった」

「あなたがこの十五年、禁欲を守っていたと思わせようとしてもだめよ」

「ああ、嘘はつかないよ。ほかの女性はいた。だが、愛した相手はひとりもいない。結婚したいと思った相手もいなかった。婚約を破棄されたとき、ぼくはなんとかしてきみを憎もうとした。それから忘れようとした。パーティでホーストンと一緒にいるきみを見るたびに、ナイフで胸をえぐられるような気がした。だから、できるだけ遠ざかっていた。領地で過ごすことが多くなり、ロンドンにはあまり長く滞在しなくなった。それからホーストンが死に、ぼくは……ひどいことだが、正直言って、彼が死んだことを知った日は、喜びに満たされたよ」

「でも、そんなことは一度も言わなかったわ」

「何を言えるんだい？　きみはまだぼくを軽蔑《けいべつ》していた。ダフネが嘘をついていることを、どうやって納得させるんだ？　長い年月がたったあとでは、とても不可能に思えた。それに……まあ、ときにはプライドがぼくの最悪の敵になる。ぼくは自分にこう言い聞かせた。きみに媚《こ》びるのはごめんだ、と。どうせ、ぼくに対する愛はとうに死んでしまい、再び取り戻せるとも思えなかったからね。それに、ぼくたちはやっと穏やかに話ができるようになり、どうにか友人に近い関係になれた。ひょっとすると……また胸を引き裂かれる危険をおかす勇気がなかったのかもしれない。だが、この一年、きみとぼくは、それまでよりも……親しく話せるようになった気がした。だからダフネから真相を聞いたと言ったとき、何かが変わるかもしれないと、望みを持ったんだ」

「だったら、なぜ花嫁を探しはじめたの？　なぜわたしの助けを求めたの？」

「くそ、フランチェスカ。だったらどうすればよかったんだい？」シンクレアはじれったそうに顔をゆがめ、彼女から離れて部屋を歩きはじめた。「ぼくに妻を見つけて、昔の償いをしたい、ときみは言った。つまり、ぼくには何も感じていないってことだ。だが、ぼくは妙案を思いついた。まあ、最初は頭にきてきみに怒りをぶつけたが、そのあとで、これを利用すれば、きみと過ごす口実になると思いついたんだ。きみにぼくの花嫁を探させるふりをして、それとなく口説こうと思いついたんだ」

「つまり、彼女たちに求愛する代わりに……」

彼はうなずいた。「きみに求愛しようとしていたんだ」

フランチェスカはついくすくす笑っていた。「ふたりとも、なんて愚かだったのかしら？」

「そうかもしれないな」シンクレアはフランチェスカを抱き寄せた。「愛しているよ、フランチェスカ。世界中の誰よりも。きみと結婚したい」

「でも、跡継ぎは……」彼女はシンクレアの腕のなかに溶けようとせずに言い返した。

「そんなものはどうでもいいさ。ロックフォードはいとこのバートラムが継げばいい。さもなければ、バートラムの息子が。バートラムに息子ができなければ、遠縁の誰かが相続するよ。そのときには、いずれにしろ、ぼくはもう死んでいる。誰が継ごうと関係ない。それよりも、ぼくに残されている年月を……きみと過ごすことのほうがずっと重要だ」彼はフランチェスカの顎に指をかけた。「フランチェスカ……愛する人、きみはぼくが公爵夫人になってほしい唯一の女性だ。結婚してくれるかい？」

つかのま、熱いかたまりに喉を塞がれ、何も言えずにフランチェスカは彼を見上げた。

「ええ、シンクレア。あなたと結婚するわ」

二日後、ふたりはロンドンのリールズ邸で式を挙げた。家族も友人もいない簡素な式には、アイリーンとギデオンだけが証人として立ち会い、シンクレアがリールズ家に代々伝わる結婚指輪をフランチェスカの指に滑らせるのを見守った。

シンクレアはその日、庭で結婚式を挙げる前に特別な結婚許可証を取っていた。そしてメアリの婚約者クリストファー・ブラウニングを呼び、大急ぎで結婚させてくれと頼んだのだった。またきみに逃げられないうちに、と彼はきっぱりとフランチェスカに言った。フランチェスカはにっこり笑って同意した。正直に言えば、彼女も一日も早く彼の妻になりたかった。

式が終わり、アイリーンとギデオンが立ち去ったあと、シンクレアはフランチェスカの手を取った。「おいで、きみに贈り物がある」

彼女は笑いながら彼に従って階段を上がった。「また？　でも、もうじゅうぶんくれたじゃないの。たくさんの宝石に……昨日頼んだドレス。それも〈ミル・デュ・プレシス〉がびっくりするほど何枚も」

「あんなものはほんの手始めだよ」彼は笑顔で応じた。「きみでさえ全部着ることができないほど、たくさんのドレスを買うつもりだ。それに靴も。宝石も。ハネムーンでパリに行ったら、町中のドレスと装身具を買いしめよう。きみのために何もできず、する資格もなく、きみの窮状を黙って見ていなくてはならなかった年月の埋めあわせをするんだ」

彼はフランチェスカをともなって寝室に入り、部屋を横切ると、その先のこぢんまりした化粧室へと導いた。そして壁のドアを開けた。何段もの棚があるクローゼットのなかには、宝石箱がびっしり並んでいる。彼はそのうちのひとつ、マホガニーの宝石箱をつかんで寝室に戻り、テーブルに置いた。

「あら、これも宝石なの」フランチェスカは笑った。「いったいリールズ家にはどれだけ宝石があるのかしら」

「かなりたくさんあることは確かだ」彼女の夫はそう答えた。「だが、これはリールズのものではないよ。きみのものだ」

シンクレアの言葉と表情に、フランチェスカは好奇心にかられて小さな箱のいちばん下の引きだしを開け、そのなかできらめいているティアラを見て、目を見開いた。それはフランチェスカの祖母のティアラだった。彼女がホーストン卿《きょう》と結婚したときに祖母がくれたものだ。フランチェスカは驚いてシンクレアを見た。

「どういうこと?」

彼は宝石箱に向かってうなずいてみせた。彼女は次々に引きだしを開け、ネックレスやブレスレット、イヤリング、指輪を取りだした。どれもみな彼女のものだった宝石ばかりだ。アンドルーが結婚式の日にくれた、ホーストン家のエメラルドのセット。弟のドミニクがくれた真珠とサファイアのブローチ、両親からの真珠のネックレス。

「全部わたしが売ったものよ!」フランチェスカは彼を見つめた。「あなたが……買っていたの?」

彼はうなずいた。「ある日、宝石店にきみのネックレスがあることに気づいたんだ。自分の記憶には自信があったから、しぶる店主から情報を引きだした。すると彼は、きみのメイドが売りに来るのだと認めた。そこでそのネックレスを買い、きみが売ったものは、すべてぼくのところに持ってくるように、と指示したんだ」

「だから、あんなにいい値段で売れたのね! メイジーが交渉上手なおかげだとばかり思っていたわ」フランチェスカは笑いながら涙ぐんだ。「まさかあなたが買っていたとは

「……」

「金と銀の食器類は、階下《した》の執事のパントリーにある」

「まあ！　それも買ったの？　そんな必要はなかったのに」

「ほとんどはどうでもいいものだろうと思ったが――」彼は言葉を切って肩をすくめた。

「わたしがたくさん払ってもらえるようにしたかったのね」

「ごめん。すでに売れてしまったあとで、きみの結婚指輪は買えなかった」

「そんなもの、どうでもいいわ。物なんてどうでもいいの」フランチェスカは涙をこらえようとしながら、幸せに満ちた笑みを浮かべた。

シンクレアの愛情の深さに心を動かされずにはいられなかった。何ひとつ見返りを求めずに、この五年、彼が自分のためにしてくれたことを思うと……。それも誤解され、軽蔑されていると知りながら。それでもシンクレアはわたしを助けたくて、買ってくれていたんだわ。わたしがお金に困っているのを見るにしのびなくて。

いまにして思えば、彼はさまざまな形でそれとなく助けてくれたのだ。昨年のコンスタンスの夫探しの賭《かけ》も、ギデオンの花嫁探しで大伯母をフランチェスカのところに連れてきたのも、みなそうだ。カリーが彼女のところに滞在していたときにも、きっと必要な額よりもずっとたくさん払ってくれたに決まっている。

フランチェスカは涙を呑《の》みくだし、彼の手を取った。「でも、あなたがわたしのためにこれをみんな買いとってくれた気持ちがとても嬉しいの。愛しているわ、シンクレア。とても言葉には尽くせないくらい」

「よかった。少しはぼくの愛に追いつけるかな」

シンクレアはフランチェスカの手にキスして、賭に負けて彼女に贈ったサファイアのブレスレットを包みこむように、彼女の手を取った。フランチェスカは今日、このブレスレットとイヤリングをつけたのだ。ドレスは何を着ようとかまわなかったが、これはシンクレアからの贈り物だ。

彼はサファイアを親指でなで、考えこむような声で言った。「これにはかなりの額を払うことになると思っていたよ。ほかの店に売ってしまったのかと心配したくらいだ。この前きみが、これとぼくのイヤリングをつけているのを見たときは……どうしてこれを売らなかったんだい？」

「手放せなかったの」涙で青い瞳を宝石のようにきらめかせ、フランチェスカは彼を見上げた。「わたしが持っているあなたのものは、これしかなかったんですもの」

「ああ、愛しい人《いと》」シンクレアはフランチェスカを引き寄せ、強く抱きしめた。「ぼくのすべてがきみのものだよ。いまも、これからも」

そう言うと、彼はうつむいてフランチェスカと唇を重ねた。

エピローグ

十八カ月後、クリスマス

マーカッスルにある広い公爵邸のあらゆる場所が、やどりぎやひいらぎ、もみの木の枝で飾られていた。クリスマスはまだ何日か先だが、ゲストはすでに到着している。カリーとブロムウェルは二日前に、アイリーンとギデオンも同じ日に着いていた。昨夜、コンスタンスとドミニクも、新しい雪とともに馬車でやってきた。公爵未亡人は子供部屋からずっと離れた南の塔にあるいつもの部屋に陣どり、フランチェスカの両親、セルブルック伯爵と伯爵夫人も、そこからあまり遠くない部屋にいる。まもなく三十九年ぶりの重大な出来事が起こるとあって、もうすぐ八十二歳になるオデリア伯母も訪れていた。

もちろん彼らはこのあとも留《とど》まり、一緒にクリスマスを祝う予定だったが、たくさんのゲストがこのマーカッスルに集まっているのは、クリスマスのためではなく、この行事のためだった。第五代アシュロック侯爵であり、いつの日かその肩にロックフォード公爵と

して の責任を負う、生後三カ月のマシュー・シンクレア・ドミニク・リールズの洗礼式が行われるのだ。この儀式を執り行うのは、一年半前に赤ん坊の両親を結婚させた聖スウィジン教会の司祭とこの若い新参者に少しばかり嫉妬《しっと》の炎を燃やし、自分の権利を注意深く守っている、リールズ家の母教会、聖エドワード懺悔《ざんげ》王教会の司祭だった。

これは、マーカッスルの人々にとっては、近年まれに見る重大な儀式となる。公爵の結婚式のお祝いには、地元の人々は誰ひとりあずかることができなかったため、誰もが洗礼式を祝うこの二週間を大いに楽しみにしていた。その間、舞踏会や茶会は言うまでもなく、あらゆる屋内の催しが計画され、天候に合わせた戸外の活動も予定されている。ちょうど雪が降る直前にじゅうぶんに氷が厚くなり、おそらくそのまま留まるであろう小さな池でのアイススケートもそのひとつだ。

修理や掃除、飾りつけなど、召使いたちは何週間もかけて館《やかた》の準備をしてきた。公爵夫人はマーカッスルに住みはじめてからまだわずか一年半にしかならないが、すでにこよなく愛されており、召使いたちはみな、公爵夫人のために精いっぱい努力しようと決意しているのだった。ノリッジやケンブリッジばかりでなく、ロンドンのような遠いところからも、公爵夫人の指示で注文したさまざまな品物が連日届く。たくさんのゲストを迎えてコックは昼も夜も大忙しで、キッチンの下働きを容赦なくこき使った。それだけでは足りずに、料理や掃除、給仕のために臨時の召使いが何人も雇われた。

このにぎやかなお祭り騒ぎの主人公、柔らかい黒い巻き毛と薔薇《ばら》色の頬の、まるで天使のように愛らしい赤ん坊は、およそ一時間後に何が待ち受けているかも知らずに、すやすやとベッドで眠っていた。廊下のすぐ先にある子供部屋では、かん高い叫び声や笑い声をあげて生後一歳四カ月のアイヴィー・フィッツアランが、テーブルのまわりを逃げながら、追いかけてくる父を角からのぞいている。四《よ》つん這《ば》いになってのっしのっしと追ってきたレイトン卿《きょう》ドミニクは、娘をつかまえようとはせずに、テーブルの脚のあいだから頭を出して驚かせる。するとアイヴィーはきゃっと声をあげ、嬉《うれ》しそうに笑いながらまたしてもよちよち走りだす。

まだほとんど目立たないが、ふたり目がお腹《なか》にいる母親のコンスタンスは、すぐ横のソファに座っているアイリーンと話しながら、静かにふたりを見守っていた。アイリーンの膝の上では、豊かな金色の巻き毛の男の子が、母のスカートをつかんで立ち、ときどき興奮した声をあげながらアイヴィーとドミニクを見ている。

ふたりの女性は、去年、家族や親族がクリスマスを祝うためにダンシーパークに集まったとき、レッドフィールズで初めて顔を合わせ、たちまち意気投合したのだった。それ以来ふたりはたくさんの手紙を通して友情をはぐくみつづけているが、すべてを手紙に書けるわけではなかったから、話すことはたくさんあった。

もちろん、五カ月になる息子のグレイソンに寝室で授乳しているカリーが戻ったら、その大半をもう一度繰り返すことになる。ブロムウェルとギデオンはさっきから階下の図書館にこもっていた。きっとまたビジネスの話だ。これが始まると、妻たちが引っ張りださないかぎり、ふたりとも何時間でも飽きずに話しつづけているのだ。

「そろそろ時間よ、あなた」コンスタンスがドミニクに声をかけた。「乳母に言って、アイヴィーを寝かしつけてもらったほうがいいわ」彼女は、ドミニクが娘をすっかり興奮させてしまったせいでいつもより難しい仕事になる、と付け加えるのは控えた。

「ああ、わかっている。式の前に着替える必要があるな」フランチェスカの弟はそう言って立ちあがり、娘をつかんで高く放《ほう》りあげ、お腹に音をたててキスすると、忍耐強く待っている乳母の手に渡した。「名づけ親になるのは特別の名誉だからね」

アイリーンも一歳になる息子の柔らかい首に顔をすり寄せ、甘いにおいを吸いこんでから、フィリップを乳母の手に渡し、コンスタンスの腕を取って部屋を出た。ドミニクがそのあとに続く。

「母親になりたいと思う日が来るなんて、昔は思ったこともなかった」アイリーンが言った。「でも、いまはフィリップのそばを離れるのが耐えられないくらい。もうすぐ歩きそうなの。子供ってほんとに大きくなるのが早いのね。まるであの子の人生が駆け足でわたしのそばを通りすぎていくようだわ」

コンスタンスもうなずいた。「わかるわ、その気持ち。アイヴィーも、つい昨日までグレイソンのような赤ん坊だった気がするもの」彼女はため息をついた。「こんなにたくさんの男の子に囲まれて大きくなるなんて、かわいそうな子。きっと三月うさぎみたいに活発な、おてんば娘になるわね。さもなきゃ、男を手玉に取るようになるかもしれない」

アイリーンは笑った。「大丈夫よ、お母さんと同じように落ち着いた、美しい女性になるわ」

マシューが眠っている部屋の前を通りかかると、三人は立ちどまり、なかをのぞいた。赤ん坊の両親がベッドの裾《すそ》に立ち、愛情のこもったまなざしで息子を見下ろしている。三人は目を見交わし、心得顔でほほえみながら再び歩きだした。

フランチェスカはシンクレアと手をつなぎ、彼の腕に頭をあずけて満ち足りたため息をもらした。「まだ信じられないわ。この子を見るたびに、奇跡だとしか思えない」

彼女の夫はうつむいて、太陽のようにきらめく妻の髪にキスした。「マシューは奇跡そのものだよ」

フランチェスカはにっこり笑った。「ええ。ひょっとしたら、また奇跡が起こるかもしれないわね」

シンクレアはこみあげてきたうめき声を呑《の》みこんだ。「あまりすぐではないといいが」

フランチェスカが妊娠していた九カ月は、彼にとっては尽きぬ心配の連続だったのだ。息子のことは心から愛しているが、その経験をまたすぐに繰り返す気にはなれない。彼はフランチェスカに腕をまわし、彼女を抱き寄せた。

「幸せかい？」つぶやいて黒い髪の頭を金色の髪に寄せる。

「ええ、とっても」フランチェスカはうなずいた。「赤ん坊を授かるとは思わなかったんですもの。それもこんなに健康で、愛らしくて、完璧《かんぺき》な赤ん坊を」フランチェスカは爪先立ってシンクレアの唇にキスした。「それにだんな様をこんなに愛せるとも思わなかったわ」

「十八カ月も一緒に暮らしたあとでも？」シンクレアは笑みを含んだ目でこう付け加えた。

「それも奇跡だな」

「とんでもない」彼女は真剣な顔で答えた。「十八カ月どころか、わたしはあなたを一生愛しつづけるわ。だからこの子を授かることができたんだと思うの。愛が必要だったのよ」

「愛が子供を授けてくれるとしたら、神よ助けたまえ、ぼくらには両手に余るほどたくさんの子供ができる」

公爵は妻に再びキスし、今度はなかなかやめようとしなかった。が、やがてしぶしぶ顔を上げ、残念そうにため息をついた。「そろそろ行かないと。ぼくたちが遅れたために、司祭たちが洗礼盤の前でけんかでも始めたらことだ」

フランチェスカはくすくす笑った。「あのふたりのことだもの、式の途中でひと波乱あるかもしれないわね」彼女は赤ん坊に目をやった。「よく眠っているわ。起こすのがかわいそうなくらい」

「そっと抱いていけば大丈夫だよ」シンクレアはやさしく息子を抱きあげ、小さな体に毛布をしっかりと巻きつけた。赤ん坊は少し動いたものの、目を覚まさずに父親の腕のなかにすっぽりおさまった。

公爵が眠っている赤ん坊をしっかりと片方の腕に抱き、フランチェスカが彼の腕を取って、三人は未来を祝う儀式を待つ一族に加わるために部屋をあとにした。

訳者あとがき

キャンディス・キャンプの〈伯爵夫人の縁結び〉シリーズも、ついに最終回、完結編になりました。『秘密のコテージ』、『金色のビーナス』、『気まぐれなワルツ』の前三作で、縁結び役を務め、機知に富んだ思いやりのある女性として、魅力的なカップルの恋の橋渡しをしてきたフランチェスカが、いよいよヒロインとして登場します。もちろんヒーローはロックフォード公爵。いつも冷静沈着な公爵が、どんな熱愛ぶりを見せてくれるのか？　そのへんも大いに気になるところです。

本書は、十五年前、フランチェスカの運命を暗転させる衝撃的な出来事が起こった夜と同じ、ウィッティントン邸の舞踏会から始まります。ロックフォードの妹、カリーが結婚して以来、鬱々《うつうつ》と気が晴れない日々が続き、外出もしぶりがちのフランチェスカは、仲のよいルシアンにも、それをからかわれる始末。それというのも、カリーの結婚披露宴で、自分が十五年前おかした恐ろしい間違いを知ったためでした。

その過ちを償うために、ロックフォードの花嫁を見つけ、彼を幸せにしなくては。そう決意したフランチェスカは、三人の候補者を選びだし、花嫁探しの作戦に着手するのですが、なぜかいつもの鮮やかな手際を発揮できず、この企《たくら》みを知ったロックフォードの逆《げき》鱗《りん》に触れることに。

世間には穏やかな性格の、感情を表に出さない男として知られている彼が、なぜフランチェスカにはこんなに腹が立つのか？　たぎる怒りを抱え、クラブに足を運んだロックフォードは、遠いいとこにあたるラドバーン卿《きょう》ことギデオンに胸の憤懣《ふんまん》を吐きだします。そしてギデオンに〝フランチェスカにやらせてみてはどうか〟と勧められ、フランチェスカをやりこめる妙案を思いつくのでした。

先夜の非礼をわびたあと、花嫁選びをぜひ進めてほしいというロックフォードの言葉に、喜ぶべきなのに、フランチェスカの気持ちはなぜか鉛のように重くなるばかり。そんなとき、亡き夫の取り巻きのひとり、決闘で人を殺して国外に逃げていたパーキンスが、突然、フランチェスカが住む家の抵当証文を手にねじこんできます。この家を取られたくなければ、五千ポンド払え。パーキンスが恐ろしい要求を突きつけて……。

当時（一八一八年ごろ）の五千ポンドは、いまで言えば、少なく見積もっても四、五千万円の価値があるようです。そうでなくても、四苦八苦して生活費をやり繰りしているフランチェスカにとっては、たいへんな大金。売れるものはすべて売り払っても、とても作れる金額ではありません。フランチェスカが直面した窮地は、とても現実的なものだったと言えるでしょう。

本書には、フランチェスカの親友となったアイリーンやその夫ギデオン、親しい友人のルシアン卿が顔を出しているほかに、悪役パーキンスが登場し、終盤あっと驚く事件を引きおこして、読者を引きこみます。

思いがけなくとても初々しく愛らしいフランチェスカと、悩めるロックフォードの熱いヒーローぶりがとても新鮮で、すてきな『恋のリグレット』。人気シリーズの完結編にふさわしい感動的なロマンスを、どうぞお楽しみください。

二〇一一年四月

佐野　晶

訳者　佐野　晶

東京都生まれ。獨協大学英語学科卒業。友人の紹介で翻訳の世界に入る。富永和子名義でも小説、ノベライズ等の翻訳を幅広く手がける。主な訳書に、ジーナ・ショウォルター『オリンポスの咎人 II　ルシアン』、キャンディス・キャンプ『秘密のコテージ』『金色のヴィーナス』『気まぐれなワルツ』（以上、MIRA文庫）がある。

伯爵夫人の縁結び IV

恋のリグレット

2011年4月15日発行　第1刷

著　　者／キャンディス・キャンプ

訳　　者／佐野　晶（さの　あきら）

発 行 人／立山昭彦

発 行 所／株式会社 ハーレクイン

東京都千代田区外神田 3-16-8

電話／03-5295-8091（営業）

03-5309-8260（読者サービス係）

印刷・製本／大日本印刷株式会社

装 幀 者／笠野佳美（シュガー）

表紙イラスト／もと潤子（シュガー）

ISBN978-4-596-91452-1

背徳の貴公子 III
麗しの男爵と愛のルール
サブリナ・ジェフリーズ
富永佐知子 訳

皇太子の密命を帯びるクリスタベルは実業家バーンに頼み、彼の相伴として、ある貴族邸に潜入することに。愛人らしく見えるよう彼に手ほどきされ…。3部作完結。

令嬢ヴェネシア
ジョージェット・ヘイヤー
細郷妙子 訳

一八一八年、放蕩者の男爵が故郷で出会ったのは、駆け引きも知らない令嬢ヴェネシア。二人の間に奇妙な友情が芽生え…。巨匠が紡ぐ不朽の名作。

ド・ウォーレン一族の系譜
初恋はせつなき調べ
(上・下)
ブレンダ・ジョイス
立石ゆかり 訳

令嬢ブランシュはレックスに再会し、生まれて初めての恋に落ちた。ともに日々を重ねるうち、彼への愛が深まるほどに切なさは増して…。シリーズ第4弾。

ロスト・プリンセス・トリロジー III
愛を想う王女
クリスティーナ・ドット
南 亜希子 訳

第一王女ソーチャが暮らす孤島の修道院に、貧しい漁師が現れた。実は、彼は許婚である隣国の王子レインジャーなのだが…。ロイヤル・ロマンス3部作、完結。

独身貴族同盟
ノークロフト伯爵の華麗な降伏
ヴィクトリア・アレクサンダー
皆川孝子 訳

館に運び込まれた記憶喪失のレディ。その瞳を見たとき伯爵は恋に落ちた。失われた記憶に、意外な計画が隠されていると知らずに…。シリーズ最終話!

結婚の砦 3
身勝手な償い
(上・下)
ステファニー・ローレンス
琴葉かいら 訳

幼なじみの伯爵と再会した令嬢。かつて、彼に恋し傷ついた彼女は過ちを繰り返さぬよう、誘惑に屈しないと心に誓うが…。〈結婚の砦〉シリーズ第3弾。

秘密の部屋

キャンディス・キャンプ
広田真奈美 訳

過労で倒れたジェシカは静養のため、母の留守宅へ。だが、誰もいないはずの部屋に見知らぬ男性がいた。訝しみつつも彼の魅力に抗えず、彼女は恋に落ちて…。

ロイヤル・オブ・ラブ
――王位をかけた恋

ルーシー・ゴードン
マリオン・レノックス

平凡な女の子が一夜にしてプリンセスになって――RITA賞受賞作家の豪華競演による選集。うっとりするような極上シンデレラ・ストーリーを2話収録！

愛の国コルディナⅠ
ムーンライト・パレス

ノーラ・ロバーツ
三谷ゆか 訳

アメリカの名門出身のリーブは父の友人である大公に招かれコルディナを訪れる。だが10年ぶりに会う王女ガブリエラは記憶を失っていた――あの夜の思い出も。

嵐の贈りもの

アン・メイザー
草間のり子 訳

島に暮らす17歳のルースは海辺に倒れる男性を発見した。その出会いは少女を女性としてめざめさせ、運命の嵐に巻き込んでゆく…。名作家初期の傑作！

残酷な遺言

エリザベス・ローウェル
仁嶋いずる 訳

忘れられない軽蔑の眼差しとこの胸の痛み――初恋の人カーソンと再会したララは彼を避けようとするが、実は彼にはある目的と果たすべき遺言があり…。

愛と運命にさまよい

ジェイン・A・クレンツ
琴葉かいら 訳

家長の秘書ケイティは名門一族と絶縁した〝よそ者〟ルークを引き戻すため奮闘する。彼から専属秘書に指名され、運命の鍵を握られることになるとも知らず…。